Izabelle Jardin

Remember

W0286172

amazon publishing

Das Buch

»Es gab keinen Tag in meinem Leben, an dem Glück und Unglück, Himmel und Hölle, Ende und Anfang jemals dichter beieinandergelegen haben!«

Leah hat eine sehr genaue Vorstellung vom richtigen Mann. Sie will etwas Besonderes! Als Connor Breckwohld, der Juniorchef einer großen Hamburger Reederei, in ihren Laden tritt, ist es um sie geschehen. Ein Blick, ein Date, ein erster Kuss. Und eine Erkenntnis: Er steht kurz vor der Hochzeit mit einer anderen. Leah nimmt Reißaus. Und kann ihn nicht vergessen! Gegen alle Widrigkeiten, gegen ein jahrzehntelang wohlgehütetes Familiengeheimnis, das eine Verbindung zwischen den beiden unmöglich erscheinen lässt, geht Leah den Weg, den das Herz ihr weist. Bis zu jenem Tag. Als sich alles ändert. Und über diesen Tag hinaus!

Eingebettet in die schicksalhafte Geschichte zweier Familien, erzählt Izabelle Jardin den Roman einer großen Liebe: sinnlich, romantisch und voller dramatischer Wendungen bis zum Schluss.

Die Autorin

Die deutsche Autorin Izabelle Jardin lebt und arbeitet in Norddeutschland. Sie ist Mutter zweier Söhne und verheiratet mit dem »idealen Mann«, der ihr jede Unterstützung beim Schreiben und Veröffentlichen ihrer Bücher gewährt.

Mit dem romantischen SM-Roman »Unter die Haut« gelang ihr ein erster Top30-Titel in den Amazon-Charts.

Der Mix aus Liebesgeschichte und Krimi »Snow Angel« erreichte nur wenige Monate später auf Anhieb Amazons Top20.

Mit »Remember« startete Izabelle Jardin in den Bücher-Herbst 2014 und gelangte mit dem Titel auf Rang 2 der Kindle-Charts. Obwohl »Remember« noch nicht lange auf dem Markt war, konnte er sich im »Deutschen Leserpreis 2014« einen 5. Platz in der Kategorie »Bestes eBook Only« sichern. 2015 wurde der Titel mit Amazon Publishing neu verlegt.

Für ihre Leser ist Izabelle Jardin immer erreichbar über:
https://www.facebook.com/pages/Izabelle-Jardin/220229238147201

oder unter der E-Mail-Adresse: izabelle.jardin@gmx.de

Izabelle Jardin

REMEMBER

Roman

amazon publishing

Die Erstausgabe erschien 2014 unter dem Titel »Remember« im Selbstverlag.

Veröffentlicht bei
Amazon Publishing, Amazon Media EU S.á.r.l
5 Rue Plaetis, 2338 Luxembourg
Juni 2015

Umschlaggestaltung: © Copyright by Izabell Jardin
g&i Niklas Schütte unter Verwendung von Fotomotiven von istockphoto.com
(© istockphoto.com / Nr. 20665477, mammuth; Nr. 17076344, joyt)
Lektorat: Cordula Unewisse
Satz: Monika Daimer, www.buch-macher.de

Gedruckt durch
Amazon Distribution GmbH
Amazonstraße 1
04347 Leipzig, Deutschland

ISBN: 978-1-5039-4738-2

www.apub.com

Für Dich.

Das grüne Buch

Das Haus ist ganz still, ich bin allein.

Es ist einer dieser tristen Spätherbstabende, an denen ich nichts lieber tue, als mich mit einem guten Buch in meine Sofaecke zu verkrümeln, eine große Tasse meines Lieblingstees neben mir auf dem Tischchen, eine Wolldecke auf den Knien. Von draußen dringt nur das Rauschen des ergiebigen Regens herein. Das geht schon seit Tagen so. Die Erde ist satt und vollgesogen. Es könnte endlich mal aufhören! Ab und zu klopft leise ein nackter Zweig der alten Kastanie ans Fenster. Sie müsste etwas geschnitten werden, sonst wird sie eines Tages bei Sturm noch eine Scheibe einschlagen.

Meine Finger streichen langsam über die Buchrücken im Regal. Aussuchen! Große und kleine Bücher, Ledereinbände, glatte Taschenbücher, raues Leinen, ungeordnet eingeordnet in der nie endenden Reihenfolge ihres Erscheinens. Ihres Erscheinens in meinem Leben.

Meine Hand stockt, hat eine Lücke ertastet. Ich bin nicht so chaotisch, dass ich einfach darüber hinwegfühlen würde. Da ist etwas nach hinten gerutscht, zwischen die gewichtige Tolstoi-Gesamtausgabe und den wunderschönen Bildband über englische Gärten. Ich ziehe es heraus und in meinem Inneren beginnen Lachse über Stromschnellen zu springen. Es quirlt und wuselt, versetzt mich in einen überaus wachen, aufgeregten Zustand.

Wie lange ist das her? Ich rechne nach. Mindestens zehn Jahre sind vergangen, seit ich es zum letzten Mal in der Hand gehalten habe. Ich puste das bisschen Staub weg, das sich über den Schnitt gelegt hat, und streiche über den glatten Einband, der an Chinalack erinnert. Er ist grün. Nicht einfach nur grün, nein, er hat diese unbeschreibliche, wunderbare Farbe zwischen Smaragd, Moos und Jade. Ich liebe dieses Grün!

Ich habe es zu einem Geburtstag geschenkt bekommen. Wann genau das war, kann ich gar nicht mehr erinnern. Meine liebste Freundin hat es mir damals geschenkt, und ich weiß noch genau, wie gespannt sie mich angeguckt hat, als ich es auswickelte. Ich sah sie ratlos an, denn abgesehen von dem herrlich grünen Einband, der mich begeisterte, fand ich nichts als leere Seiten.

»Es ist ein wunderschönes Buch«, hatte ich gesagt, »aber es ist leer!«

»Dann füll es!«, war ihre Antwort gewesen.

Ich hatte noch nie Tagebuch geschrieben, besaß als Schulmädchen noch nicht einmal ein Poesiealbum mit bunten Lackbildchen und abgedroschenen Sinnsprüchen. Bücher müssen gefälligst gefüllt sein mit spannenden, herzzerreißenden Geschichten, die mich entführen sollen in fremde Welten, in dunkle Abgründe und himmelhohe Traumgeschichten. Was sollte ich hineinschreiben? Mein Leben war damals völlig unspektakulär, wies keine besonderen Höhen und Tiefen auf, verlief gesittet, wie ein ruhiger Fluss in einem begradigten Bett.

Lange blieb das Büchlein leer, diente hin und wieder als Handschmeichler ob seiner glatten Oberfläche, lag herum und landete irgendwann im Regal. Bis zu diesem Tag, an dem er in mein Leben trat. »Trat« ist nett ausgedrückt. Bei dieser Erinnerung huscht ein Lächeln über mein Gesicht. Genau genommen »trat« er nämlich die Tür ein, wirbelte meine nette Ordnung durcheinander, ließ keinen Stein auf dem anderen und baute meine Welt neu auf.

Ich setze mich mit dem grünen Buch in meine gemütliche Ecke und lese. Lese, was ich vor so langer Zeit, seit jenem Tag Anfang Oktober, begonnen habe, für mich festzuhalten, und vergesse alles um mich herum bis zum frühen Morgen. Ich bin wie gebannt, lache, träume, weine und erlebe noch einmal Momente beklemmender Traurigkeit. Manche Einträge bestehen nur aus ein paar

Stichworten, andere sind ausformuliert. Aber jedes Datum, jeder Buchstabe birgt Erinnerungen. Mein Tee wird kalt, ich trinke keinen einzigen Schluck davon, die Stumpenkerze, die ich am frühen Abend angezündet hatte, ist heruntergebrannt und erlöscht qualmend.

Morgens um vier fasse ich einen Entschluss: Ich werde es noch einmal aufschreiben! Nur anders, ganz anders. Ich werde uns neue Namen geben, denn niemand, der es zu Gesicht bekommt, soll uns erkennen!

An welcher Stelle muss ich beginnen? Ich blättere, suche und plötzlich steht die Entscheidung fest! Natürlich: Es gab keinen Tag in meinem Leben, an dem Glück und Unglück, Himmel und Hölle, Ende und Anfang jemals dichter beieinandergelegen haben!

Eigentlich bin ich schon jetzt vollkommen übermüdet. Mein Magen ist, abgesehen von ungefähr dreihundert springenden Lachsen, knurrend leer. Die Zunge klebt trocken am Gaumen.

Trotzdem klappe ich meinen Laptop auf und beginne zu schreiben.

11. September 2001

Die Sonne knallte vom wolkenlosen Mittagshimmel, als wollte sie noch einmal mit aller Kraft zeigen, wozu sie fähig war, ehe die Nordhalbkugel unweigerlich im beginnenden Herbst erkalten würde. Es war ein Tag wie gemalt, voll Licht, voll Freude auf den nächsten Morgen. Ihr Herz schlug ein paar Takte schneller, als das Handy läutete.

»Guten Morgen, mein Liebling!« Seine Stimme klang so nah, als könne sie ihn umarmen, seinen Duft atmen.

»›Guten Morgen‹? Wir haben hellen Mittag! Wie spät ist es bei dir?«

»Halb neun. Ich stehe hier mit Susan vor dem Eingang. Du kannst dir nicht vorstellen, was für ein grandioses Wetter wir haben! Mein Bruder wird etwas später zu uns stoßen, er ist auf dem Rückflug von Philadelphia. Dann noch die letzten Besprechungen und morgen früh bin ich zurück.«

»Grüß Susan bitte ganz herzlich von mir! Wie geht es ihr, was macht das Baby?«

»Das Baby macht abends immer witzige Beulen in ihren Bauch. Wir amüsieren uns köstlich. Ist besser als Fernsehen. Ich glaube, es will bald auf die Welt.«

»Ich halte es kaum noch aus ohne dich! Außerdem habe ich wundervolle Neuigkeiten!«

»Du machst mich neugierig! Bekomme ich wenigstens eine Andeutung, damit ich mir die Zeit im Flieger mit Rätseln vertreiben kann?

»O nein, mein Lieber! *Das* erzähle ich dir persönlich!«

»Du bist gemein!«

»Ich bin nicht gemein, ich liebe dich!«

»Ich liebe dich auch! Und ich freue mich so auf dich.«

»Die Nächte ohne dich sind grau-en-voll! Ich bin so froh, dass es jetzt endlich vorbei ist. Wir haben die richtige Entscheidung getroffen.«

»Ja, das haben wir! Aber du, wir müssen jetzt reingehen. Ich melde mich noch mal kurz vor dem Abflug, okay?«

»Bis nachher.«

Er hatte aufgelegt und sie stand gedankenversunken an ihrem Schreibtisch. Morgen! Morgen würde er zurückkommen. Sie riss das oberste Blatt des Kalenders ab, warf es in den Papierkorb. Morgen! Morgen war es endlich so weit. Morgen war der 12. September!

4. Oktober 2000

Der Himmel hatte noch dieses unglaubliche, klare Septemberblau. Die kühle Morgenluft roch nach vergehendem Sommer. Es war in den vergangenen Wochen hier oben an der Küste spürbar ruhiger geworden. Nur wenige Urlauber nutzten die Herbstferien, um noch einmal Sonne zu tanken und sich den frischen Nordost um die Nase pfeifen zu lassen.

Leah hatte es an diesem Morgen nicht eilig, in ihren Laden zu kommen, denn der ganz große Ansturm war früh um halb acht zu dieser Jahreszeit sowieso nicht zu erwarten. Amy, die weiße Hirtenhündin, trödelte auf dem Weg zum Hafen hinter ihr her. Die meisten Geschäfte waren noch geschlossen, nur die Backstube lockte schon mit ihrem Duft nach frischem Brot und knusprigen Brötchen, dem Leah nicht widerstehen konnte. Die Türglocke bimmelte, als sie eintrat, und sie wurde mit einem freundlichen »Moin, Moin« begrüßt.

»Moin, Hedda, gib mir bitte die beiden belegten Brötchen da«, sagte sie und deutete auf ihre Frühstückswahl.

»Gern, Leah! Sag mal, wie lange bleibst du noch? Wann macht ihr zu?«

»Ach, ich denke, Ende Oktober ist Schluss. Lohnt sich nicht mehr wirklich. Dann geht's wieder ab ins graue Hamburg. Du hast da einen Vorteil: Brot ist nicht saisonabhängig, das kaufen die Leute immer. Du weißt ja, wir sind mit dem Yachtbedarf vollkommen auf die Urlauber angewiesen. Und meine Mutter braucht uns während des Wintergeschäftes im Teekontor immer dringend.«

»Deine Freundin Mette geht wieder mit?«

»Ja, klar. Seit sie ihre Ausbildung bei uns im Geschäft gemacht hat, gehört sie sowieso zum Inventar. Aber du weißt ja, gern gehe ich nie, das fällt mir jedes Jahr schwer.«

»Du wirst mir fehlen, Mädchen! Und unser kleiner Klönschnack am Morgen. Komm, nimm deiner Amy einen Heidesand mit raus.«

»Die wird noch ganz fett, wenn sie jeden Tag Kekse kriegt«, lachte Leah, verabschiedete sich von der Bäckerin und brachte dem begeistert wedelnden Hund den Leckerbissen vor die Tür.

Den Fußweg zum Hafen genoss sie jeden Morgen. Sie liebte es, dem Städtchen beim Aufwachen zuzusehen, die vertrauten Leute zu begrüßen, langsam die letzte Müdigkeit abzuschütteln und nach und nach auf Touren zu kommen. Leah atmete tief durch, schmeckte den Hauch von Salz auf ihren Lippen.

Höchstens noch vier Wochen, dann ist es vorbei, seufzte sie.

Als sie die Ladentür aufschloss, ließ die sich nur gegen einen leichten Widerstand aufdrücken und Leah fluchte. »Verdammt noch mal, Mette, du blöde Kuh! Schon wieder! Was für eine Sauerei!« Im nächsten Atemzug brüllte sie die Hündin an: »Amy, bleib stehen, du verteilst ja alles im ganzen Geschäft, wenn du da jetzt auch noch durchlatschst.«

Wieder einmal hatte Mette, ihre beste Freundin und Mitinhaberin, ganz offenbar abends nach dem Wischen den vollen Putzeimer direkt hinter der Tür abgestellt und dann das Haus durch den Hintereingang verlassen. Der halbe Fußboden war überschwemmt. Der Hund hatte sich durch den Türspalt gequetscht und hinterließ nun überall nasse Pfotenabdrücke. Sie scheuchte die schuldbewusst guckende Amy in ihren Korb im winzigen Hinterzimmer und machte sich ans Aufwischen.

»Dämliche dänische Pute, der werd' ich was erzählen, wenn sie kommt!«, knurrte sie halblaut.

»Erzähl mir was!«

Leah fuhr herum, sah in Mettes verlegenes Gesicht und polterte ungebremst weiter: »Los, schwing den Wischmopp und sieh zu, dass wir den See wieder trocken kriegen, ehe das Wasser die vollen Kartons da drüben durchweicht.«

»Gerne, wenn du sofort die ›dämliche dänische Pute‹ zurücknimmst«, erklärte Mette schmollend, die Arme demonstrativ vor der Brust verschränkt.

»Was habt ihr denn hier gemacht? Wasserrohrbruch?« Kalle, der Postbote, stand in der Ladentür. »Habe eine größere Lieferung für euch. Wohin hättet ihr die Pakete gern? Und wer unterschreibt mir das hier? Die dämliche dänische Pute oder des Teufels Artgenossin?«

»Kalle, lass das!« Leah war jetzt nicht dazu aufgelegt, sich Sprüche bezüglich ihrer roten Haare und Sommersprossen anzuhören. Schon zu Schulzeiten war sie ständig damit aufgezogen worden. »Rote Haare, Sommersprossen sind des Teufels Artgenossen!«, pflegten die Bengel hinter ihr her zu rufen, wenn sie sich wieder mal ziemlich unmädchenhaft, notfalls mit ihren kleinen, aber knallharten Fäusten auf dem Pausenhof durchgesetzt hatte. Die Butter ließ sie sich nie vom Brot nehmen, aber mit diesem Reim, den sie jetzt glücklicherweise kaum mehr zu hören bekam, konnte man sie immer schon zur Weißglut treiben. Im Laufe der Zeit war aus dem wirklich ziemlich gelbstichigen Karottenrot ihrer Lockenmähne ein warmer rötlicher Kastanienton geworden. Wunderbar harmonierte diese Nuance mit der silbriggesprenkelten Bernsteinfarbe ihrer Augen und machte Leah zu einer auffallenden aparten Schönheit.

Die ganz direkte Sonneneinstrahlung zur Mittagszeit musste sie wegen ihres hellen, empfindlichen Teints auch heute noch meiden, hatte aber ihre Tricks entwickelt, gegen Ende des Sommers mit einer attraktiven, milchkaffeefarbenen Haut aufwarten zu können, die sie mit viel Pflege bis in den Winter zu erhalten versuchte.

Kalle verdiente also eine kleine Kopfnuss, die er klaglos einsteckte, und bekam Anweisung, wohin er die Pakete räumen sollte. Mette hatte wütend ihre Schwedenclogs in eine Ecke gepfeffert. Mit nackten Füßen und hochgekrempelten Hosenbeinen stand sie in dem See und wrang den Wischmopp. Der dicke hellblonde Zopf war ihr aus dem Nacken gerutscht und schwang dabei wie ein Glockenpendel im Takt vor ihrem Ausschnitt.

»Habt ihr eigentlich schon gehört, Mädels, der Breckwohld hat angelegt«, verkündete Kalle. »Ihr wisst ja, ich bin in puncto Neuigkeiten noch zuverlässiger als der Friseur und vor allem tagesaktuell!«

»Der *wer* hat angelegt? Muss man den kennen?«, fragte Leah.

Kalle tat wissend und geheimnisvoll. »Tja, fragt den Hafenmeister, ich hab zu tun«, entzog er sich hinterhältig grinsend, stieg in sein Postauto und ließ die beiden einfach stehen.

* * *

»Also, was nun? Entschuldigst du dich endlich?« Mette hatte fertig gelenzt, war aber noch reichlich sauer.

»Das ist dir nun schon zum dritten Mal passiert! Ich finde, du könntest mal weniger schlampig sein. Aber okay, eine dämliche dänische Pute bist du eigentlich nicht, das nehme ich zurück«, lenkte Leah ein und bekam dafür von Mette ein aufrichtig wirkendes Versprechen, künftig besser aufzupassen.

»Mal was anderes«, begann sie, um vom Thema abzulenken, »hast du eine Ahnung, wen Kalle meint? Hab den Namen noch nie gehört.«

»Nö, weiß ich nicht, aber wir könnten heute Abend mal zu Claas rübergehen. Der wird schon wissen, wer da Spannendes angelegt hat«, schlug Mette vor. »Jetzt lass uns bloß erst mal die

Kisten auspacken. Bist du sicher, dass es klug war, jetzt noch so viel Ware zu bestellen? Verkaufen wir das noch vor dem Winter?«

»Da mach dir mal keine Sorgen, ich weiß, was ich tue«, entgegnete Leah und machte sich an die Arbeit.

Dass es tatsächlich in aller Regel nicht nötig war, sich Gedanken über Ladenhüter zu machen, wusste Mette. Leah hatte ein unglaubliches Geschick, sagenhafte Rabatte bei den Händlern herauszuschlagen, ständig die aktuellsten Kollektionen zu präsentieren und ihre Kunden glücklich machen zu können. Der kleine, schon seit Jahrzehnten eingesessene Laden bot eine schier unüberschaubare Palette unentbehrlicher und nützlicher Dinge, die Segler, Angler und Camper brauchten. Komplettiert durch eine tolle Auswahl praktischer Kleidungsstücke, war er zum Einkaufsmagneten der ganzen Gegend geworden. War einmal etwas sehr Ausgefallenes nicht vorrätig, wusste Leah immer, wie man es spätestens binnen achtundvierzig Stunden heranschaffen konnte. Mette bewunderte sie dafür. Kein Lieferant war in der Lage, ihrem Charme zu widerstehen. Es gelang ihr sogar, jeden Händler, der sonst wochenlange Lieferzeiten hatte, zum eifrigen Eichhörnchen werden zu lassen. Jeder schien besonders stolz darauf zu sein, sie beliefern zu dürfen, und ihr Netzwerk war groß und fein gesponnen.

* * *

Leah hatte sich mit dem Kauf des Ladens ihren Traum von der Selbstständigkeit erfüllt. Nach dem viel zu frühen Tod ihres Vaters stand ihr ein kleines Vermögen zur Verfügung. In weiser Voraussicht hatte er schon kurz nach Leahs Geburt einen Fonds für sie angelegt, der im Laufe der Jahre reiche Früchte getragen hatte. Ganz allein wollte sie sich aber an das »Abenteuer Geschäftsfrau«, wie sie es nannte, doch nicht wagen und hatte Mette überreden können, sich mit einer kleinen Einlage zu beteiligen. Den tiefgreifenden Änderungen in Leahs Leben war damals auch die Langzeitbeziehung zu ihrem Freund zum Opfer gefallen, die aber sowieso längst so fadenscheinig geworden war, dass sie nur noch auf den Schlusspunkt gewartet hatte.

Die beiden Frauen hatten nicht viel an der Einrichtung ändern wollen, sondern lieber die Verwaltung des Ladens auf den modernsten Stand gebracht. Sie waren übereingekommen, alles so zu belassen, wie es der Stammkundschaft lieb geworden war, und jeden, der zum ersten Mal hereinkam, begeisterte. Über viele Jahre hatte der Vorbesitzer maritime Kleinode und skurrile Einzelstücke zusammengetragen und damit eine Atmosphäre geschaffen, die unverwechselbar war. Allein die Galionsfigur war sehenswert. Sie hatte einmal den Bug eines stolzen Seglers geziert. Der Frauenkopf war kunstvoll geschnitzt, der schlanke Körper lief in zwei Fischschwänzen aus und die verblichenen Farben gaben dem Prunkstück einen besonderen, morbiden Reiz.

Im Mittelpunkt des Ladens thronte ein gewaltiger Anker. Das morsche Querholz, an dem er befestigt war, musste schon vielfach unsichtbar verschraubt werden, um dem zerstörerischen Zahn der Zeit Einhalt zu gebieten. Strandgut verschiedenster Art und unbestimmbaren Alters diente zur Dekoration und lud die Kunden zum genaueren Betrachten ein.

»MAR…«, nur drei Buchstaben trug die Planke noch, die ein untergegangenes Schiff, dessen Namen niemand mehr kannte, vom Grund des Meeres an den Strand heraufgeschickt hatte.

Bloß über das riesige Fischernetz, das die gesamte Decke zierte, hatte sich Leah schon mehr als einmal geärgert und überlegt, ob sie es nicht doch abhängen sollten. Seesterne, unterschiedliche Fische, alles von einem ortsansässigen Präparator haltbar gemacht, und Muscheln aller Größen bildeten eine Art Meeresgrund über den Köpfen. Es war eine Mordsarbeit, das alles zumindest einmal jährlich zu entstauben. Bisher hatte sie sich aber letztlich immer entschieden, alles beim Alten zu lassen, denn es gehörte einfach zum Ambiente des Verkaufsraumes.

* * *

Mette sah auf die Uhr. Es war schon fast acht. Sie mussten sich sputen, die vielen Kartons auszupacken und die Ware zu verstauen, bis die ersten Kunden kamen.

Sie öffnete eine Kiste und sah rot. Genau genommen sah sie nicht »Rot«, sie sah »Grün«. Flaschengrün! Und explodierte. »Hast du noch alle Tassen im Schrank, Leah? Warum zum Teufel hast du es schon wieder getan? Wer soll diese ganzen Outdoorjacken in Flaschengrün bitte kaufen?«

Leah stürzte sich entzückt auf die Kiste. Wenn sie dieses ganz bestimmte Grün sah, benahm sie sich beinahe wie eine Elster, die nicht anders kann, als alles zu klauen, was glitzert und glänzt. Es war nicht das erste Mal, dass eine solche grüne Lieferung Mette am Geisteszustand ihrer Freundin zweifeln ließ. Des Öfteren hatte sie sich schon gefragt, ob es lediglich eine seltsame Schrulle war oder sehr viel mehr hinter diesem merkwürdigen »Grün-Faible« steckte. Vor noch gar nicht so langer Zeit hatte sie sich ein Herz gefasst und Leah in einer ruhigen Stunde danach gefragt. Die Erklärungen ihrer Freundin trugen allerdings nicht wirklich dazu bei, Mettes Besorgnis zu beruhigen. Sie fand die folgenden Erläuterungen einfach ziemlich schräg.

»Du kennst doch den wundervollen alten Technicolor-Schinken ›Vom Winde verweht‹, die Geschichte aus dem amerikanischen Bürgerkrieg?«, hatte Leah gefragt.

»Klar, und?«

»Na, kannst du dich nicht erinnern, dass Scarlett diese wunderbaren flaschengrünen Vorhänge von den Fenstern ihres halb zerstörten Familiensitzes ›Tara‹ reißt, um ein großartiges Kleid daraus zu schneidern? Alles nur, weil sie zu diesem wahnsinnig umwerfenden, stinkreichen Kriegsgewinnler Rhett in den Knast will, um ihn zu umgarnen und Geld für ihre Familie zu erbitten!«

»Hm, ja schon, aber wieso ›umwerfend‹? Das blöde Macho-Arschloch hat sie doch enttarnt, weil er die Troddeln von den Vorhängen am Kleid wiedererkannte. Und dann hat er sie voll gegen die Wand laufen lassen! Sie wirft sich ihm vor die Füße und er lacht sie dämlich süffisant aus. Ich verstehe deine Begeisterung nicht.«

»Aber Mette!«, hatte Leah mit glänzenden Augen und glühenden Wangen protestiert. »Doch nur, weil er sie liebt!«

»Entschuldige, Schätzchen, du hast einen Vogel! Was kann die denn an einem finden, der sie so scheußlich behandelt? Was hat das bitte mit Liebe zu tun? Ist das jetzt die Begründung dafür, dass du ewig in Grün rumläufst? Wünschst du dir etwa so einen ›Prinzen‹?»

»Ach, du verstehst mich nicht ...«, hatte Leah mit einem verträumten Blick geseufzt und das Thema vorläufig beendet.

* * *

»Hach, sind die schön«, strahlte Leah und nahm eine Jacke nach der anderen liebevoll aus der Verpackung. »Ich hänge sie besonders exponiert auf, damit sie jeder sofort sieht. Pass auf, die entwickeln sich zum Renner!«

»Du spinnst! Ich wette, die kannst du in allen Größen den ganzen Winter lang selbst tragen. Fang bei 38 an, hau dir ordentlich Lebkuchen und Gänsebraten über Weihnachten rein, dann bist du im Februar bei 46 angelangt!«, schimpfte Mette.

Sie sollte zu Leahs Erleichterung unrecht haben, denn bis zum späten Nachmittag waren alle unverschämt teuren flaschengrünen Outdoorjacken verkauft. Bis auf eine, die sie vorsichtshalber gleich ins Hinterzimmerchen gerettet und über der schlafenden Amy aufgehängt hatte. Ihrem Verkaufsgeschick konnte sich nicht einmal die ziemlich füllige Dame entziehen, deren platinblond gebleichte dünne Löckchen sich wie Spinnwebfäden äußerst unkleidsam über dem Stehkragen der Jacke kräuselten. Die Farbe stand ihr überhaupt nicht, und obwohl sie den Reißverschluss kaum zubekommen hatte, war sie von ihrem Spiegelbild vollkommen begeistert. Sie hatte nur etwas von »Diät machen müssen« gemurmelt und war hochbeglückt von dannen gezogen.

* * *

Im Laden war den ganzen Tag lang so viel los gewesen, dass Leah nicht dazu gekommen war, mehr als ein paar eilig abgebissene Happen von ihren Frühstücksbrötchen zu essen. Der Magen hing ihr in den Kniekehlen, Amy lag seit mindestens zwei Stunden mit ziemlich »wässrigem« Blick im Körbchen.

»Kann ich dich für eine halbe Stunde allein lassen? Der Hund muss raus!«

»Geh nur, ich schaffe den Rest auch ohne dich. Ich hatte ja wenigstens eine Mittagspause«, stimmte Mette mit einem Zwinkern zu.

Als Leah die Ladentür öffnete, während Amy sich stracks an ihr vorbeizwängte, um endlich nach draußen zu kommen, sah sie sich einem Riesenpappkarton mit Beinen gegenüber. Braun gebrannten, sportlich durchtrainierten Beinen in ledernen Flipflops. Gerade vorhin hatte sie noch mit Mette gescherzt, der einzige Vorteil am Winter sei, dass man endlich wieder Männer in langen Hosen zu sehen bekäme. Den ganzen Sommer über den Anblick blasser, dünner, behaarter, wahlweise krebsrot schattierter, gar gelegentlich in Sportsocken plus Sandalen steckender Männerwaden ertragen zu müssen, die aus unförmigen Shorts oder Bermudas herausstaken, hielten sie beide für eine echte Zumutung. Diese Waden hier waren jedoch äußerst ansehnlich und gehörten definitiv einem bestimmten, herausragenden männlichen Exemplar von Mann.

»Nick!«, erkannte Leah. »Was schleppst du denn da an?«

»Geschenk für dich, Süße«, antwortete er, balancierte die Schachtel in die Mitte des Ladens und setzte sie vorsichtig neben dem morschen Anker ab.

»Guck mal rein, habe ich von einer Surfschülerin bekommen, die wohl der Meinung war, sie könnte sich damit meine hochbegehrte Zuneigung kaufen. Scheußliches Ding, aber zu dir passt es.«

»Scheußliches Ding, aber zu *mir* passt es? Lass sehen«, entgegnete Leah empört und öffnete den Karton. In der Tat. Scheußlich! Ein fetter präparierter Kugelfisch beachtlichen Ausmaßes.

»Den kannst du doch prima da oben ins Netz stecken. Wird sich prächtig machen«, versuchte Nick Leahs leicht säuerlichem Ausdruck zu begegnen.

»Und dafür soll ich dir auch noch dankbar sein? Schaff das fürchterliche Ding raus! Oder glaubst du etwa, du könntest dir mit solchen Geschmacklosigkeiten jetzt *meine* hochbegehrte Zuneigung erschleichen?« Leah war stinkig und durchaus nicht bereit, ihm nun auch noch das mit auffordernder Miene und gespitzten Lippen erwartete Begrüßungsküsschen zu gewähren.

»Ach, komm schon! Ich setz ihn dir mal da oben rein und dann sehen wir, wie er sich macht«, versuchte er sie umzustimmen. Nick schnappte sich den Fisch, drapierte ihn über ihren Köpfen und alle drei kamen zu dem Schluss, dass er eigentlich gar nicht so unrecht hatte. Es passte da hin, das scheußliche Ding.

* * *

Es war so eine Sache mit Nick, fand Leah. Obwohl er mit seinen achtunddreißig Jahren nicht mehr der Allerjüngste war, entsprach er dem Bild des »jugendlichen Liebhabers« zu einhundert Prozent. Groß, blond und blauäugig, das lockige halblange Haar mit einem Stirnband gebändigt, breitschultrig, ganzjahresbraungebrannt, lässig, sportlich bis zum Abwinken und ausgestattet mit einem jungenhaften Charme, wurde er von seinen weiblichen Schülern umschwirrt wie das Licht von den Motten.

Genau diesem Charme war Leah vor einiger Zeit auch einmal erlegen. Und hatte seither Schwierigkeiten, seinen Besitzansprüchen wieder zu entkommen. Nicht, dass es eine unangenehme Nacht mit ihm gewesen wäre. Nicht, dass sie ihn nicht mochte. Nein, das war es nicht. Sie wurde nur einfach das Gefühl nicht los, diese Nacht mit ihrem »besten Kumpel« verbracht zu haben. Er war lieb, er war witzig und intelligent. Seine direkte Art war umwerfend. Er sah gut aus, er fühlte sich wunderbar an, er roch gut. Verdammt gut sogar! Nach frischer Luft, nach Meer, nach – ja, irgendwie nach »eisklar und glitzernd frisch«.

Vielleicht ist es das?, hatte sie sich schon öfter gefragt.

Vielleicht war es dieses glasklar durchschaubare, unkomplizierte, ständig fröhliche Wesen? So glatt und ohne jede Kante und Ecke, so ganz ohne jeden Abgrund, jedes Geheimnis. Was eine ganze Armada junger, wirklich sehr junger Strandbeautys an ihm kleben ließ wie Fliegen am Honigglas, erzeugte bei Leah ein schales Gefühl.

Irgendetwas fehlt!

Und so konnte sich Nick auf den Kopf stellen und mit den Ohren wackeln: Sie wusste, dass sie niemals auf diese in kurzen Abständen und unermüdlich vorgebrachten Anträge eingehen würde. Und sie wurde das Gefühl nicht los, dass er sie umso attraktiver fand, je länger sie sich widersetzte. Wie eine Trophäe, die zum perfekten Erfolg noch fehlte, jagte er sie nun schon seit beinahe drei Jahren. Er hatte nur ein Problem: Seine Pfeile waren stumpf. Als hätten sie Gummipfropfen statt Spitzen. Landeten sie überhaupt, hielten sie nur einen kleinen Moment, um schnell wieder abzufallen, und trafen nie ins Fleisch, geschweige denn ins Herz.

* * *

»Francesco hat ›dänische Wochen‹ und frischen Seeteufel bekommen. Ich wollte dich zum Essen einladen«, schlug Nick vor.

»Da kann man nicht Nein sagen«, stimmte Leah zu.

Der Italiener war im Städtchen der anerkannte Spezialist in Sachen Meeresfrüchte und Fischzubereitung.

»Aber nur, wenn du versprichst, deine Hände überm Tisch zu behalten«, warnte sie mit einem Lächeln.

»Natürlich, wie immer. Ich schwör's!«, grinste er.

»Na, diese Schwüre kenne ich«, seufzte Leah. »Tschüss dann, wir sehen uns um acht. Ich dreh jetzt erst mal eine Runde mit dem armen Hund!«

* * *

Der Wind hatte nachgelassen. Es herrschte Abendflaute. Leah war trotzdem froh, ihre frisch ergatterte Jacke übergezogen zu haben, denn es hatte sich merklich abgekühlt. Wo noch vor Wochen leicht bekleidete Touristen in Scharen über die Hauptstraße flanierten – ausgelassene Kinder mit softeisverschmierten Gesichtern an der Hand –, war Ruhe eingekehrt. Die alten, kugelig geschnittenen Linden, die den Weg säumten, leuchteten wie riesige gelbe Halloween-Kürbisse.

Fast so, als wollte sie die Zeit bis zum nahen Abschied aufhalten, ging sie langsam. Amy, die zahlreiche Duftmarken zu beschnüffeln hatte, bot ihr willkommene Gelegenheiten, ab und an stehen zu bleiben und die Stimmung wirken zu lassen.

Seele baumeln lassen! Mensch, was für ein turbulenter Tag!

Die Kutter waren längst in den Hafen heimgekehrt. Nur wenige Leute standen dort, um den frischen Fisch, eingewickelt in ein Stück Zeitungspapier, direkt von den Booten heruntergereicht zu bekommen. Im Sommer herrschte zu dieser Tageszeit ein völlig anderer Andrang. Ein paar Möwen umkreisten kreischend die Schiffe. Gierig auf die Reste, die sie abstauben konnten.

Matt und träge schwappte das Wasser im Hafenbecken, leise klirrte das Tauwerk der vielen kleinen und wenigen größeren Yachten gegen die Masten. Ein Segelschiff erregte Leahs besondere Aufmerksamkeit. Groß genug, um zwei Anlegeplätze einzunehmen, nobel mit seinem schneeweißen Rumpf, den Aufbauten aus dunklen Hölzern und blank polierten Beschlägen, die messingfarben in der Abendsonne schimmerten.

»Schönes Schiff, nicht?« Unbemerkt war der Hafenmeister neben sie getreten.

Leah fuhr herum. „Meine Güte, Claas, hast du mich erschreckt! Ich war ganz in Gedanken. Wem gehört denn die Yacht?«

»Gehören tut die ›Helen‹ dem alten Breckwohld. Aber sein jüngster Sohn Connor ist damit unterwegs. Will einen Freund nach Dänemark bringen, hat er erzählt.«

»Breckwohld?«

Claas nickte. »Ja, das ist eine Hamburger Reederei.« Er zog an seiner Pfeife. Leah hatte ihn noch nie ohne die Bent Army gesehen, die ständig scheinbar schwerelos in seinem rechten Mundwinkel schwebte. Die Qualmwolke, die ihn heute umgab, hatte einen ungewohnten Duft.

»Sag mal, was rauchst du da für scheußlich süßliches Kraut? Weg vom kernigen Borkum Riff?«, fragte Leah.

Der Hafenmeister fixierte etwas hinter ihr. Als Leah sich umdrehte, erkannte sie, wer ihre Nase gerade getäuscht hatte. Und gewiss ihre Bemerkung nicht überhört haben konnte. Die junge Frau, die auf hohen Pfennigabsätzen den Bootssteg entlangstakste, zog eine schwere Parfumwolke hinter sich her. Leah traf ein vernichtender Blick aus dramatisch geschminkten Augen.

»Uh, Claas, wie peinlich!«, flüsterte sie und hielt sich erschrocken die Hand vor den Mund. »Wer ist das denn?«

»Das ist Breckwohlds derzeitige Freundin«, grinste der Hafenmeister. »Beste belgische Familie, genauso stinkreich wie seine. Passen zusammen. Bin gespannt, ob Mutter Helen ihre Pläne durchsetzt, die beiden zu verheiraten. Er soll ein ganz schöner Hallodri sein. Wird Zeit, dass er endlich ankert.«

Leah sah der hübschen Frau nach, die sich alle Mühe gab, mit ihren dünnen Absätzen nicht in die Ritzen zwischen den Bohlen des Steges zu geraten.

Wieso gibt es eigentlich Leute, die mit allen erdenklichen Vorzügen gesegnet sind? Schön, reich und wahrscheinlich sogar noch intelligent. Na ja, der Teufel scheißt eben immer auf den größten Haufen! Bloß kein Neid, Leah! Hübsch und intelligent muss dir reichen.

»Du bist ziemlich gut informiert, was?«, fragte sie, um einen lässigen Ton bemüht, als die Frau außer Hörweite war.

»Der Hafen ist mein Universum, seitdem ich nicht mehr zur See fahre. Von vielen, die hier anlegen, kenne ich die komplette Familiengeschichte. Die Breckwohlds sind ja nun keine Unbekannten.«

»Weiß ich doch, Claas. Aber diese Breckwohlds sind mir noch nie begegnet.«

»Na, in diesem Falle bin ich ganz froh darüber, Deern«, schmunzelte Claas. »Schau mal, der junge Casanova ist gerade an Deck aufgetaucht!«

Es gelang Leah eben noch, ein »Wow« zu verschlucken. Claas entging ihre Reaktion dennoch nicht und sie spürte, wie er sie prüfend von der Seite ansah. Amy hatte sich dicht neben sie gesetzt und erwartete, gekrault zu werden. Leah ließ sich allerdings nicht ablenken, streichelte nur mechanisch den Kopf der Hündin und konnte die Augen nicht abwenden.

Himmel, dass dem die Frauen hinterherlaufen, wundert mich gar nicht. Verdammt, ist der beeindruckend!

Gegen das Licht der tief stehenden Abendsonne erschien seine Silhouette sehr aufrecht und elegant. Jede Bewegung signalisierte Souveränität und raubtierhafte Geschmeidigkeit. Dunkel glänzend reflektierte sein Haar das Licht.

Was die beiden miteinander sprachen, war nicht zu verstehen. Aber die Art, mit der er ihr an Bord half, sie offenbar anwies, ihre Schuhe auszuziehen, um dem empfindlichen Holz an Deck keinen Schaden zuzufügen, wie er sie in die Arme nahm, zur Begrüßung küsste, sie sanft, aber bestimmt zur Kajütentür schob, wo beide für Leahs Geschmack viel zu schnell verschwanden, das hatte einfach was! Obwohl sie ihn gar nicht so genau erkennen konnte, obwohl sie eine ganz alltägliche Sache beobachtet hatte, faszinierte sie die Szene. Eben noch war die Frau hocherhobenen Hauptes den Steg entlanggegangen. Aber in dem Moment, als er an Deck aufgetaucht war, so kam es Leah vor, hatte sie anscheinend jede Selbstständigkeit abgegeben.

»Wie Wachs in seiner Hand«. Jetzt habe ich endlich eine Idee davon, was man sich unter diesem Spruch vorzustellen hat. Unglaublich! Da steht ohne Frage ein Alphatier!

Leah musste sich zusammenreißen, um ihre volle Aufmerksamkeit wieder Claas zu schenken.

»Ich habe es doch befürchtet! Den sehen die Frauen bloß von Weitem und schon stehen sie da wie die Karnickel vor der Schlange. Komm mal wieder zu dir, Leah. Der ist nüscht für dich!«, sagte Claas kopfschüttelnd.

»Oh, nein, nein, schon klar«, bemühte sich Leah, ganz unbeteiligt zu wirken. »Ein schönes Paar jedenfalls. Auffallend schönes Paar.«

»Apropos ›schönes Paar‹. Wie steht es denn eigentlich mir dir und Nick? Können wir endlich mal die Hochzeitsglocken läuten?«

»Ach, hör auf, Claas!«, seufzte sie. »Nick ist ein prima Kumpel. Und er versucht es mindestens dreimal in jeder Saison, bei mir zu landen. Aber daraus wird nie was!«

»Schade. Ich finde ja, ihr passt zusammen. Und es wäre so praktisch. Ihr könntet die beiden Geschäfte zusammenlegen, du müsstest nicht mehr den Winter in Hamburg verbringen. Sein Haus ist groß genug. Ihr wärt beide abgesichert.«

»Erstens kommt meine Mutter im Winter ohne mich im Kontor nicht klar, das weißt du doch. Zweitens *will* ich nichts ›Praktisches‹«, brauste Leah auf, »ich will was Besonderes! Und jetzt muss ich gehen, Claas, denn ich habe mit dem ›praktischen Nick‹ gleich eine Verabredung zum Abendessen.«

»Na, ich gebe die Hoffnung nicht auf. Vielleicht wird ja doch noch was draus.«

Meine Güte, was rege ich mich so auf? Claas meint es doch nur gut mit mir! Und von meinem Traummann kann der arme Kerl doch nun wirklich nichts wissen. Besser, ich krieg mich jetzt mal dringend wieder in den Griff.

»Vergiss es! Aber lieb, dass du dir über meine Zukunft so viele Gedanken machst«, sagte sie lachend. »Ich wünsche dir einen schönen Abend. Und halt man immer weiter alle interessanten Männer von mir fern!« Leah war hochzufrieden mit sich. Ganz unbeteiligt und freundlich hatte ihre Stimme geklungen.

Mit einem angedeuteten Kuss auf seine bärtige Wange ließ sie den Hafenmeister stehen.

* * *

Mette war mit der Tagesabrechnung bereits fertig. Sie wollte gerade abschließen, als Leah im Laden eintraf. Dicht an der Tür stand der volle Wischeimer.

»Du wirst ihn doch nicht wieder stehen lassen? Nein, du wirst ihn ganz sicher nicht wieder stehen lassen!«

Mette konnte unmöglich den drohenden Tonfall überhört haben. Sie beeilte sich, mit dem Eimer in dem winzigen Bad zu verschwinden. Leah war froh, einen Anlass zu haben, sich ein bisschen aufzuregen. Eigentlich wollte sie jetzt niemandem begegnen. Und sich erst einmal allein über die Empfindungen klar werden, die sie gerade so unvermittelt aus dem Takt gebracht hatten. Mette war ihr viel zu nah, als dass sie ihr etwas hätte vormachen können. Sie wandte sich einem Ständer mit T-Shirts zu und rückte die Schulternähte auf den Bügeln zurecht, um die Freundin nicht ansehen zu müssen, als sie zurückkam.

»Wir verzeichnen einen schönen Umsatz heute, Leah! Deine grünen Jacken haben sich wirklich gelohnt. Guck mal in die Tagesbilanz. Bei den Dingern war die Gewinnmarge verdammt hoch.«

»Tja, wird nichts mit Gänsebraten und Lebkuchen, was?«, frotzelte Leah, dankbar für das unverfängliche Thema. »Hast du noch was vor heute Abend?«

»Badewanne und Bett. Ich bin k. o.« Mette hielt sich mit vielsagendem Gesichtsausdruck den Bauch.

»Ah, verstehe! Ich werde heute auch nicht alt. Nur schnell mit Nick essen gehen.«

»Du klingst nicht gerade begeistert. Stimmt irgendwas nicht?«

Man kann ihr aber auch gar nichts verbergen! Ich will darüber jetzt nicht reden. Aber Mette wäre nicht Mette, wenn sie mich nicht gleich auspressen würde wie eine Zitrone. Also, Augen zu und durch!

»Ich habe Claas getroffen.«

»Aha. Es ist das erste Mal, dass eine Begegnung mit Claas dich aussehen lässt, als wäre dir ein Geist begegnet! Der Gute kann dich ja wohl nicht derart aus der Bahn geworfen haben. Hast du etwa diesen legendären Breckwohld gesehen?«

»Allerdings.«

»Ja, und?«

Leah zuckte mit den Schultern und wandte sich wieder geschäftig den T-Shirts zu, die längst schnurgerade dahingen. »Nichts und!«

»Du machst mich irre! Wenn der ›nichts und‹ wäre, hätte doch Kalle den nicht so erwähnenswert gefunden. Erzähl! Was ist das für einer?«

»Reedersohn aus Hamburg, schwerreich, tolles Boot, tolle Freundin.«

»Dreh dich doch bitte mal um, wenn du mit mir redest! Was ist denn los mit dir? Warum bist du so abwesend?« Mette wirkte alarmiert.

Leah holte tief Luft. »Ich habe ihn nur aus der Ferne gesehen, aber ...«

Mette wippte abwartend mit einem Fuß und sah sie forschend an. Langsam hatte Leah sich umgedreht.

»Na ja ... ich hab es zwar nur von Weitem gesehen, aber wie der mit seiner Freundin umgegangen ist, das war wie im Film.«

»Oh, bitte, nein! Nicht etwa so ein Typ wie in deinem Lieblingsstreifen, oder?«

»Doch! Genau so einer! Nur eben in jung, nicht angestaubt und vor allem unwahrscheinlich sexy.«

»Dann kann ich nur hoffen, dass der schneller wieder abgesegelt, als der Fliegende Holländer auf Beutezug! Sonst wirst du ja völlig gaga.«

»Da mach dir mal keine Sorgen. Ich hab mich voll im Griff!«

»Ja, nee, ist klar, sehe ich genauso. Du hast dich voll im Griff.« Mette konnte sich vor Lachen kaum halten. »Vergiss diesen Typen lieber ganz schnell und geh schön mit Nick essen. Da weißt du wenigstens, was du hast.«

Leah verdrehte die Augen. Es hatte keinen Sinn, das jetzt mit ihr auszudiskutieren.

»Gut, für heute nehme ich den Spatzen auf dem Dach.«

»Du bist wirklich bescheuert. Alle rennen hinter Nick her, der will nur dich und du zierst dich wie eine alte Jungfer. Jünger wirst du auch nicht, meine Süße. Die biologische Uhr tickt. Vergiss das nicht. Nicht mehr lange, und du bist alt und grau.«

Leah fand, dass Mettes Ton fast bedrohlich klang, und konterte giftig: »Du musst gerade reden. Tu doch nicht so, als wärst du ein leuchtendes Vorbild. Du vergraulst doch auch ständig alle, die sich um dich bemühen.«

»Tja, war eben noch nicht der Richtige dabei.«

»Ach. Guck mal an! Du darfst wählerisch sein und ich nicht?« Leah spürte, dass sie Oberwasser bekam. »Wen hättest du denn gern?«

Langsam begannen Mettes Wangen zu glühen. Im Kontrast zu ihrem fast weißblonden Haar hatte sie jetzt farblich viel Ähnlichkeit mit der dänischen Fahne.

Hab ich dich ertappt! Na warte, herzallerliebste Mette!

»Könnte es eventuell sein, dass *dir* der entzückende, praktische Nick ganz recht wäre?«

»Der will doch nur dich!«

Leah merkte, dass das jetzt ziemlich kläglich klang, und nahm sie in die Arme. Sie hätte sich ohrfeigen können ob ihrer Bemerkung.

»Oje, Mette! Wie konnte mir das bloß entgehen? Ich bin ein Elefant im Porzellanladen! Und überhaupt total unaufmerksam, egoistisch, gefühllos! Verzeih mir!«

Ein leises Schniefen an ihrer Schulter machte Leah klar, dass die Freundin offenbar schon längere Zeit etwas verborgen hatte, was ihr nicht aufgefallen war. Sie löste einen Arm von Mette, griff in ihre Hosentasche, fummelte ein Taschentuch heraus und hielt es ihr hin.

»Danke! Es muss was mit den Hormonen zu tun haben. Wenn ich meine Tage kriege, bin ich immer so schnell am Heulen.«

»Schon, aber ... mir ist nie wirklich aufgefallen, dass du Nick anders behandelt hast als jeden anderen guten Kunden auch.«

»Konnte ich doch auch gar nicht! Kaum kommt der hier rein, schwirrt er nur um dich rum. Ich bin nicht mal sicher, ob er mich überhaupt richtig wahrnimmt. Wahrscheinlich denkt er, ich wäre so eine Art dänische Dekopuppe.«

Leah musste furchtbar lachen und war heilfroh, dass Mette einfiel, sich schließlich geräuschvoll die Nase schnäuzte und ihre Tränen trocknete.

»Ich werd ihm mal ein bisschen auf den Zahn fühlen«, sagte Leah entschlossen.

»O nein, bloß nicht! Wir sind keine fünfzehn mehr. Du kannst ihn ja schlecht fragen, ob er mit mir ›gehen‹ will!«, wehrte Mette entsetzt ab.

»Ich bin doch nicht blöd! Lass mich mal machen. Nick wird gar nicht merken, dass ich ihn ausquetsche. Leg du dich schön hin und ruh dich aus. Ich werde es heute Abend kurz machen und komme bald nach. Sei so lieb und nimm Amy mit nach Hause.«

* * *

Gemeinsam gingen sie den kurzen Weg vom Hafen in die Stadt. Es begann langsam dunkel zu werden und ein unangenehm rauer Wind pfiff durch die leeren Gassen. Mit einem Küsschen auf Mettes Wange verabschiedete sich Leah vor den Stufen, die zum Restaurant hinaufführten.

Der Wirt hatte offenbar eine etwas eigenwillige Vorstellung von »Dänischer Woche«. Leah schmunzelte über seine fantasievollen Übersetzungen typisch italienischer Gerichte in die nordische Sprache. Die kreidebeschriebene Ankündigungstafel am Eingang verhieß »Spaghetti Skinke« statt »Spaghetti Carbonara«, »Kalvekød Salvie« statt »Saltimbocca alla Romana« und »Rødspætte« für die stadtbekannte Scholle. Rotweiße Fähnchen und Girlanden zierten verschwenderisch den Aufgang. So recht wollte sie nicht glauben, dass Francesco auch nur eine Spur von Änderungen an seinen Rezepten vorgenommen hatte. Ihre Erinnerung an »indische«, »vietnamesische« und ähnliche Werbeideen Francescos sprach einfach dagegen. Die Urlauber honorierten seine »Internationalität« allerdings trotzdem immer begeistert.

Nick saß schon an einem Tisch nahe der Theke und hatte ein halbvolles Bierglas vor sich stehen.

»Ich habe gar nicht mehr auf die Zeit geachtet. Wartest du schon lange?«, fragte Leah.

»Nein, alles gut. Du bist pünktlich wie die Deutsche Bahn!«, grinste er mit einem Blick auf die Uhr.

»Der Vergleich klingt nicht gerade nach besonderer Zuverlässigkeit. Entschuldige!«

»Kein Problem! Ich warte gerne auf eine schöne Frau«, schmeichelte Nick und brillierte mit seinem Plüschteddygesicht, das bei Surfschülerinnen erfahrungsgemäß Puddingknie hervorrief.

Bei Leah konnte er damit wieder einmal nicht punkten. Die Eröffnung Mettes über ihre versteckte Zuneigung verschaffte ihr eine gewisse innere Befriedigung. Mette war einfach ihre beste Freundin und Nick ohne Frage ein besonders liebenswerter Freund. Die beiden zusammenzubringen, erschien ihr als großartige Idee und perfekte Lösung der Probleme, die sie selbst den ganzen Sommer lang ärgerten. Allerdings fehlte ihr die zündende Idee, wie sie das Gespräch in die richtige Richtung lenken sollte.

Während des ausgezeichneten Essens wurde sie immer einsilbiger, bis Nick sie forschend ansah und fragte: »Was ist los mit dir? Was überlegst du? Bist du schon mit deinen Gedanken in Hamburg oder möchtest du lieber, ehe du verschwindest, die gute Gelegenheit beim Schopf packen und mit mir darüber reden, wie wir beide endlich Nägel mit Köpfen machen können?«

Leah wurde heiß und kalt. *Jetzt muss es raus!*

Sie straffte sich und sah ihn entschlossen an. »Nick, wir müssen das wirklich ein für alle Mal klären! Ich bin nicht für dich gemacht und du nicht für mich. Du bist ein wunderbarer Kumpel für mich, aber ich liebe dich einfach nicht!«

Es tat ihr unendlich leid, als er förmlich in sich zusammensackte, sein erwartungsvolles Lächeln sich in einen geschlagenen Ausdruck verwandelte. Beinahe hätte sie angefangen, ihren Satz zu relativieren. Sie verspürte den Drang aufzustehen, ihn in den Arm zu nehmen und zu trösten. Aber sie wusste genau, wohin das führte: Er würde es wieder nicht begreifen und neue Hoffnung schöpfen. Das wollte sie jetzt um keinen Preis. Leah wollte klar Schiff machen.

»Ist dir eigentlich gar nicht bewusst, Nick, dass du dir jetzt seit drei Jahren selbst den Weg verstellst? Und könntest du vielleicht mal die Augen aufmachen und dich umsehen? Andere Mütter haben auch schöne Töchter. Mal abgesehen von deinen Seejungfrauen kenne ich zumindest eine ganz Besondere, die sich sehr gerne mal auf deinem Radar sehen würde.«

Nick zog die Augenbrauen hoch und sah sie erstaunt an. »Wen meinst du?«

»Muss ich dich ernsthaft mit der Nase drauf stoßen?« Leah hoffte inständig, er würde selbst drauf kommen. Zu sehr erinnerte sie die Sache jetzt an Mettes Einwand vorhin, sie könne ihn ja schlecht fragen, ob er mit ihr »gehen« wolle. Sie hatte recht gehabt. Sehr altersgemäß war das Ganze wirklich nicht. Nervös spielte sie mit dem Fischmesser, vermied es, ihn anzusehen, bis ihr Blick ganz beiläufig auf die rot-weißen Servietten fiel, die zwischen ihnen auf dem rustikalen Holztisch lagen. An diesem Tisch hatten es offensichtlich schon eine ganze Reihe Liebespaare für nötig befunden, ihre Bekenntnisse in Form von Herzen und Initialen zu verewigen. Mit einer entschlossenen Bewegung ließ sie das Messer in eine der Servietten sausen. Senkrecht stak es vibrierend im Holz und ihr rutschte ein leises »Gott sei Dank« raus, als sie sah, dass Nicks Gesichtszüge sich erhellten. Er hatte offenbar begriffen.

»Nicht im Ernst, Leah! Du sprichst von Mette?«

»Oberschnellmerker! Du hast es erfasst!«

»Aber sie behandelt mich wie Luft!«, erwiderte er skeptisch.

»Ich glaube, wir sind da alle drei einem ganz blöden Irrtum aufgesessen, Nick. Mette hat sich zurückgehalten, weil sie glaubte, ich sei in dich verliebt. Und ich habe die ganze Zeit den Wald vor lauter Bäumen nicht gesehen und nicht begriffen, was sie für dich empfindet.«

Er schwieg nachdenklich und Leah wurde die Situation zunehmend unangenehm. Was sollte sie auch von ihm erwarten? Dass er vergnügt umschwenken, mir nichts dir nichts seine lang gehegten Vorstellungen einer zukünftigen Partnerschaft mit ihr an den Nagel hängen und sich zielstrebig für Mette entscheiden würde? Nein, er machte es ihr nicht leicht. Er war unübersehbar verletzt.

Mit einem resigniert wirkenden Schulterzucken rief er den Wirt, um zu zahlen. Eine ungewohnte Distanziertheit schwang zwischen ihnen, die beide nicht überwinden konnten. Bevor sie sich in der Dunkelheit vor dem Restaurant trennten, versuchte Leah ihn freundschaftlich zu umarmen. Er drehte sich weg, wünschte ihr knapp eine gute Nacht und ging.

Sie fühlte sich hundsmiserabel. Mit gesenktem Kopf lief sie das kurze Stück nach Hause. Sie wusste, sie hatte einen endgültigen Schlussstrich gezogen. Unter gar keinen Umständen würde sich das, was sie heute Abend getan hatte, wieder reparieren lassen. Wie sollte sie in Zukunft mit ihm umgehen? Und sie wusste: Sie würde mit ihm umgehen *müssen*. Unvermeidlich würden zumindest die geschäftlichen Beziehungen sein. Außerdem lag ihr etwas an ihm, an seiner Freundschaft.

Lass uns Freunde bleiben! Was für ein Scheißspruch! Wie komm ich da bloß wieder raus?

* * *

Es brannte noch Licht im ersten Stock des schmalbrüstigen Fischerhäuschens, das, eingeklemmt zwischen zwei größeren, die »Sommerresidenz« der Freundinnen war. Offenbar war Mette noch wach, wartete womöglich auf erfreuliche Nachrichten zum Thema Nick. Leahs Stimmung sank auf den absoluten Tiefpunkt.

Bitte, jetzt nicht auch noch Erklärungen abgeben müssen!

Sie hatte gerade den quadratmetergroßen Windfang betreten, als sie auch schon die Tür oben klappen hörte. Mit sehr wachem Gesicht kam Mette das Puppenstubentreppchen herunter und erkannte nach kurzem Stutzen den Ernst der Lage.

»Du hast es ihm gesagt!«

»Ja, ich habe es ihm gesagt. Und ich fühle mich so was von mies!«

»Wie hat er es aufgenommen?«

»Ungefähr so wie ein geprügelter Hund. Mette, es ist schrecklich!«

Es tat gut, sich einfach anzulehnen, sich aufgefangen zu fühlen und wieder einmal sicher sein zu können, die beste Freundin überhaupt zu haben.

Mit zwei gefüllten Rotweingläsern in der Hand saßen sie ein paar Minuten später in ihrem Miniatur-Innenhof an der Rückseite des Hauses. Dort war gerade genug Platz für zwei Stühle und ein Bistrotischchen. Ein einziger anspruchsloser Ilexbusch, dessen rote Früchte im stacheligen Blattgrün leuchteten, rankte an der gekalkten Wand. Er schenkte dem Plätzchen immerhin ein gewisses Gartenambiente.

»Er wird es verwinden, Leah«, begann Mette nach langem Schweigen. »Ich kann nicht finden, dass du ihm unberechtigte Hoffnungen gemacht hättest. Es ist nicht deine Schuld. Ich glaube, er ist stabil genug, um schnell wieder zu sich zu kommen.«

Amy quetschte sich durch die schmale Tür. Viel mehr als Schnauze und Hals passten allerdings nicht mehr in die Enge. Das reichte ihr aber völlig, um Anteilnahme auszudrücken. Abwesend kraulte Leah den Hundekopf.

»Ich will es hoffen, Mette, denn immerhin müssen wir mit ihm zusammenarbeiten. Die Geschäfte leben ja irgendwie voneinander. Vielleicht kannst du dich in nächster Zeit darum ... also ... um ihn kümmern. Bis ein bisschen Gras drüber gewachsen ist. Dann muss er sich wenigstens nicht mehr beklagen, dass du ihn ›wie Luft‹ behandelst.«

»Hat er das?«

Mette sah sie so strahlend an, dass Leah ihr vorsichtshalber die genaueren Zusammenhänge seiner Äußerungen verschwieg. Sie wusste: Es war verdammt dünnes Eis, auf das sie sich gerade begab. Hätte sie ihm nicht unmissverständlich Mettes Interesse deutlich gemacht, wäre wahrscheinlich gar kein Wort über sie gefallen. Viel hatte Leah nicht in der Hand, um die beiden zu verkuppeln. Und im Moment war ihr ganz klar, dass sie es in erster Linie tun wollte, um das eigene schlechte Gewissen zu beruhigen. Diese Erkenntnis, die sie als Unaufrichtigkeit den zweien gegenüber empfand, bereitete ihr noch mehr Magenschmerzen, als sie sowieso schon hatte. Mit einem Riesenschluck Rotwein spülte sie ihre Bedenken hinunter.

»Ja, hat er!«

Wenn das irgendwann mal rauskommt, erschlagen sie mich wahrscheinlich gemeinsam!

Leah war froh über die Funzelbeleuchtung. Sie wusste genau, dass Mette normalerweise in ihrem Gesicht lesen konnte wie auf einer Großbildleinwand.

»Gut!«, sagte Mette und klang so zufrieden, dass Leah das Gefühl hatte, der Fisch in ihrem Magen würde just zu neuem Leben erwachen und unter Alkoholeinfluss zum springenden Delfin mutieren. »Du kannst dich drauf verlassen, ich werde mich um ihn kümmern! Liebevoll!«

»Dann wäre das vorerst geklärt!«, sagte Leah betont zuversichtlich, stürzte den Rest Wein hinunter und schlug vor, ins Bett zu gehen, um bloß nicht mit weiteren Nachfragen konfrontiert zu werden.

Es dauerte beinahe zwei Stunden, bis der Schlaf die Oberhand über die Albernheiten der Delfine gewann.

5. Oktober 2000

Sie hatte ihn nicht kommen hören.

Leah steckte tief gebückt im untersten Bord des Regals mit Anglerzubehör. Die Beine leicht gespreizt, den Hintern herausgestreckt, sortierte sie frisch eingetroffene Aalreusen.

Das Erste, was sie wahrnahm, war ein eigentümlicher Duft von Bergamotte, Sandelholz und Amber. Dann machte sie ein leises Räuspern darauf aufmerksam, dass ein Kunde den Laden betreten hatte. Mit hochrotem Kopf kam sie aus ihrer Position hoch, drehte sich um und stand ihm nur wenige Zentimeter entfernt gegenüber. So dicht, dass der Eindruck, der sie jetzt traf, dass ihr das Blut umgehend wieder aus den Wangen wich. Ihre Blicke begegneten sich und Leah sah Grün. Ein Grün wie vom Boden einer Champagnerfalsche. Flaschengrün!

Er ist es! Wie konnte er sich bloß so reinschleichen? Wirklich wie ein Raubtier!

Das grünübliche Quieken konnte sie sich nur mit Mühe verkneifen und sie versuchte, ihre Atmung, die sich nicht recht zwischen Aussetzen oder doch besser gleich Hyperventilieren entscheiden konnte, unter Kontrolle zu halten. Er war groß; sie musste zu ihm aufsehen, wenn sie sich nicht mit der Aussicht auf seinen verdammt durchtrainiert wirkenden Brustkorb zufriedengeben wollte, der in einem weißen Poloshirt steckte, von dem sie ein grünes Krokodil angrinste. Tief gebräunte athletische Arme zeugten von sportlichen Aktivitäten im Freien.

»Guten Abend, was darf es sein? Kann ich Ihnen helfen?«, brachte sie zustande und war sich bewusst, wie gepresst ihre

Stimme klang, und noch viel bewusster, welch peinlichen Anblick sie gerade geboten hatte. Er musterte sie mit ein wenig schief gelegtem Kopf.

»Guten Morgen!«

Natürlich! Es ist kaum zehn Uhr!

»Es ist nur, weil ... Grün ...«, stammelte Leah und er sah sie amüsiert an.

Sie zwang sich, wenigstens bis zu seinem Kinn aufzusehen, das ein kreisrundes Grübchen – weiß der Teufel, wie man das so glatt rasiert bekam – zierte.

Noch ein Stückchen höher, aber bloß den direkten Augenkontakt vorerst meiden! Himmel, was für ein Kontrast! Dieser sinnliche Mund im Gegensatz zu dem kantigen Kinn, das pures Durchsetzungsvermögen erkennen lässt!

»Nein, Rot! Nicht Grün! Ich brauche ein Gehäuse für meine Backbordlaterne«, lachte er. Sie war ihm dankbar für die geschickte Ablenkung.

Er hat es gemerkt. Und er hat mich nicht blöd auflaufen lassen. Gekonnt hätte er. Scheinbar ein echter Gentleman.

»Ah, okay, Moment. Ich habe keins da, aber ich kann es bei Hella bestellen. Morgen früh käme es mit der Post. Ist das in Ordnung?«

Leah rasselte die Worte herunter, als wäre sie auf der Flucht, und huschte ins Büro, um den Katalog zu holen. Mette war noch nicht da, sie würde diesen Kunden in dem leeren Laden also ganz für sich allein haben. Sie zog die Unterlagen aus dem Regal, blieb einen Augenblick stehen, atmete tief durch, zupfte ihr flaschengrünes Shirt zurecht und trat entschlossen zurück in den Verkaufsraum.

»Lassen Sie uns mal nachsehen, welche Form und Größe Sie brauchen«, sagte sie, nun wieder halbwegs gefasst, und wurde trotzdem das Gefühl nicht los, dass er sich gerade eher über *ihre* Formen Gedanken machte. Sie breitete den Katalog auf der Ladentheke aus, die jetzt als Bollwerk zwischen ihnen stand. Leah bemühte sich, ihn nicht direkt anzusehen.

Er beugte sich über den Prospekt, stützte die Hände direkt neben ihren ab, die die störrischen Seiten aufgeblättert hielten. Perfekt gepflegte Hände mit langen, schlanken Fingern, offenbar manikürt und dennoch so kräftig, dass sie durchaus mehr als einen teuren Füller halten konnten. Beinahe berührten sich Haut und Haut. Sie spürte die Wärme und war sich vollkommen sicher, dass er nicht zufällig tat, was er tat.

Mit fachmännischem Blick tippte er auf das passende Ersatzteil, wobei er scheinbar unabsichtlich ihre Hand streifte. Leah hielt noch immer den Kopf über die Broschüre gesenkt. Er sah sie sehr direkt an, und sie merkte, dass es lächerlich wirken würde, wenn sie es ihm nicht langsam gleichtäte.

»Auf welchen Namen darf ich bestellen?«, fragte sie und drehte sich, ohne sich der grünen Gefahr gleich wieder ausgesetzt zu sehen, zum Rechner um, der neben der Kasse auf Stand-by stand.

»Breckwohld. Connor.«

Herrgott, wie kommt man zu so einem Namen? Und wie kommt man zu solchen Augen? Ganz cool bleiben, Leah!

Sie spürte seine Blicke in ihrem Nacken. Normalerweise hasste sie dieses Gefühl, aber jetzt schien es ihr harmlos im Gegensatz zur Alternative. Konzentriert gab sie die Bestellung auf.

»Die Bestellbestätigung ist schon da! Das Ersatzteil geht noch heute Vormittag in den Versand. Kommen Sie morgen um die gleiche Zeit, dann sind die Lieferanten durch.«

Schwungvoll wandte sie sich zu ihm um. Im selben Moment wurde die Ladentür aufgerissen und die junge Frau, die gestern den Steg entlanggestakst war, rief ungeduldig herein: »Connor, kommst du? Das Taxi wartet und mein Zug geht in einer halben Stunde. Wenn du noch lange trödelst, schaffen wir es nicht mehr.« Ihre Stimme klang ein bisschen gehetzt und sie warf die Tür unnötig heftig wieder zu, ohne seine Antwort abzuwarten.

Er schien die Ruhe wegzuhaben. »Ich segle heute Nachmittag mit einem Freund nach Dänemark rüber. So lange wird das gebrochene Gehäuse noch halten. Haben Sie vielen Dank! Wir sehen uns morgen.«

Das steht zu befürchten!, dachte Lea, die sich für den Moment vollkommen im Griff hatte und, ganz charmante Geschäftsfrau, antworten konnte: »Nichts zu danken! Ich wünsche Ihnen einen angenehmen Törn.«

An der Tür drehte er sich noch einmal um, und zwinkerte ihr auf eine Art zu, die sie ins Mark traf.

Wie kann ein Mann so gucken können? So besitzergreifend, so entlarvend, so als wüsste er genau, dass er nur einmal mit dem Finger schnippen müsste und ich würde ihm direkt vor die Füße fallen?

Ihre letzte Wahrnehmung galt seiner muskulösen Kehrseite und sie konnte es gerade noch lassen, einen verräterischen Pfiff auszustoßen. Zweifellos: Er hatte sie beeindruckt. Und er schien das ganz genau zu wissen.

Die Tür fiel ins Schloss und das wartende Taxi fuhr davon. Zurück blieb eine winzige Spur des eigentümlichen Geruchs nach Sandelholz, Amber und Bergamotte.

Was war das denn? Ist das nur mein Grünfetisch? Kann nicht sein! Meine Güte, ich bin dreißig, eine erfolgreiche Geschäftsfrau, ich steh mit beiden Beinen auf dem Boden und dann lasse ich mich derartig aus der Fassung bringen? Leah, o Leah, dich hat's erwischt! Aber natürlich, eigentlich ist der Mann genau das, wovon ich immer schon geträumt habe. Das ist ein Rhett-Butler-Typ zum Quadrat! Aber ich bin erstens keine Scarlett O'Hara und zweitens, das war ja klar: Er ist besetzt!

Mette platzte, mit der Brötchentüte wedelnd, in ihre Gedanken. Sie hatte Amy mitgebracht, die sich unter Freudengekläff auf ihr Frauchen stürzte, als hätte sie sie jahrelang nicht gesehen.

»Was ist denn mit dir los? Du wirkst ja total weggetreten!« Mette schnupperte und der kaum wahrnehmbare, aber sehr ungewohnte Duft entging ihrer sensiblen Nase nicht. »Und wie riecht's hier eigentlich? Hast du ein neues Parfum? Nicht sehr weiblich! Würde ich dir nicht empfehlen.«

»Du übertreibst! Tust ja gerade so, als wäre hier eine Parfumflasche geplatzt. Außerdem ist das nicht mein Duft, das war Connor Breckwohld«, sagte Leah träumerisch.

»Ach, du ahnst es nicht! Der, der gerade mit dem Taxi los ist? Das ist Breckwohld? Was wollte der hier und warum bist du so ab von der Welt?« Mette verdrehte die Augen himmelwärts, packte Leah bei den Schultern und schüttelte sie. »Aufwachen, Schätzelein! Komm zu dir!«

»Ach, lass mich doch auch mal«, seufzte Leah und wollte eigentlich gar nicht zurück auf diese Welt. »Er hat flaschengrüne Augen!«

»Auch das noch! Du siehst aus wie ein Eichhörnchen auf Ecstasy. Hallo? Ground control an Leah! Ist da noch was?«

»Gib mir Kaffee und Brötchen, vielleicht wird's ja dann wieder«, schlug Leah vor.

»Erst wird gelüftet! Das ist ja wie 'ne Droge für dich!«, alberte Mette, riss theatralisch die Ladentür auf und stellte sie fest, ohne Rücksicht auf das »Ach schade« ihrer Freundin zu nehmen. Der letzte Hauch des Duftes verflüchtigte sich in der frischen Morgenluft.

* * *

Das Frühstück für die beiden war die letzte Gelegenheit des Tages, sich in Ruhe hinzusetzen. Dann ging der Trubel richtig los und legte sich erst in den späten Nachmittagsstunden. Leah drehte ihre übliche Abendrunde mit Amy am Hafen und traf wieder auf Claas.

»n'Abend, Mädchen. Wird schon ganz schön windig. Morgen sollen wir Sturm kriegen. Nordost, acht bis neun.«

Über die Schulter des Hafenmeisters hinweg schielte sie nach dem Anlegeplatz der weißen Breckwohld-Yacht. Der Platz war leer. Claas war ihr Blick nicht entgangen.

»Der ist heute Mittag los«, erklärte er, »hat mir erzählt, dass er seine Backbordleuchte bei dir bestellt hat.«

Leah nickte strahlend. »Kommt morgen.«

»Na, meine Lütte, aus deinen Augen leuchtet aber eher Breckwohld als Hella, was?«

Leah versuchte, möglichst unbeteiligt zu tun. Sie wusste, es gelang ihr nicht. Claas blinzelte in die Abendsonne und ein belustigter Zug erschien unter seinem grauen Bart. »Die Leuchte kommt vielleicht morgen, aber *diese* Leuchte ganz sicher nicht. Nicht bei dem angekündigten Wetter«, meinte er und sie hatte den Eindruck, dass er das nicht wirklich vergnügt sagte, sondern sie belauerte.

»Wenn er vernünftig ist, nicht. Da hast du recht. Ist viel zu gefährlich für Hobbysegler«, erwiderte Leah betont ernst.

»Na, ein reiner Hobbysegler ist der nicht! Er war sogar als Gastsegler beim America's Cup in der neuseeländischen Mannschaft dabei. Und irgendwelche Finn-Dinghi-Klassen hat er auf nationalen Meisterschaften auch gewonnen, wenn ich mich recht entsinne. Aber gerade deshalb wird er wohl wissen, was er tut. Rausfischen müssen wir doch mit der DGzRS immer nur die, die keine Ahnung haben und sich selbst grenzenlos überschätzen«, zwinkerte er.

»Sag mal, wenn du so viel über die Familie weißt, kannst du mir doch sicher auch erklären, wie er zu diesem komischen Namen kommt«, versuchte sie ihm noch ein paar Infos mehr aus der Nase zu ziehen.

»Komisch, wieso komisch? Breckwohld ist ein weitverbreiteter alter Name in Blankenese. Kennst du nicht diesen Schnack: Auf der Anlegerbrücke im Hafen prahlen ein Amerikaner, ein Franzose und ein Blankeneser mit ihren Vorfahren. ›Meine kamen mit der ›Mayflower‹, sagt der Amerikaner. ›Mein Stammvater war Karl der Große‹, sagt der Franzose. Dann der Blankeneser: ›Wir stammen von Adam und Eva ab‹, trumpft er auf. ›Sie soll ja 'ne geborene Breckwohld gewesen sein.‹«

Leah hielt sich die Seiten vor Lachen. Die Geschichte kannte sie noch nicht, obwohl sie in Hamburg geboren war. Claas freute sich sichtlich, sie auf andere Gedanken gebracht zu haben, denn was er von dem jungen Segler hielt, hatte er ihr ja schon in aller Offenheit mitgeteilt. Ganz zufrieden war sie allerdings mit dieser Anekdote nicht. Worum es ihr vor allem ging, war sein Vorname. So locker, wie Claas jetzt war, wagte sie den Vorstoß: »Und warum hat er einen englischen Vornamen?«

Umgehend wurde ihr Gegenüber still und verschlossen.

»Was ist? Was ist los, Claas? Welche Geschichte möchtest du mir nicht erzählen? Du verschweigst mir was.«

Er schüttelte den Kopf, zog nachdenklich an seiner Pfeife. »Seine Mutter ist Engländerin. Mehr sag ich nicht dazu.«

Es war ein äußerst seltsames Verhalten, das er da an den Tag legte, und Leah konnte sich nicht erklären, warum er ihr jetzt nur noch einmal kurz die Wange tätschelte und wortlos ging.

»Claas? Claas!«, rief sie ihm hinterher, aber er drehte sich nicht mehr um.

6. Oktober 2000

Die Brücke, die seit fast dreieinhalb Jahrzehnten die Insel mit dem Festland verband, war aus Sicherheitsgründen für leere Lkw gesperrt. Regenschwangere Wolken jagten über den düsteren Himmel, die Temperaturen waren über Nacht abgestürzt. Der Altweibersommer hatte sich verabschiedet und der Sturm zerrte die gelben Blätter von den Kürbislinden. Dem UPS-Boten riss es beinahe die Ladentür aus der Hand. Ein Schwall nassen Laubes fegte herein.

Lea erinnerte sich an Claas' lockeren Spruch von gestern Abend. Die Leuchte war da, aber die »Leuchte« kam tatsächlich nicht. Er kam auch den ganzen Tag über nicht, und die Meteorologen kündigten eine Wetterbesserung frühestens für den nächsten Morgen an. Mette konnte ihre Frotzeleien nicht lassen und zog Leah damit auf, dass sie zu jeder vollen Stunde im Büro verschwand, um sich die neueste Entwicklung der Großwetterlage nicht entgehen zu lassen.

»Kannst du vielleicht mal damit aufhören? Ich brauche deine Hilfe! Und guck doch bloß nicht ständig in den Spiegel! Davon gehen die Sommersprossen auch nicht weg.«

»Hast du was gegen meine Sommersprossen?«

»Nichts, was wirklich helfen würde«, feixte Mette und traf damit genau den Nerv, der bei Leah immer besonders empfindlich vibrierte. Sie konnte die Dinger nicht leiden, die im Winter nur zart angedeutet waren, jeden Sommer aber blühten wie holländische Tulpenfelder im April.

»Du bist gemein!«, schimpfte sie.

»Nee, nur überarbeitet. Jetzt komm schon, reich mir die neuen Sweatshirts mal hoch. Ich habe keine Lust, dauernd leiterauf, leiterab zu klettern.«

»Hast ja recht, du wirst mir sonst noch zu dünn«, gab Leah mit einem süffisanten Grinsen zurück. Das war definitiv auf Mettes Speckröllchen gemünzt, die sie bei aller Anstrengung nie loswurde. Der Blick, den sie damit erntete, brutzelte ihr förmlich ein Loch in die Stirn.

Ehe die Stimmung völlig entgleisen konnte, rettete Nick mit seinem Eintreten die Situation. Leah merkte, dass er bemüht war, sie tunlichst zu übersehen, und seine Augen an Mette hängen blieben, die hochgereckt auf der Leiter wie eine Statue exponiert zu besichtigen war. Sie war wirklich nett anzusehen mit ihrem knackigen Po in Slim Fit-Jeans, dem hochgerutschten Top, das ein Stückchen Haut im Rücken freilegte, dem dicken weizenblonden Zopf und dem hübschen nordischen Gesicht. Dass er gerade dabei war, den Wink mit dem Zaunpfahl vom vergangenen Abend auf seine Richtigkeit zu prüfen, konnte Mette nicht ahnen, Leah sah es ihm aber an.

»Moin, Mädels! Sind meine Neopren-Nierengurte angekommen?« Er warf die Frage in den Raum, sah dabei aber nur Mette an, die etwas erstaunt darüber war, dass er so explizit sie und nicht wie gewohnt Leah ansprach.

Leah atmete innerlich auf, hatte das Gefühl, dass es doch gelungen war, erste Bande zu knüpfen, und zog sich ins Büro zurück, um die beiden allein zu lassen. Es war wenig los im Laden, also Zeit für ein bisschen Buchhaltung. Während sie Rechnungen sortierte und abheftete, Eintragungen im System vornahm, Mails abrief und beantwortete, hörte sie durch die angelehnte Tür, dass sich ihr Schubs für die zwei offenbar gelohnt hatte. Die Gesprächsfetzen, die sie mitbekam, klangen jedenfalls ziemlich vergnügt und einträchtig.

Wenigstens dieses Problem scheint auf dem Weg zur Lösung zu sein!, dachte sie und sah ihre Vermutung bestätigt, als Mette eine halbe Stunde später hereinkam und als Erstes einen prüfenden Blick in den Spiegel warf. Sie registrierte es mit einem Gefühl der Erleichterung, sagte aber nichts dazu und beschränkte sich auf sachliche Themen.

»Schau mal! Wir gehen wirklich gut in den Winter!«, sagte sie und drehte den Monitor so hin, dass Mette die neuesten Zahlen sehen konnte. »Wir würden noch nicht mal verhungern, wenn wir das ganze nächste Quartal überhaupt nicht arbeiten!«

»Wow! Du hast gut gewirtschaftet! Was denkst du, sollen wir Ende des Monats einpacken und Schluss machen?«

»Ich denke: ja. Die Herbstferien sind dann in allen Bundesländern vorbei. Besser kann es nicht mehr werden, und du weißt ja, meine Mutter wird schon auf heißen Kohlen sitzen und uns sehnsüchtig erwarten.«

»Gut, dann haben wir einen Termin«, stimmte Mette zu und verschwand wieder im Geschäft, um gerade hereingekommende Kunden zu bedienen.

* * *

Leah stützte den Kopf in die Hände, rieb sich die Augen und dachte über diese Worte nach. »Wir haben einen Termin!« Diesen Termin endgültig festzulegen, fiel ihr immer wieder so schwer. Das selbstständige Leben, das kleine, gemütliche Fischerhaus, die Leute hier, den frischen Wind in den Haaren, die Unabhängigkeit zu tauschen gegen den Angestelltenstatus im Teekontor in der wintergrauen Großstadt! Das war der alljährliche ungeliebte Bruch in ihrem Leben und er machte ihr jedes Mal das Herz schwer.

Drei, vier Wochen noch! Alles aufsaugen, jeden Eindruck mitnehmen, den ich noch kriegen kann, damit es den Winter über reicht!

Diese Sehnsucht, die sich immer spätestens im Januar so heftig einstellte, dass es geradezu körperliche Schmerzen bereitete, fürchtete sie. Es würde März werden, bis sie zurückkehren konnten. Den Trubel, den Dunst über der Stadt, das Gefühl von Eingesperrtsein hasste sie. Gut, man hätte schlechter wohnen können. Immerhin lag die Alster direkt vor der Tür, aber die Wohnung in dem nett renovierten alten Bürgerhaus war eigentlich zu klein für zwei. Zumal dann, wenn man sich gelegentlich – bei aller Freundschaft kam das vor – aus dem Weg gehen wollte. Sie hatten beide ein Schlafzimmer und das gemeinsame Wohnzimmer funktionierte eben manchmal nur genau *so* lange, wie sie sich absolut einig waren, und vor allem: kein »Herrenbesuch« kam.

Wie froh war sie gewesen, als es damals plötzlich möglich wurde, diesen Traum hier wahr werden zu lassen. Sie hatte ihn erst nach dem Tod ihres geliebten Vaters realisieren können. Und das machte die ganze Sache zwar einerseits furchtbar bitter, erhöhte aber andererseits den Wert noch um ein Vielfaches.

Er hatte gewusst, was sie sich wünschte. Und er hatte dafür gesorgt, dass sie den Fonds erst bekam, als sie fünfundzwanzig und in der Lage war, wohlüberlegte Entscheidungen für die Zukunft zu treffen. Ein paar Jahre lang hatte sie sich über diese Zeitschranke geärgert und dann doch irgendwann begriffen, wie klug es von ihm gewesen war, es so und nicht anders einzurichten. Hätte sie den Zugriff auf das Erbe früher gehabt, dessen war sie sich heute sicher, wäre das Geld verjubelt gewesen, ehe sie klar sah.

* * *

Sein erschöpftes Gesicht tauchte vor ihrem inneren Auge auf. Tagelang hatte er noch im Koma zu Hause gelegen. Das Geräusch der Beatmungsmaschine würde sie nie ganz aus den

Ohren bekommen. Er hatte gekämpft. Jahrelang. Und es war das Letzte, was ihre Mutter, ihr älterer Bruder Michael und sie für ihn tun konnten, als sie im Familienrat beschlossen, seinem Wunsch nachzugeben, ihn für diese letzten Tage nicht wieder in die Klinik zu bringen. Die vielen Therapien, die Operationen, die er gleichmütig ertrug, längst wissend, wie sinnlos alles war, hatten ihm Krankenhäuser gründlich verleidet.

Sie konnte sich nicht erinnern, jemals eine so intensive Zeit voller Ängste und mühsam aufrechterhaltener Hoffnungen erlebt zu haben. Die Familie hatte zusammengehalten wie Pech und Schwefel. Und sie waren alle da gewesen, hatten ihn alle gehalten, als er den letzten Atemzug tat. Einmal noch hatte er die Augen geöffnet, sie angesehen. Dann war es vorbei.

Jahrelang gelang es Leah nicht, sich an die vielen glücklichen Jahre vorher zu erinnern. Es blieb nur immer dieser letzte Moment, den der Kopf so fest gespeichert hatte, dass das Bild nicht ersetzbar war. Dann, irgendwann ließen sich die Bilder aus den guten Zeiten reaktivieren, schoben sich erst bruchstückhaft, dann zu einem Ganzen gefügt vor den letzten Eindruck. Leah musste lächeln, als sie jetzt ihren kraftvollen Vater vor Augen hatte. Groß und aufrecht, mit einem Gesicht, das sie schon immer als »schön« und doch ungeheuer männlich empfunden hatte. Gerahmt von akkurat geschnittenem, kräftig-dunklem Haar. Souverän, ein Fels in der Brandung ihrer Kindheit, keinen Widerspruch duldend und doch immer bereit, seine unumstößlichen Entscheidungen zu erklären. Auch wenn sie manchmal gehadert hatte: Immer erwiesen sie sich im Nachhinein als klug und richtig.

Sie wusste: Es war kein Wunder, dass ihre Ansprüche bei der Männerwahl von seinem Bild geprägt waren. Nicht, dass sie eine Vaterfigur gesucht hätte, nein, so verblendet war sie nicht. Die Frage hatte sie abschließend für sich geklärt. Aber sie wusste auch nur zu gut, dass der Richtige aus demselben Holz geschnitzt sein musste wie er.

Ehe sie aufstand, um sich wieder zu Mette zu gesellen, wischte sie sich eine Träne aus dem Auge, straffte sich. Ihr Blick ging hin und her zwischen dem Foto auf dem Schreibtisch, das sie immer begleitete, und dem Monitor, der die bemerkenswert guten Zahlen zeigte. Er wäre stolz auf sie gewesen!

7. Oktober 2000

Der Sturm hatte sich am Morgen tatsächlich gelegt. Leah dehnte ihre kleine Morgenspazierrunde mit Amy in den Hafen aus. Sie war früh wach gewesen, mit einem Gefühl, das ihr sagte, heute würde etwas ganz Besonderes passieren.

Gestern Abend war sie noch schnell in Monis kleiner Boutique eingefallen und hatte sich eine hinreißende, sündhaft teure Bluse gegönnt, die dort im Schaufenster hing. Tiefdunkles wildseidenes Flaschengrün, mit weiten Ärmeln und kurz, wie ein Leibchen geschnitten, das genau auf dem Hosenbund aufsaß. Jadegrüne Knöpfchen schlossen hoch bis zu einem Stehkragen. Ihre Elsternveranlagung hatte schrillend Alarm geschlagen, also konnte sie sich dieses schöne Stück nicht entgehen lassen.

Sie wusste, dass diese Bluse für den Tag im Laden eigentlich völlig übertrieben war. Und merkte jetzt, wie ihr die kühle Morgenluft unter die neue Jacke kroch. Genau an die Stelle, wo der Bund ihrer Jeans aufhörte und der hauchdünne Seidenstoff anfing.

»Kind, zieh dich warm an, halt die Nieren bedeckt«, hatte ihre Mutter früher immer gesagt, als die bauchnabelfreien Tops modern gewesen waren. Sie hatte schon damals nicht darauf gehört und heute einfach nicht widerstehen können, das neue Stück einzuweihen.

Natürlich, sagte sie sich, *schließlich passiert heute ja auch etwas ganz Besonderes!*

Mit Amy im Schlepptau erreichte sie das Hafenbecken. Der Sturm hatte reichlich Tang hereingespült. Der Meeresduft war heute mehr als aufdringlich. Das Wasser wirkte wie eine wabbelige Masse, und es sah aus, als wären die Boote in Gelee eingelegt.

Die »Helen« war nicht da.

Den ganzen Vormittag über war sie nervös, was Mette offenkundig nicht entging. Leah war sich bewusst: Die brauchte nur eins und eins zusammenzuzählen, um zu kapieren, warum. Allein die extravagante Bluse ließ ja nun tief genug blicken.

Das schönere Wetter lockte wieder reichlich Kunden an, und beide hatten alle Hände voll zu tun. So verging die Zeit bis zum Nachmittag wie im Fluge, es gab keine Zeit für Pausen und kaum Gelegenheit zum Nachdenken. Als der Ansturm langsam nachließ, schnappte sie sich den Hund, der natürlich »dringend rausmusste«, und lief wieder zum Hafen hinunter.

Jetzt lag das Schiff da, wurde von Claas vertäut, der anscheinend beim Anlegen gerade am Steg gestanden hatte. Die Männer schienen ein munteres Gespräch zu führen. Der leichte Wind trug ihr Gelächter herüber. Leah hielt sich in einiger Entfernung und beobachtete die beiden. Sie fasste den Entschluss abzuwarten, bis Claas sich entfernt hätte, dann die Leuchte aus dem Laden zu holen und an der Yacht abzuliefern. Tatsächlich dauerte es nicht lange, bis der Hafenmeister sich verabschiedete. Ehe sie von ihm gesehen werden konnte, machte sie auf dem Absatz kehrt und sah zu, dass sie wegkam.

* * *

»Ich liefere noch schnell die Backbordleuchte aus«, erklärte sie Mette, als sei das eine Selbstverständlichkeit.

»Du tust *was?* Seit wann tragen wir unseren Kunden ihre Bestellungen hinterher? Das wäre ja noch schöner. Lass das sein, Leah! Wenn sich das rumspricht, reißt es noch ein.« Mette schüttelte verständnislos den Kopf.

Leah fühlte sich gar nicht wohl in ihrer Haut. Natürlich hatte Mette recht! Es war vollkommen unüblich, was sie sich da vorgenommen hatte, und sie würde verdammte Schwierigkeiten haben, zu erklären, warum sie auf diesen Gedanken verfallen war. Zwei äußerst gegensätzliche Überlegungen rangen in ihr um die Herrschaft. Die eine vertrat die graue Partei der Vernunft, die andere die knallbunte Opposition aus Neugier, Abenteuerlust und einer unwiderstehlichen Faszination, die sie magisch anzog. Ein Sieg letzterer würde eine heftige Diskussion nach sich ziehen. So viel war absehbar. Und: Dafür fehlte ihr jedes halbwegs überzeugende Argument. Der unbestimmbare Sog, den Breckwohld auf noch viel unbestimmbarere Weise auf sie ausübte, wäre der meist sehr sachlich denkenden Mette schon gar nicht zu vermitteln gewesen. Leah zögerte. *Unmöglich!* Sie zog ihre Jacke aus und hängte sie ins Büro. So endgültig ihr diese Geste erschien, so unzufrieden machte sie es auch und ihre Laune war auf dem Tiefpunkt. Nur noch zu toppen durch das Eintreffen von Nick. Der hatte ihr gerade noch gefehlt.

»Macht es dir was aus, wenn ich jetzt schon gehe? Nick hat mich eingeladen«, säuselte Mette.

Leah stimmte zu und sah den beiden hinterher, wie sie, offenbar in Hochstimmung, die Ladentür hinter sich zuzogen.

Wie blöd bin ich eigentlich? Den einzigen halbwegs vernünftigen Kerl meiner Freundin zuschustern und mich in einen dahergelaufenen Fremden vergucken! Herzlichen Glückwunsch, Leah! Fein gemacht!

Sie schlug resigniert mit der flachen Hand auf die Ladentheke, wollte sich gerade die Schlüssel greifen, um abzuschließen, als die Tür sich öffnete.

Da stand er! Connor Breckwohld.

Sachte Schauer von Gänsehaut rieselten über ihren Rücken.

»Guten Abend, Frau Holst, komme ich zu spät?«

»Genau genommen, kommst du viel zu spät ..., aber besser spät als gar nicht!, dachte sie und sagte: »Nein, schon in Ordnung. Wir haben ja noch offen. Ihre Leuchte ist da.«

»Schön«, antwortete er mit einem Lächeln, das ihr den Eindruck vermittelte, als habe auch er ein besonderes Verhältnis zum »Leuchtenwortspiel«. Ganz offenbar assoziierte er aber anderes als Claas. Mit unverhohlenem Interesse glitten seine Augen über ihre Figur. Leah war mulmig. So sehr sie sich auch gewünscht hatte, ihn wiederzusehen, ihm um ein Haar sogar selbst auf die Pelle gerückt wäre: Diese Präsenz war schwer auszuhalten. In offener Segeljacke, weißer Leinenhose und Bordschuhen, Gesicht und Hände tief gebräunt, mit diesem unwiderstehlichen Lächeln, das um die Mundwinkel spielte, näherte er sich langsam. Und mit jedem Schritt brachte er ihre professionelle Haltung mehr ins Wanken. Leah merkte, dass sie ihn anstarrte wie ein hypnotisiertes Kaninchen die Schlange. Unfähig, sich zu bewegen, unfähig, einen vernünftigen Ton herauszubekommen.

Das kann nicht sein. Stopp!

Er stoppte nicht, bis er direkt vor ihr stand. Erst in diesem Moment nahm sie wieder den Duft wahr.

»Mir scheint, Sie haben nicht gerade die beste Laune. Kann ich Sie etwas aufheitern und zu einem Drink auf mein Boot einladen?«

Es war eine völlig unverfängliche Einladung, aber Leah fand, der Unterton in seiner Stimme ließ es klingen wie ein unmoralisches Angebot. Aus der leichten Gänsehaut wurde ein Frösteln. Sie rieb sich die Arme, als wollte sie sich warmrubbeln. Was ihr noch vor ein paar Stunden äußerst wünschenswert erschienen war, erschreckte sie jetzt. Mühsam gelang es ihr, einen Schalter umzulegen, der die aufwühlenden Empfindungen von der angemessen sachlichen Reaktion trennte.

Bitte einmal den Vernunftknopf!

Das Ding klemmte. Er stand einfach zu dicht vor ihr. Den Kopf leicht schief gelegt, wartete er auf ihre Antwort. Das Frösteln wich einer heißen Welle, die ihren Blutdruck hochtrieb.

Tief durchatmen, bloß nicht im Kopf ankommen lassen, sonst steh ich hier gleich mit 'ner Birne wie ein Feuermelder!

Leah atmete tief durch. Und hörte sich sagen: »Sehr gern! Ich muss nur vorher den Hund nach Hause bringen.«

»Ich freue mich«, erwiderte er mit einem offenen Lächeln, das überhaupt nicht mehr anzüglich wirkte.

Hab ich mir das eben also doch nur eingebildet, dass er mich da gerade mit den Augen ausgezogen hat?

Leahs Selbstbewusstsein war halbwegs wiederhergestellt. Er zahlte seine Rechnung mit einer American-Express-Platin-Karte. Nichts anderes hatte sie nach Claas' Aussagen über seine wirtschaftlichen Verhältnisse erwartet.

Als er sich zum Gehen wandte, traf sie noch einmal ein Blick aus diesen champagnerflaschengrünen Augen. Glücklicherweise war der Abstand zwischen ihnen aber schon so groß, dass er ihre Reaktion wohl kaum noch richtig wahrnehmen konnte.

»Bis gleich!«, sagte er und zog die Ladentür von außen zu.

Leahs Anspannung löste sich und sie rief Amy zu sich. Plötzlich hatte sie es sehr eilig. Die Blicke der Hündin waren etwas verständnislos, denn normalerweise durfte sie auf dem Heimweg in aller Ruhe »lesen«, was Hundekollegen über den Tag an interessanten Nachrichten an die Baumstämme gepinnt hatten. Amys Informationsbedürfnis kam entschieden zu kurz. Derartige Ungeduld war sie nicht gewohnt. Unwillig folgte sie Leah mit einem mürrischen »Hast-du-noch-alle-Tassen-im-Schrank-Blick«.

* * *

Worauf lasse ich mich jetzt ein? Mal klar nachdenken! Was weiß ich von ihm? Er hat eine Freundin. Die Verbindung soll anscheinend, wenn es nach seiner Frau Mama geht, schleunigst auf dem Standesamt festgetackert werden. Seinen Freund hat er nach Dänemark gebracht, seine Liebste zum Bahnhof. Er wird also allein sein. Claas hat ihn einen »Hallodri« genannt. Bedeutet vermutlich, dass er alles, was nicht bei drei auf dem Baum ist, flachlegt. Weiß der Teufel, wie viele Kerben sein Bettpfosten schon hat!

Leahs Schritte verlangsamten sich auf dem Weg zum Hafen.

Andererseits: Was ist schon dabei, sich auf einen Drink einladen zu lassen? Das muss doch überhaupt nichts heißen!

Sie schüttelte den Kopf über ihre Gedanken. Die schöne alte Yacht einmal von innen besehen, einen Schluck zusammen trinken, einen netten Abendklön halten – und fertig!

Genau das wird es sein! Mehr nicht! Woher nehme ich eigentlich dieses blöde Verknallt-Gefühl? Bloß weil er so unglaublich grüne Augen hat? Bloß weil er so millimetergenau der Typ ist, den ich mir immer gewünscht habe? Vielleicht ist er ja ein absolutes Arschloch! Natürlich ist er das! Sonst hätte er ja nicht so einen beschissenen Ruf.

Leah richtete sich innerlich zu voller Größe auf. Ein Meter fünfundsechzig war nicht besonders beachtlich, das wusste sie.

Aber auf die innere Größe kommt es an! Ich werde mich schon im Griff haben, egal wie grün …

Sie hatte den Steg erreicht, stand vor der »Helen«. Er hatte sie offenbar erwartet, denn sofort erschien er an Deck. Die Sache mit dem Im-Griff-Haben währte genau *so* lange, bis er ihr die Hand hinhielt, um ihr an Deck zu helfen.

»Herzlich willkommen auf dem Kahn meiner Väter«, begrüßte er sie und schuf damit zumindest für den Moment eine unverfängliche Atmosphäre, die zu einem lockeren Gespräch über die Geschichte des Schiffes einlud. Leah war dankbar für die Möglichkeit, sich wieder fangen und das Gummi aus den Beinen bekommen zu können.

Sein Großvater hatte die Yacht bauen lassen, war jedoch vor der Fertigstellung gestorben. So war sie an Connors Vater Arndt gefallen und wurde seither viel genutzt, aber auch bestens gepflegt. Der Oldfashioned-Style war bewusst erhalten worden, die modernste Technik geschickt verborgen eingebaut. Die »Helen« war eine absolut hochseetaugliche Schönheit. Leah war beeindruckt und hatte keinerlei Probleme, sich angeregt und unbefangen mit ihm zu unterhalten. Sie spürte, wie sehr er das Schiff liebte, wie sehr er Fachmann war.

Der Wind hatte wieder aufgefrischt. Es war zu kühl, um sich an Deck zu setzen, und er bat sie in den Bauch der alten Dame. Schon beim Hinuntersteigen war dieses mulmige Gefühl wieder da. Was oben an Deck der Seewind wegblasen konnte, wurde nun übermächtig. Je näher er ihr kam, je intensiver sie seinen Duft wahrnahm, desto weicher wurden ihre Knie.

Der Salon, anders konnte man die nobel ausgestattete Kabine nicht nennen, empfing sie mit einem warmen, indirekten Licht. Connor bot ihr einen Platz auf der tiefen Couch an und fragte, was sie trinken wollte. Am liebsten wäre ihr Wasser gewesen, aber sie ging auf seinen Cocktail-Vorschlag ein, obwohl sie wusste, wie wenig Alkohol sie vertrug, wie schnell ein paar Schlucke sie schon in einen etwas leichtsinnigen Zustand versetzen konnten.

Er verschwand nebenan in der Kombüse und gab ihr Gelegenheit, sich umzusehen. Alles an diesem Schiff strahlte Gediegenheit und Luxus aus. Leah ließ den Anblick auf sich wirken, machte es sich in den dicken, cremeweißen Sofakissen gemütlich und ließ den Blick über die Einrichtung schweifen. Rötliches Mahagoniholz, helle Stoffe und Teppiche und auch hier unten glänzend poliertes Messing. Penibel aufgeräumt und absolut nicht junggesellentypisch!

Klar! Er hat ja auch eine Freundin!

Das einzig irritierende Einrichtungsstück war eine lebensgroße Statue aus Ebenholz. Sie war ihr schon beim Eintreten aufgefallen, Leah hatte es aber für unhöflich befunden, sich zu dem ungewöhnlichen Stück zu äußern. Dennoch war ihm ganz offenbar ihr Stutzen nicht entgangen. Er schien die Wirkung der Statue auf sie beobachtet zu haben.

Fest verankert stand sie inmitten des Raumes. Es war die nackte Figur einer schlanken, hochgewachsenen Afrikanerin oder Mulattin mit ebenmäßigen Gesichtszügen, vollen sinnlichen Lippen und hochgetürmtem Haar, das zu unzähligen Zöpfen geflochten war. Lediglich ein winziger geschnitzter Lendenschurz verdeckte ihre Scham. Ein kleiner dreieckiger Perlenbeutel, plastisch aus dem Holz herausgearbeitet, hing um ihren Hals. Den Po betitelte Leah insgeheim als »Megaarsch«.

Sie hielt den Kopf aufrecht, aber der Blick war leicht gesenkt. Um die ultraschmale Taille wand sich wie ein Gürtel eine Schlange, deren Kopf, mit zwei rotfunkelnden Edelsteinaugen züngelnd zwischen den üppigen Brüsten lag. Die Figur schien das Reptil zu betrachten, eine Hand liebkoste den Schlangenleib, während die andere in der Hüfte abgestützt war.

* * *

Er kam mit zwei Gläsern »Blue Champagne« zurück, reichte ihr eins und bemerkte ihren Blick, den sie nicht von der Statue lösen konnte.

»Das«, sagte er mit einem Lächeln, das Leah durch und durch ging, und fuhr mit der Hand die Kurven des »Megaarsches« nach, »das ist Makeda, was übersetzt ›die Schöne‹ bedeutet. Mein Großvater hat sie aus New Orleans mitgebracht. Sie stammt aus dem Elternhaus meiner Großmutter, die eine französischstämmige Südstaatenschönheit gewesen ist. Seit drei Generationen schreibt die Familie ihr jetzt schon gewisse magische Kräfte zu. Angeblich soll sie eine große Rolle bei der Auswahl der richtigen Frauen spielen und kräftig mitwirken, wenn Überzeugungsarbeit zu leisten ist.«

»Was für magische Kräfte? Sie ist zwar sehr schön, aber sie ist festgeschraubt und macht insgesamt keinen allzu selbstständigen Eindruck. Mir kommt sie wie eine Sklavenfigur vor. Kann man ihr viel Autorität zutrauen?«, fragte Leah zweifelnd.

»Auf den ersten Blick schätzt man sie vielleicht falsch ein. Aber sie soll sich tatsächlich ausgesprochen tatkräftig und erfolgreich in Liebesdinge einmischen. Vielleicht ist ja neben ihren idealen Formen genau das der Punkt, der die Damenwelt irritiert! Meiner Mutter hat sie jedenfalls irgendwann mal ziemlichen Trouble bereitet. Deshalb wurde sie aus dem Haus geworfen und aufs Schiff verbannt.«

Das Thema schien ihm Spaß zu machen. Leah bemerkte seinen herausfordernden Unterton, sah, wie mutwillig seine grünen Augen blitzten, als er fortfuhr: »Sie haben recht, die Figur wirkt wie eine Sklavin, aber sie scheint sich ihrer Fähigkeiten bewusst zu sein, und ich finde, sie macht trotzdem einen sehr stolzen Eindruck.«

Ganz schön provozierend! Worauf will er hinaus?

»Stolz und ... irgendwie ... ergeben«, erwiderte sie zweifelnd, denn ein unwiderstehlicher Widerspruchsgeist regte sich in ihr, »ob das wohl eine erstrebenswerte Kombination für Frauen ist?« Sie sah ihn herausfordernd an und der spöttische Zug um seinen Mund entging ihr nicht.

»Das kommt wohl darauf an, in welchen Händen sie sich befinden«, sagte er und sah sie über den Rand seines Glases hinweg mit einer hochgezogenen Augenbraue an.

Leahs Alarmsirenen schrillten.

In wessen Händen sie sich befinden??? So einer ist das! Das ist ja die Höhe! Ach du Sch... , trink aus und sieh zu, dass du Land gewinnst!

»Ich will ja nicht meckern, aber wir leben im einundzwanzigsten Jahrhundert! Die Zeiten der Sklavenhaltung sind definitiv vorbei. Heutzutage gehen Männlein und Weiblein auf Augenhöhe miteinander um!«

Sie war auf die äußerste Kante der Couch gerückt. Fluchtbereit. Die Wirkung der wenigen Schlucke von dem leckeren Cocktail flutete gerade sacht an.

Er setzte sich zu ihr.

»Makeda ist keine Sklavin im eigentlichen Sinne«, erklärte er. »Der Künstler, der sie erschaffen hat, interpretiert eine kleine Legende. Makeda soll eine Voodoo-Priesterin gewesen sein, die beim Ritualtanz in Trance fiel und dem Schlangengott Dschamallah so gut gefiel, dass er von ihr Besitz ergriff und sie zu seiner Liebessklavin erkor. Ich glaube kaum, dass man in dieser Geschichte das Sklavenelend Amerikas wiedererkennen kann. Finden Sie nicht, dass sie zufrieden und glücklich aussieht?«

»Dschamallah wird ihr gleich in die Brust beißen«, sagte Leah sarkastisch.

»Das kann schon sein«, grinste er süffisant, »aber das tut er schon mindestens einhundert Jahre lang und ich habe nicht den Eindruck, dass sie etwas dagegen hätte.«

Meine Güte, so, wie er mich ansieht, möchte er wahrscheinlich gleich bei mir Schlangengott spielen! Und das jetzt mit dem Alkohol im Kopf. Langsam wird's brenzlig.

Sie wollte es unter gar keinen Umständen darauf ankommen lassen, abzuwarten, bis der Weichmachereffekt des Cocktails sich voll entfaltet hatte. Sie wusste genau, wie »kuschelig« sie dann werden konnte, und erkannte, dass es schon fast zu spät war. Er war ihr so nah, dass ihre Körper sich beinahe berührten. Sie fühlte seine Wärme, spürte die Signale, die er aussandte, sah förmlich die Funken zwischen ihnen sprühen. Die Situation begann, sie in Panik zu versetzen. Zu eindeutig waren seine

Bemerkungen über die Figur gewesen, als dass sie den Unterton hätte überhören können. Leah hätte jetzt etwas erwidern müssen. Aber ihr Kopf wollte nicht gehorchen.

Sie stand auf, stellte das leere Glas auf dem Tisch neben der schönen Makeda ab und wies auf ihre Uhr.

»Es wird langsam Zeit für mich. Ich muss gehen.«

Bedauernd und sichtlich enttäuscht sah er sie an. »Das ist sehr schade! Ich hätte gern noch eine Weile mit Ihnen geplaudert. Über Gott und die Welt und über ...«

Über Liebessklavinnen!, beendete Leah den Satz im Geiste und wandte sich hektisch zum Gehen.

Als sie später darüber nachdachte, wurde sie das Gefühl nicht los, Makeda habe sich den Verlauf des Abends anders vorgestellt und wolle mal wieder tätig werden. Es schien etwas dran zu sein an den Erzählungen über ihre »Einmischung in Liebesdingen«.

Sie stellte Leah ein Bein!

Tatsächlich stolperte Leah über den Sockel der Statue, kam aus dem Gleichgewicht, und wäre auf den Knien gelandet, wenn Connor nicht hinzugesprungen und sie aufgefangen hätte. Leah meinte, aus dem Augenwinkel einen geradezu hämischen Blick der Figur wahrzunehmen.

Jetzt hatte er sie genau da, wo er sie offenbar den ganzen Abend schon hatte haben wollen. Er ließ sich Zeit damit, sie aus seinem Griff zu entlassen und wieder ganz auf die Füße zu stellen. Alles sträubte sich in ihr, sich jetzt überwältigen zu lassen, und sie schlug die Augen nieder, um dem magischen Grün nicht begegnen zu müssen. Sie wusste, würde sie sich das erlauben, wäre es Essig mit ihrem Widerstand.

»Sieh mich mal an, Leah.«

Alles, bloß das nicht!

Langsam schüttelte sie den Kopf, spürte schon das Bröseln der auferlegten Zurückhaltung.

»Ich kenne mich ein bisschen aus mit Frauen.« Seine Stimme war leise und verführerisch. Sie hätte diesen Eisberg, den die »Titanic« rammte, sekundenschnell zum Schmelzen gebracht.

»Davon habe ich auch schon gehört«, nuschelte sie und bekam es nicht fertig, sich zu entziehen, obwohl ihr vollkommen klar war, wie wenig noch fehlte, bis sie die Kontrolle verlor.

So leicht lasse ich mich nicht kriegen, obwohl ... er riecht so gut, er ist so ...!

Mit dem Daumen strich er sacht über ihre Lippen, dann über die Augenbrauen, als wollte er sie zwingen, ihn anzusehen.

»Du magst noch so selbstständig wirken, Leah, das nimmt dir jeder ab. Fast jeder. Aber ich nicht, denn ich weiß, wonach du dich sehnst!«

Spinnt der total? Der hat mich zwei Mal gesehen und meint zu wissen, was ich brauche? Ich brauche jetzt schleunigst einen Fluchtweg!

Sie wusste nicht, ob er ihre Miniaturtrutzburg nicht als solche erkennen konnte oder es einfach nicht wollte. Die Wirkung des Cocktails entfaltete sich vollends, ein einziger Augenaufschlag, ein Blick ins dunkle Grün und seine Ausstrahlung taten ein Übriges. Sie wehrte sich nicht mehr, ließ sich rückwärts auf die Couch schieben, ließ es zu, dass er sie küsste, genoss seine Hände auf ihrem Körper, in ihrem Haar, gab ihre Widerstände auf, drängte sich seinem Körper entgegen, ließ ihn an die nackte Haut unter dem dünnen Seidenstoff, bis zu dem Moment, als er plötzlich ihre Hände festhielt und begann, die winzigen Knöpfe ihrer Bluse zu öffnen.

Das geht zu weit! Zu schnell!

Sie versuchte, sich ihm zu entwinden, und spürte, dass sie gegen seine Kräfte machtlos war. Machtlosigkeit wollte sie um keinen Preis akzeptieren.

»Hör sofort auf!«, fuhr sie ihn an. »Wir kennen uns gar nicht. Ich bin keine Frau für einen One-Night-Stand!«

»Wer sagt, dass es das ist, was ich von dir will?«, fragte er und sie erkannte ehrliches Erstaunen in seinem Ausdruck.

Er hatte sie losgelassen und Leah rang mit sich. Sollte sie ihm glauben, sich schlimmstenfalls verheizen lassen? Die Verlockung war groß, zu bleiben, sich eine Nacht mit ihm zu gönnen, die vermutlich unvergesslich sein würde, so, wie sich die ersten Anfänge gerade angefühlt hatten.

Bittend sah er sie an. »Bleib!«

Leah schüttelte den Kopf, stand auf.

»Danke für den Cocktail!«

Sie drehte sich nicht mehr um, als sie ihre Jacke griff, das steile Treppchen an Deck erklomm, mit einem Schwung über die Reling sprang und eilig über den Steg davonlief.

* * *

Er schaute ihr hinterher.

Connor Breckwohld, was bist du für ein Trottel! Das ist nicht der Typ Frau, den man so erobert! Sie ist schön, autark, stark, sie kommt auch ohne dich durchs Leben. Sie weiß das, und gerade das macht sie so begehrenswert! Auch wenn sie mir durchschaubar erscheint, auch wenn es noch so unübersehbar ist, wie sie auf mich abfährt: So wird das nichts! Fürs Erste habe ich es vergeigt. Wie blöd kann man eigentlich sein, gleich beim ersten Drink derart mit der Tür ins Haus zu fallen? Intelligenter Smalltalk, vorsichtiges Anpirschen, eine Verabredung für den nächsten Tag, allerhöchstens ein Abschiedskuss auf die Wange. Das wäre richtig gewesen! Ich könnte mir in den Hintern beißen ...!

Beide Hände auf die Reling gestützt, stand er noch lange da und starrte noch immer ein Loch in den dunklen Abendhimmel, als Leah schon längst verschwunden war. Verstand, Herz und das, was sich so übermächtig in der Hose geregt hatte, kämpften miteinander.

Dinosaurier sind vermutlich genau deshalb ausgestorben, weil sie angeblich das Hirn im Schwanz hatten. Vergessen wir doch einfach das blöde Eiszeitmärchen! Und was nun? Gras drüber wachsen lassen, Erkundigungen einziehen, neuen Anlauf machen?

Der Schein einer Taschenlampe, der sich zuckend den Steg entlang näherte, unterbrach seine Gedanken. Für eine Millisekunde machte sein Herz einen Sprung, glimmte ein Hoffnungsfünkchen auf, sie könnte zurückgekommen sein.

Was für ein Unfug! Sie kommt nicht zurück!

»n'Abend, Connor. Wen habe ich denn da gerade wegflitzen sehen? Hast du mir meine kleine Leah verschreckt?«

Peinlich! Ausgerechnet die Hafenmoral persönlich!

»Deine kleine Leah? Bist du ihr Aufpasser?« Connors Stimme schwang zwischen Empörung und Ertapptfühlen.

»Eins will ich dir sagen, mein Freund: Wenn du diese Frau unglücklich zu machen gedenkst, bekommst du es mit mir zu tun. Such dir was zum Poppen in Hamburg oder sonst wo auf der Welt, aber lass deine Pfoten von Leah. Bei aller Zuneigung zu dir und deiner Familie und bei aller Freundschaft. Das geht zu weit. Die reihst du nicht in deine Endlosliste!«

Ehe er den Mund aufmachen und irgendetwas zu seiner Verteidigung vorbringen konnte, hatte sich Claas schon wieder umgedreht. Nur ein leises Gemurmel konnte er noch verstehen, das alles Mögliche, aber nicht gerade freundlich klang: »Diesen Mist will ich nicht auch noch in der nächsten Generation erleben!«

Was meint er? Was will er damit sagen? Welchen besonderen Narren hat er an ihr gefressen? Er benimmt sich ja geradezu wie der eifersüchtige Vater eines Teenies.

Connor hatte nicht den Eindruck, dass er mehr aus ihm würde herausbringen können. Resigniert stieg er das Treppchen in den Salon hinunter und goss sich einen doppelten Whisky ein.

* * *

»Wo bist du gewesen? Ich hab mir schon Sorgen gemacht! Kannst du nicht wenigstens einen Zettel hinlegen, wenn du einfach verschwindest?«

Mette hatte offenbar auf sie gewartet. Im Bademantel, ein Glas Rotwein in der Hand, einen halb vollen Aschenbecher vor sich auf dem Tisch, saß sie im gemeinsamen Wohnzimmerchen und schaute Leah zermürbt an.

»Gib mir einen Schluck«, bat Leah und hielt Mette ein Glas hin. Mette goss einen leahverträglichen kleinen Schluck hinein.

»Mehr! Mach's voll, ich kann's brauchen!«

»Heijeijei, was ist dir denn passiert?«

»Ich bin meinem Traummann abgehauen. Mittendrin!«

»Mittendrin in *was?«*

»Mitten in so einer Art Vorspiel.«

»Bist du beknackt?« Mette sah sie fassungslos an. »So schnell? Wie kam es dazu?«

»Na, er hat sich seine Leuchte abgeholt und mich zu einem Drink auf sein Boot eingeladen.«

»Und da hat er gleich versucht …? Nee, oder?«

Seufzend ließ sich Leah aufs Sofa fallen. »Er ist so schön und so faszinierend und so unglaublich sexy, Mette!«

»Du bist eine blöde Kuh!«

»Bin ich nicht«, verteidigte sich Leah. »Immerhin bin ich geflüchtet. Allerdings hätte ich das vermutlich gar nicht getan, wenn er nicht diese seltsamen Sprüche gemacht hätte …«

Während sie Mette die Ereignisse der vergangenen Stunden haarklein schilderte, wurde ihr zweierlei sehr bewusst. Zum einen, dass sie erschreckt war über die Tatsache, dass er offenbar genau erkannt hatte, was sie sich wünschte. Zum anderen darüber, dass sie sich gerade nichts sehnlicher wünschte, als auf dem Absatz kehrtzumachen und zu ihm zurückzukehren, um genau an der Stelle weiterzumachen, wo sie den Abend abrupt beendet hatte. Immerhin war sie jetzt endgültig besoffen und konnte das Ganze ziemlich locker erzählen.

»Du solltest dir ein Beispiel an mir nehmen«, dozierte Mette, ganz distinguierte Vernunft. »Ich habe Nick nur einen Abschiedskuss gegeben. Auf die Wange!«

»Ach Gott, wie aufregend«, gackerte Leah. »Pass auf, dass du davon nicht gleich schwanger wirst!«

»Dafür«, trumpfte Mette auf, »habe ich morgen ein neues Date! Und du? Du hast *nichts!*«

»Auch wieder wahr«, kam die mittlerweile reichlich lallende Antwort. »Ich geh jetzt ins Bett. Oder versuche es wenigstens. Falls ich die Treppe noch hochkomme.«

* * *

Er hielt ihre Hände auf dem Rücken zusammen und öffnete provozierend langsam ein Knöpfchen ihrer Bluse nach dem anderen. Sie sah nur das Grün in seinen Augen, atmete seinen Duft nach Sandelholz, Bergamotte, Amber und Connor. Wohlig lehnte sie sich in den Riesenkissen zurück, ließ alles geschehen, spürte ein brennendes Sehnen. Sie hielt seinem Blick stand, gierte nach jeder Berührung, erwiderte seine fordernden Küsse, mochte sich nicht mehr lösen von seinem Mund. »Steh auf«, hatte er gefordert, ihr die Jeans heruntergezogen, sie nackt, wie sie jetzt war, auf die Arme genommen, mit dem Ellenbogen die Klinke zur Koje runter gedrückt, der Tür einen Fußtritt verpasst, sodass sie aufflog, und sie in das breite Bett verfrachtet.

Am Kopfende stand Makeda. Sie sah sie lächeln. Hocherhobenen Hauptes hielt sie ihr die Hände hin. Sie fasste zu und der eiserne Griff der afrikanischen Schönen legte sich um ihre Handgelenke.

Sie kniete auf dem Bett und ließ es zu, dass er ihre Beine spreizte, ihre Hüften festhielt und sie von hinten ausfüllte, dass ihr Hören und Sehen verging. Bei jedem Stoß hatte sie das Gefühl, ihr Inneres würde zersprengt, so heftig erstürmte er sie. Makeda sah lächelnd auf sie herab, nickte ihr aufmunternd zu und hielt sie unerbittlich fest. Sie spürte weder Angst noch Scham. Keine Scham darüber, dass die lebendig gewordene Figur ihr zusah, sie anzufeuern schien. Kein Vorbehalt, keine Zurückhaltung! Völlige Losgelöstheit und eine unwiderstehliche Wollust bemächtigten sich ihres Körpers und ihrer Seele. Ein Lavastrom brodelte durch ihren Unterleib, bahnte sich Raum, glühte durch jede Pore, setzte alles in Brand. Ein Brand, den nur er löschen konnte. Nur er löschte! Zischend löste sich die feurige Glut in Dampfwolken auf, die sich erst nach und nach verzogen. Noch einmal lächelte ihr Makeda zu, als sie ihre Hände losließ und sie vollkommen erschöpft unter ihm zusammensank.

* * *

Mitten in der Nacht wachte Leah auf. Für einen Moment glaubte sie, bei ihm zu sein. In der Kajüte seines Schiffes in seinem Bett. An jede Einzelheit des Traumes konnte sie sich erinnern, und die Erkenntnis, dass alles nur Gespinste gewesen waren, machte sie traurig. Sie würde zu ihm gehen, gleich in aller Früh, nahm sie sich vor und schlief mit einem Gefühl von Erregung und Zuversicht wieder ein.

8. Oktober 2000

Sie schminkte sich sorgfältig, zog ein besonders schönes, selbstverständlich grünes Oberteil an, dazu die etwas höheren Stiefeletten, die sie letztens erst ergattert hatte. Samtiggrünes Veloursleder, ein kleines Plateau, ein Absatz, der ihr locker zehn Zentimeter mehr Größe gab und ihre Beine endlos lang erscheinen ließ. Sie war zu aufgeregt, um viel zu frühstücken. Die Pleite von gestern Abend wollte sie erst wiedergutmachen. Nur mit einem Schluck Kaffee im Magen stürmte sie aus dem Haus. Amy begeistert kläffend und glockenwach neben sich. Mette war noch gar nicht wach. Die Bäckerin guckte etwas erstaunt, als sie an ihrem Schaufenster vorbeirauschte, aber Leah hatte jetzt keine Zeit. Das Morgenbrötchen würde sie sich später holen. Es war nicht ganz einfach, in den Stiefelchen auf dem Kopfsteinpflaster das Tempo zu halten, aber es war ihr egal, dass die Fußgelenke sich über die ungewohnte Belastung beschwerten. Außer Atem erreichte sie den Hafen. Leichter Nebel lag über dem Wasser, die Fischerboote waren längst ausgelaufen, sie hatte freie Sicht auf die Anlegeplätze der Yachten.

Die »Helen« war weg!

Wie ein geprügeltes Kind stand sie da, starrte auf den leeren Steg und fühlte, wie ihr Tränen in die Augen stiegen.

So ernst hat er es also gemeint! So ernst, dass er sofort nach dem ersten kleinen Widerstand aufgibt. Er wollte sich also doch bloß den einsamen Abend mit mir vertreiben! Gut, dann war's eben nur ein schöner Traum! Farewell, Connor Breckwohld!

Langsam, um sich ein bisschen zu fassen, trödelte sie zum Laden. Es war noch viel zu früh, um aufmachen zu können. Ihr

Zustand außerdem viel zu mies, um jetzt zum Bäcker zu gehen, ohne damit rechnen zu müssen, fragende Blicke wegen ihrer verheulten Augen zu ernten. Sie wischte sich die Tränen weg, fand die Hälfte der Wimperntusche auf ihrem Handrücken wieder und fluchte erst mal ausgiebig. Das half!

Amy sah sie von unten an, suchte Augenkontakt, bekam keinen und schob ihr die Schnauze in die Hand.

»Wir werden zusammen als alte Jungfern enden, Amy.« Der Hund wedelte begeistert ob dieser Prophezeiung.

Leahs Blick fiel auf das Foto ihres Vaters auf dem Schreibtisch. Es zeigte ihn beim Skilaufen auf einem sonnenbeschienenen Hang. Lässig auf die Stöcke gestützt, stand er da. Sein Lachen konnte sie immer noch hören. Er hatte sie als kleines Mädchen zwischen die Knie geklemmt und war mit ihr die waghalsigsten Abfahrten hinuntergerauscht. Nie hatte sie Angst gehabt, hatte sich immer auf ihn verlassen, sich seinen Bewegungen ganz selbstverständlich angepasst. Ein Heidenvergnügen hatten sie miteinander gehabt, auch wenn Betty, ihre Mutter, immer die Hände über dem Kopf zusammenschlug, wenn sie die riskanten Unternehmungen vom sicheren Pistencafé aus beobachtete. Seine Art, sich zu bewegen, seine offenkundige Stärke und Unerschütterlichkeit waren so ähnlich gewesen. Nie zuvor hatte sie bei einem Mann den Eindruck gehabt, er könne auch nur an dem Idealbild tippen, das sie sich von einem Mann gemacht hatte. Connor konnte. Und nun war er weg.

3. November 2000

Die letzten Wochen vor dem Saisonende vergingen quälend langsam, obwohl es genügend Arbeit gab. Die Abrechnungen mussten fertig sein, denn Leah hasste es, mit einem ganzen Wust unerledigten Papierkrams nach Hamburg zurückzukehren. Im allerersten Jahr, als es noch nicht so geschmiert lief, hatte sie einmal alles mitgenommen, weil sie dachte, dafür den ganzen Winter über Zeit zu haben. Aber es hatte sich als schlechte Idee herausgestellt. Sie ließ es monatelang liegen und hatte dann völlig den Überblick verloren, als sie sich an die Steuererklärung machen musste. Das Häuschen musste aufgeräumt werden, der Sprinter mit allen Koffern und Kästen bepackt werden, die mitsollten. Die Inventurliste wollte geschrieben sein, der Laden winterfest gemacht werden.

Noch am Vorabend hatten sie lange mit Nick und ein paar Geschäftsinhabern aus dem Städtchen zusammengesessen. Nick war längst nicht mehr so miesepetrig mit ihr und schien ihr mittlerweile sogar dankbar über ihre eindeutige Ansage zu sein. Es war eine feuchtfröhliche Runde gewesen und mit Befriedigung hatte sie den Fortschritt in der Beziehung zwischen Mette und dem Surflehrer zur Kenntnis genommen. Er würde sie im Winter in Hamburg besuchen. Eilig schienen die beiden es nicht zu haben. Über Händchenhalten und Knutschen waren sie offenbar noch nicht hinausgekommen.

Leah war nicht mehr zum Hafen hinuntergegangen, bis es Zeit war, endgültig Abschied zu nehmen. Sie wusste, sie würde nicht trockenen Auges bei Claas eintreffen. Und diese Blöße wollte sie sich nicht unnötig geben. Jetzt war es kein

Problem, würde gar nicht auffallen, denn sie hatte bekanntermaßen immer nah am Wasser gebaut, wenn dieser Moment nahte.

Der Wagen war fertig gepackt, das Häuschen abgeschlossen, die beiden Rosenstöcke vor der Eingangstür mit Strohmatten abgedeckt. Die heruntergelassenen Rollläden vor den Ladenfenstern würden die Winterstürme sicher abhalten. Mette stand heulend mit Nick an der offenen Fahrertür und hatte keine Einwände, als Leah verkündete, sie würde sich nun noch schnell vom Hafenmeister verabschieden gehen.

Claas schien sie erwartet zu haben. Er bot ihr Tee in seinem Büro an. Aber Leah zog es vor, draußen auf dem Bänkchen zu sitzen, die ungewöhnlich milden Strahlen der Sonne noch ein Weilchen zu genießen und den Blick auf den Hafen ein letztes Mal in sich aufzunehmen. Er verstand offensichtlich und setzte sich mit seiner Pfeife neben sie. Sie schwiegen beide.

Langsam, sehr langsam trank sie ihren Tee. Während der letzten Tage hatte sie immer wieder überlegt, ob sie ihn fragen sollte, warum Connor so plötzlich aufgebrochen war. Auch jetzt dachte sie darüber nach und es zeigte sich, dass die Verbindung zwischen ihnen gut genug war und er offenbar merkte, warum sie so still war. Er sah sie von der Seite an. »Was hast du auf dem Herzen, mein Mädchen?«

»Warum war die Breckwohld-Yacht so plötzlich weg?«, platzte sie heraus.

»Ich wusste, dass du mich irgendwann fragen würdest«, antwortete er. »Und ich kann dir sagen, dass ich ihm ordentlich eingeheizt habe, nachdem ich gesehen habe, dass du bei ihm gewesen warst.«

Leah war empört. »Was hast du dich denn da einzumischen? Darf ich mal den Grund erfahren? Du bist nicht mein Vater! Und ich bin nicht mal sicher, ob ich so was bei dem gut gefunden hätte.«

Claas zog den Kopf ein wie eine Schildkröte und schien zu überlegen. Eine Weile sog er nur in nervös kurzen Abständen an seiner Pfeife, drehte sie in der Hand, holte dann tief Luft und sagte: »Leah, auch wenn ich nicht dein Vater bin, habe ich doch das Gefühl, ich müsste manchmal auf dich aufpassen. Deine und seine Familie …«, er stockte und sie sah ihn erwartungsvoll an. »Ich kenne eure Familien seit zwei Generationen.«

»Ja, Claas, schön, aber …«

Er ließ sie nicht ausreden. »Es gibt eine Verbindung, die nie hätte sein dürfen. Und weil es die gibt, muss ich euch eben auseinanderhalten.«

»Mach mich nicht irre, erzähl!«

»Mehr kann ich dir nicht sagen. Ich hab's geschworen. Aber hör auf mich, Leah, und lass die Finger von Connor!«

So, wie er das sagte, war ihr klar, dass sie weder mehr aus ihm herausbekommen würde noch seine Warnung völlig in den Wind schreiben sollte. »Ich muss jetzt gehen, Claas, wir wollen los. Bald wird es dunkel. Lass es dir gutgehen. Ich schreib dir eine Weihnachtskarte!«

»Halt durch, Leah«, sagte er mit nun deutlich entspannterem Gesicht, »der Winter ist nicht unendlich lang. Komm gesund zurück und grüß deine Mutter von mir!«

Sie stand auf, stellte ihren Teepott auf das Bänkchen und nahm den alten Mann in die Arme. So fest wie dieses Mal hatte er sie noch nie gedrückt. Ihr liefen die Tränen und er schob ihr ungeschickt ein kariertes Stofftaschentuch vor die Nase. Ein paarmal drehte sie sich noch um, winkte ihm zu, bevor sie um die Ecke bog. Die Möwen kreischten ihr hinterher.

* * *

Amy sprang auf das freie Plätzchen, das die Rückbank noch bot. Das Auto war vollgestopft bis unters Dach. Mette musste fahren, denn Leah ließ nie einen Zweifel daran, dass sie spätestens beim Überqueren der Brücke nicht mehr in der Lage war, die Fahrbahn deutlich zu sehen. Für gewöhnlich schwamm sie in einem Meer aus Abschiedsschmerz, das frühestens hundert Kilometer später wieder trockengelegt sein würde. Dieses Mal ging es Mette nicht viel besser und Leah reichte ihr das halb nasse Taschentuch, das ihr Claas kurz vorher gegeben hatte.

Mettes Gemüt ließ allerdings lang anhaltende Tränenflüsse nicht zu und sie hatte bereits beim Hinausfahren aus dem Städtchen wieder trockene Wangen. Leah setzte trotz der einsetzenden Dämmerung ihre Sonnenbrille auf. Dahinter fühlte sie sich für den kommenden Moment sicherer.

Der Anblick von der Brücke aus war so grandios, dass er auch jeden weniger weichherzigen Menschen berührt hätte. Die See lag spiegelblank. Während im Westen die Sonne ein atemberaubendes Farbenspiel auf Wasser und Himmel malte, ging im Osten der Mond als orange Scheibe auf und zeichnete eine glänzende Bahn aufs Meer, das Lichtpunkte wie eine Discokugel reflektierte. Sie waren beide still, nahmen die Schönheit in sich auf, konnten sich kaum sattsehen, hätten gern noch mal angehalten und verweilt. Dann erreichten sie das Festland. Noch ein paar Mal erhaschten sie rechter Hand einen Blick aufs Meer, dann lag vor ihnen nur noch das graue Band der Autobahn im vergehenden Tageslicht.

* * *

»Weißt du, wovor ich mich jetzt fürchte?«, fragte Mette ein paar Dutzend Kilometer weiter.

»Ja, vor der Plackerei beim Ausräumen«, seufzte Leah. »Immerhin ist morgen erst Samstag. Wir haben also das komplette Wochenende, um uns wieder einzurichten. Lass uns heute nur das Nötigste auspacken. Den Rest machen wir morgen.«

Hamburg empfing sie mit Nieselregen. Trotz der späten Stunde war der Verkehr dicht, Ampellichter tauchten die feuchten Fahrbahnen in ihr wechselndes Farbenspiel.

Leah hatte auf der Fahrt Gelegenheit zum Nachdenken gehabt. Connor Breckwohld war ihr die ganze Zeit nicht aus dem Kopf gegangen, und obwohl sie sich bemühte, ihn zu vergessen, gelang es ihr einfach nicht. Warum war er so plötzlich aufgebrochen? Warum hatte er sich nie wieder gemeldet? Hatte sie der ganzen Sache einfach viel zu viel Bedeutung beigemessen? Schließlich war da ja auch noch seine Freundin! Oder hatte ihn irgendetwas gehindert? Eines war sicher: Wenn sie ihm irgendwo begegnen würde, dann sicher eher hier in Hamburg als auf der Insel. Sie hatte sich vorgenommen, sich ein bisschen über ihn zu informieren. Vielleicht sogar eine Begegnung zu provozieren ...!?

Dieses Vorhaben war eigentlich der Hauptgrund dafür, dass es ihr dieses Mal leichter fiel, anzukommen. Nie im Leben hätte sie diese Überlegungen mit irgendjemandem teilen wollen. Nicht einmal mit Mette. Und sie schämte sich fast vor sich selbst, fühlte sich wie ein verkappter Stalker, der einem Star hinterherrennt, wenn sie sich vorstellte, was sie beabsichtigte. Aber sie kannte sich: Sie würde es sich nicht verkneifen können.

Natürlich fand sich wieder kein Parkplatz vor dem Haus am Schwanenwik. Sie mussten mit ihrem Gepäck ziemlich weit laufen und der durchdringende Nieselregen hatte beide halbwegs aufgeweicht, als sie endlich die Haustür erreichten.

»Hast du den Schlüssel?«, fragte Leah.

»Ich? Nee, den musst du haben!«

»Mette-Schatz, du hast ihn in deine Jackentasche gestopft, als wir losgefahren sind. Das weiß ich noch ganz genau!«

»Du hast ja ein enormes Langzeitgedächtnis. Aber selbst wenn ich ihn da reingesteckt habe: Die Winterjacken sind im Auto. Und ich renn da jetzt nicht hin und wühle in den untersten Kisten. Lass uns versuchen, Torben rauszuklingeln. Guck, da oben in seinem Wohnzimmer brennt Licht!«

»Na, der wird sich bedanken! Hast du mal auf die Uhr gesehen? Fast halb elf. Das nimmst du auf deine Kappe! Los, klingel schon, bevor ich hier zerfließe in dem Schietwetter.«

»Wirst du schon nicht! Du bist ja nicht aus Zucker«, grinste Mette und drückte den Klingelknopf. Prompt ertönte das Geräusch des Türsummers und die beiden konnten in das schöne Jugendstiltreppenhaus mit seinen Mosaikfußböden und dem breiten Aufgang eintreten.

»Je später der Abend ...«, strahlte Torben, »meine Lieblingsmieterinnen sind wieder da! Toll, dass ihr euch sofort zurückmeldet! Ach je, ihr Süßen, ihr seid ja nass wie neugeborene Kätzchen. Kommt doch schnell auf einen Tee herein, Mama Torben wird euch abtrocknen und wärmen. Ist ja ein grausiges Wetter heute.«

Leah musste grinsen. Manchmal, sehr selten, verfiel Torben in seine pinke Phase. Er war der wunderbarste Freund, den man sich wünschen konnte. Weit mehr als Vermieter und Nachbar. Er hatte den nicht zu unterschätzenden Vorzug, dass er niemals, egal, wie nah man ihm kam, zudringlich wurde. Man konnte ihm sein Herz ausschütten, sich an seine pelzfreie Brust lehnen, sich bei ihm ausheulen, mit ihm lachen und weinen, ohne Angst zu haben, er würde jemals eine Situation ausnutzen. Denn er war nicht tuntig, nein, er war, so stellte Leah immer wieder fest, diese Art schwuler Mann, für den die Damenwelt eigentlich einen jährlichen Trauertag hätte einrichten müssen, weil er leider, leider, den Frauen verlorengegangen war. Bis sie Connor begegnet war, hatte sie noch keinen gepflegteren Mann erlebt. Er tat etwas für sein Äußeres. Oh, verdammt, ja! Das tat er. Er verbrachte viel Zeit in seinem bevorzugten Fitnessstudio, beim Friseur, bei der Maniküre. Er war groß, blauäugig und so durchtrainiert, dass man ihm seine fünf Lebensjahrzehnte weiß Gott nicht ansah. Noch einen ganz herausragenden Vorzug wussten die Freundinnen besonders zu schätzen: Er hatte einen derart ausgesuchten Klamottengeschmack, dass er ein großartiger Shopping-Berater war. Stundenlang konnte man ihn auf Einkaufstouren dabeihaben, ohne dass er jemals auf diesen männertypisch genervten Blick verfallen wäre. Im Gegenteil: Er suchte aus, ermunterte, noch dies und das auszuprobieren, saß stundenlang vor Umkleidekabinen, riet zu, verwarf. Weder Mette noch Leah war mit ihm als Berater je ein Fehlkauf passiert. Ganz nebenbei unterhielt er auch noch ganze Trupps von Verkäuferinnen mit seinem unnachahmlichen Charme. Zum Schluss handelte er an den Kassen Rabatte heraus, die Leah manchmal fast peinlich waren. Aber man, besser gesagt: frau liebte ihn überall, wo er aufkreuzte.

Im Erdgeschoss befand sich sein IT-Büro, er selbst bewohnte die komplette Bel-Etage, und hatte die beiden darüberliegenden Stockwerke in je drei Wohnungen aufteilen lassen. Seit ein paar Jahren fühlten sich Mette und Leah trotz der etwas beengten Wohnsituation ausgesprochen wohl unter seinem Dach.

Aber jetzt betrug er sich gerade reichlich »pink«, was möglicherweise daran lag, dass er kürzlich wieder Single geworden war, und in den beiden müden, durchfeuchteten Freundinnen einen willkommenen Anlass fand, seine Fürsorglichkeit austoben zu können.

»Kommt, ihr süßen Mäuschen, ich will euch abtrocknen. Ach, Kinderchen, ihr seid ja so was von patschnass!«

Leah und Mette grinsten sich an, als er mit riesigen Flauschhandtüchern angelaufen kam, hier und da an ihnen herumrubbelte und schließlich kritische Blicke über sein Werk schweifen ließ.

»Besser! Nicht gut, aber besser. Kommt herein, kuschelt euch in die Sofadecken und lasst euch verwöhnen!«

In seinem Riesenkamin flackerte ein munteres Feuerchen, es war warm und gemütlich auf der ausladenden Sitzecke.

Amy durfte sich trotz ihrer nassen Pfoten auf dem weißen Fell davor zusammenrollen. Torben wuselte wie ein aufgescheuchtes Wiesel herum, brachte dampfenden Tee, schottisches Gebäck, streute knisternden Kandis in die Tassen, ließ süße Sahnewölkchen hineinkleckern, stellte handgeformte Karamellköstlichkeiten auf den Tisch.

»Alles aus dem Teekontor?«, fragte Leah.

»Natürlich, Schatz, nirgendwo gibt es besseren Tee, nirgends herrlichere Leckereien. Greift zu und lasst es euch gut gehen!«

Offenkundig zufrieden ließ er sich im Sessel nieder. »Nun erzählt, wie war euer Sommer? Schön braun gebrannt seid ihr. Gut seht ihr aus. Wie liefen die Geschäfte?« Und verschwörerisch fuhr er fort: »Habt ihr euch Traummänner geangelt aus dem großen Teich?«

»Ich glaube, Mette hat!«, sagte Leah lachend und amüsierte sich über den ertappten Gesichtsausdruck ihrer Freundin.

»Oh, wunderbar! Ist er schön, ist er intelligent, witzig, reich?«, wollte Torben wissen.

Mette sagte nichts, ließ Leah reden.

»Es ist Nick, du weißt, der Surflehrer. Schön ... na ja, geht so. Attraktiv in jedem Fall. Witzig und intelligent ja. Zumindest reicht's für Mettes Ansprüche.«

»Ey, was bist du fies«, schimpfte Mette. »Du musst nämlich wissen, Torben, Leah hat ihn mir sozusagen abgetreten. Der war jahrelang hinter ihr her.«

»Und nun? Hat er eingesehen, dass er doch mehr mit dir anfangen kann, Mäuschen?«, wandte sich Torben lächelnd an Mette.

»Leah will einen Vollmacho, das weißt du doch. Nick war ihr zu lieb.«

»Und hat sie jetzt einen gefunden?«, fragte er neugierig.

»Nö, beinahe hätte sie den Hasen gefangen, aber dann ist sie vor ihm getürmt.«

Dass das ganz konkret *nicht* das Thema war, das Leah jetzt auf dem Tisch haben wollte, war ihr anzusehen. Aber Mette zahlte eben gern mit gleicher Münze zurück und nahm kein Blatt vor den Mund. Niemand sonst hätte das gedurft. Jedem anderen wäre sie an den Hals gesprungen. Aber diese gnadenlose Offenheit war schon immer ein Bestandteil des Kitts gewesen, der ihre Freundschaft so bombenfest zusammenhielt. Und solange es nur Torben war, der mehr erfuhr, als ihr eigentlich lieb war, konnte sie es durchgehen lassen. Der sah sie nun gespannt an und erwartete offensichtlich nähere Erläuterungen. Leah hatte die Nase in ihrer Teetasse versteckt und schüttelte kaum merklich den Kopf.

»Mette Gnadenlos« erzählte. Sie erzählte so ausführlich, dass Leah immer wieder zusammenzuckte und die Fäuste ballte. Aber sie unterbrach sie nicht, denn was sie sagte, entsprach durchweg der Wahrheit. Diese Wahrheit ging sogar so weit, dass sie das Ende nicht etwa offenließ, sondern sagte: »Tja, und nun müssen wir beide schleunigst zusehen, wie wir ihr den Kerl ranschaffen, Torben!«

Er nickte. Und er hatte offenbar verstanden: Was sich Leah insgeheim ausgedacht hatte, lag nun, ohne dass sie auch nur ein einziges Wort zu der Sache gesagt hätte, auf dem Tisch.

»Ich werde mich morgen mal ein bisschen über ihn schlaumachen, Mädels«, erklärte er mit einem Zwinkern.

Leah fiel ein Stein vom Herzen, dass er das einfach so von sich aus anbot und sie ihn nicht, wie sie es geplant hatte, bitten musste! Eigentlich also ein rundum gelungener Abschluss des Abends. Sie sprachen nicht mehr über das Thema, bekamen von Torben noch einen Schlummertrunk serviert. Dann schnappte er sich den Ersatzschlüssel, trug ihnen das Gepäck bis vor die Wohnungstür und schickte sie mit einem »Hopphopp, ins Bettchen, Schnuckels« in den Schlaf.

4. und 5. November 2000

Sie hatten den ganzen Samstag zu tun, mit Torbens Hilfe den Hausstand wieder einzuräumen, die nötigen Einkäufe zu erledigen und eine ausgedehnte Spazierrunde mit dem Hund an der Alster entlang zu drehen. Den Sprinter tauschten sie gegen den parklückentauglichen Lupo ein, der mit einem Wintersaisonkennzeichen den Sommer in der Garage verbracht hatte. Ein bisschen Ruhe konnten sie am Sonntag noch brauchen, um sich auf die kommende Woche vorzubereiten. Früh um acht Uhr würden sie im Teekontor antreten müssen. Leah telefonierte stundenlang mit ihrer Mutter Betty, die beinahe am Sonntagnachmittag noch mit Kuchen angerückt wäre. Sie konnte den Besuch nur mit Mühe abbiegen. Mama mit dem ultimativen Hausfrauenblick hätten sie beide noch nicht ertragen.

Ihre Mutter brachte es, seit Leah allein wohnte, nie fertig, sich einfach hinzusetzen und »Gast« zu sein. Irgendetwas fand sie immer chaotisch, dreckig, unaufgeräumt oder schlecht organisiert. Selbst wenn für Leahs Begriffe alles blitzte, musste sie noch in Aktivitäten ausbrechen. Und wenn sie nur auf die Idee kam, ordentlich zusammengelegte T-Shirts aus dem Schrank zu zerren, sie für »knüddelig, wie der Kuh aus dem Hintern gezogen« zu erklären und »mal eben schnell« das Bügelbrett herauszuholen. Schrecklich fand Leah das. Nie konnte sie mal einen Moment lang einfach untätig dasitzen und quatschen.

Klar, die »Wäschemacke« kam nicht von ungefähr. Schließlich war Leahs Vater Besitzer einer Wäschereikette gewesen, die er sich nach dem Kriege im zerstörten Hamburg aus eigener Kraft aufgebaut hatte. Da musste wohl was hängen geblieben sein. Sie lächelte, als sie an die Kennenlerngeschichte ihrer Eltern dachte, die ihre Mutter ihr wieder und wieder erzählt hatte.

* * *

Es war die Nacht zum 17. Februar 1962 gewesen, als Hamburg von der verheerenden Sturmflut heimgesucht wurde. Jeder Mann der Stadt war damals gebraucht worden, um die vielen Menschen, die hilflos in den Überschwemmungsgebieten ausharrten, teils an Bäume geklammert, teils auf den Dächern ihrer gefluteten Häuser sitzend, bedroht von Kälte, Verletzungen und den unendlichen Wassermassen, die die Nordsee in die Elbe gedrückt hatte, zu retten. Kurt Krüger, Bettys erster Ehemann, der honorige Eigentümer des Teekontors, war dabei gewesen. Ungeachtet der Tatsache, dass er versehrt und einarmig aus dem Krieg zurückgekehrt war, hatte er sich den Helfern angeschlossen, und seine junge Frau mit dem neugeborenen Michael in der sicheren Villa zurückgelassen.

Dieses Kind hatten sie beide so ersehnt! Seit der Hochzeit 1954 hatten sie Monat um Monat gehofft, es möge sich ein Erbe einstellen. Und nun war er endlich geboren. Die junge Familie schien perfekt zu sein, nichts fehlte mehr zum Glück.

Kurt war ein hanseatischer Ehrenmann. Und obwohl es ihm niemand übel genommen hätte, wenn er daheim geblieben wäre, hätte er es sich selbst nie verziehen, sich nicht an den Hilfsaktionen beteiligt zu haben. Betty hatte ihm, den Säugling auf dem Arm, besorgt hinterhergeschaut, wie er in den eisigen Regensturm hinausging. Und das Gefühl gehabt, von nun an allein zu sein.

Kurt Krüger war nicht zurückgekehrt. Bei dem Versuch, einer jungen Frau, die in den Wilhelmsburger Notunterkünften vom Wasser überrascht worden war, ins Rettungsboot zu helfen, stürzte er, von einer Hausfassade erschlagen, in die tosende Flut.

Richard Holst war dabei, als Krüger ums Leben kam. Und er war es, der Betty die Todesnachricht überbrachte. Leah erinnerte sich gut an die Erzählungen ihres Vaters. Wie unendlich leid sie ihm getan hatte. Das neugeborene Baby, der Mann auf so schreckliche Weise umgekommen!

Er hatte sich wohl schon damals in sie verliebt. Aber der Anstand gebot es, sich nicht aufzudrängen. Erst viel später, nachdem Betty, die anfangs beinahe an der Last zusammenzubrechen drohte, sich etabliert hatte, wagte er einen ernsthaften Versuch.

* * *

Zunächst stand Betty mit dem kleinen Kind und dem Riesenerbe allein da. Sie war siebenundzwanzig und wahrhaftig nicht darauf vorbereitet, dieses Geschäft zu führen. Als »höhere Tochter« aufgewachsen, verfügte sie zwar über eine gute Bildung, hervorragende Umgangsformen, umfangreiche Fremdsprachenkenntnisse und war für den Auftritt auf gepflegtem Parkett bestens gerüstet. Aber sie war bestimmt gewesen zum reizenden, geistvollen, aparten Anhängsel eines starken Mannes und nicht zur selbstständigen Kauffrau. Nachdem sie sich von dem Schock halbwegs erholt hatte, musste sie eine Entscheidung treffen. Entweder das Kontor zu verkaufen, oder, und das schien ihr der Wille ihres Mannes gewesen zu sein, die Sache anzupacken.

Die Männerwelt machte es ihr schwer. Sie war zu hübsch, zu zart, man hielt sie für wenig durchsetzungsfähig. Aber man hatte die Rechnung ohne ihre Zähigkeit gemacht. Nachdem ihr in der Anfangsphase der illoyale Prokurist beinahe einen Bankrott beschert hatte und sie das Ruder im allerletzten Augenblick herumreißen konnte – wobei ihr ihre Weiblichkeit ausnahmsweise einmal nicht im Wege stand, sondern sehr nützlich war –, griff sie bei der Belegschaft rigoros durch. Und plötzlich nahm man sie ernst. »Ja, Frau Krüger, selbstverständlich, Frau Krüger!«

* * *

Leah schoss ein Gedanke durch den Kopf.

Eigentlich ist ihre Geschichte gar nicht so viel anders als meine eigene! Ich hatte zwar auch einen ganzen Batzen Geld als Startkapital, aber auch keinen Mann an meiner Seite. Und ich musste genauso mit einer Mischung aus weiblicher Raffinesse und Durchsetzungsvermögen erst mal Fuß fassen. Ob wohl meine Vorlieben für bestimmte Männer auf dem gleichen Nährboden gewachsen sind?

Es schüttete draußen, sie hatte sich eine schöne Tasse Tee gemacht und leise Musik lief im Hintergrund. Zeit zum Entspannen, Zeit, alten Geschichten nachzuhängen! Das Bild einer ganz besonderen Frau tauchte vor ihrem inneren Auge auf. Leah! Ihre Patentante und Namensgeberin. Sie streckte sich auf dem Bett aus, schloss die Augen und ließ sich noch einmal mitnehmen vom Strom der Erinnerungen und Geschichten.

* * *

Treu zur Seite stand Betty in diesen schwierigen Zeiten nur ihre Freundin Leah. Seit Kindertagen waren sie unzertrennlich gewesen, hatten dieselben Spiele gespielt, gleichzeitig Mumps und Masern gehabt, dieselben Schulen besucht. Sie waren zusammen groß geworden. Behütet, gut situiert, sorglos. Und hatten nicht begreifen können, was mit Deutschland passierte, als die Machtverhältnisse sich im Jahr 1933 änderten. Bettys Mutter bemühte sich mit verzweifelt fester Hand, die Gepflogenheiten des großbürgerlichen Lebens auch angesichts von Bombennächten und Lebensmittelrationierung aufrechtzuerhalten. Sie hatte einen Mann an ihrer Seite, den die Gasangriffe bei Verdun zum Invaliden gemacht hatten, dessen offene Tuberkulose sie ebenso diskret zu verbergen suchte wie ihre unbändige Angst. »Nicht kriegstauglich, Herr Senator«, beschied man ihm, als er sich hatte melden wollen. Diszipliniert und aufrecht stolperte Bettys Mutter zwar zeit ihres Lebens über den »spitzen Stein«, niemals jedoch über die Trümmer der luxuriösen Welt, die um sie herum in Schutt und Asche versank.

Leahs Vater war Bankier. Und seine Großmutter war Jüdin gewesen. Die Mädchen hatten gespürt, dass irgendetwas zwischen sie geschoben werden sollte, was sie nicht verstehen, nicht akzeptieren wollten. Seit der Reichskristallnacht, in der alle Hamburger Synagogen gebrannt hatten, herrschte eine beklemmende Atmosphäre. Nicht, dass Weihnachten bei Leahs Familie anders gefeiert wurde, nicht, dass die hoch angesehene Familie nicht genau wie die Bettys feste Plätze beim Gottesdienst im Michel gehabt hätte. Und nicht, dass die Mädchen, ihre Puppen mit den Porzellanköpfen an die Brust gepresst, auch nebeneinander die Bombennächte im Bunker verbracht hätten.

Nein! Leahs Familie wurde nie und nirgendwo ausgesperrt. Es war nur diese Angst, irgendjemand könnte es mit der Ahnenforschung womöglich doch einmal zu genau nehmen und den kleinen »nicht arischen« Fleck auf der Weste erkennen.

Eines Tages hatte ihn wohl doch jemand erkannt. Und Leah wäre nicht mehr Leahs Patentante geworden, wenn sie nicht gerade an diesem Nachmittag bei Betty zu Besuch gewesen wäre. Die Eltern waren nicht daheim und die Mädchen spielten in Bettys Kinderzimmer, als das hektische Schrillen der Türglocke erklang. Alarmiert sahen die Freundinnen sich an. Keine Bomber, keine Sirenen, alles war ruhig. Was konnte passiert sein? Das Hausmädchen stürzte herein, das Gesicht erhitzt, und brachte die Schreckensnachricht: Leahs Eltern waren inhaftiert worden.

»Sie kommen, sie kommen! Ich glaube, sie suchen Leah!«, hatte sie außer sich hervorgestoßen.

Betty zögerte nicht lange. Sie packte Leah beim Arm, schob sie ins Esszimmer des stattlichen Patrizierhauses, das die Luftangriffe bis zu diesem Tag verschont hatten. Sie öffnete den Speiseaufzug, der normalerweise die Mahlzeiten aus der Küche im Souterrain heraufbeförderte. Das Meißner Porzellan vom Teestündchen stand noch darin. Leah war zart und klein für ihre neun Jahre. Betty half ihr hineinzuklettern. Es war keine Zeit mehr, sie setzte sie mitten auf die feinen Tässchen, die selbst unter ihrem geringen Gewicht knirschend zerbrachen.

Sie kamen. Trampelten mit ihren schweren Stiefeln durchs Haus, durch jedes Zimmer, stiegen die Treppen zum Speicher hinauf, durchwühlten alles vom Boden bis zum Keller.

Doch sie fanden sie nicht!

Den ganzen ausgehenden Winter über blieb Leah im Haus. Sie wurde behandelt wie eine Tochter. Aber niemals durfte sie vor die Tür treten, nicht einmal am Fenster frische Luft schnappen. Zu viel Angst hatte die Familie, man könnte sie doch noch entdecken.

Und dann wurde es Mai, die Bäume, die nicht in den Feuerstürmen verkohlt waren, blühten. Leah, blass und lufthungrig, erzählte noch Jahre später davon, nie hätte sie die Bäume so unglaublich blühen sehen wie im Frühling des Jahres 1945. Die Stadt war schwer verwundet, die müden Soldaten kamen geschlagen heim, sie hungerten, wie sie noch nie gehungert hatten. Aber das war egal.

Sie lebten!

* * *

Leah wischte sich ein paar Tränen aus den Augen.

Wenn ich mir das vorstelle. Ein kleines Mädchen im dunklen Aufzug. Sie durfte sich keinen Millimeter rühren, um kein

Geräusch zu verursachen. Was für eine entsetzliche Angst muss sie gehabt haben!

Sie sah auf ihre Armbanduhr. Schon fast halb fünf. Der Regen pladderte gegen die Scheiben, es wurde langsam dunkel. Diese Uhr war das Einzige, was ihrer Tante geblieben war. Und sie hatte sie ihrem Patenkind zur Taufe geschenkt. Zierlich, golden, der Kranz mit Brillanten besetzt, auch heute noch zuverlässig auf die Sekunde, war diese Uhr ein unbezahlbares Meisterwerk eines Schweizer Uhrmachers. Leah liebte sie.

Sie goss sich frischen Tee aus der Kanne ein, die auf dem Stövchen stand. Amy schnarchte in ihrem Körbchen.

Warum kommen mir diese alten Geschichten eigentlich gerade jetzt in den Kopf? Das ist mehr als ein halbes Jahrhundert her! Hat es überhaupt irgendeine Bedeutung für mich? Wahrscheinlich hat es das, denn wenn die Dinge anders gelaufen wären, wäre ich gar nicht da. Niemand wäre das, was er ist, ohne das Zusammenspiel des Schicksals aller Generationen vor ihm.

Leahs Radio spielte den alten Beatles-Titel »Help«. »Help me if you can, I'm feeling down …; Help me get my feet back on the ground.«

Wie war das noch, als Mutter dann letztlich doch noch zu Vater kam? Ob sie sich überfordert gefühlt hat? Allein mit Michael, lebenshungrig, vielleicht sogar gierig nach Liebe?

* * *

Richard Holst hatte geschuftet und er war gut vorangekommen. Aus den ersten Anfängen war ein florierendes Unternehmen geworden. An mehreren Wäschereien, verteilt über das ganze Stadtgebiet Hamburgs, prangte sein Name auf dem Firmenschild. Er hatte es zu etwas gebracht in der Wirtschaftswunderzeit. Und auch jetzt war er sich nicht zu fein dafür geworden, täglich selbst die Etablissements im Rotlichtviertel St. Pauli abzuklappern, um frische Wäsche anzuliefern und säckeweise die Laken und Tischtücher aus heißen Hamburger Nächten einzusammeln. Er war beliebt bei den Betreibern der Puffs und Gaststätten.

Eine junge Rockgruppe aus Liverpool brachte seit einiger Zeit die Gemüter hanseatischer Jugendlicher zum Kochen und ließ die ältere Generation den Kopf schütteln. »Musik, die Ohren und Knochen kaputtmacht«, »Negermusik«, sagten die Alten. Die Beatles hatten im heruntergekommenen Club »Indra« ihre skandalbegleitete Karriere begonnen und spielten seit März 1962 im neu eröffneten »Starclub«.

Richard hatte zwei der heiß begehrten Karten für das allerletzte Konzert am Silvesterabend 1962 geschenkt bekommen. Und er hatte eine sehr genaue Vorstellung, wer seine Begleitung sein sollte. Das Bild der schönen, jungen Frau Krüger war ihm nie aus dem Kopf gegangen. Aus der Ferne hatte er beobachtet, wie tapfer sie sich den Aufgaben stellte. Er bewunderte sie dafür und er nahm sich vor, diese Frau für sich zu gewinnen.

Er wusste, wo er sie finden konnte, aber er hielt es für den falschen Weg, bei ihr ins Geschäft zu platzen. Also entschied er sich dafür, ihr einen Brief zu schreiben und ihn zusammen mit einem Riesenstrauß langstieliger Rosen ins Kontor schicken zu lassen. Sie zögerte mit der Antwort und Leah hörte später immer wieder die Überlegungen ihrer Mutter. Sie wog sorgfältig ab, schwankte hin und her zwischen Neugier, Lebenslust und den gesellschaftlichen Konventionen, die ihr ein volles Trauerjahr abverlangten.

Schließlich war es ihre Freundin Leah, die ihr den entscheidenden Schubs gab. Die Auswahl brauchbarer Männer war nicht gerade groß. Zu viele waren im Krieg geblieben. Das Jahr war beinahe rum, und Betty würde einen erfolgreichen, attraktiven Mann an ihrer Seite jetzt »verdammt noch mal nicht nur nötig, sondern auch verdient« haben, argumentierte sie. Und letztlich ließ sich Betty überreden und schickte eine kurze, sehr zurückhaltende Zusage.

Als die allerletzten Töne der Band verklangen und die Beatles Hamburg für immer verließen, um eine Weltkarriere zu starten, begann eine große Liebe. Die Liebe zwischen Betty und Richard, die nie endete, auch nicht, als er sich dem Krebs geschlagen geben musste.

* * *

Leah stand auf und reckte sich. Mittlerweile war es Nacht geworden. Noch immer rauschte der Regen, und Wind war aufgekommen. Sie drehte die Heizung höher, denn sie fror. Auf Zehenspitzen, um das Kribbeln wieder aus den eingeschlafenen Füßen zu kriegen, schlich sie ins Bad. Aus Mettes Zimmer drang kein Laut. Die Wohnung war dunkel. Also schlief sie wohl schon.

Sie war noch immer gefangen in ihren Erinnerungen, die gar nicht ihre eigenen waren, aber die sie so oft erzählt bekommen hatte, dass sie ein Eigenleben in ihrem Kopf führten wie ein geliebter Film. Nachdenklich putzte sie sich die Zähne, gab sich mit einer Katzenwäsche zufrieden und cremte sich das Gesicht vor dem Kosmetikspiegel ein. Seine Augen hatte sie geerbt. So viel war klar. Außerdem die Züge ihrer Mutter, die immer als »schön« gegolten hatte und die trotz ihres Alters noch immer eine sehr aparte Frau war. Leah nickte sich im Spiegel zu.

Schauen wir doch mal, was das Schicksal jetzt für mich bereithält! Abwarten werde ich nicht. Ich werde ihm einen kräftigen Tritt geben. So, wie es mein Vater getan hat!

6. November 2000

Sie stand nackt vor Makeda. Mit bedeutungsvollem Blick schaute die Schöne sie an, löste den Perlenbeutel von ihrem Hals und nahm etwas heraus, was sie nicht erkennen konnte. Leise, beschwörende Worte murmelnd streute sie ihr etwas aufs offene Haar. Es entfaltete einen schwachen Duft nach Amber, Bergamotte und Sandelholz.

Es war warm. Sehr warm.

Makeda nahm sie bei der Hand und führte sie durch einen paradiesischen Garten. Weiches Gras unter ihren nackten Füßen, üppig blühende Bäume, rote Rosenbüsche, bunte Blüten, tellergroß, von ungekannten Pflanzen, flatternde Schmetterlinge in allen Farben, Papageien und Kakadus mit prächtigem Gefieder. Ein Himmel so hoch und blau spannte sich über dem Tal, das sie durchschritten.

Federnd lief sie neben ihr, folgte, ohne zu zögern, durch einen lichten Wald, wo hellgrüne Farne ihre Beine schmeichelnd streiften, Lianen freundlich ihre Schultern streichelten, unzählige Tropenvögel ein verwirrend süßes Konzert intonierten, sattgrünes Moos die Fußsohlen sanft massierte. Bis eine Lichtung sich auftat. Ein Wasserfall stürzte von einem hohen Felsen in einen flaschengrünen See. Steinerne Stufen führten bis zu halber Höhe hinauf. Sie folgte der Schönen in traumwandlerischer Sicherheit.

Makeda zog sie dicht an den Rand des rauschenden Wassers, sah sie eindringlich an, fuhr ihr mit unmissverständlicher Geste leicht über die Lider, die sie nun geschlossen hielt, küsste ihr die Wangen und schob sie unter die Kaskaden. Sie hatte keine Angst. Das Wasser prallte nicht mit der kalten Wucht herab, die sie erwartet hatte, sondern rieselte sacht ihren Körper entlang. Es nahm ihr nicht die Luft, ihr Atem blieb frei und leicht. Weit streckte sie die Arme empor, reckte sich dem Gefühl entgegen, das sie überwältigte.

Wie streichelnde Hände liebkoste sie das nasse Element, versetzte sie in einen Zustand erotisierter Trance. Sie spürte, wie ihre Brustspitzen sich aufrichteten, sich reckten, als wollten sie sich einem gierigen Mund darbieten. Es schien ihr, als saugte, leckte, spielte das Wasser daran, um ihre Erregung voranzutreiben. Ihr Schoß begann zu glühen, Sehnsucht nach Erfüllung ließ sie sich winden. Sie griff nach dem, was ihr immateriell erschien, und stellte erstaunt fest, dass sie Halt fand. Vorsichtig, um den Zauber nicht zu zerstören, öffnete sie die Augen. Und sah in sein Gesicht.

Das dunkle Haar klebte ihm nass an der Stirn, seine grünen Augen sprachen von Verlangen und Zärtlichkeit. Nur dieser eine Blick war ihr vergönnt, mit einer Handbewegung schloss er ihre Augen wieder, hielt sie sicher, hob eines ihrer Beine auf seine Hüfte, legte den Kopf an ihre Schulter und versenkte sich in ihr. Das Blut rauschte in ihrem Kopf, sie vergaß alles um sich herum, spürte nur die Heftigkeit seiner Begierde und ihrer neu entfachten Sinnlichkeit.

Mit voller Kraft spülte der Wasserfall sie gleichzeitig in den Höhepunkt. Sie stürzten, fielen, haltlos, ohnmächtig in die Tiefe des Sees. Mit immer noch geschlossenen Augen lag ihr Kopf an seiner Brust, trieben sie im sonnendurchfluteten Grün.

Makeda stand am Ufer und lächelte.

* * *

Der Kuhwecker ließ sein durchdringendes Muhen ertönen.

Verdammt!

Leah drehte sich träge im Bett um und drückte den hocherhobenen Schwanz der Kuh herunter. Folgsam gab das Ding Ruhe. Amy war hellwach und stand vor dem Bett.

Leah räkelte sich genüsslich, fühlte, wie feucht sie zwischen den Beinen war, und beschloss mit einem wissenden Lächeln, erst unter die Dusche zu gehen, bevor sie Kaffee aufsetzen würde.

Könnten solche Träume nicht einfach mal wahr werden?, dachte sie und warf einen Blick aus dem Badezimmerfenster. Grau! Alles grau in grau da draußen. Kalt sah es aus, man würde sich warm anziehen müssen. Dabei war es doch gerade erst Anfang November.

Mette kam im Bademantel in die Küche geschlurft, als Leah gerade dabei war, Amys Napf zu befüllen.

»Morgääääähn!«, quetschte sie heraus. »Gib mir Kaffee bitte, sprich mich nicht an, ich schlafe noch.«

»Schon gut«, murmelte Leah. Mette war nun mal ein Morgenmuffel. Vor einer Koffein-Infusion zu nichts zu gebrauchen. Sie stellte ihr die Tasse auf den Tisch, schüttete Milch dazu, schob ihr eine Schüssel mit Müsli hin und setzte sich mit ihrem Käseknäcke dazu. Schweigend kauten sie.

Langsam wachte Mette auf. »Gut geschlafen?«

»Ja, und wunderbar geträumt!«

»Aha. Von deinem Supermann?«

»Ist ja nicht meiner!«, seufzte Leah.

»Kriegen wir schon hin«, meinte Mette zuversichtlich.

»Pffff, wovon träumst du nachts?«

»Gar nicht. Hab geschlafen wie ein toter Hamster.«

»Dir fehlt die Fantasie!«

»Im Moment fehlt mir vor allem die Fantasie, mir vorzustellen, wie ich den Tag überstehen soll. Ich habe keine Lust!«

»Von Lust füllt sich unser Konto leider nicht«, grinste Leah. »schließlich werden wir reichlich neue Ware für die nächste Saison finanzieren müssen. Also los, sei nicht so faul. Zieh dich an, wir müssen langsam los. Und zieh dich *warm* an. Scheint saukalt zu sein heute.«

Mit dem Hund an der Leine, der die vielen Treppenstufen gar nicht leiden konnte, eilten sie aus dem Haus. Widerlicher Novemberregen schlug ihnen entgegen.

»Warum fällt es mir eigentlich hier immer so schwer, morgens zu mir zu kommen?«, meckerte Mette.

»Es ist die Luft! Du hast jetzt den Großstadt-Jetlag.«

»Du nicht?«

»Doch! Aber ich stell mich nicht so an«, frotzelte Leah, die ihre Freundin immer schon für zu zimperlich und etwas egozentrisch gehalten hatte. »Und mal ganz unter uns: Ein Frühaufsteher bist du sowieso nie gewesen. Aber jetzt sieh zu, dass du deinen entzückenden Hintern auf den Beifahrersitz schwingst. Bestimmt stecken wir gleich betonfest im Berufsverkehr.«

Die Stadt hatte offenbar wieder zu viel Geld, denn auf dem kaum fünf Kilometer langen Weg klemmte es an gleich drei Baustellen. Bei freier Bahn dauerte die Fahrt in die Speicherstadt keine zwanzig Minuten. Aber heute wurde mehr als eine halbe Stunde daraus. Wie üblich fand sich wieder mal kein Parkplatz. Gerade noch pünktlich mit dem achten Glockenschlag öffneten die beiden abgehetzt die schwere Holztür zum Teekontor.

Leah liebte den Duft, der ihnen entgegenschlug. Den Duft nach Tees und Gewürzen. Die großzügigen hellen Räume waren bis an die Decke voll mit hölzernen Regalschubladen und Lädchen, die Kostbarkeiten aus aller Welt bargen. Selbst zwischen den bodentiefen Fenstern, die das fahle Morgenlicht hereinließen, war kein Millimeter Wand zu sehen. Inmitten des Verkaufsraumes mit seinem rustikalen Dielenboden standen riesige Kommoden, die rundherum mit Schubfächern bestückt waren. Über ein dreistufiges Treppchen gelangte man sowohl ins Büro als auch in die gemütliche Teestube, die zum Kosten der verwirrend vielen Sorten und zum Ausruhen einlud. Hunderte von Teesorten und alle exotischen Süßigkeiten, die das Angebot des Ladens komplettierten, konnten hier probiert werden.

* * *

Betty kam die Stufen herunter. Keinen Deut anders hätte man sich die ideale Inhaberin dieses reizenden Geschäftes vorstellen mögen, fand Leah auch heute wieder. Eine wollweiße Marlene-Hose mit breitem Bund, der die immer noch schmale Taille zur Geltung brachte, eine zart roséfarbene Seidenbluse und ein kurzes cremefarbenes Kaschmirjäckchen betonten wunderbar ihre schlanke Figur. Die Farben schmeichelten dem durchscheinend rosigen Teint. Die Begrüßung fiel überschwänglich herzlich aus und hätte beinahe die Lesebrille, die Betty an einem Kettchen um den Hals trug, zur Strecke gebracht.

»Wie schön, meine Mädchen sind wieder da!«, rief sie und umarmte beide gleichzeitig.

»Gut siehst du aus, Mama! Ich glaube, du wirst nie älter. Hoffentlich habe ich deine Gene geerbt. Oder muss ich anfangen, mir langsam eine ganz bestimmte Creme zu kaufen?«

»Du siehst das mit den Augen der Liebe«, antwortete Betty mit einem Lächeln, das feine Fältchen um die blauen Augen herum sichtbar machte.

Viel Zeit für Komplimente blieb nicht mehr, denn der Laden begann sich zu füllen. Leah band sich das gestärkte Schürzchen um, das seit Generationen zur traditionellen Berufskleidung des Geschäftes gehörte. Sie hätte sich einen unangenehmeren Arbeitsplatz vorstellen können. Es machte ihr Spaß, das, was hier in Hülle und Fülle lagerte, in kleine, edel wirkende Tütchen abzufüllen, zu wiegen, zu etikettieren und den Kunden zu überreichen, als wäre es eine Kostbarkeit. Sie zelebrierte den Verkauf geradezu. Und ihre Art kam an. Das wusste sie.

Die Tür öffnete sich und sie freute sich, dass ausgerechnet die alte silberhaarige Dame hereinkam, die seit vielen Jahren ihre erklärte Lieblingskundin war. Obwohl sie nie mehr als die üblichen Worte mit ihr gewechselt hatte, glaubte sie, ihre ganze Geschichte zu kennen. Zumindest hatte sie sich insgeheim eine zurechtgelegt. Die Dame war klein und feingliedrig, immer akkurat frisiert, duftete ein wenig nach Lavendel und hielt sich sehr aufrecht. Ihre Kleidung war gepflegt, aber erkennbar längst aus der Mode gekommen. Es schien Leah, als zehre sie von einem lange vergangenen Glanz.

Sie kam jeden Monat nur ein einziges Mal und bestellte hundert Gramm »Margarete's Hope«, einen nicht ganz billigen Second Flush, der sich durch eine nussigherbe Muskatell-Note auszeichnete. Da sie nie etwas anderes kaufte, ging Leah davon aus, dass sie sich diesen kleinen Luxus immer bis zum Ende des Monats aufsparte und damit vier Wochen lang hinkam. Sie hatte es sich zur Gewohnheit gemacht, nicht die kleine Hundert-Gramm-Tüte zu befüllen, sondern die große zu benutzen und nur die kleine Menge abzurechnen. Niemals war ein Wort zwischen ihnen darüber gefallen, obwohl Leah sicher war, dass die alte Dame den Unterschied sehr wohl bemerkte. Aber jedes Mal, wenn sie kassierte, sah sie das Leuchten in ihren Augen.

27. November 2000

Die Arbeitstage vergingen wie im Flug. Die Speicherstadt war ein viel besuchter Magnet und es gab kaum einen ruhigen Moment. Der dunkle November und die Vorweihnachtszeit waren schon immer absolute Stresszeiten im Kontor gewesen. Eine heiße Tasse Tee, eine kleine Leckerei, ein kuscheliges Plätzchen im Warmen, dazu ein gutes Buch gehörten offenbar in der lichtarmen Zeit für viele Menschen einfach dazu. Die heimelige Atmosphäre des Geschäftes versetzte die Kunden in eine Stimmung, die sie mit jedem Tütchen Tee nach Hause zu tragen schienen.

Diese bewusste Entschleunigung war etwas, worauf Betty Mette und Leah immer wieder einschwor. Niemals sollten die Kunden auch nur die leiseste Spur von Hetze oder Genervtheit bemerken. Egal, wie stressig die Tage waren. Und Leah fand es bisweilen verdammt anstrengend, unangestrengt zu wirken.

Jeden Abend hatten sie alle drei das Gefühl, die Füße würden nicht mehr in die Schuhe passen. Gerade mal zehn Minuten konnte sich Leah in den Mittagspausen stehlen, um mit Amy einen kleinen Spaziergang zu machen. Sie waren froh, wenn sie um sechs Uhr die Tür hinter dem letzten Kunden abschließen konnten.

»Was täte ich nur ohne euch«, seufzte Betty nach einem besonders anstrengenden Tag dankbar.

»Wie schaffst du das immer alleine, wäre meine Frage«, entgegnete Leah.

»Es ist nicht immer so schlimm. Aber je mehr es auf Weihnachten zugeht, desto hektischer wird es. Na, ihr kennt das ja. Und ihr beide steckt sowieso immer mitten im Getümmel. Hochsaison auf der Insel, Hochsaison hier.«

Was wird werden, wenn sie eines Tages nicht mehr so fit ist?, überlegte Leah nicht zum ersten Mal. Sie selbst würde sich niemals zugunsten des Kontors gegen ihren eigenen kleinen Laden entscheiden. Und Micha? Ihr wunderbarer großer Bruder, den sie so liebte, hatte sich für einen ganz anderen Berufsweg entschieden; er würde auch nie hier einsteigen. Nach einem Sozialwissenschaftsstudium fing er in der Innenbehörde an. Seine große Leidenschaft galt den gesellschaftlichen Brennpunkten der Stadt. Heute lief jedes gemeinnützige Projekt mehr oder weniger durch seine Hände. Zudem war er Kurator einer Stiftung, die jedes Jahr beträchtliche Mittel zusammentrug, um Kinder und Jugendliche aus sozial schwachen Familien zu fördern. Menschen interessierten ihn. Keine Handelsgüter.

* * *

Bettys Einladung zu einem kleinen Abendessen beim Spanier um die Ecke nahmen Mette und Leah nach einem besonders hektischen Tag gerne an. Die Überraschung, auch Leahs Bruder einzuladen, war gelungen. Sie hatten sich lange nicht gesehen. Er saß bereits da, als sie eintrafen. Den blonden Kopf konzentriert über einen Laptop gebeugt, die intelligente Stirn in Denkerfalten gelegt, die Krawatte unter dem hellblauen Hemdkragen gelockert, schien er in Arbeit vertieft. Sein Gesichtsausdruck erhellte sich, als er die drei bemerkte und die Wiedersehensfreude war lautstark.

»Hej, kleine Schwester«, jubelte er, hob sie hoch und wirbelte sie so durch die Luft, dass Leah Sorge um die Blumenvasen auf den eng beieinanderstehenden Tischen bekam. Amy zischte erschreckt unter das nächste tief herabhängende Tischtuch. Er setzte Leah ab, ohne Unfälle verursacht zu haben, und hielt sie ein Stück von sich weg. »Du wirst immer hübscher, Kleines, und siehst keinen Tag älter aus als fünfundzwanzig.«

»Sag nicht immer ›Kleines‹ zu mir«, schimpfte sie lachend. »Rechne mal nach: Ich bin dreißig. Wäre ich ein Mann, müsste ich schon die Rathaustreppe fegen.«

»Ach, wir finden schon noch irgendwas Ausgemustertes für dich«, foppte er.

Es war ein harmonischer Tagesausklang. Nach dem Essen begann Leah zu gähnen. Was Michael an Neuigkeiten aus seinem Job zu berichten hatte, interessierte ihre Mutter offensichtlich mehr als sie. Und eigentlich wollte sie noch Torben einen Besuch abstatten. Sie war neugierig, ob er seine Detektivarbeit schon aufgenommen hatte, denn sie selbst war noch nicht einmal dazu gekommen, ihren Laptop aufzuklappen, geschweige denn, die geplanten Recherchen in Sachen Connor aufzunehmen. Mit den Gedanken schon zu Hause, hörte sie gar nicht mehr richtig zu, was ihr Bruder erzählte, wurde nur hellhörig, als er von einer Weihnachtsgala zugunsten eines seiner Lieblingsprojekte berichtete, einer „Tafel", kombiniert mit allerhand Förderprogrammen für Kinder finanzschwacher Familien.

»Ich habe einen großartigen Sponsor aufgetan«, erzählte er begeistert. »Eine alteingesessene Hamburger Reederei!«

Leah war mit einem Mal hellwach. »Welche denn?«

Die Frage trug ihr einen spöttischen Blick von Mette ein.

»Den jungen Breckwohld persönlich konnte ich am Freitag dafür gewinnen«, berichtete er. »Ich habe ihm nicht nur einen anständigen Betrag aus dem Kreuz geleiert, er hat mir auch seine Mitarbeit bei der Erstellung der Gästeliste zugesagt, ohne dass ich mich dafür großartig anstrengen musste. Und er wird mit mir die Eröffnungsrede halten. Ich denke, das ist ein unbezahlbares Paket, da werden sich die Brieftaschen der Honoratioren unserer Stadt weit öffnen.«

Leah war elektrisiert. »Wie hast du das denn angestellt?«

»Ach, weißt du, eine Hand wäscht die andere«, sagte er zwinkernd, »ich habe ihm einen kleinen Gefallen getan. Für mich war's kein großes Ding, dafür zu sorgen, dass ein Antrag schneller bearbeitet wurde als üblich, für ihn aber eine Zeitersparnis, die ihm ganz sicher einen zackigen sechsstelligen Betrag erwirtschaftet hat. Er war Wachs in meiner Hand.«

Wenn du wüsstest, Bruder ... Wachs in meiner Hand ...

Michael wandte sich an Mette: »Sag mal, du dänische Schönheit, würdest du mir vielleicht die Ehre geben, meine Begleitung an diesem Abend zu sein?«

Leah kochte. Erst hatte sie ihr Nick abgetreten, jetzt bat Micha ausgerechnet Mette, ihn dorthin zu begleiten, wo sie Connor Breckwohld endlich wiedertreffen könnte! Was sollte sie jetzt sagen? Nichts! Unmöglich, dazwischenzufunken.

Natürlich sagte Mette begeistert zu. Und bekam das Grinsen nicht mehr aus dem Gesicht.

Super! Die Aussichten sind ganz hervorragend! Micha hat ihn am Freitag getroffen. Er sitzt also die ganze Zeit gemütlich in Hamburg. In nächster Nähe. Und er hat die ganze Zeit über nicht den kleinsten Versuch gemacht, sich bei mir zu melden. Herrgott, was tue ich? Wie peinlich kann das werden, wenn er wirklich absolut kein Interesse mehr an mir hat?

Sie wäre schon bei dem bloßen Gedanken gern im nächsten Mauseloch verschwunden. Aber es war keins da. Stattdessen bemerkte Michael ihren unglücklichen Gesichtsausdruck.

»Schwesterlein, was guckst du so bedröppelt? Möchtest du etwa mit auf den Ball?«

»Bloß nicht, Micha!«, rief sie. »Ohne Partner ist so was total öde.«

»Auch wieder wahr«, grinste er und diese laxe Bemerkung gab ihr den Rest.

Es war wieder mal Zeit, bei Torben einzufallen und sich trösten zu lassen. Nur noch die Abschiedsszene würdig hinter sich bringen! Leah kämpfte mit den Tränen.

* * *

In Torbens Büro brannte trotz der fortgeschrittenen Uhrzeit noch Licht. Leah klingelte an der Glastür. Hemdsärmelig öffnete er, ließ sie mit Amy herein.

Kein Mensch würde je auf die Idee kommen, dass er schwul ist, wenn er ihn hier im sachlichen Neonlicht erlebt!

»Na, Schatz, hattest du einen anstrengenden Tag? Du siehst ziemlich geschafft aus.«

Er klang wie ein interessierter Ehemann. Sie ließ sich auf den nächsten Bürostuhl fallen. »Anstrengend wäre der falsche Ausdruck. Ich bin eher frustriert. Micha organisiert einen Wohltätigkeitsball, Connor Breckwohld ist sein Hauptsponsor und wen, glaubst du, lädt mein Bruderherz zu dem Event ein?«

Torben hob fragend die Augenbrauen und zuckte mit den Schultern.

»Mette! Nicht seine kleine Schwester, nein, seine kleine Schwester vergisst er einfach, macht auch noch einen blöden Spruch, weil ich ja keine Begleitung habe und es dann sowieso langweilig für mich wäre!«

»Weiß er denn, dass es nichts gibt, was du dir mehr wünschen würdest, als diesem Herrn wieder zu begegnen?«

»Bewahre, nein! Glaubst du, das binde ich jedem auf die Nase?«

»Na, woher soll er dann wissen, dass er dich damit verletzt, Mette einzuladen?«

»Stimmt auch wieder! Aber ich bin stinksauer auf Mette, die dämliche dänische Pute! Sie weiß doch ganz genau, dass ich sonst was dafür geben würde, Connor wiederzutreffen. Und statt mir den Vortritt zu lassen, fängt sie sofort an, mit Micha zu flirten und lässt sich von ihm nach Hause fahren, statt mir beizustehen«, fauchte Leah.

»Na, na! Jetzt hör aber mal auf. Mette ist deine beste Freundin!«, bremste Torben sie aus und murmelte etwas, das Leah nicht recht verstehen konnte, vielleicht auch in ihrer Wut nicht verstehen wollte:

»... du ahnst nicht, was für eine gute Freundin sie wirklich ist.«

Der Nebensatz ging in ein Ohr rein und aus dem anderen wieder raus. Ihr war nach Wüten: »Aber da ist noch was, Torben ...«

Er stand hinter ihr, hatte seine Hände auf ihre Schultern gelegt und begonnen, die brettsteifen Muskeln sanft zu massieren. »Meine Güte, dein Trapezius!«, schimpfte er. »Entspann dich doch mal, Süße. Und erzähl!«

»Micha hat ihn am Freitag getroffen. Das heißt, er ist in Hamburg. Es ist anderthalb Monate her, seit wir auf seinem Boot waren. Und ich habe seitdem kein Wort von ihm gehört. Ich glaube, ich verrenne mich, Torben! Er hat nicht die Spur von Interesse an mir.«

Leah drehte sich zu ihm um, denn er hatte plötzlich aufgehört zu massieren.

»Komm mal mit«, forderte er sie auf, führte sie an einen der Schreibtische, ließ sie Platz nehmen, griff zur Maus und öffnete eine Zeitungs-Webseite. Seine Hand lag auf ihrer Schulter, während er die gesuchten Ergebnisse anklickte.

»Schau mal! Der war nicht in Hamburg. Und ich denke, er hatte ganz was anderes im Kopf als dich. Notgedrungen! Nicht aus Desinteresse.«

Leahs Augen flogen über den kleinen Bericht. »Piraten überfallen deutsches Containerschiff am Horn von Afrika«, las sie in der Überschrift. Der Artikel selbst bestand nur aus wenigen Zeilen, die über eine Lösegeldaktion und den glücklichen Ausgang der Schiffsentführung informierten. Ein winziges Foto war angehängt.

»Geht das größer?«, fragte sie.

»Ja, Moment!«

Der Mauszeiger huschte über den Bildschirm, bis eine sehr pixelige, aber erkennbare Darstellung erreicht war. Keine Frage: Connor Breckwohld an Deck eines Containerschiffes. Hinter ihm offenbar seine Crew.

»Man sieht ja nicht allzu viel«, grinste Torben, »aber wenn der nicht überzeugter Hetero wäre, hättest du scharfe Konkurrenz in mir!«

»Ach, weißt du, wenn das alles wäre«, seufzte Leah. »Ich darf ja auch nicht vergessen, dass er kurz vor einer Hochzeit steht. So viel konnte mir zumindest unser geheimnistuerischer Hafenmeister auf der Insel erzählen. Ich habe sie gesehen. Sie ist schön, dem Vernehmen nach aus guter Familie, und ziemlich sexy.«

»Das heißt, du bist ihm nicht nur weggelaufen, sondern jetzt läuft *dir* auch noch die Zeit davon. Na, herzlichen Glückwunsch! Rutsch mal beiseite.«

Leah saß neben ihm, als er mit professionellem Affenzahn durch verschiedene Links scrollte. »Hier!«, rief er. »Einen Termin haben sie auch schon! Am Freitag, dem 22. Dezember. Seine Auserwählte heißt Victoria und noch van Beurse.«

»Hört sich wie ›Börse‹ an, riecht nach viel Geld«, warf Leah mürrisch ein. »Dann passt es ja wirklich wie Arsch auf Eimer mit den beiden, und seine Mami wird hochzufrieden sein.«

Torben quiekte kurz sehr pink auf. »Tatsächlich, schau mal, du hast recht! Guck, was hier steht.«

Leah rollte den Bürostuhl näher heran und las vor: »Der Begriff ›Börse‹ geht auf die Brügger Familie ›van der Beurse‹ zurück. Das Familienwappen der Kaufleute zeigt drei Geldbeutel. Im Haus der Familie fanden regelmäßig geschäftliche Zusammenkünfte mit anderen Kaufmannsfamilien statt. Mit dem holländischen Wort ›borse‹ bezeichnete man zunächst das Haus und später dann auch die Treffen der Händlerfamilien aus mehreren europäischen Ländern. Später wurde es in den internationalen Sprachgebrauch übernommen.«

Resigniert sank sie auf dem Stuhl zusammen. »Torben, ich geb auf! Du brauchst gar nicht weiterzusuchen. Aussichtsloser kann es gar nicht sein.«

Mitleidig sah er sie von der Seite an, stand auf und schlang die Arme um sie.

»Leah, nun wirf doch nicht gleich die Flinte ins Getreide! *Noch* ist er unverheiratet und schließlich wissen wir, dass er definitiv Interesse an dir gezeigt hat.«

»Ja, für fünf Minuten!«, jammerte sie resigniert. »Ich mach mich nicht lächerlich! Komm, schalt den Computer aus, vergessen wir die Sache.«

Es gelang ihm nicht, sie zu trösten. Der Abend war gelaufen, die Stimmung auf dem Nullpunkt.

Müde schlich sie die Treppen in den vierten Stock hinauf.

Mette schlief anscheinend schon und nur Amy hatte noch Interesse an ihr.

Sie würde sich nicht weiter mit der Sache beschäftigen, beschloss sie.

Zeitverschwendung!

Nur Träumen, das wäre doch noch erlaubt!

Leah stellte sich beim Einschlafen die aufregenden Traumsequenzen mit Makeda vor, hoffte, etwas davon in die Nacht mitnehmen zu können. Aber es gelang ihr nicht.

28. November 2000

Am nächsten Morgen weckte sie die brüllende Kuh aus dem wenig erholsamen Schlaf. Es war noch stockdunkel im Zimmer und ein heftiger Nordostwind ließ letzte herbstliche Blätter vor den Fenstern wirbeln. Der erste Blick in den Badezimmerspiegel war auch nicht die reine Freude. Sie fand sich bleich und langweilig.

Da muss was passieren! Attacke! Wenn man sich derart unattraktiv fühlt, muss man zusehen, dass man sich aufbrezelt. Wenn's auch niemanden sonst interessiert, als mich selbst. Egal. So jedenfalls gehe ich nicht aus dem Haus!

Leah griff tief in ihre Schminktöpfe und verzog gerade das Gesicht zu einer Clownsgrimasse, als Mette ins Bad torkelte.

»Jesus, was hast DU denn vor? Arbeiten oder Einsame-Herzen-Ball?«, stutzte sie.

»Nee, ich konnte mich bloß gerade nicht mehr sehen, so fad und blässlich.«

»Beeindruckend!«, murmelte Mette, schob sie vom Waschbecken weg und langte nach ihrer Zahnbürste.

Leah wählte ihren kurzen grünen Kaschmirpullover mit dem kuscheligen Rollkragen zu einer engen schwarzen Hose und zog die samtigen Velourstiefeletten an. Der Aufzug trug ihr eine missbilligende Bemerkung Mettes ein. »Du wirst heute Abend deine Füße wegschmeißen können, wenn du den ganzen Tag auf den Dingern rumrennst! Nimm dir vernünftiges Schuhwerk mit. Das hältst du nicht durch!«

»Ja ja ...!«, rief ihr Leah zu, die sich mit wohlgefälligem Blick vor dem Flurspiegel drehte.

»›Ja ja‹ heißt leck mich am …«

»Genau!«

»Du wirst noch an meine Worte denken!«

»Mir ist aber grad danach. Also hör auf zu meckern. Ich brauche heute eine Politur meines lädierten Selbstbewusstseins.«

»Was'n passiert?«, fragte Mette undeutlich, die Zahnbürste immer noch im Mund.

»Torben hat rausgefunden, dass Connor seine Tusse am 22. Dezember zu ehelichen gedenkt. Termin beim Standesamt steht. Aber könntest du jetzt vielleicht mal ein bisschen Dampf machen? Wir kommen sonst zu spät.«

Mehr als ein ziemlich uninteressiertes »Das ist ja blöd« bekam sie nicht zu hören. Leah sah auf ihre Uhr. Es war sowieso immer ein Kunststück, Mette morgens so weit Beine zu machen, dass sie es schafften. Aber jetzt war Leah auf hundertachtzig. So dermaßen unsensibel hatte sie ihre Freundin noch nie erlebt.

Und heute soll sie mir nur ein einziges Mal blöd kommen, dann kann sie was erleben, die falsche lahmarschige Schlange! Konnte sie mir nicht mal ausnahmsweise den Vortritt lassen? Sie hat doch Nick!

Sie goss Kaffee ein, schmierte sich ihr Brot, schüttete Müsli und Milch in Mettes Lieblingsschüssel. Leah war genervt und die Milchtüte rutschte ihr aus der Hand. Fluchend rubbelte sie sich die Spritzer mit einem nassen Küchenhandtuch aus der Hose, als »Madame Schlafmütz« endlich erschien.

»Danke!«, sagte sie immerhin, war aber offenkundig mit den Gedanken ganz woanders. Konzentriert auf ihr Handy, öffnete und beantwortete sie eine ganze Reihe SMS. Ständig gingen neue ein und das Piepen zerrte an diesem Morgen besonders an Leahs Nerven.

»Mit wem hast du denn einen so angeregten Austausch am frühen Morgen?«, wollte sie wissen.

Mette sah zwischen zwei Piepsern kurz hoch und murmelte abwesend: »Nick und dein Bruder. Hast du was dagegen?«

»Junge, Junge, bei dir brummt's aber momentan!«, entgegnete Leah und summte leise: »Kein Schwein ruft mich an ...«

Mette reagierte auch darauf nicht, tickerte mit einem abwesenden Gesichtsausdruck weiter Nachricht um Nachricht.

* * *

Selbst auf dem Weg durchs Treppenhaus, auf der Straße und während der Fahrt ins Kontor legte sie das Handy keinen Moment aus der Hand. Bis Leah es ihr im Laden schließlich gegen ihren heftigen Protest einfach abnahm.

»Kriegst du in der Mittagspause wieder. Die Herren werden es schon ein paar Stunden ohne deine liebreizenden Nachrichten aushalten!«, entschied sie und wünschte sich insgeheim, selbst so hoch begehrt zu sein.

Betty sah sie ob ihrer Kriegsbemalung etwas zweifelnd an. »Das ist ja ganz hübsch, Leah, aber findest du es nicht für den Arbeitstag etwas zu dick aufgetragen?«

»Nein, Mama, ich brauch das heute!«, erklärte sie entschieden.

Sie fiel auf! Insbesondere den männlichen Kunden, und genau das hatte sie gewollt, denn sie heimste reichlich Komplimente ein. Jedenfalls trug es durchaus dazu bei, dass sich ihre maue Laune nach und nach hob. Zwar hatte Mette zweifelsfrei recht gehabt mit ihren Warnungen, die Folgen des Herumlaufens in den hochhackigen Stiefeln betreffend. Die Füße taten ihr jetzt schon weh. Aber für Leah war es nur der spürbare Beweis dafür, sich mit ihrer Kleiderwahl am eigenen Zopf aus der missmutigen Phase gezogen zu haben.

Gegen Mittag, als Mette und Betty sich zu einer kleinen Pause ins Büro zurückzogen, drehte sie immer mehr auf, scherzte mit den Kunden, sprühte nur so vor Charme und war sehr zufrieden mit sich.

Besser hätte es nicht laufen können, denn als die schwere Holztür aufging und Connor Breckwohld mit einer Frau, die eigentlich nur seine Zukünftige sein konnte, das Kontor betrat, fühlte sie sich in Hochform. Wäre sie es nicht gewesen, hätte sie dieses Traumpaar vermutlich aus der Fassung gebracht.

Victoria schwebte förmlich auf einem Highheel-Wölkchen, im fluffigen Silberfuchsmantel, das blondgesträhnte Haar zum Knoten frisiert. Oder schwebte sie wohl eher durch seine Anwesenheit?

Er kam ihr heute noch größer vor, was möglicherweise an dem zarten Hintergrund lag, den Viktoria abgab. Sie konnte Leah offenbar nicht einordnen, obwohl sie sich bereits zum dritten Mal begegneten. Kein Erkennen lag in ihren Augen.

Ganz anders Connor! Leahs Herz machte einen Freudensprung, denn ganz offenbar legte er absolut keinen Wert darauf, seiner Verlobten deutlich zu machen, dass sie sich kannten. Ein Blick aus seinen grünen Augen, sein angedeutetes Kopfschütteln genügte, ihr zu bedeuten, dass er als Geheimnis bewahren wollte, was zwischen ihnen passiert war, und sie quittierte mit einem kaum merklichen Nicken.

»Was darf es sein? Kann ich Ihnen behilflich sein?«, fragte sie freundlich.

Die zauberhafte Victoria hatte ihre Aufmerksamkeit bereits den exquisiten Süßigkeiten zugewandt und stand mit dem Rücken zu ihnen. Aber er hatte besondere Wünsche, brauchte Beratung.

»Ich habe auf einer Chinareise mal einen ganz außergewöhnlichen Tee getrunken, den ich nirgends mehr finden kann. Er hatte eine leichte Rauchnote und ein Aroma von Zimt und Backpflaumen. Können Sie mir vielleicht helfen?«

»Möglicherweise einen Lapsang Souchong aus Fujian?«, überlegte Leah ernst, während ihr Inneres jubelte.

Sein Gesicht erhellte sich. »Ja! Sie kennen sich aber wirklich unglaublich gut aus.«

»Das ist mein Beruf«, erwiderte sie, und es gelang ihr, ein höchst professionelles Gesicht zu machen, obwohl ihr wenig danach war, sich auf Backpflaumenaroma und Kiefernrauch zu konzentrieren, sondern eher auf den leichten Duft von Sandelholz, Bergamotte und Amber, der ihn umgab. Dieser Duft war ihr mittlerweile schon vollkommen vertraut. Sie glühte.

»Haben Sie die Sorte vorrätig, oder können Sie mir den Tee besorgen?«, fragte er.

Seine Stimme klang unverfänglich. Aber sein Blick sprach eine ganz andere Sprache. Leah erkannte eine Mischung aus Wiedersehensfreude, funkelndem Begehren und Komplizenschaft. Er schuf damit einen Raum, der Victoria aussperrte, ohne dass sie auch nur die Spur von Verdacht schöpfen konnte, und zog Leah in einen zauberhaften Bann, dem sie nicht entfliehen wollte. Eine virtuelle Nische der Vertrautheit, einen Kokon, der nur ihm und ihr bekannt war, jeden anderen ausschloss. Unsichtbar und diskret. Er brauchte nichts auszusprechen. Leah glaubte in diesem Moment, dass sie sich nicht getäuscht hatte in ihrem unsicheren Gefühl, dass da mehr war als sein Wunsch nach einem flüchtigen Abenteuer mit ihr.

»Ich kann es versuchen. Diese Sorte ist schwer zu bekommen und sehr selten.«

»Ja, ich weiß«, entgegnete er und sie verstand, dass er von Tee sprach, aber sie meinte. Sie antwortete ihm mit einem viel versprechenden Lächeln und sagte in vollkommen beherrschtem Ton: »Geben Sie mir ein paar Tage Zeit. Ich tue, was ich kann. Allerdings bräuchte ich Ihre Kontaktdaten, damit ich Sie informieren kann, wenn ich Erfolg habe.«

»Selbstverständlich, gern!«, sagte er, reichte ihr eine Visitenkarte – Leah meinte, die Funken knistern zu hören, als sich ihre Fingerspitzen berührten – und zog einen Kugelschreiber aus dem

Jackett, um die Mobilfunknummer zu unterstreichen. »Sie können mir auch gerne eine SMS schicken, wenn Sie fündig werden«, ergänzte er. Leah konnte seinen Ausdruck nicht anders deuten: »Melde dich!«, sagten seine Augen. »Melde dich schnell!«

»Ach, ehe ich es vergesse: Welche Menge soll ich bestellen? Der Tee wird sehr kostspielig sein.«

»Mindestens ein Kilo«, erwiderte er und sie sah grüne Smaragdfunken sprühen. »Wenn ich mir schon so etwas Besonderes gönne, werde ich mich allzu schnell daran gewöhnen und es nicht mehr missen wollen.«

Rrrrr … deutlicher kann er eigentlich kaum noch werden! Und wie raffiniert! Seine Victoria ahnt nichts. Ganz offensichtlich.

Sie trug ein Körbchen mit ihrer Auswahl an die Kasse. Gefüllt mit durchsichtigen Tütchen voll süßer Spezialitäten aus aller Herren Länder. Glasierte Ingwerspitzen aus Indonesien, Haselnusskrokant aus Kalabrien, belgisches Weichnougat, kandierte Orangenscheiben aus Java und eine ganze Reihe weiterer köstlicher Kalorienbomben.

»Die Himbeer-Sahnetrüffel sind super«, sagte Leah lächelnd, während sie die Preise eintippte, und Connor neckte Vicky: »Wenn du dir das alles einverleibst, wirst du dick und rund!«

»Tja, wenn du das Dick-und-rund-Machen nicht selbst erledigst, musst du mir eben Süßigkeiten kaufen!«, sagte Victoria und strich sich provozierend über den nicht vorhandenen Bauch. Der Blick, den sie ihm dabei zuwarf, irritierte Leah, und sie konnte ihn nur so interpretieren, dass sie sich offenbar in puncto Nachwuchs nicht ganz einig waren.

Trotzdem mussten alle drei lachen und Leah hatte überhaupt nicht das Gefühl, dass Vicky das Geplänkel peinlich war. Sie fand sie eigentlich sympathisch. Ihr offenes Lachen, ihren niedlichen ausländischen Akzent. Mal abgesehen davon, dass sie einen Pelzmantel trug, war eigentlich alles an ihr sympathisch. Und ganz leise meldete sich Leahs schlechtes Gewissen, in diese Beziehung einbrechen zu wollen, höchstwahrscheinlich schon eingebrochen zu sein.

Wie will er diesen Konflikt lösen? Sie ist wirklich süß! Ich bin gespannt …

Dass er ihn anscheinend lösen wollte, entnahm sie vorläufig dem letzten Blick, den er ihr zuwarf, bevor sich die Tür hinter den beiden schloss.

* * *

Leah bekam eine nervöse Attacke, als sie feststellte, dass sie die Visitenkarte nicht finden konnte. Das Ding lag nicht mehr neben der Kasse, musste also heruntergefallen sein.

»Was suchst du?«, fragte Mette, die ihre Pause beendet hatte und die Freundin hektisch auf dem Boden herumkrabbelnd vorfand.

Leah sprang mit hochrotem Kopf auf, klopfte sich ein paar Stäubchen von den Knien und fühlte sich verdammt ertappt. »Die Visitenkarte eines Kunden, für den ich einen ganz ausgefallenen Tee besorgen soll.«

Im nächsten Moment rutschte auch Mette auf der Erde herum und half suchen. Fehlanzeige. Die Karte blieb verschwunden.

»Weißt du denn, wie der Kunde heißt?«

»Sicher! Aber ich sollte ihm Bescheid geben, wenn ich den Tee bekommen habe. Außerdem war es nicht *irgendein* Kunde«, stieß Leah hervor, denn sie hatte das ganz dringende Bedürfnis, sich mitzuteilen.

Mette sah sie alarmiert an. »Wer?«

»Er!«

»Nicht wirklich, oder? Er kommt hierher? Er kommt, um Tee zu bestellen? Nur um Tee zu bestellen, oder hast du noch was zu beichten?«

»Er war mit seiner Zukünftigen hier. Sie ist ... sehr nett«, sagte Leah zerknirscht.

»Na super! Sie ist nett, er hat einen Hochzeitstermin und baggert trotzdem dich an? Spinnt der? Nur gut, wenn die Karte verschwunden bleibt! Misch dich da nicht ein, Leah. Das geht gar nicht!«

»Aber ...!«

»Nichts ›aber‹!«, entgegnete Mette bestimmt und flüsterte: »Darüber reden wir später, deine Ma rückt gerade an. Du kannst jetzt Pause machen. Komm erst mal wieder zu dir.«

* * *

Leahs selbst gemachte Seifenblase, Marke »allerbeste Laune«, begann schillernd bunt dünn zu werden und platzte, schmierige Seifenspuren hinterlassend. Eine Einladung zum Ausrutschen und Auf-die-Nase-Fallen.

So ein Mist! Jetzt bekomme ich schon seine Handynummer und verdaddel sie gleich wieder. Ich werde im Internet suchen. Notfalls muss da wohl wieder Torben ran. So ein Geheimnis kann sie ja nicht sein.

Ein belegtes Brötchen in der Hand, die Tasse mit Milchkaffee neben sich, setzte sie sich im Büro an den Rechner und stellte schnell fest, dass es zwar eine unübersehbare Menge Breckwohld'scher Firmennummern und mehrere Anschlüsse für die Blankeneser Villa gab, jedoch keinen Eintrag zu seinem persönlichen Mobilfunkkontakt.

Amy lag in ihrem Körbchen und sah ihr mit kritischem Ausdruck zu.

»Amy, dein Frauchen ist dämlich!«, erklärte sie der Hündin. Die wedelte, und sie konnte sich des Eindrucks nicht erwehren, dass es zustimmend gemeint war. Die Hündin stand auf und legte ihr die Schnauze aufs Knie.

»Ach, komm, du hast ja keine Ahnung, du willst doch nur die Wurst von meinem Brot!«

Amy fiepte zur Bestätigung, ergatterte sich ein Stückchen Salami und fixierte sie in der Hoffnung auf mehr.

»Schluss, aus! Geh in deinen Korb«, entschied Leah und die Hündin trollte sich beleidigt.

Es bedurfte einiger Telefonate, bis es gelang, den richtigen Händler für den Lapsang Souchong ausfindig zu machen, und sie war sehr zufrieden, einen Liefertermin schon für den übernächsten Tag festmachen zu können. Der Tee würde kommen! Aber welchen Weg sollte sie wählen, sich mit ihm in Verbindung zu setzen? Möglichkeiten gab es viele. Aber alle waren unpersönlich.

* * *

Auch dem findigen Torben gelang es am Abend nicht, ihr weiterzuhelfen. Sie erzählte ihm von der Begegnung am Mittag, hielt auch mit ihren mulmigen Gefühlen, dem Schuldbewusstsein Victoria gegenüber, nicht hinterm Berg. Er überlegte eine Weile, saß das Kinn in die Hand gestützt am Schreibtisch, und runzelte die Stirn. Sie sah ihm an, dass er bemüht war, ihre eine Antwort zu geben, die einerseits korrekt, andererseits nicht verletzend sein sollte. Welchen Zustand sie erreicht hatte, war ihm offenbar nicht entgangen.

»Leah, wie es tatsächlich in der Beziehung der beiden aussieht, wissen wir nicht. Es wäre nicht das erste Mal, dass ein außenstehender Betrachter einen völlig falschen Eindruck gewinnt. Wenn er also kein absolutes Arschloch ist und nicht mit dir nur noch mal ausgiebig seinen Junggesellenabschied feiern möchte, wird irgendwas hinter den Annäherungsversuchen stecken, was wir noch nicht ermessen können. Vielleicht hat er ja auch Panik, so nach dem Motto: Drum prüfe, wer sich ewig bindet ... oder so!?«

»Das ist möglich. Und natürlich wünschte ich mir, in diesem Wettbewerb eine Chance zu haben. Aber wohl ist mir nicht bei der Sache. Irgendwo dazwischenzufunken in eine glücklich wirkende Partnerschaft ist nicht mein Ding. Ich weiß fast nichts von ihm. Normalerweise wäre es vernünftig, sich rauszuhalten, wie Mette es mir empfiehlt. Wenn da nicht diese irre Anziehungskraft wäre ...«

»Mit Vernunft wirst du deinen Gefühlen nicht beikommen, Leah«, sagte Torben mit nachdenklichem Gesicht.

»Sicher nicht! Was rätst du mir also?«

»Du musst versuchen, mehr herauszufinden. Und zwar am besten aus der Ferne, wenn du ihm nicht direkt gegenüberstehst, denn dann hast du keinen klaren Blick mehr.«

»Und wie stellst du dir das vor?«, fragte sie zweifelnd.

»Wenn du Schlumpf bloß nicht die Telefonnummer verbaselt hättest! Das wäre eine sowohl unverbindliche als auch persönliche Kontaktmöglichkeit gewesen. Das Einzige, was ich dir noch anbieten könnte, wäre, dass ich versuche, seine direkte Firmen-Mail-Adresse herauszufinden. Das müsste klappen. Gib mir Zeit bis morgen.«

Leah stand auf, drückte ihm einen Kuss auf den Scheitel. »Du bist der Beste. Danke!«, und verließ sein Büro.

* * *

Es war erst halb acht und schon seit Stunden zappenduster. Sie nahm sich vor, am Wochenende eine Runde um die Alster zu laufen, um frische Luft und Licht zu tanken. Sie mochte die dunkle Jahreszeit nicht. Daran konnte auch der Lichterwahn, der in Kürze die ganze Stadt erfasst haben würde, nichts ändern. Es war dunkel, wenn sie ins Kontor starteten, es war dunkel, wenn sie heimkamen. Kuschelig war es auch nicht, denn es gab niemanden zum Kuscheln. Sie ließ sich eine Badewanne mit heißem Wasser ein, stellte eine ganze Reihe Teelichter auf den Wannenrand, zog sich aus und stopfte ihre Sachen zusammen mit einem ganzen Berg Wäsche aus dem Korb, der in der Ecke stand, in die Maschine. Dann ließ sie sich ins warme, duftende Schaumbad gleiten, lehnte den Kopf an die weiche Nackenstütze, schloss die Augen und lauschte dem eintönigen Rotieren des Schonwaschganges.

* * *

Sie konnte kaum die Hand vor Augen sehen. In so dichten Nebel gehüllt, dass sie meinte, kaum noch atmen zu können, stand sie allein am Ufer eines breiten Stromes. Sie wusste, sie musste ihn überqueren. Um sie herum, undeutlich erkennbar, kahle Bäume, nackte Zweige, dürres Schilf und Geröll. Sie fror entsetzlich. Es wurde immer kälter, immer feuchter, je länger sie zögerte. Ihre nackten Füße steckten in eisigem Morast; sie war unfähig, sie herauszuziehen, sich auf den Weg zu machen, den sie gehen sollte. Keine Seele weit und breit. Nur eine Stimme in ihrem Inneren, die sie aufforderte. »Komm! Wag es, komm zu mir!«

Für einen Moment meinte sie, Makedas Gesicht im Nebel über dem Fluss zu erkennen. Sie mühte sich atemlos, Fuß um Fuß aus dem zähen Untergrund zu ziehen, sich auf die Illusion zuzubewegen. Mit unendlicher Anstrengung erreichte sie das Wasser. Makeda streckte ihr eine Hand entgegen. Sie griff zu und Wärme empfing sie. Eingehüllt in eine Nebelwolke, schwebte sie mit der Schönen über die Fluten auf das gegenüberliegende Ufer zu. Mühelos kamen sie voran, leicht ging der Atem. Der Dunst lichtete sich und eine traumschöne weite Winterebene lag vor ihnen. Tief stehend beleuchtete die rote Sonne unberührten Schnee, zündete silbrige Lichter auf bepuderten Fichten an, ließ die Luft wie von Abertausenden Wunderkerzen illuminiert flirren. Ihre Sohlen berührten den Boden nicht, sie hinterließen keine Spuren, eilten einem unbekannten Ziel entgegen.

* * *

»Verflixte Kiste, du wirst noch absaufen!«

Mette stand am Wannenrand und brüllte hysterisch. Leah tauchte auf, sah sie verständnislos an und schnappte nach Luft.

»Komm da raus, das Wasser ist ja schon eiskalt! Meine Güte, wenn man auf dich nicht aufpasst, bringst du dich noch um!«

Sie hielt ihr ein Badetuch hin, rubbelte sie hektisch trocken und schimpfte leise weiter vor sich hin.

»Ich muss eingeschlafen sein! Wie ärgerlich! Ich hatte einen so schönen Traum. Jetzt werde ich nicht mehr erfahren, wo wir hinwollten.«

»Du wolltest offenbar geradewegs in eine solide Holzkiste!«, zeterte Mette. »Und ärgerlich hätte ich nur gefunden, wenn ich hier jetzt das Problem der Leichenentsorgung hätte. Bloß gut, dass ich aufs Klo musste.«

Sie reichte Leah den Schlafanzug, der auf dem Toilettendeckel bereitlag, blies die Teelichter aus, deren Wachs sich völlig verflüssigt hatte. »Wie lange liegst du denn schon hier? Die Waschmaschine ist durchgelaufen. Die braucht eine Stunde und zwanzig Minuten mit dem Programm.«

»Na, dann wird es eine Stunde und zwanzig Minuten gewesen sein. Ich habe sie angeschaltet, bevor ich in die Wanne gestiegen bin.« Während sie sich anzog, ergänzte sie noch: »Ach, und danke, dass du mich gerettet hast!«

»Bitte, bitte! Wurde ja auch langsam Zeit, dass du mal drauf kommst! Könntest du als Zeichen der Dankbarkeit eventuell jetzt deine Wäsche in den Trockner räumen? Ich hab auch noch eine Ladung zu waschen.«

»Klar«, sagte Leah gähnend und schaltete ihren Föhn an, der auf höchster Stufe heiße Luft ins Bad blies.

»Das Ding hört sich immer an wie ein Starfighter in der Startphase. Ich versteh kein Wort mehr!«, rief Mette.

»Was hast du gesagt? Der Föhn ist so laut. Ich mach dir die Maschine gleich frei.«

»Sag Bescheid, wenn ich ins Bad kann«, sagte Mette, wünschte eine gute Nacht und verzog sich.

Als Leah den Trockner schließen wollte, bekam sie ihn nicht zu. Irgendetwas klemmte zwischen Flusensieb und Tür. Es war Connors Visitenkarte. Frisch gewaschen, nass und ziemlich verblichen. *Natürlich!*, es fiel ihr ein: Sie hatte sie in ihre Hosentasche gesteckt. Leah bemühte noch einmal den Föhn, bekam das aufgeweichte Pappkärtchen leidlich trocken, und versuchte, Zahlen und Buchstaben zu entziffern, was sich bei der teintfreundlichen Badezimmerbeleuchtung als aussichtslos herausstellte. Es gelang ihr erst mithilfe einer Leselupe unter der strahlend hellen Schreibtischlampe, eine Zahlenkombination zu enträtseln. Lediglich eine sehr zerknitterte Zahl konnte genauso gut eine Acht als auch eine Drei sein. Sie beschloss, am nächsten Tag einen Versuch mit beiden Nummern zu wagen.

29. November 2000

Es war ein ungewöhnlich milder Novembertag. Beinahe so schön wie im Altweibersommer. Die Meteorologen hatten einen Wetterumschwung angekündigt. Allerdings würde die »russische Kältepeitsche« in den nächsten Tagen unbarmherzig zuschlagen, lautete die Vorhersage.

Gegen Mittag gelang es Leah, sich für eine kurze Pause mit Amy aus dem Kontor abzusetzen. Sie steuerte auf ein Bänkchen zu, von dem aus man einen Blick auf die Fleete hatte, jene seit dem Wiederaufbau der im Krieg teils zerstörten Speicherstadt noch erhaltenen kleinen Wasserstraßen. Früher hatte es mehr davon gegeben, denn die Waren, die den Hafen erreichten, wurden auf sogenannte Schuten umgeladen und gelangten so direkt in die Lagerhäuser und Kontore der Kaufleute. Während der Sanierungsmaßnahmen, die 1967 abgeschlossen waren – eine kleine Fotodokumentation der Baufortschritte hing an den Wänden des Teekontors –, hatte man einige der schmaleren Fleete zugeschüttet. Sie gehörten zur Speicherstadt wie die Grachten zu Amsterdam und schufen ein ganz besonderes Flair. Auf dem Wasser, das heute nicht mehr wie in alten Zeiten die Abwässer und Fäkalien des ganzen Bezirks aufnehmen musste, glitzerte die Sonne, spiegelten sich die roten Backsteinbauten, und Leah genoss den Anblick für einen ruhigen Moment.

Erst mal sammeln und tief Luft holen, dann versuche ich es. Ganz ruhig, Leah, nicht aufregen!

Sie hatte sich beide Telefonnummern unter »Connor« in ihr Handy gespeichert und eine, die sie für die unwahrscheinlichere hielt, mit einem Fragezeichen versehen.

Diese Nummer wählte sie zuerst. Und hatte spannende fünf Minuten, denn ein gewisser Mustafa war am anderen Ende der Leitung um keinen Preis davon zu überzeugen, dass sie weder »Mandy« war noch heute Abend mit ihm ins Rap-Konzert gehen würde. »Mustafa« hatte eine beeindruckende Art, sich auszudrücken. »Ey, Mandy Darling, verasche mich nicht! Du bist es!«, sagte er in einer perfekten Türkisch-berlinerisch-Mischung, die Leah Ohrenkräuseln bescherte, und alle Erklärungen, dass sie nicht »Mandy« sei, sich nur verwählt habe, stießen auf völliges Unverständnis. Nachdem Mustafa mehrfach die Taktik gewechselt hatte und letztlich vom Schmeicheln übers Bitten beim Drohen gelandet war und »Mandy« unmissverständlich mitteilte, dass er ihr »den kleinen sussen Asche versohlen« würde, wenn sie nicht endlich »mal klarkommen würde«, legte Leah entnervt auf.

Sie atmete tief durch, musste plötzlich furchtbar lachen, was ihr den freundlich erstaunten Blick eines Passanten bescherte, und wählte, als sie sich gefangen hatte, die andere Nummer. Sie *meinte* zumindest, die andere Nummer gedrückt zu haben, sah sich allerdings umgehend getäuscht, als sie Mustafas begeisterte Stimme hörte, der hochzufrieden darüber war, dass »Mandy, du kleine Bitch« jetzt doch endlich »vernunftich« geworden war.

Erschreckt legte sie wieder auf, konnte sich allerdings ein Grinsen nicht verkneifen. Ein Problem entstand jedoch aus dem intensiven Kontakt mit Mustafa: Ständig versuchte er, zurückzurufen. Es gelang ihr nur mit Mühe, eine Lücke im Verbindungsbemühen ihres Nokia mit dem türkischen Rap-Fan zu finden, um es endlich mit der anderen Nummer zu probieren. Sie schickte vorsichtshalber zunächst nur eine SMS:

»Hallo, Herr Breckwohld, die Lieferung Ihres Lapsang Souchong ist morgen zu erwarten. Freundliche Grüße, Leah Holst«

Es dauerte keine zwei Minuten, bis sich seine Antwort zwischen die noch immer andauernden Kontaktversuche ihres neuen Spezialfreundes Mustafa quetschten konnte:

»Endlich, Leah! Kann ich Dich in fünf Minuten zurückrufen? C.«

Dreimal musste sie Mustafa wegdrücken, bis es endlich gelang zu antworten. *»Ja! L.«*, schrieb sie schlicht und biss sich nervös auf die Unterlippe ob der Befürchtung, die winzige Rufnummernanzeige auf dem Display womöglich nicht richtig zu erkennen und einen neuen Anruf des Rappers anzunehmen.

Sie hatte Glück und als sie Connors Stimme vernahm, wurde ihr erheblich wärmer, als es die Sonne selbst an einem Julitag fertiggebracht hätte.

»Leah, wie schön, dass du dich gemeldet hast!«, sagte er und umging damit sofort die Konventionen des Siezens.

»Der Tee ...«, begann sie und wurde von ihm unterbrochen.

»Der Tee, Leah, war nichts als ein Aufhänger! Ich kann Rauchtee nicht leiden. Und ich hatte gehofft, du würdest dich früher melden, denn ich hätte dich zu gern noch vor meiner Abreise gesehen.«

Vor seiner Abreise? Ach nö, wie gewonnen, so zerronnen ..., dachte sie und sagte: »Wohin willst du? Urlaub oder Geschäftsreise?«

»Urlaub ist in letzter Zeit ein Fremdwort geworden. Nein, ich muss geschäftlich für ein paar Tage nach London. Der Rückflug ist für den 5. Dezember gebucht. Leider muss ich mich jetzt kurz fassen, denn mein Boarding beginnt in fünf Minuten.«

Leah gelang es nicht, die Enttäuschung in ihrer Stimme zu verbergen und sie klang etwas reserviert: »Dann wünsche ich dir eine gute Reise. Komm gesund zurück und melde dich dann mal. Soll ich den Tee zu dir nach Hause schicken? Auch wenn du ihn eigentlich nicht magst, nun wird er ja doch geliefert.»

»Ja, schick ihn mir mitsamt der Rechnung an die Blankeneser Adresse. Aber der Tee interessiert mich momentan erheblich weniger als du! Ich schicke dir jetzt sofort meine E-Mail-Adresse. Unter der kannst du mich immer erreichen. Bekomme ich deine?«

»Natürlich!«, beeilte sie sich zu sagen.

Besser schriftlicher Kontakt als gar keiner!

»Und ich kriege dich unter dieser Handynummer?«

»Wann immer du willst!«, strahlte sie und hätte sich im nächsten Moment am liebsten selbst geohrfeigt, denn sie fand, dass sie schon wieder viel zu schnell zu begeistern war, viel zu vorbehaltlos reagiert hatte.

Er schien das überhaupt nicht so zu empfinden und antwortete völlig selbstverständlich, als hätte er gar nichts anderes erwartet: »Ich werde wollen! Aber sei vorsichtig: Wenn du zurückrufst, wird es rasend teuer für dich. Bei mir ist es ein Firmenhandy, da ist es egal.«

Wie pragmatisch! Er denkt an mein Portemonnaie. Immerhin! Aber macht er sich auch Gedanken darüber, wie das hier alles auf mich wirken muss? Himmel, er will in Kürze heiraten! Ich muss das mit ihm klären!

»Connor, ich verstehe nicht, warum du mich ...«

»Ich werde es dir erklären, Leah! Ich freue mich auf unseren Mailkontakt. Schau in deine SMS, sobald du aufgelegt hast! Mein Flug wird aufgerufen. Ich muss Schluss machen. Bis später im virtuellen Briefkasten.«

»Flieg vorsichtig«, beeilte sie sich noch lächelnd zu sagen, aber er hatte schon aufgelegt.

Die SMS kam prompt und Leah sagte sich die Adresse auf dem Weg zurück zum Kontor immer wieder leise vor.

Bloß nicht vergessen, nicht löschen, sofort aufschreiben, gleich mailen. Nicht, dass mir so was wie gestern noch mal passiert!

»Was sabbelst du denn da?«, fragte Mette.

Leah schoss mit einem »Moment, gleich ...« an ihr vorbei ins Büro und traf auf ihre Mutter, die über den Schreibtisch gebeugt dastand und Mails abrief. Keine Chance, unauffällig an den Zettelkasten zu kommen.

»Leah, könntest du mir bitte erklären, warum du diesen unverschämt teuren Lapsang Souchong bestellt hast? Ich habe gerade die Versandbestätigung gesehen. Den kauft doch bei uns kein Mensch!«

»Doch, Mama, der ist bestellt«, erwiderte Leah.

»Na, hoffentlich ein zuverlässiger Stammkunde? Für wen ist er denn?«, fragte Betty.

»Ob es ein Stammkunde ist, weiß ich nicht, aber ganz sicher jemand, der den Tee auch abnimmt. Der Lapsang ist für Connor Breckwohld.«

Leah fiel auf, dass sich die Rückenmuskulatur ihrer Mutter sichtbar verkrampfte, ehe sie sich umdrehte. Sie fand, dass sie ein bisschen blass wirkte.

»Schicken wir den Tee oder holt der Kunde ihn ab?«, fragte Betty.

»Wir schicken ihn«, erwiderte Leah und wunderte sich darüber, wie schnell sich Bettys Gesichtszüge entspannten.

»Sag mal, Mama, was habt ihr eigentlich alle mit Breckwohlds? Claas hat auch so seltsam reagiert, als er auf der Insel mitbekam, dass Connor etwas in meinem Laden bestellt hatte.« Genauere Details ließ sie vorsichtshalber weg, denn Betty wirkte schon wieder alarmiert.

»Connor? Bist du mit ihm per Du?« Ihre Stimme war beinahe tonlos.

»Meine Güte, Mama, wir sind im gleichen Alter! Und da oben an der See sind alle Leute in Ferienstimmung. Da ist man immer schnell beim Du. Auch mit den Kunden. Ist das so bemerkenswert? Und ja, wir haben einen lockeren Kontakt miteinander.«

Irgendwie hatte sie das Gefühl, sich auf einem Minenfeld zu bewegen.

Da ist doch irgendwas faul! Was machen die bloß für ein Theater? Mutter genauso wie Claas!

»Ich hoffe, nicht *zu* locker«, sagte Betty und sah sie forschend an.

»Doch, sogar sehr locker!«, erwiderte Leah, die langsam ungehalten über die komische Einmischung war. »Und keine Sorge, für die ganze nächste Woche ist er sowieso von der Bildfläche verschwunden, denn er ist verreist. Du musst dir also um meine Tugend keinerlei Gedanken machen. Claas hat mich im Übrigen ausreichend gewarnt, dass er einen ziemlich lockeren Lebenswandel führt. Wenn es also das ist, was dich nervös macht, kann ich dich auch da vollkommen beruhigen, denn er heiratet kurz vor Weihnachten. Seine Verlobte war mit im Laden, als er den Tee bestellt hat. Komm also wieder zu dir! Du bist ja schon ganz bleich.«

Betty atmete hörbar auf. Da sie allerdings allein bei der Nennung des Namens Breckwohld derart heftig reagiert hatte, vermutete Leah, dass sie etwas vor ihr verbarg, was durchaus nicht nur mit Connors schlechtem Ruf in puncto Frauen zu tun hatte. Allerdings schien es bei ihr ebenso aussichtslos, mehr zu erfahren, wie bei Claas.

Ungeduldig wartete sie darauf, dass sie das Büro für sich allein hatte. Sie wollte unbedingt die Mailadresse notieren und eine erste Nachricht senden. Kaum hatte ihre Mutter die Tür hinter sich zugezogen, loggte sie sich ein und schrieb:

»Hallo Connor,
ich hoffe, Du bist gut angekommen. Hier ist meine Mailadresse.
LG Leah«

Wohl wissend, dass er noch im Flieger saß, schloss sie ihren Mail-Account sofort und wartete nicht auf Antwort. Zumindest sagte es ihr die Vernunft, dass es sinnlos wäre, so schnell auf Antwort zu hoffen. Dennoch konnte sie den ganzen Tag über an nichts anderes denken. Mette bemerkte ihren angespannten Zustand. Natürlich! Mette entging ja nie etwas.

»Warum bist du so kribbelig?«, fragte sie.

»Weil ich mit ihm telefoniert habe«, antwortete Leah so leise, dass ihre Mutter es nicht mitbekommen konnte, »und weil ich auf eine Mailantwort von ihm warte. Er ist heute Mittag nach London abgereist.«

»Ich hoffe, er bleibt weg bis zu seiner Hochzeit!«, zischte Mette.

»Nein, das tut er nicht! Am 5. Dezember ist er zurück«, triumphierte Leah.

»Und dann beabsichtigst du, die Eheschließung zu verhindern? Oder wie darf ich deine roten Backen interpretieren?«

»Du bist gehässig!«, fuhr Leah sie an, entging aber weiteren Konfrontationen, weil ihre Mutter mit einer Riesenkiste weihnachtlicher Deko ankam.

»Heute Abend, meine Lieben! Wir werden Überstunden machen müssen, denn am Sonntag ist schon der erste Advent. Michael hilft uns, die ganzen Lichtergirlanden zu installieren.«

Leah seufzte gequält. Sie würde kaum die Chance auf einen unbeobachteten Moment bekommen, um zwischendurch E-Mails zu checken. Betty und Mette beäugten sie die ganze Zeit misstrauisch und sie hatte den Eindruck, die beiden hätten sich bereits ausgetauscht und gegen sie verbündet.

* * *

Es war schon fast halb zehn, als sie mit ihrem gemeinsamen Werk zufrieden waren. Betty dimmte die Hauptbeleuchtung im Laden, um einen Eindruck von der Wirkung der Dekoration zu bekommen. Hunderte winzig kleiner Lichtersterne funkelten zwischen großen, rotgrün gestreiften Schleifen, die überall im Geschäft angebracht waren. Leah gefiel diese stimmungsvolle Gestaltung. Sie mochte es nicht so bunt und übertrieben grell, wie es in den meisten Läden üblich war. Dieser Adventsschmuck hatte Tradition. Er wirkte edel und gediegen, vermittelte eine zauberhafte Atmosphäre und wurde Jahr für Jahr sorgfältig abgestaubt wieder in Kisten verpackt, wenn die Weihnachtszeit vorbei war. Am Samstag würde noch der Riesenadventskranz geliefert werden, der mitten im Geschäft an soliden Ketten von der hohen Decke leuchten sollte. Früher hatten sie noch echte Kerzen verwendet, aber nachdem das Ding einmal in Flammen aufgegangen war und nur ein von Betty beherzt in die luftige Höhe geschütteter Eimer Wasser größeren Schaden verhindern konnte, waren sie dann doch zu elektrischer Beleuchtung übergegangen.

Bei der ganzen Deko-Aktion hatten Michael und Mette sichtlich Spaß miteinander. Leah fand, dass sich ihre Freundin verdächtig in ein flötendes Weibchen verwandelte, sobald ihr Bruder in der Nähe war. Sie überlegte, ob sich das, was da auch mehr und mehr »handgreiflich« wirkte, sich noch so recht mit Mettes frischer Liebe zu Nick vertrug. Ein bisschen hatte sie gerade den Eindruck, dass sie nach dem »Aus-den-Augen-aus-dem-Sinn«-Motto handelte. Sie verkniff es sich aber, auch nur einen Ton zu sagen. Mette war achtundzwanzig, also alt genug, um zu wissen, was sie tat.

»Schön ist es wieder, nicht wahr, Kinder?«, fragte Betty, als sie fertig waren und hatte dabei einen sehr melancholisch-entrückten Gesichtsausdruck.

»Ja«, stimmte Leah zu, »und es erinnert mich immer wieder an die Weihnachtszeit, wie sie früher war. Wenn ich jetzt in die Innenstadt gehe, merke ich, dass ich dieses richtige Weihnachtsgefühl gar nicht mehr kriegen kann. Alles rennt und drängelt, schon im Oktober bekommt man überall Lebkuchen und ich find's nicht mehr geheimnisvoll besinnlich, sondern nur noch stressig.«

»Das geht mir genauso«, bestätigte Michael, »weißt du noch, Leah, wie unsere Adventszeit früher immer anfing?«

»Und ob ich das noch weiß, Micha! Papa hat daraus *das* Event des Jahres inszeniert, uns am Nachmittag des ersten Advents, wenn es gerade dunkel wurde, an die Hand zu nehmen und in die geschmückte Innenstadt zu wandern. Das hat er immer nur ein einziges Mal im Jahr mit uns gemacht. Dadurch war es etwas ganz Besonderes! Meine Güte, was habe ich als Kind gestaunt über die toll dekorierten Schaufenster, die Leuchtsterne, die über die Straßen gespannt waren, und diese weihnachtliche Stille! Und es hat doch auch immer geschneit, oder?«

Michael lachte: »Nein, es hat nicht immer geschneit! Ich glaube sogar, es hat nie geschneit. Da liefert dir dein Kopf ein ganz schön idealisierendes Extra.«

»Es *war* eben ideal! Und nach dem großen Staunen gab es Adventskaffee mit den ersten Lebkuchen, Dominosteinen *und* unseren Adventskalendern. Genau betrachtet war die Schokolade darin einfach eklig, aber diesen Geschmack habe ich heute noch als ultimativen Adventsgeschmack auf der Zunge.«

»Soll ich dir einen kaufen?«, neckte Micha.

»Das könntest du eigentlich tun! Aber bitte einen mit Glitzer auf dem Bild«, sagte Leah lachend.

Für ein paar Augenblicke hatte sie alles andere vergessen. Sogar Connor! Und sich im Kreis ihrer engsten Familie mit den Erinnerungen einfach wohlgefühlt. Gemeinsam verließen sie den Laden und nahmen alle ein bisschen vom Gefühl, das die Erinnerungen beschert hatten, mit in das weihnachtliche Lichtermeer der abendlichen Stadt.

* * *

Connor!

Leah war kribbelig vor Erwartung. Aber sie beschloss, das Nachsehen der Mails zu zelebrieren. Sie kochte sich einen Abendtee, zog die beigefarbenen Leinengardinen in ihrem Zimmer zu, zündete eine dicke Kerze und ein Sandelholzräucherstäbchen auf dem Couchtischchen an und lümmelte sich mit dem Laptop in die sandfarbene Sitzecke.

Amy sah sie fragend an: »Darf ich?«, und sie breitete eine braunkarierte Decke aus, ließ sie heraufspringen.

Da war sie, die Mail von »C Punkt Breckwohld«.

»Liebe Leah,
ich bin heil gelandet. London, drei Grad plus, Nebel und Powerniesel! Widerliches Wetter, aber ein durchaus heimatliches Gefühl hier in England. Den ganzen Nachmittag über hatte ich eine Besprechung nach der anderen. Jetzt sitze ich in diesem Luxuskasten und denke an Dich. Wenn ich nichts mehr von Dir höre, werde ich die Bar plündern und mich volllaufen lassen!
Connor«

Die Nachricht war von halb neun Uhr, also bereits drei Stunden alt.

Ob er wohl noch wach ist? Oder schon volltrunken im Bett liegt?

Leah antwortete und ließ sich darauf ein, ihre Nachricht genauso beginnen zu lassen, wie er.

»Lieber Connor,
gerade eben bin ich nach Hause gekommen. Überstunden! Wir mussten noch die Advents-Deko im Kontor anbringen. Hamburg, zwei Grad, trocken. Warum ist England für Dich heimatlich? Sicher schläfst Du längst! (Betrunken???)
Leah«

Er schlief nicht, er reagierte sofort:

»Liebe Leah,
nein, stocknüchtern! Wie schön, dass du noch antwortest! Ich habe mich mit einem Freund getroffen und einen kleinen Stadtbummel gemacht. London ist das reinste Weihnachtsmärchen. Aber nur am späten Abend, wenn es etwas ruhiger geworden ist. Zu Deiner Frage: Ich bin nach England ›versetzt‹ worden, als ich dreizehn war. Zunächst bis zum Abitur nach Eton, dann zum Studium nach Oxford. Ich komme gern hierher zurück, aber im Moment wäre ich sehr viel lieber in Hamburg!
Connor«

Obwohl sein letzter Satz ihr Herz hüpfen ließ – denn sie hatte keinen Zweifel daran, dass es ihm weniger um die Stadt ging als um sie –, bekam sie einen kleinen Schreck. Er war also Eton-Schüler gewesen! Sie hatte davon gehört, dass dieses Internat nicht nur extrem teuer war, sondern auch nur für besonders talentierte Schüler zugänglich. Wie musste sich das anfühlen, als Kind aus der Familie gerissen zu werden, um Jahre auf einer solchen Schule zu verbringen? Sie beschloss, genauer nachzufragen.

»Lieber Connor,
hast Du Deine Familie nicht vermisst? Als Kind in ein fremdes Land geschickt zu werden, muss doch nicht ganz einfach gewesen sein!?
Leah«

Sie hatte gerade auf »Senden« geklickt, als Mette im Schlafanzug hereinschneite. Sie brauchte ein Aspirin. Leah setzte den Laptop auf dem Tisch ab und kramte die Packung aus ihrer Handtasche. Ehe Mette, die sich den Kopf hielt und schmerzvoll jammerte, wieder ging, ertönte das Mailsignal.

»Mitten in der Nacht?«, fragte sie mit missbilligendem Blick auf den Rechner. »Doch hoffentlich nicht dein Reeder?«

Leah wurde ernsthaft sauer. »Sag mal, könntest du vielleicht so freundlich sein, dich mal ausschließlich um deinen eigenen Krempel zu kümmern? Ich rede dir doch auch nicht permanent rein, wenn du abwechselnd mit Nick und meinem Bruder turtelst! Ich denke, du gehst da gerade etwas zu weit!«

»Ach, mach doch, was du willst! Ich finde es bloß einfach nicht gut, denn im Gegensatz zu deinem Wunschkandidaten sind Nick und Micha solo!«, ranzte Mette sie an und warf, stinksauer, die Zimmertür zu.

Super! Stunk in der Bude! Muss ausgerechnet Mette mir die schöne Harmonie jetzt zerstören? Und dann auch noch türenschmeißend abhauen? Ich hasse es, mit ungelösten Konflikten in die Nacht zu gehen!

Sie überlegte einen Moment, ob sie ihr hinterherlaufen sollte, schaute zwischen Laptop und Tür hin und her und entschied sich, die Klärung doch auf morgen zu verschieben. Sie war viel zu gespannt auf seine Antwort.

»Liebe Leah,
Eton war für mich Familie. Mein Bruder war schon eine Weile dort, als ich ankam. Das machte es leicht. Und ich war gut darauf vorbereitet. Meine Mutter hat die Weichen für uns sehr früh gestellt. Also: Nein, es war kein Problem. Es war eine tolle Zeit! Ich erzähl Dir gerne bald mehr davon. Wenn du magst, und geruhst, mir Dein niedliches Öhrchen zu leihen.
Connor«

So, so, überlegte sie lächelnd, *mit meinen Ohren hat er sich also auch schon beschäftigt?*

Im Grunde stellte sie sich aber ganz andere Fragen. Sie hätte eigentlich von ihm wissen wollen, was er sich dabei dachte, so kurz vor der Trauung einen Kontakt mit ihr aufzubauen, der sich ganz offensichtlich ausweiten sollte. War es das, was Torben angesprochen hatte? »Prüfe, wer sich ewig bindet, ob sich nicht doch was Besseres findet«? Oder wollte er sich noch mal richtig austoben? *Dazu würde er, so wie er gestrickt ist, keine nächtlichen Annäherungsmails brauchen*, überlegte sie. *Er müsste ganz sicher keine Zeit vertrödeln und bräuchte sich nur umzusehen, einfach rund um sich herum bloß zuzugreifen. Welche ungebundene Frau mit halbwegs ausgeprägtem Sinn für Qualität würde sich diesen Mann schon durch die Lappen gehen lassen? Ich! Beinahe jedenfalls!*, überlegte sie und hatte den leisen Verdacht, dass sie vielleicht gerade deshalb interessant für ihn war. *Wenn allerdings meine Zurückhaltung der einzige Grund für seinen Jagdeifer sein sollte, wann hört dann sein Interesse auf? Wenn das Wild erlegt ist? Mannomann, ist das schwierig …*

Leah antwortete:

»Connor,
ich leih Dir mein ›Öhrchen‹ gern. Allerdings interessiert mich ganz besonders die Beantwortung einer bestimmten Frage, die mich beschäftigt, seit ich Deine entzückende Verlobte gesehen habe: Was willst Du von / mit mir?
L.«

Sie schickte die Mail ab und sah auf ihre Uhr. Es war halb eins und sie erwartete eigentlich keine Antwort mehr. Nachdem der Laptop eine Viertelstunde lang still geblieben war, loggte sie sich aus und fuhr ihn herunter. Sie war gespannt, wie er auf diese absolut direkte Frage reagieren würde.

Vielleicht ist das ja genau die Stelle, an der es anfängt, ihm zu kompliziert zu werden?

Leah ging ins Bad, um sich bettfertig zu machen. Aus dem Spiegel blickten sie müde Augen an. Sie war erledigt und hoffte, die Gedanken, die sie umtrieben, würden ihr nicht den Schlaf rauben, denn die gnadenlose Kuh auf ihrem Nachttisch würde schon in fünf Stunden mit ihrem Gebrüll loslegen.

* * *

Weiter, immer weiter glitten sie lautlos über die ebene Schneefläche. Makeda hielt sie fest bei der Hand, nickte ihr hin und wieder aufmunternd zu. Sie näherten sich einer Verengung, dort, wo die Bäume dichter wurden, sich Waldsaum und Waldsaum einander näherten, tiefe Schatten zackige Muster in das Weiß zeichneten.

Die Sonne verschwand hinter den Tannen, es dunkelte und sie schwebten auf eine strahlendweiße Wand zu, die über und über mit Glitzerpartikelchen bestreut schien. Je näher sie kamen, desto deutlicher konnte sie erkennen, dass Türen in ganz unterschiedlichen Größen darin angeordnet waren. Jede Tür trug eine Ziffer in goldglänzender Farbe.

Makeda zog sie zielstrebig zu der Tür mit der Nummer sechs. Sie hielt für einen Augenblick inne, griff in das kleine Beutelchen um ihren Hals und streute ihr etwas aufs Haar, das nach Amber, Bergamotte – und besonders intensiv – nach Sandelholz duftete. Dann öffnete sie die Tür und schob sie hinein.

Sie stand in einem Eispalast. Schneesäulen mit kunstvollen Ornamentkapitellen trugen eine transparente Kuppel, die den Blick auf das Sternenmeer und den Vollmond freigab. An den Wänden brannten helle Fackeln in funkelnden Leuchtern aus Eiskristallen. Leise klirrten die geschliffenen Eisprismen an den Lüstern und brachen das Licht in alle Farben des Regenbogens. Breite Stufen führten hinunter auf eine glasklare runde Fläche in der Mitte des Saales.

Dort wartete er im Frack und streckte ihr beide Hände entgegen. Sie sah an sich herunter. In einem silberweißen langen

Kleid, das über und über mit Perlen bestickt war, langen weißen Handschuhen und seidenen Tanzschuhen schritt sie langsam die Treppe hinunter auf ihn zu. Seine grünen Augen strahlten, als sie ihn erreicht hatte. Walzermusik erklang und sie tanzten schwerelos in perfekter Harmonie über das Eis. Schneller und schneller wurde der Rhythmus, hob sie wirbelnd über die Tanzfläche, bis sie weit über dem Boden plötzlich durch einen glühenden Reif aufstiegen, der ihnen die Kleider vom Leib brannte.

Sie fühlte keine Hitze, spürte keinen Schmerz, schwebte mit ihm über glimmernden Eiskristallen in luftiger Höhe. Ganz fest hielt er sie umschlungen, nackt jetzt, traumverloren und jenseits aller Realität. Sein Mund fand ihren Mund, gierig tranken sie einander, raubten sich die Luft, schenkten sich den Atem.

Seine Hände, warm und zielsicher, entfesselten einen Orkan des Begehrens, der rasend nach Erfüllung keuchte. Dann nahm er sie, ließ sie steigen, höher und höher hinauf auf der unsichtbaren Stufenleiter der Lust, bis sie schreiend ihr Ziel erreichte, schlaff und ermattet in seinen Armen lag.

»Was willst du von mir?«, fragte sie ihn leise und er sah sie erstaunt an.

»Das weißt du nicht? Wirklich nicht?«

Zaghaft schüttelte sie mit geschlossenen Lidern den Kopf.

Er sagte nur ein Wort: »Alles!«

30. November 2000

Das Gefühl beim Aufwachen war unbeschreiblich.

Es war noch immer tiefe Nacht und lange nicht Zeit, aufzustehen. Die Uhr zeigte zehn Minuten vor vier. Leah konnte sich an ihren Traum erinnern. Was das Gehirn doch aus Gedanken und Bildern alles formen konnte, um solche Träume zu erspinnen!

Amy lag quer über ihrem Bauch und die Luft war geschwängert vom Duft der ausgeblasenen Kerze und des Räucherstäbchens. Sie scheuchte den Hund vom Bett und öffnete das Fenster einen Spaltbreit. Eiskalte Luft zog herein. Im Licht der Straßenlaternen konnte sie den Reif erkennen, der sich auf Dächer, Wege und Autos gelegt hatte. Die Wetterfrösche hatten also recht gehabt!

»Das heißt nachher kratzen«, murmelte sie, schloss das Fenster wieder und kroch unter die warme Decke. Mit den letzten Gedanken an ihren Traum schlief sie fest ein und war trotz der kurzen Nachtruhe beim Wecksignal der unverschämten Kuh sofort glockenwach. Bevor sie ins Bad ging, klappte sie ihren Laptop auf und schaltete ihn ein.

Ob er wohl gestern Abend noch mal geantwortet hat? So früh wird er ja wahrscheinlich noch nicht wach sein.

Sie hatte es eilig, absolvierte in enormer Geschwindigkeit ihr Morgenpflegeprogramm und setzte sich mit noch feuchten Haaren und gespannt wie ein Flitzebogen mit einer Pobacke auf die Couch, den Rechner auf den Knien.

Die Mail war von drei Uhr achtundvierzig und enthielt nur ein Wort. Keine Anrede, keine Unterschrift, nur:

»Alles!«

Leah schluckte. Das konnte doch nun wirklich nicht wahr sein! Dieselbe Antwort, die er im Traum gegeben hatte? Und auch noch zur selben Zeit abgesendet? Zu gern hätte sie das Mette berichtet. Aber mit der herrschte ja Kriegszustand.

Ich werd's heute Abend Torben erzählen!, beschloss sie und überlegte, was sie antworten wollte.

»Guten Morgen, Connor,
›Alles‹ ist so schmeichelhaft wie umfassend! Und, das wirst Du verstehen, in der momentanen Situation verhältnismäßig verwirrend für mich.
LG Leah«

Sie ließ den Laptop offen stehen und ging in die Küche, um das Frühstück herzurichten und den Hund zu füttern. Mette erschien und pflanzte sich ohne Morgengruß an den Tisch. Es herrschte eisiges Schweigen zwischen ihnen. Mette wollte offenbar nicht mit der dringend nötigen Aussprache beginnen, und Leah wusste, dass ihr die Argumente fehlten. Hätte sie ihr jetzt von seiner letzten Mail erzählt, wären ihr nur wieder tausend Einwände eingefallen und sie hätte dem nichts entgegensetzen können.

Ein letzter Blick auf den Rechner bewies, dass es noch keine Neuigkeiten gab. Mit einem bedauernden Seufzen schloss Leah den Deckel.

Klar, es ist ja auch nicht zu erwarten, dass er um halb acht schon Mails schreibt, wenn er um vier Uhr nachts noch wach war.

Sie wusste, sie würde sich bis zum Nachmittag gedulden müssen.

Gott sei Dank, es ist Samstag. Nur ein halber Arbeitstag! Aber der wird stressig genug werden.

Betty hatte sich nie überzeugen lassen, offene Adventssamstage bis in den späten Abend oder gar Sonntage mitzumachen. Die Händlerkollegen versuchten jedes Jahr wieder, sie zu überzeugen, aber sie blieb standhaft.

Leah freute sich auf den freien Nachmittag. Sie hatte sich vorgenommen, mit Amy endlich eine ausgedehnte Joggingrunde um die Alster zu drehen und danach Torben zu besuchen. Als die letzten Kunden das Kontor verlassen hatten, zog sie sich im Büro die Jacke über, schnappte sich ihre Handtasche und sah, wie sie es immer tat, auf ihrem Handy nach, ob Nachrichten eingegangen waren. Sie hatte einen Anruf von Connor verpasst!

Ist das ärgerlich!

Mette war mit Michael verabredet. Sie wollten zusammen einkaufen gehen und er hatte sie bereits abgeholt. So hatte sie den Nachmittag für sich allein, brauchte sich nicht mehr das maulige Gesicht anzugucken und hatte es jetzt extrem eilig, nach Hause zu kommen.

Ob er wohl gemailt hat?

Er hatte!

»Liebe Leah,
ich habe versucht, Dich telefonisch zu erreichen. Deine Zweifel verstehe ich gut! Ich möchte Dir gern persönlich, am liebsten unter vier Augen erklären, was Du wissen solltest.
Nur so viel vorab: Die Dinge sind nicht so, wie sie scheinen!
Ich probiere später, Dich zu erreichen.
In Eile, Connor«

Leah dachte nach.

Schön! Aber was gibt es zu erklären, wenn demnächst seine Hochzeitsglocken läuten?

Sie beschloss, vorläufig nicht zu antworten, sich erst mal den Kopf freizurennen. Sie zog Laufhose, Kapuzenshirt und eine warme Weste an, steckte das Handy in die Brusttasche, schnürte sich die Schuhe und rief Amy, die sich, begeistert von der Aussicht auf einen ausgiebigen Spaziergang, brav anleinen ließ. Im Treppenhaus begegnete sie Torben, beladen mit einem Haufen Einkaufstüten.

»Kann ich nachher auf einen Sprung zu dir reinkommen?«, fragte sie ihn.

»Gerne, Schatz, ich koche uns ein Teechen, heize den Kamin an und mach es uns schön gemütlich!«

Mit einem »Bis gleich!« sprang sie die Treppen hinunter und begann ihre Runde gleich vor der Haustür. Es tat gut, sich richtig auszulaufen.

Viele Jogger waren unterwegs, mehr oder weniger heftig dampfte ihr Atem in der kalten Winterluft. Viele zogen einsam mit konzentriertem Blick ihre Bahn, manche liefen paarweise, quatschten keuchend, einige Trüppchen standen am Rand des Weges und waren mit Dehnübungen beschäftigt.

Leahs Tempo passte genau zu Amys Laufgeschwindigkeit. Die beiden waren ein eingespieltes Team. In einer kurzen Pause, die Leah sich immer an einer bestimmten Stelle gönnte, nutzte die Hündin die Gelegenheit, die Uferböschung hinunterzuklettern, um ein paar Schlucke aus dem noch eisfreien Wasser zu saufen. Sie scheuchte dabei einige Schwäne auf, die träge und energiesparend, die Köpfe unters Gefieder gesteckt, in Ufernähe trieben. Mit erschrecktem Geschrei flogen sie auf und Amys Gesichtsausdruck nach zu urteilen, war sie mit dieser Wirkung hochzufrieden.

Leahs Handy klingelte und es gelang ihr beim letzten Läuten, das Nokia aus der Tasche zu fummeln. Atemlos meldete sie sich.

»Du klingst ja so abgehetzt! Was machst du gerade?«

Es war Connor. Der Klang seiner Stimme verstärkte das sowieso schon erhitzte Gefühl um ein Vielfaches.

»Schön, dass du dich meldest«, keuchte sie, »ich bin beim Joggen an der Alster.«

»Ach, schade! Dann bin ich also nicht schuld an deinem Stöhnen.«

Sie sah sein Gesicht vor sich, hatte eine ziemlich genaue Vorstellung von seiner Mimik, und spürte ein Kribbeln im Bauch, das ganz sicher nicht auf die Anstrengung beim Laufen zurückzuführen war.

»Abgesehen vom sportbedingten Stöhnen bringst du mich allerdings dauernd dazu. Das ist dann aber weniger wohlig als vielmehr etwas ratlos«, konterte sie.

»Das soll sich ändern!« Sein Ton war ernsthaft geworden und sie lauschte gespannt. »Leah, du gehst davon aus, dass ich Victoria in Kürze heiraten werde.«

»Stimmt!«

»Nein, stimmt *nicht!* Und warum das so ist, möchte ich dir erklären, sobald ich zurück bin. Das kann ich nicht mailen und nicht am Telefon mit dir besprechen. Hast du so lange Geduld mit mir?«

Eine Mischung aus Freude, Überraschung und Zweifeln wühlte in ihrem Magen.

»Es wird mir nichts anderes übrig bleiben. Und derweil ich sowieso nichts Besseres zu tun habe, werde ich abwarten. Ja!«

Es war offenbar nicht ganz genau das, was er hören wollte.

»Sehr begeistert klingst du nicht!«

»Wie sollte ich? Die Situation ist schon ein bisschen ungewöhnlich.“ Sie bemühte sich, ihrer Stimme einen möglichst freundlich vernünftigen Anstrich zu geben. »Ganz im Ernst, Connor, natürlich habe ich Geduld!«

»Ich werde deine Geduld zu schätzen wissen. Du wirst es nicht bereuen! In der Nacht vom fünften auf den sechsten komme ich zurück. Am Nikolaustag habe ich eine Veranstaltung.«

Ja, ich weiß, dachte sie und biss sich auf die Zunge, um damit nicht herauszuplatzen.

»Und es wäre großartig, wenn du den Abend des 7. Dezember für mich freihalten könntest.«

»Und dann erklärst du mir, was ich mir unter ›Alles‹ vorstellen darf?«

Sie hörte ihn leise lachen. Dieses kleine Lachen sagte so viel mehr als seine akkurat gesetzt wirkenden Worte. Dieses Lachen war purer Sex, war Lust, war Lebensfreude ... und hatte den Klang von Zukunftsmusik.

»Du könntest dir inzwischen ruhig die Mühe machen, deine eigenen Vorstellungen von ›Alles‹ mit Leben zu füllen und mir das Ergebnis mitzuteilen«, sagte er und das Schmeicheln in seiner Stimme schien ihre schweißfeuchte Haut zu streicheln. Sie spürte, wie ihre vorsichtshalber eingenommene Vernunfthaltung aufweichte, wie die Knie nachgaben, sodass sie sich auf das Bänkchen am Ufer setzen musste.

»Connor, ich ...«, begann sie.

»Ja, Leah?«

»Ich freue mich auf den 7. Dezember!«, brachte sie leise zustande und es konnte ihm nicht entgehen, welche Sehnsucht aus ihren Worten sprach.

»Ich mich auch! Ich kann es kaum erwarten, dich zu sehen und ...«

Er ließ den Satz unvollendet, aber sie fühlte, was er ausdrücken wollte, fühlte, wie Glückshormone begannen, einen Veitstanz um ihr Herz herum aufzuführen.

»Ich auch nicht!« Es war ein Seufzer, der keine Zweifel für ihn offenlassen konnte.

»Lauf nach Hause und pass auf, dass du dich nicht erkältest! Sonst hab ich dich die ersten Tage ja gleich als Rotznase bei Hühnersuppe und Thymiantee im Bett«, wies er sie zärtlich an und ließ keine Fragen darüber offen, was er sehr bald mit ihr vorhatte.

»Ich eile!«, sagte sie lachend und gab jede Scheu auf. »Ich bin mit Rotznase unerträglich. Mach's gut, bis ...«

»Bis später, Leah!«

Er hatte aufgelegt und Amy musste sich jetzt Mühe geben, ihr zu folgen. Es hätten lediglich noch ein paar kleine spitze Freudenschreie gefehlt, um ihre Stimmung richtig in die Welt hinauszuposaunen, so federleicht beflügelt rannte sie den letzten Kilometer nach Hause.

Torben hatte sie im Treppenhaus gehört und riss seine Wohnungstür auf. »Kommst du gleich rein, oder willst du erst noch duschen? Ich hab alles fertig!«

»Gib mir zehn Minuten! Bin gleich wieder da.«

Im schlabberigen Jogginganzug, mit nassen Haaren im Handtuchturban, lief sie die Treppen ein paar Minuten später wieder hinunter. Leahs Mitteilungsbedürfnis war übermächtig. Sie wollte jetzt endlich ihre Freude teilen.

»Du strahlst ja so, Schatz! Dabei hatte ich gedacht, erst *ich* könnte dich glücklich machen. Ich habe nämlich eine kleine Überraschung für dich!«

»Noch mehr Glück? Alles an einem einzigen Tag? Was ist es, lass sehn! Und dann muss ich dir unbedingt was erzählen!«

Torben nahm etwas vom Kaminsims, hielt es hinterm Rücken verborgen. »Was denkst du?«

»Keine Ahnung, zeig, sonst hol ich's mir!«, drohte sie lachend, schon halb im Sprung.

Torben streckte ihr zwei Eintrittskarten entgegen. Karten für den Wohltätigkeitsball am Abend des 6. Dezember im Hotel Atlantic.

»Ich fasse es nicht! Wie hast du denn *die* organisiert?«

»Mein Geheimnis!«, grinste er. »Freust du dich?«

»Und wie! Gehen wir beide zusammen dahin?«

»Ja klar! Ich brauche doch eine weibliche Begleitung!«

Im nächsten Augenblick fiel Leah ein. »Torben, ich habe doch für so einen Anlass gar nichts anzuziehen! Was ist denn da für eine Garderobe angesagt? Bestimmt doch Abendkleidung, oder?«

»Natürlich! Und nur vom Feinsten«, bestätigte er. »Trink deinen Tee aus, zieh dich schnell um und dann gehen wir beide los. Das ist die letzte Gelegenheit, denn ich nehme nicht an, dass du in der Woche freibekommst.«

»Bin schon weg!«

* * *

Auf der Mönckebergstraße, der »Mö«, wie die Hamburger ihre Prachteinkaufsstraße in Anlehnung an das Düsseldorfer Pendant »Kö« nannten, war auch um diese Zeit noch die Hölle los. Menschenmassen wälzten sich durch die weihnachtlich geschmückte Flaniermeile, bepackt mit edel wirkenden Papiertüten der angesagtesten Designershops. Die kalte Luft, die vom historischen Weihnachtsmarkt am Rathausplatz herüberwehte, war erfüllt von den Düften nach gebrannten Mandeln und Köstlichkeiten vom Grill.

Ausgelassen und detailliert berichtete Leah Torben, was es Neues gab, bis er sie zielstrebig in eine kleine Boutique zog. »Wenn du etwas anziehen willst, was du ganz bestimmt bei keinem anderen weiblichen Gast wiederfindest, dann sind wir hier richtig.«

Leah wurde beim Betreten des schicken Ladens etwas flau im Magen. Schon die Preise an den umwerfenden Abendkleidmodellen, die sie im Schaufenster mit einem Blick registriert hatte, machten ihr etwas Angst um ihr Konto. Allein die Erfahrung, die sie schon zigmal beim Einkaufen in Torbens Begleitung gemacht hatte, beruhigte sie halbwegs. Dank seines legendären Verhandlungsgeschicks war sie schon öfter zu Kleidungsstücken gekommen, die sie sich normalerweise nie hätte leisten können.

Er schien kein Unbekannter in diesem Geschäft zu sein. Die beiden Verkäuferinnen, offenbar die Eigentümerinnen, selbst schon absolute Hingucker von höchster Eleganz, begrüßten ihn begeistert mit Küsschen rechts, Küsschen links. Leah stand etwas verloren neben dieser Orgie an Herzlichkeit, die ihr verdächtig aufgesetzt und übertrieben erschien, bis Torben sie unter einen der gleißenden Spots schob, sie bei der Hand nahm und drehte wie eine Spieluhrpuppe.

»Mädels, meine süße Leah braucht ein aaabsolut einzigartiges Ballkleid für das Megaevent der Saison im Atlantic. Niemand außer euch kann sie mir richtig ausstaffieren. Sie wird für euch das reinste Werbeplakat, wenn wir sie auch noch von Marlies haben hübsch machen lassen. Husch, husch, ihr Lieben, öffnet eure Schatztruhen und gebt euch Mühe.«

Leah bekam den Mund kaum noch zu. Die beiden Damen »huschten« tatsächlich los, strahlten, als hätte man ihnen *das* Spitzenangebot des Jahres gemacht, und schoben ganze Kleiderständer mit Ballroben vor die Ankleidekabine.

Nur mit ihrem schlichten schwarzen T-Shirt-BH und Slip bekleidet, wartete sie in der Kabine, die die Ausmaße eines mittelprächtigen Wohnzimmers hatte. Kleid um Kleid wurde ihr übergestülpt, Arme hoch, Reißverschluss zu, vor Torben treten, sich fünfmal drehen, wieder abtreten, Reißverschluss wieder auf, Arme hoch, Kleid ausziehen, bis sie fast schon keine Lust mehr hatte.

»Gibt es hier nichts Grünes?«, fragte sie irgendwann ziemlich entnervt.

»Grün? Sie möchten ein grünes Kleid, wo doch Grün überhaupt nicht die Farbe der Saison ist?!«, rümpfte eine der dienstfertigen Damen die gut gepuderte Nase.

»Ja bitte! Wenn Sie etwas Grünes haben, würde ich es gern anprobieren.«

Mit skeptischem Blick verschwanden die beiden und erschienen kurze Zeit später mit Leahs Kleid.

Leah konnte nicht anders, sie musste einfach »grün quietschen«. Das Kleid war ein Traum aus jadegrün changierender

Seide. Das schulterfreie Oberteil schloss wie ein Korsett mit Schnüren und hob ihren Busen in aufregende Höhen, der Rock bauschte sich hinten, unterm Po beginnend in voluminösen Kaskaden und war vorne ganz flach geschnitten.

»Sie hatten recht«, gab eine der beiden unumwunden zu. »Kein Kleid passt besser zu Ihnen.«

Leah trat strahlend vor die großen Spiegel im Verkaufsraum und Torben wurde für einen Augenblick »ganz Kerl«. Er stieß einen anerkennenden Pfiff aus. »Traumhaft! Das nehmen wir! Jetzt sucht ihr noch die passende Unterwäsche und Schuhe heraus!«

Leah traute sich nicht, einen Blick auf das Preisschild zu werfen. Brav ließ sie sich helfen, eine ganze Reihe hauchzarter Spitzen-BHs und Strings und passende Schuhe zu probieren. Sie entschied sich für ein paar entzückende High Heels mit zierlichem, glasklarem Acryl-Absatz und hatte in dem Moment, als alles ausgesucht war und sie sich anzog, eine furchtbare Angst vor dem Gang zur Kasse.

Als sie aus der Kabine trat, hielt Torben schon ein angeregtes Schwätzchen mit den Damen. Die Stimmung war heiter und ausgelassen. In der Hand hielt er zwei dieser schicken Papiertüten, eine überdimensional große und eine kleinere.

»Komm, Schatz, mir ist noch nach einem schönen Glühwein!«, sagte er und nahm überhaupt keine Notiz von Leahs etwas verwirrtem Gesicht.

»Viel Spaß auf dem Ball, Sie werden die Schönste sein!«, flöteten die beiden Verkäuferinnen ihnen hinterher, als sie den Laden verließen.

»Torben, sag jetzt bitte nicht, dass du das alles bezahlt hast!« Leah war entsetzt.

»Pass mal auf, mein Mäuschen: Wenn ich schon mit einer Frau zu so einer Veranstaltung gehe, muss sie wenigstens die Schönste und Auffallendste von allen sein. Das bin ich meiner

Eitelkeit schuldig!«, grinste er. »Es ist nur ein bisschen schade, dass ich dieses Kunstwerk vermutlich in null Komma nichts einem gewissen Herrn Breckwohld werde abtreten müssen.«

»Ach Torben ... du bist so wunderbar!«, seufzte Leah überwältigt, umarmte ihn und lud ihn zum Glühwein ein.

1. bis 6. Dezember 2000

Leah erzählte Mette nichts von der Einladung. Und sie erzählte auch Connor nichts, der noch zweimal anrief und einige Mails schickte. Sie blieben zunächst bei purem Informationsaustausch und kleinen Nachrichten zu alltäglichen Begebenheiten. Die alles entscheidende Frage, was »Alles« beinhalten sollte, umgingen sie beide bewusst. Sie hielten sich an die Übereinkunft, die wirklich wichtigen Dinge persönlich zu klären. Dennoch begannen sie sich, wie gute Brieffreunde in alten Zeiten, immer besser kennenzulernen, entdeckten Gemeinsamkeiten und einige verblüffende Übereinstimmungen. Die Distanziertheit wich zunehmend einem lockeren Ton, das Interesse aneinander, an der Einstellung des jeweils anderen zu den unterschiedlichsten Themen füllte die Tage des Wartens. Und machte die Sehnsucht stündlich größer.

Leah schaffte es, sich den Nachmittag des Nikolaustages freizunehmen. Sie hatte als Notlüge einen unaufschiebbaren Frauenarzttermin angegeben und Mette sicherheitshalber vorgeflunkert, sich mit Torben zu einem gemütlichen Kochabend verabredet zu haben.

Betty bedachte sie mit etwas besorgten, Mette mit ziemlich hämischen Blicken. Leahs Lesart dafür war folgende: *Sie* würde schließlich den Abend im Atlantic verbringen, Leah würde es ganz recht geschehen, als Aschenputtel zu Hause zu sitzen und mit Torben »Rucke di guh, die Guten ins Töpfchen, die Schlechten ins Kröpfchen« zu spielen. Die Freundschaft hatte wirklich gerade einen argen Knacks bekommen. In den vergangenen Tagen waren sie missmutig umeinander herumgeschlichen, sich in der Wohnung nach Kräften aus dem Weg gegangen und hatten sich gegenseitig belauert, ob nicht eine doch noch einen bemerkenswerten Fehler machen würde.

* * *

Um zwei Uhr konnte Leah endlich gehen. Sie nahm Amy mit und gönnte der Hündin noch eine ausgedehnte Spazierrunde, bevor sie alle für den Abend notwendigen Utensilien in ihre Sporttasche packte und bei Torben deponierte. Mette sollte nichts, aber auch rein gar nichts von ihren Vorbereitungen mitbekommen. Also verkniff sie es sich auch, sie anzurufen und rundzumachen, weil sie partout ihre Haarbürste nicht finden konnte und die wieder einmal in Mettes Handtasche vermutete.

Aschenputtel wird's dir zeigen, du dämliche dänische Pute! Aschenputtel hat sogar die passenden gläsernen Schuhe!, dachte sie triumphierend. Trotzdem mischte sich eine leise Wehmut in ihre Gedanken, denn gerade jetzt, gerade in dieser Situation, hätte sie Mette nur allzu gern als beste Freundin an ihrer Seite gehabt.

Torben entführte sie in einen Beautytempel der besonderen Art. Chromglänzend und rundum verspiegelt präsentierte sich der Schönheitsolymp, dessen schlichte Bezeichnung »Coiffeur« auf dem Reklameschild Leah schwer untertrieben erschien.

Kundige Hände beschäftigten sich geschlagene drei Stunden lang mit ihrem Haar, ihren Nägeln und dem reichlich verspannten Nacken. Sie schloss die Augen, genoss und nippte nur ab und zu an dem Espressotässchen, das man ihr hingestellt hatte. Torben saß derweil geduldig in einem tiefen Ledersessel und las Zeitung. Ergeben und völlig relaxt ließ sie sich zum Schluss noch schminken und war gespannt auf das Gesamtergebnis. Als man ihr den Umhang abnahm und sie den ersten Blick in den Spiegel warf, war sie platt.

»Wow! Wer ist das denn?«

Drei Angestellte standen mit strahlenden Gesichtern um sie herum. Offenbar hochzufrieden mit ihrem Werk.

»Gefällt Sie Ihnen so?«

Torben legte seine Zeitung weg, stand auf und inspizierte mit prüfendem Ausdruck die Verwandlung. Er zwinkerte Leah zu und tat so furchtbar kritisch, dass die drei Damen in schicken schwarzen Kitteln sich schon gegenseitig zweifelnd ansahen. Dann erhellte sich sein Gesicht.

»Großartig habt ihr das gemacht, Mädels!«

Man sah ihnen die Erleichterung an und alle drei bedankten sich überschwänglich, als Torben jeder einen Schein in die Tasche steckte.

Leahs kastanienrotglänzende Locken waren aus dem Gesicht frisiert, am Hinterkopf hochgenommen worden und ergossen sich in perfekt gestylten Wellen über den Rücken. Kleine schimmernde Perlen waren effektvoll in die Frisur gesteckt. Die in Form gezupften Augenbrauen thronten in kühnem Schwung über den ausdrucksvoll geschminkten „Smoky Eyes“ und Leah war begeistert darüber, wie unendlich lang und dicht ihre Wimpern mit den gut versteckt angebrachten Extensions jetzt waren. Passend zum Kleid hatte die Kosmetikerin jadegrünen Kajal gewählt. Ihr Teint wirkte absolut makellos, keine einzige der ungeliebten Sommersprossen war zu sehen. Der verwendete Lippenstift lag schon zum Nachschminken an der Kasse bereit, und während Leah sich mit Unterstützung der Friseurin vorsichtig den Mantel anzog, um auch ja nicht die Haarpracht zu beschädigen, hatte Torben bereits auch diesen Teil der kostspieligen Vorbereitungen bezahlt.

»Darf ich damit überhaupt noch den Kopf bewegen?«, fragte sie zweifelnd.

»Keine Sorge, die ganze Pracht ist so festgesprayt, die würde auch einem kleinen Wintersturm standhalten«, beruhigte die

Fachfrau und wünschte den beiden einen unvergesslichen Abend.

»Den wirst du haben«, seufzte Torben beim Hinausgehen und Leah sah ihn verunsichert an.

»Warum tust du das bloß alles für mich?«, fragte sie zaghaft.

»Weil ich es liebe, Märchen zu kreieren«, erklärte er lächelnd, »und weil ich dich einfach mag und ein bisschen zu deinem Glück beitragen möchte.«

»Torben, das ist so rührend! Wenn du nicht sofort einen blöden Spruch machst, kommen mir die Tränen und die ganze Pracht wird sich über meine Backen ergießen!«

»Na, bis dahin wird die bunte Suppe ja wohl hoffentlich nicht laufen! Und jetzt mach nicht so ein Gesicht! Mir macht das Ganze Spaß. Vor allen Dingen bin ich auf Mettes Gesicht gespannt.«

»Danke!«, prustete Leah. »Hab mich schon wieder gefangen. Ich glaube, sie ahnt wirklich absolut nichts.«

»Wir sollten nachher aufpassen, wann sie das Haus verlässt. Muss ja nicht sein, dass wir uns schon im Flur begegnen. Weißt du, wann sie los will?«

»Mette kommt doch immer und überall zu spät! Wie ich die kenne, wird sie erst auf den allerletzten Drücker fertig. Zumal dann, wenn ich ihr nicht im Nacken sitze.«

»Na, ich rufe gleich mal bei der Taxizentrale an und bestelle uns einen Wagen. Irgendwie krieg ich dich schon an ihr vorbeigeschleust.«

Die Zeit reichte gerade noch für eine Tasse Tee, dann überließ Torben ihr sein Schlafzimmer zum Umziehen und verschwand im Bad. Leah gelang es nicht, sich das Kleid allein zuzuschnüren. Sie saß etwas verzweifelt mit nacktem Rücken auf dem Bett, als er anklopfte.

»Komm rein, ohne Hilfe krieg ich das Kleid nicht zu«, jammerte sie.

Ihr blieb die Luft weg, als die Tür sich öffnete und sie ihn im Smoking erblickte. »Mein lieber Schwan! Wann habe ich das letzte Mal einen so schönen Mann gesehen? Torben, du siehst einfach umwerfend aus!«

»Hast du etwa geglaubt, ich gehe im pinken Hasenkostüm?«, grinste er.

»Ich hab's ja schon immer gesagt: Du bist ein Riesenverlust für die Frauenwelt!«

»Nicht zu ändern, Schatz, die Weichen sind gestellt ... obwohl, wenn ich dich so ansehe ..., ach nein, ich glaube doch nicht«, flachste er. »Los, dreh dich um, Aschenputtel, ich schnür dich zu und lass schon mal die Kürbiskutsche mit den Zugkaninchen vorfahren, damit du zu deinem Prinzen kommst. Übrigens ist die böse Schwester gerade mit dem Taxi abgerauscht. Heute hatte sie es wohl ausnahmsweise eilig.«

»Kein Wunder! Micha ist ja nun mal eine wirklich erstrebenswerte Beute«, sagte Leah in einem Ton, der Torben offensichtlich missfiel.

»Eins sag ich dir, mein süßer Engel: Wenn ihr zwei euch nicht schleunigst wieder versöhnt, geh ich höchstpersönlich in diesem Zickenkrieg dazwischen! Das hält ja kein Mensch aus! Ihr müsst endlich wieder miteinander reden. Ihr braucht euch. Und in diesem Zustand gefallt ihr mir beide nicht wirklich.«

Er hatte recht, das wusste sie und es wurde Leah schmerzlich bewusst, wie blöd ihre Worte gerade gewesen waren. Sie hielt die rechte Hand hoch, legte die linke aufs Herz und sagte entschuldigend: »Schwöre!«

»Ich nehm dich beim Wort!«

»Kannst du, Torben! Im Grunde hasse ich Zickenkrieg. So bin ich eigentlich gar nicht.«

»Gut! Vergessen wir das jetzt und freuen uns einfach auf einen großartigen Abend!«

Der Taxifahrer klingelte und Torben half ihr in den Mantel.

Während der Fahrt hatte sie Gelegenheit, sich dessen bewusst zu werden, was sie jetzt erwartete. Das schönste Luxushotel weit und breit würde die Kulisse für ihre Überraschung abgeben. Diesen Palast hatte sie noch nie von innen gesehen und sie war unsagbar gespannt.

Majestätisch weiß tauchte das zu Beginn des zwanzigsten Jahrhunderts an der Alster erbaute klassizistische Grandhotel aus der Nacht auf. Golden glänzte die Weltkugel hoch oben im Giebel. Sie wusste, es war ein Hamburger Reeder gewesen, der die hochherrschaftliche Bleibe für die Hapag-Passagiere der ersten Klasse hatte bauen lassen.

Es war immer schon eine kleine Spinnerei von ihr gewesen, mal eine einzige Nacht hier zu verbringen. Aber sie wusste auch, die Übernachtungen waren ebenso luxuriös wie teuer. Jetzt würde sie zumindest eine Ballnacht lang im Atlantic tanzen. Und, wer weiß was noch tun, wenn sie ihm begegnen würde. *Connor!* Allein der Klang seines Namens in ihren Gedanken raubte ihr beinahe den Verstand und Torben musste sie zweimal anstupsen, um sie aus ihrer Träumerei in die Realität zurückzubefördern.

Das Taxi hielt vor dem Haupteingang und er half ihr auszusteigen. Als sie die Drehtüren durchschritten hatten, betraten sie eine Welt, die Leah die Luft anhalten ließ. Dicke Teppiche schluckten jeden Laut und machten das Gehen auf den hohen Absätzen und dünnen Ledersohlen mühelos weich. Nicht eingetragen, wie die Schuhe waren – nur ein paarmal zu Hause ausprobiert – war ihr nach den ersten Schritten auf dem Weg zum Taxi schon ganz anders geworden bei dem Gedanken, den ganzen Abend lang unnötig genaue Kenntnisse über den jeweiligen Untergrund haben zu müssen.

An Torbens Arm schwebte sie mühelos in den großen Ballsaal. Die hohen Decken und Wände zierten zauberhafte Stuckornamente, abgesetzt in zartem Himmelblau. Auf einer

Balustrade spielte ein Orchester Barockmusik. Riesige Kristalllüster warfen ihr mild gedimmtes Licht auf zahlreiche festlich gedeckte Tische, die im Rund um das Tanzparkett standen. Viele der hochlehnigen Stühle mit den bodenlangen Hussen waren bereits besetzt. Die von Micha und Connor gemeinsam ausgearbeitete Gästeliste hatte alle Honoratioren der Stadt mit Rang und Namen zusammengetragen. Leah erkannte einige Gesichter: vom Regierenden Bürgermeister über weltberühmte Filmstars bis zu einem Künstler in Hut und Sonnenbrille, von dem man wusste, dass er als Dauergast im Hotel logierte. Ihr kam in den Sinn, dass das, was an Schmuckstücken um die Hälse und Handgelenke der Damen hing, wahrscheinlich kostbar genug war, um Michas Sozialprojektkassen locker für ein ganzes Jahr prall zu füllen.

Viele Gesichter wandten sich ihnen zu, als sie den Saal betraten, und die Augen einiger Herren begannen, bei Leahs Anblick zu leuchten. Ein Blick in die Spiegel vor der Tür hatte genügt, ihr deutlich zu machen, dass sie noch nie attraktiver ausgesehen hatte und gemeinsam mit Torben ein bemerkenswertes Bild abgab. Ein freundlicher Livrierter empfing sie, hielt ihnen ein Tablett mit Begrüßungsprosecco entgegen und geleitete sie zu ihren Plätzen an einen noch leeren Tisch.

Weder Michael noch Mette waren zu entdecken und auch nach Connor hielt Leah vergeblich Ausschau. Sie wusste, er sollte gemeinsam mit ihrem Bruder die Begrüßungsrede halten.

»Würdest du so nett sein, dich erst mal noch ein ganz kleines bisschen auf mich zu konzentrieren, statt dir den Hals auszurenken?«, fragte Torben.

»Oh, natürlich, entschuldige!«

Wie peinlich, dass er mich erst darum bitten muss! Ohne ihn wäre ich nicht hier!

Die vier unbesetzten Plätze an ihrem Tisch blieben vorerst leer und Torben nutzte die Gelegenheit, ihr leise zu erklären, wer hier noch alles versammelt war. Er war ein wandelndes Boulevardblatt und hatte beinahe zu jeder anwesenden Persönlichkeit etwas zu berichten. Leah amüsierte sich köstlich über seine Erläuterungen zu gewissen Querverbindungen in den Beziehungen, die wohl besser nicht öffentlich werden sollten.

»Nicht hinschauen, Leah, aber links von dir sitzt eine Dame der ganz alten und allerfeinsten Hamburger Gesellschaft mit zwei jungen Männern. Der eine ist ihr Sohn, ja. Aber der andere ist durchaus nicht das, was sie vorgibt, nämlich der beste Freund ihres Sprösslings, sondern ihr Liebhaber! Der Altersunterschied dürfte kaum geringer sein als fünfunddreißig Jahre. Madame ist schon um die sechzig und hält sich den jugendlichen Lover wie ein Schoßhündchen.«

»Meinst du nicht, es könnte auch sein, dass er sie einfach liebt?«

»Ich habe keine Ahnung! Aber ganz sicher liebt er ihre Kreditkarten«, grinste Torben, »denn weißt du, woher ich ihn kenne?«

Leah schüttelte den Kopf und sah ihn gespannt an.

»Ich kenne ihn als Bedienung in einem sehr kuscheligen Gayclub.«

»Ach, du ahnst es nicht!«, entfuhr es ihr und sie konnte es sich doch nicht verkneifen, sich unauffällig umzusehen. Ehe sie noch mehr Skandälchen zu hören bekam, öffnete sich eine Tür an der Schmalseite des Saales und Michael trat mit Mette heraus.

»Donnerwetter! Ob die beiden wohl auch groß einkaufen waren? Das Kleid stammt ganz sicher nicht aus ihrem Fundus. Das würde ich kennen«, flüsterte Leah Torben zu.

»Scheint so! Jedenfalls sieht sie nicht aus wie eine ›dämliche dänische Pute‹!«

Mette trug ein nachtblaues Abendkleid mit atemberaubendem Ausschnitt und langen, eng anliegenden Ärmeln. Ihre Frisur stand Leahs an Perfektion nicht nach und um Mettes Hals lag ein Collier, das ihr nur allzu bekannt war.

»Mutters Saphirschmuck! Ich fasse es nicht! Haben die drei doch allen Ernstes hinter meinem Rücken gemeinsame Sache gemacht!«, raunte sie empört.

»Tja, Schatz, warum sollen andere besser sein als du?«, sagte Torben zwinkernd in einem Ton, der ihr absolut nicht passte. Leah fühlte sich plötzlich überhaupt nicht mehr wohl und sie musste sich zusammenreißen, um nicht aufzustehen und zu gehen. Ärger und ein Gefühl von Ausgeschlossensein und Ertapptwerden rumorten in ihrem Magen. So siegessicher sie hier auch angekommen war, so geschlagen kam sie sich jetzt vor. Sie bemerkte seinen Seitenblick und erkannte Mitleid.

Nicht auch das noch! Mitleid kann ich jetzt wirklich nicht gebrauchen! Ich habe mich selbst in diese Situation hineinlaviert, jetzt muss ich auch stark genug sein, da mit Anstand wieder rauszukommen. Torben hat recht. Zickenkrieg bekommt mir gar nicht. Ich muss das alles schnellstens klären!

Für einen Moment war sie so mit ihrem inneren Kampf beschäftigt, dass ihr entging, wie die kleine Tür noch einmal aufging und Connor in Begleitung einer Traumfrau hereinkam. Torben stieß sie leicht an.

»Guck mal, Aschenputtel, dein Prinz ist da!«

»Oh Gott, bitte nein! Mitsamt Prinzessin!«

»Beruhige dich! Ehe du mir hier völlig ausflippst, erkläre ich dir lieber gleich, wer sie ist«, beruhigte er. Offenbar hatte er gemerkt, dass ihr Maß voll war und nicht mehr viel fehlte, sie völlig aus der Fassung zu bringen. »Das ist Lucy, seine Schwester! Und jetzt setz dich wieder aufrecht hin und strahl gefälligst!«

Obwohl ihr der schwere Felsbrocken vom Herzen fiel, den der Anblick der Geschwister ihr zunächst beschert hatte, war sie kaum in der Lage, den Reden der beiden Initiatoren der Veranstaltung vernünftig zu folgen. Mette und Lucy standen wie edle Deko-Statuen neben dem Rednerpult, während sich Michael und Connor geschickt die Bälle zuspielten, um die Gäste in möglichst generöse Stimmung zu versetzen. Stichworte wie »soziale Verantwortung«, »hanseatisches Denken« und »Zukunftssicherung« drangen zwar an ihr Ohr, blieben aber zusammenhanglos vor verknoteten Synapsen hängen, die sich gerade mit ganz anderen Wirrnissen in ihrem Kopf zu beschäftigen hatten. Ihre Blicke galten nur Connor und sie hoffte die ganze Zeit, er würde sie entdecken, ihr wenigstens einen einzigen Blick zuwerfen. Aber er sah sie nicht. Starr und mit einem unbeweglichen Lächeln im Gesicht folgte sie den Vorträgen nur scheinbar, bis der rauschende Applaus des Publikums einsetzte.

In diesem Moment kam Bewegung in die nachtblaue Mettestatue und in Lucy, die in einem schwarzen Jil-Sander-Smoking hinreißend aussah. Leah beobachtete, wie die beiden von Tisch zu Tisch gingen und stapelweise Schecks einsammelten. Mette wirkte dabei so gelöst und zauberhaft, wie sie sie noch nie erlebt hatte. Lucy schien ein geübter Profi zu sein und brachte die Gäste nicht nur zum Lachen, sondern in absolute Hochstimmung.

Die beiden Männer standen noch am Pult in einer Menschentraube und unterhielten sich offensichtlich angeregt. Leah fand, dass sie wie zwei alte Freunde wirkten. Beide hatten sie immer noch nicht entdeckt. Als Mette auf ihren Tisch zugesteuert kam, der als Letzter in ihrer Sammelreihe stand, warf sie Leah einen Blick zu, den sie absolut nicht deuten konnte. Der Stapel Schecks in dem silbernen Körbchen, das sie vor sich hertrug, war beachtlich und drohte schon überzuquellen. Sie musste mit beiden Händen zufassen, um nichts zu verlieren.

»Ich dachte, ihr wolltet kochen?!«, sagte Mette und zwinkerte Torben zu.

»Wir haben es uns ein bisschen anders überlegt«, erklärte er, »und jetzt bekommst du noch einen Scheck von mir obendrauf und gibst mir deine Sammelbüchse. Ich trage sie zu Michael rüber und ihr beiden Süßen geht euch zackig die Näschen pudern. Wenn ihr nicht in zehn Minuten gut gelaunt und versöhnt zum Diner erscheint, kriegt ihr morgen von mir die Kündigung! Schriftlich!«

»Er droht uns, Mette! So wie er guckt, macht er ernst. Wir sollten uns nicht widersetzen«, riet Leah und war froh über sein Eingreifen. Gemeinsam verließen sie den Saal.

Die Aussprache war kurz und heftig und endete in einer nicht minder heftigen Umarmung, die sie beide um ihre Frisuren fürchten ließ.

»Ich bin froh, dass es endlich vorbei ist!«, seufzte Leah erleichtert.

»Es war unerträglich«, pflichtete Mette bei. »Ich hätte dir so gern erzählt, dass ich mich in deinen Bruder verliebt habe. Es ist eine ›Tausend-Mal-berührt-Geschichte‹, aber ich sage dir, es hat echt Zoom gemacht!«

»Bei dir und Micha? Ich bin platt! Und was wird jetzt mit dem armen Nick?«

Mette schaute betreten zu Boden. »Ich bin ganz durcheinander, Leah! Ich weiß es selbst nicht genau ... er ist so ... ach, ich weiß auch nicht ...« Offenbar wollte sie sich über diesen Konflikt gerade keine grauen Haare wachsen lassen und lenkte ab: »Jetzt muss nur noch diese mysteriöse Hochzeitssache zwischen dir und Connor aufgeklärt werden. Aber so, wie ich ihn vorhin hinter den Kulissen erlebt habe, ist er kein Schnacker, der dir irgendwelchen Mist erzählt. Und er ist toll!«

»Weiß er, dass ich hier bin?«

»Öhm ... keine Ahnung.«

Leah wurde das irritierende Gefühl nicht los, dass Mette ihr noch irgendetwas verheimlichte. Aber sie kam nicht mehr dazu, genauer nachzufragen, denn ihre Freundin drängelte: »Also, Attacke! Guck, sie sitzen alle an eurem Tisch! Ich bin gespannt, wie er reagiert, wenn er dich sieht!«

Sie näherten sich der Gesellschaft, der gerade der erste Gang aufgetragen wurde. Connor saß mit dem Rücken zum Eingang.

»Lächeln!«, zischte Mette.

Leah lächelte. Sie konnte gar nicht anders. Da saß er, zum Greifen nah, mit jedem Schritt näher. Sie sah seine breiten Schultern im schwarzen Smokingjackett, sah, dass sich widerspenstig zwei kurze dunkle Locken in seinem Nacken dem strengen Glattbürsten widersetzt hatten, sah seine Hände, die die angeregt geführte Unterhaltung mit Micha und Torben beredt begleiteten, hörte seine Stimme, die ihr in den wenigen Telefonaten so vertraut geworden war, und sah, wie er sich langsam umwandte, weil Michael ihr Kommen signalisierte.

Er stand auf und für einen Moment blieb ihr die Luft weg, als sie das Strahlen in seinen grünen Augen und den leichten Duft von Amber, Sandelholz und Bergamotte wahrnahm. Er ließ keine Fremdheit zwischen ihnen zu, umarmte und küsste sie. Die Selbstverständlichkeit, mit der er das tat, fegte jeden Zweifel vom Parkett. Er schuf damit offizielle Tatsachen.

Leah schluckte überwältigt, als er sie seiner Schwester vorstellte: »Lucy, das ist Leah. Du weißt ja …!« Und Lucy streckte ihr mit einem wissenden Blick aus den anscheinend familienüblichen smaragdgrünen Augen die Hand hin: »Hallo Leah. Ich habe schon so viel von dir gehört!«

»Wirklich?« Leah war baff.

»Ja, mein Bruderherz benutzt mich mit Begeisterung als Müllkippe bei seinen psychischen Krisenzuständen. Und du hast ihn ein paar schlaflose Nächte gekostet. Das will was heißen, denn normalerweise schläft er so fest wie meine toten Patienten.«

»Wie deine toten Patienten?«

»Lucy ist Pathologin«, erklärte Connor lachend, »und sie hat manchmal eine etwas seltsame Art, sich auszudrücken. Aber denk dir nichts dabei, du wirst sie lieben lernen, wenn du sie besser kennst!«

Es war merkwürdig. Noch vor ein paar Stunden hatte sie von diesem Wiedersehen eine so märchenhafte Vorstellung gehabt! Andere Menschen um sie herum waren völlig unwichtig gewesen, die Begegnung mit ihm hatte sie sich vorgestellt, wie in einem luftleeren Raum, allein mit ihm, weitab von welchem Umfeld auch immer. Und nun saß sie hier ganz dicht neben ihm, seine Nähe so überwältigend real, in einem Kreis von Freunden, aß und trank, redete und lachte mit ihm gemeinsam, als wäre es schon immer so gewesen, als wären sie seit Jahren ein Paar. Es wurde ein wundervoller Abend und er wurde noch viel wundervoller, als das vorzügliche Essen verspeist war und Michael die Gäste zum Tanz bat.

Die Nacht des 6. Dezember!

Connors vollendete Eton-Erziehung machte sich bemerkbar, als er sie zum Eröffnungstanz aufforderte. Sie spürte, wie viele Augen auf sie gerichtet waren. Connor war kein Unbekannter und sie hatte den Eindruck, als unbekannte Frau an seinem Arm eine ganze Menge Getuschel hervorzurufen.

Bei diesem ersten Walzer war sie endlich allein mit ihm. Es war nicht nur die Tatsache, dass er sie so perfekt führte, dass sie sich vollkommen seinen Bewegungen anpasste, keinen falschen Schritt machen *konnte,* sondern es war auch seine spezielle Fähigkeit, ihnen selbst im dicksten Getümmel einen abgeschlossenen Raum zu schaffen, in dem die Welt um sie herum ausgesperrt war. Genau so, wie er es schon einmal vermocht hatte, als er seinen Tee in Victorias Gegenwart bei ihr bestellt hatte. Sie fühlte sich wie auf Wolke sieben, die einsam im Nichts trieb, und erinnerte sich an ihre schwerelosen Träume.

»Ich habe von dir geträumt«, flüsterte sie dicht an seinem Ohr.

»Was hast du geträumt?«

Leah wurde ein bisschen rot, was ihm nicht entging. Er machte es nicht besser dadurch, dass er kaum merklich ihren Rücken streichelte. Leahs glühende Traumgefühle stellten sich umgehend ein, verstärkten sich durch seine pure Nähe um ein Vielfaches und ließen ihre Knie weich werden.

»Du hast also schon mal vorgeträumt, was wir heute Nacht beginnen?« Er sah sie forschend an, während er sie weiter mühelos und schwungvoll im Takt durch die Menge wirbelte.

»Beginnen wir heute Nacht?«, fragte sie mit schief gelegtem Kopf und sah provozierend zu ihm auf.

»Ja, glaubst du, ich will jetzt noch mal wochenlang rumtrödeln? Nun muss es endlich genug sein mit der Geduld, finde ich!«

»Und wo wollen wir beginnen?«

»Hier und jetzt!«, sagte er entschieden.

»Hier in diesem Märchenschloss?«

»Finde ich angemessen! Immerhin hast du märchenhaft gläserne Schuhe, und zu warten, bis ich dich in mein eigenes Schloss geschafft habe, halte ich schlicht nicht mehr aus, Prinzessin! Folglich werde ich uns übergangsweise hier einquartieren.«

Er tanzte mit ihr auf den Tisch zu, an dem die übrigen vier schon wieder in einer angeregten Unterhaltung vertieft waren, und rückte ihr den Stuhl neben Mette zurecht.

»Bin gleich wieder da«, flüsterte er ihr ins Ohr und verschwand.

»Mette, ich hab da ein Problem«, begann Leah.

»Nein, hast du nicht! Ich gehe mit Amy raus. Mach dir keine Sorgen«, lächelte Mette verschwörerisch.

»Danke, du bist die Beste«, seufzte Leah und fragte sich, warum zum Teufel sie die Kriegshandlungen nicht schon viel früher beendet hatte.

»Viel Spaß wünsch ich dir!«, raunte Mette mit ziemlich eindeutig zweideutigem Zwinkern.

Connor war nach wenigen Minuten zurück und für keinen der Anwesenden schien irgendein Zweifel darüber zu bestehen, wie die beiden die Nacht zu verbringen gedachten. Entsprechend verständnisvoll reagierten alle auf den plötzlichen Rückzug.

»Behandle sie anständig, Bruderherz, sie gefällt mir!«, sagte Lucy mit drohend erhobenem Zeigefinger und musste furchtbar über Leahs erschrecktes Gesicht lachen. »Nein, nein, keine Angst, er ist ein Guter!«

»Komm, wir gehen. Meine Schwester kann manchmal wirklich unmöglich werden«, grinste Connor, machte eine wegwerfende Handbewegung in Lucys Richtung, nahm Leah um die Taille und zog sie mit sich zu den Fahrstühlen.

Der Liftboy war beispielhaft diskret. Mit festgefroren freundlichem Lächeln blickte er stur auf seine Anzeigetafel, drückte das Knöpfchen für die genannte Etage und schien völlig unbeeindruckt von der knisternd heißen Aura, die den Aufzug erfüllte. Noch immer hielt Connor seinen Arm um ihre Taille gelegt und sein Streicheln erreichte durch die schwere Seide ihre Haut, schickte erwartungsvolle Schauer durch ihren Körper. Leah wagte nicht, ihn anzusehen. Sie wusste genau, dass ein einziger Blick in seine Augen sie schon hier und jetzt sofort der gebotenen Contenance berauben würde. Jeder Gedanke an ihre Vorbehalte, an Victoria, an die geplante Hochzeit, an das Morgen war ausgelöscht, wurde verdrängt von der unglaublichen Lust, die sie auf ihn empfand. Es gab nichts in diesem Moment, was sie mehr wollte, als ihn endlich ganz zu spüren.

Der Lift hielt, die Türen öffneten sich und sie eilten atemlos und ungeduldig durch den dezent beleuchteten Korridor, fanden die richtige Suite, deren Tür sich durch die eingesteckte Checkkarte mit einem leisen Klick öffnete.

Leah hatte keine Gelegenheit mehr, ihre noble Umgebung überhaupt richtig wahrzunehmen. Gierig fanden sich ihre Lippen. Während sie ihm die Fliege vom Hals löste, mit flattrigen Fingern sein Hemd aufknöpfte, suchte er die Schnüre ihrer Corsage, öffnete den Knoten, legte ihre Brüste frei, versenkte den Kopf zwischen ihnen, ließ Zähne und Zunge auf der Haut spielen und schob sie immer weiter auf das ausladende Bett zu. Leah fiel rücklings in Daunenkissen, hob den Po an, um sich vollkommen aus dem Kleid schälen zu lassen, und lag da, nur mit dem hauchdünnen String und Stay-Ups bekleidet. Er hielt einen Augenblick lang inne und betrachtete sie.

»Genau *das* habe ich zu finden gehofft! Wie wunderschön du bist, Leah!«

»Alles deins«, lächelte sie und sah ihn erwartungsvoll an. »*Alles!*«

Er konnte die Augen nicht von ihr lassen, während er sich der letzten Kleidungsstücke entledigte, und Leah konnte es nicht fassen, wie nah ihre Traumbilder an die Realität heranreichten. Gespenstisch verschwommen tauchte Makeda neben ihm auf. Dschamallahs Symbol, die Schlange, wand sich lüstern um ihren Körper. Die rotglühenden Augen auf Leah gerichtet, biss sie der Schönen herzhaft in die Brustspitzen, züngelte um Makedas dunkle Haut. Leah meinte, einen winzigen Blutstropfen zu erkennen, aber Makeda warf den Kopf zurück, schien in erotischer Trance zu versinken, schloss genießerisch die Augen. Das Bild wurde klar, ein Zwinkern von Makeda – und die Fata Morgana löste sich in nichts auf.

Nur noch Connor! Nur noch fühlen, nur noch ineinander versinken!

Das gedämpfte Licht zeichnete weiche Reflexe auf seine glatte Haut, an deren Duft sie sich berauschte. Keine Droge hätte sie dem Himmel näher bringen können. Er drehte sich auf den Rücken und hob sie auf sich. Mit weit gespreizten Beinen kniete sie über ihm und senkte sich langsam und genüsslich auf ihn herab, nahm ihn mit einem gurrenden Seufzer vollständig in sich auf, ließ bewegungslos für einen Moment das Gefühl des Ausgefülltseins auf sich wirken und sah ihm dabei fest in die Augen. Er griff nach ihren Brüsten, knetete das zarte Fleisch, zwirbelte die Spitzen und beobachtete genau ihre lustvollen Reaktionen. Dann begann er, sich unter ihr zu bewegen. Leah gab ihm jeden Stoß zurück, wollte ihn tiefer und noch tiefer in sich spüren, fühlte die Explosionswellen immer näher rollen.

Seine Hände glitten höher, schlossen sich um ihren Hals. Einen Atemzug lang war sie enttäuscht, wollte, dass er ihre Brüste weiter hielt, doch dann fühlte sie, wie er einen kleinen, ganz sachten Druck ausübte, und fand sich plötzlich in einem Zustand der Ekstase, wie sie ihn noch nie erlebt hatte. Sie flog über ein Land, das grenzenlos und märchenhaft unter ihr hinwegglitt, schwebte schwerelos zu ungekannten Höhen und kam mit einer Macht, die sie mitriss in einen Strudel, der sie bannte und erst Minuten später wieder freigab.

Ihr Kopf lag an seiner Halsgrube, das Haar war aufgelöst, die Ziersternchen glitzerten überall auf den Laken verstreut. Leah war zu keinem Wort fähig, bemerkte, dass ihre Tränen der Erlösung das Make-up zum Zerfließen gebracht, jadegrüne und schwarze Spuren auf dem schneeweißen Kopfkissen hinterlassen hatten.

Connor nahm ihren Kopf in beide Hände und sah sie an. »Zauberhaft ruiniert habe ich dich! Herrlich, wie zerzaust du jetzt aussiehst«, lächelte er süffisant, »es geht doch nichts über den Anblick einer schönen, frisch gefickten Frau!«

»Hej, was bist du ordinär!«, empörte sich Leah. »Wo bleibt deine gute Erziehung?«

»Die sperre ich an der Bettkante aus«, grinste er und zog sie wieder an die Brust. »Tut mir leid, aber im Schlafzimmer bin ich ein Höhlenmensch. Wirst du damit klarkommen?«

Leahs verschmiertes Gesicht tauchte vor seinen Augen auf. »Mal sehen ...«, erwiderte sie, hielt seinem herausfordernden Blick stand, senkte ihren Mund auf seine Brust und biss einmal energisch zu.

»Aua, Höhlenmädchen! Du bist ja keinen Deut besser!«

»Ich passe eben zu dir!«, spöttelte sie und hielt dem kleinen Schmerz tapfer stand, den seine rachsüchtig in ihre Pobacken gekrallten Fingernägel verursachten. »Und lass jetzt sofort meinen Hintern los, sonst ruinierst du den auch noch.«

»Macht nichts, du hast gesagt, es ist alles meins. Und wenn es alles meins ist, kann ich damit machen, was ich will. Sieht ja sowieso niemand«, stellte er mit einem Unterton fest, den Leah etwas beunruhigend fand.

»Das klingt nicht gerade vertrauenerweckend! Das klingt nach verdammt gefährlichen Nächten!«

»Keine Sorge, ich pflege mein Lieblingsspielzeug nicht kaputtzumachen«, brummte er und setzte eine Mine auf, die anscheinend harmlos wirken sollte.

Leah richtete sich auf und sah ihn empört an. »Lieblings*spielzeug*? Hast du *Spielzeug* gesagt?«

Connor sah sie lächelnd von unten herauf an und erklärte leichthin: »Ach, weißt du, Jungs werden ja nie so ganz erwachsen. Gerade weil wir im Berufsalltag perfekt funktionieren müssen, immer höflich, diplomatisch und entsetzlich ernsthaft, brauchen wir eben unsere heimliche Spielwiese. Und das passende *Spielzeug* dazu. Was nicht heißen soll, dass ich dich jenseits des Schlafzimmers nicht immer höflich, diplomatisch und außerordentlich anständig behandeln werde!«

»Aha! Die zwei Gesichter des Mister Breckwohld!? Du wandelst auf ziemlich dünnem Eis, Connor! Ich bin kein kleines Mädchen mehr, du wirst mir schon einen etwas anderen Status als den eines *Spielzeugs* einräumen müssen, wenn du mich ganz haben willst, wenn du wirklich ›Alles‹ haben willst.«

Leah merkte, wie die Stimmung zu kippen drohte. *Vielleicht,* so überlegte sie, *war das alles von ihm nur flüchtig dahingesagt, vielleicht meint er es gar nicht so. Aber wehret den Anfängen, nichts ist so unsolide gebaut wie ein Haus auf dem Sand, der aus Missverständnissen und falsch verstandenen Liebesschwüren besteht. Besser von vornherein die Dinge klären!*

Connor entging offenbar nicht, dass es brenzlig zu werden drohte. Sie spürte, wie wenig er anscheinend derartiges »Auf-den-Zahn-Fühlen« gewohnt war.

Wahrscheinlich sind ihm bisher alle Frauen einfach so vor die Füße gefallen, ohne lange nachzudenken.

Sie sah ihn ernst an, wartete auf sein Statement und konnte in seinem Gesicht genau ablesen, wie er sich wand, um jetzt die richtigen Worte zu finden. Sie sah, wie seine Kiefermuskeln sich spannten, feine Fältchen sich auf der Stirn bildeten, bemerkte, wie das unwiderstehliche Grün einen matteren Glanz annahm, und beschloss, ihm zu helfen. Sacht streichelte sie seine Wange, schaute ihn zärtlich an.

»Du bist keinen weiblichen Widerstand gewohnt, Connor. Ist es so?«

Ein erleichtertes Lächeln huschte über seine Züge und er nickte.

»Ich wollte schon immer eine Frau, die sich von meiner Kohle nicht blenden lässt und nach dem ersten Blick in die Gesellschaftsnachrichten zur leichten Beute wird. Das ist auf die Dauer nicht nur fade, sondern lässt mich auch schwer daran zweifeln, ob *ich* eigentlich mit der schnellen Zuneigung gemeint bin, die mir da immer entgegengebracht wird. Ich will eine Frau, die selbst etwas darstellt, die eine eigene Meinung hat, die ich erst jagen muss, vielleicht jeden Tag aufs Neue jagen muss, und die mich richtig fordert.«

»Das werde ich. Darauf kannst du Gift nehmen! Und du wirst dich anstrengen müssen! Mach dir also keine Sorgen: Langweilig wird's so schnell nicht werden. Ganz sicher werde ich dir mitteilen, wenn mir was nicht passt. Sogar auf der *Spielwiese.*«

Sie fühlte, dass sie ihn aus dem Konzept gebracht hatte! Die Macho-Maske drohte ihm zu verrutschen und eigentlich hatte sie gar nicht die Absicht, sie ihm ganz herunterzureißen, denn im Grunde ihres Herzens wusste sie: Auf genau so einen Mann hatte sie immer schon gewartet.

Nur ein kleines bisschen druntergucken, was sich dahinter verbirgt!

Leah beugte sich zu ihm hinunter und näherte ihren Mund seinen weichen Lippen. Bis zu diesem Punkt hatte sie alles unter Kontrolle. Aber als er die Arme um sie schlang, sie mit seinem Kuss ertränkte, spürte sie, wie alle vernünftigen, tough vorgetragenen Argumente plötzlich schon wieder in einem Meer von Lust ersoffen.

Sie liebten sich ein zweites Mal, zerrten so rau aneinander, als wollten sie sich gegenseitig zerfleischen, tobten sich keuchend aus, bis sie völlig erledigt, nach Luft japsend dicht nebeneinander lagen.

»Du bist ein Barbar!«, schimpfte Leah lachend, als sie wieder halbwegs zu Atem gekommen war.

»Und du bist das Geilste, was mir je in die Kiste gekommen ist! So, wie du gerade reagiert hast, werden wir noch eine Menge Spaß miteinander haben.«

»Danke! Ich nehme das jetzt mal als Kompliment, denn du machst den Eindruck, als würdest du über genügend Erfahrung verfügen, um das beurteilen zu können!«, frotzelte Leah.

»Es ist ein Kompliment und ich bin hochzufrieden mit mir, dass meine Pläne so hundertprozentig aufgegangen sind«, grinste er und in Leah kochte über seinen selbstgefälligen Gesichtsausdruck schon wieder eine leise Wut hoch.

»Moment!«, fuhr sie empört auf. »Was heißt hier ›deine Pläne‹? Was für Pläne denn? Es ist purer Zufall, dass wir uns hier begegnet sind!«

»Glaubst du?«

Sie war perplex. »Natürlich ist das Zufall! Hätte Torben nicht die Einladungskarten ergattert ...«

Er sah sie amüsiert an, hatte offensichtlich wieder Oberwasser bekommen. »Ich überlasse nur *sehr* selten irgendwas dem Zufall. Und du hast ein paar wirklich gute Freunde, die sehr schnell begriffen haben, dass ich nichts mehr will, als dich glücklich zu machen!«

»Sag, dass das nicht wahr ist!«, stöhnte sie fassungslos. »Das Kleid, der Friseur, die Karten, die ganze Inszenierung, das warst alles du? Und warum hat dann Mette die ganze Woche lang nicht mit mir geredet und diesen Zickenterror geschoben?«

Connor lachte lauthals. »Weil deine liebe Freundin Mette es nicht ertragen hätte, den ganzen Tag mit dir zusammen zu sein, ohne auch nur einen Pieps sagen zu dürfen. Ich glaube, ihr hat das Herz geblutet. Aber wenn nicht alle so schön dichtgehalten hätten, wäre doch die Überraschung nicht so gelungen.«

Leah schwankte zwischen Wut und einer Lachattacke. So sehr hatte sie sich hinters Licht führen lassen? So heftig hatte er schon in ihr Leben eingegriffen?

Sie sprang aus dem Bett, wickelte sich die Decke um und riss die Tür zum Balkon auf. Sie brauchte jetzt dringend frische Luft! Die Luft war mehr als frisch und schlug ihr eisig entgegen. Sie stand unter freiem Himmel, sah auf die Lichter der Stadt, rang um klare Gedanken.

Soll ich mich jetzt unendlich geschmeichelt fühlen über den Aufriss, den er für mich veranstaltet hat? Soll ich die Beine in die Hand nehmen und wieder flüchten? Oder sollte ich die Gelegenheit beim Schopf packen und mich auf diese Liebe einlassen, die seit Wochen keimt, immer unausweichlicher geworden ist? Und was ist nun mit der bevorstehenden Hochzeit?

Leah fühlte, wie ihre nackten Füße auf den eisigen Fliesen immer kälter wurden, zog die dicke Decke fester um sich und schwankte zwischen ihrem Fluchtinstinkt und der Sehnsucht, er möge herauskommen, sie in die Arme nehmen und wieder zu sich ins Bett, wenn nicht besser doch gleich endgültig in sein Leben holen.

Connor kam!

Er nahm sie in die Arme und hielt sie wortlos warm umschlungen. Leah spürte die Zuverlässigkeit, die er ausstrahlte, sie spürte die Liebe, die er ihr anbot, wie entgegengestreckte Hände, die nur noch auf ihre Zustimmung, auf ihr Zeichen warteten.

Leise, ganz leise begannen dicke Schneeflocken aus dem grauen Nachthimmel zu fallen und Leah schmiegte sich noch dichter an ihn. Zuversicht und Vertrauen blühten in ihrem Herzen auf.

Ich habe ihn ganz schön in die Bredouille gebracht und trotzdem ist er jetzt da.

Sie sah ihm direkt in die Augen.

»Nimmst du mich jetzt, oder nicht?«, schienen sie zu fragen. Leah nickte.

7. Dezember 2000

Sie redeten, bis sich erstes fahles Dämmerlicht durch die bodentiefen Fenster drängte. Connor köpfte die Champagnerflasche, die im Kühler bereitstand, und Leah fand es von Schluck zu Schluck einfacher, der erstaunlichen Geschichte zu folgen, die er zu erzählen hatte.

»Ich weiß genau, was dir am meisten im Magen liegt, und deshalb muss dieses Thema zuerst geklärt werden. Ich habe dir schon gesagt, dass ich Victoria nicht heiraten werde, aber Torben hat mir erzählt, dass ihr den Hochzeitstermin im Register gefunden habt. Dieser Heiratsplan ist ein typisches Matriarchatsgespinst meiner Mutter.«

»Ein was?«

»Meine Mutter hält die Fäden unserer Geschicke mit eiserner Hand straff gespannt. Mein älterer Bruder Arndt hat sich vor Jahren entzogen, indem er nach dem Studium in den Staaten gleich dort geblieben ist. Mittlerweile führt er die Geschäfte der Reederei in New York, ist glücklich verheiratet, hat zwei Kinder und ist definitiv froh, dem Regiment unserer Ma entgangen zu sein.«

»Und du? Du wohnst doch noch in eurem ›Herrschaftssitz‹, oder?«

»Ja, ich habe einen Flügel der Villa für mich allein. Allerdings ist es noch heute schwer, mich wirklich richtig zurückziehen zu können. Wenn ich zu Hause bin, wird von mir erwartet, dass ich zum Beispiel an den Mahlzeiten teilnehme. Habe ich dazu keine Lust, ernte ich zumindest missbilligende Blicke.«

»Warum bist du nie ausgezogen?«

»Weil ich erstens in dieser Hinsicht ein fauler Hund bin und es ziemlich komfortabel ist, zweitens bisher keine Notwendigkeit bestand, und ich drittens meine Mutter liebe. Auch wenn sie ein ganz schöner Drache sein kann.«

»Und was hat der ›Drache‹ denn nun mit Victoria zu tun?«

»Victoria stammt aus einer sehr einflussreichen belgischen Kaufmannsfamilie, van ...«

Leah unterbrach ihn und vollendete den Satz: »Van Beurse, ich weiß.«

»Du bist ja beinahe so gut informiert wie ich«, schmunzelte Connor, »ja genau, stimmt. Meine Mutter hielt es für eine großartige Idee, uns zu verheiraten, um die wirtschaftlichen Beziehungen noch fester zu knüpfen.«

»Mein Gott, das ist ja wie in uralten Zeiten!«, entfuhr es Leah. »Und was hindert euch denn nun, dem Willen deiner Mutter nachzukommen?«

»Zweierlei hindert uns. Erstens ist Victoria zwar süß und lieb und eine wirklich tolle Freundin, aber ich liebe sie nicht. Und zweitens liebt nun wieder Victoria seit vielen Jahren ihren Jan, einen belgischen Kleinunternehmer, der sich mit viel Engagement eine eigene Spedition aufgebaut hat. Er ist erfolgreich, aber nicht wirklich wohlhabend.«

»Verstehe. Das passte Victorias Eltern nicht so gut wie eine Verbindung mit den Breckwohlds.«

»Genau!«

»Und warum hat sich keiner von euch beiden gegen die Pläne eurer Eltern durchgesetzt?«

Connor wurde nachdenklich. »Das ist eine sehr gute Frage! Vermutlich, weil wir beide so erzogen und gedrillt darauf sind, zum Nutzen der Familien und der Firmen zu funktionieren, dass wir zunächst nicht wirklich auf die Idee kamen, uns ernsthaft zu widersetzen.«

Leah schüttelte den Kopf. »Dass so etwas heutzutage noch möglich ist! Meine Güte, wir leben im einundzwanzigsten Jahrhundert!« Nach einer kleinen Denkpause und einigen Schlucken Champagner fuhr sie fort: »Wann sind denn die ausgeklügelten Pläne ins Wanken gekommen?«

»Das kann ich dir genau sagen, mein Herz: Die kamen nicht nur ins Wanken, die kippten um wie ein Kartenhaus, als ich zum ersten Mal deinen Laden betrat.«

»Das kann nicht wahr sein! *Da* schon?«

»Ja, *da* schon! Und ich hätte mir in den Hintern beißen können, als ich dich so überfallen und letztlich verscheucht habe. In diesem Moment habe ich mich gefragt, was ich eigentlich die ganze Zeit über tue. Mir wurde bewusst, dass ich im Grunde immer nur auf der Suche war und ganz sicher noch nicht den richtigen Anlegeplatz gefunden hatte.«

»Du hast einen ziemlich üblen Ruf. Weißt du das?«, warf Leah ein. »Mir ist da der Begriff ›Hallodri‹ zu Ohren gekommen.«

»Wer behauptet das?« Er wirkte empört, hatte aber offenbar schnell kombiniert, aus wessen Mund sie diese Bezeichnung gehört haben musste. »Das war vermutlich Claas' Interpretation, ja? Für den ist jeder Mann ein Schürzenjäger, der mehr als eine Frau im Leben hatte.«

»Ja, er hat mich vor dir gewarnt.«

Connor rieb sich die Stirn. »O Mann! Der Weg zu dir ist mit Vorurteilen gepflastert!

»Ich helf dir gern, sie auszuräumen. Aber ich halte viel von Ehrlichkeit. Erzählst du weiter?«

»Wo war ich stehen geblieben?«

»In meinem Laden«, grinste Leah, »und versuch jetzt nicht, mir einzureden, du hättest mich gesehen und sofort beschlossen, alle weiblichen Brücken sofort hinter dir abzubrechen, von jetzt auf gleich monogam zu werden und nur noch mich in den Mittelpunkt deines Begehrens und deiner Zukunftsplanung zu stellen!«

»Verdammt, ist das denn so schwer zu verstehen? Ich habe nie mehr als eine Frau gleichzeitig gehabt! Und genau genommen hatte ich gar keine, als wir uns zum ersten Mal begegnet sind. Vicky war nie wirklich meine Frau.«

»Was soll das heißen? Du warst nicht mit ihr im Bett?«, provozierte Leah.

Connor raufte sich die Haare. »Doch, ich war mit ihr im Bett. Ich war auch mit einer ganzen Menge anderer Frauen im Bett. Aber es gab noch keine, von der ich wollte, dass sie ganz mir gehört. Vicky darfst du da sowieso gleich ganz ausklammern, denn ihr Herz gehört allein Jan. Dass sie den heimlich traf, nicht einmal ›heimlich‹ für mich, sondern bloß, damit meine Mutter nichts merkte, war ja nun nichts Neues für mich.«

»Wie bitte? Du hast gewusst, dass deine zukünftige Frau sich mit einem anderen trifft?« Leah war fassungslos.

»Ja, und ich habe ihr sogar den Rücken freigehalten, damit es niemand im Haus mitbekam.«

»Das wäre womöglich während eurer Ehe genauso weitergegangen?«

»Vermutlich, ja.«

»Connor, ich dachte, du bist ein freier Mann. Zumindest frei in deinen Entscheidungen, was die Wahl der richtigen Frau angeht. Aber du bist ja in Wirklichkeit ein Sklave eurer Firma!«

»Gewesen, Leah! Immerhin war das erste Zusammentreffen mit dir der Startpunkt für ein paar sehr ausführliche Gespräche mit Vicky. Wir haben das Thema gemeinsam durchgestanden. Auch vor unseren Familien. Und ich muss sagen, ich habe Vickys Qualitäten sehr zu schätzen gelernt in den letzten Wochen. Sie ist eine wunderbare Frau und eine gute Freundin.«

Leah schwirrte der Kopf. Die Flut von Informationen, von Dingen, die sie als Absonderlichkeiten empfand, von Aussagen, die sie nicht in Sekunden verarbeiten konnte, zwang sie, zunächst auf das Einfachste einzugehen.

»Sie war mir bei unserer letzten Begegnung sehr sympathisch. Ich hatte richtig Bauchschmerzen, mich bei euch einzumischen«, bekannte sie ehrlich, »und als dann auch noch ihr Spruch mit dem Babybauch kam, da waren bei mir eigentlich schon fast alle Jalousien unten. Ich dachte, ich sollte besser aufgeben und mich nicht in euer Glück mischen ... Aber ich konnte nicht aufhören, an dich zu denken, und schon gar nicht aufhören, von dir zu träumen.«

»Deine Träume scheinen sehr erotisch gewesen zu sein, kann das sein?«, fragte er unumwunden.

»Das kannst du glauben! Und immer spielte diese Statue eine Rolle, die du auf der Yacht stehen hast. Sie kam mir vor wie eine Art Liebesgöttin. Sie hat mich bei der Hand genommen und in die unglaublichsten Szenarien entführt. Immer warst du die Hauptperson. Wir hatten heißen Sex, von dem du keine Ahnung hast!«

»Also ist doch was dran an diesen Geschichten!«, grinste Connor. »Meine Mutter hat die Figur aus dem Haus verbannt, weil sie meinte, sie würde Frauen sexsüchtig machen. Man munkelt, da muss irgendetwas vorgefallen sein, was ihr absolut nicht gepasst hat. Aber ich denke, sie ist im Grunde einfach nur furchtbar abergläubisch. ›Schafft die Hexe aus dem Haus‹, hat sie irgendwann mal angeordnet. Mein Vater hat sich gewehrt, ihm lag an der Statue, er kam aber letztlich nicht durch und gab um des lieben Friedens willen nach. Vielleicht hatte sie recht und ich war deshalb das letzte Kind.«

»Du bist jünger als Lucy?«

»Ja, gut ein Jahr. Es muss um Lucys Geburt herum diesen Mordsstress zwischen meinen Eltern gegeben haben. Ich glaube, ich war das Versöhnungskind.«

»Wie gut, dass sie sich versöhnt haben!«, murmelte Leah, der schon fast die Augen zufielen. »Ich würde jetzt gern ein bisschen schlafen.«

Der Tag war lang, anstrengend und aufregend gewesen und der Alkohol tat seine Wirkung.

Connor zog ihren Kopf an seine Brust und streichelte sie zärtlich wie ein Kind. »Schlaf, meine Süße! Wir haben Zeit, viel Zeit, um über alles zu reden.«

* * *

Leah erwachte, als die Morgensonne schon längst das Zimmer erobert hatte. Noch immer lag sie in derselben Position, in der sie eingeschlafen war. Ein nie gekanntes Glücksgefühl überwältigte sie. Es war *seine* Brust, auf der ihr Kopf einen so perfekt passenden Platz gefunden hatte, es war *sein* Duft, den sie wahrnahm, *seine* Arme, die schwer und traumverloren um ihren Körper geschlungen waren. Sie schloss die Augen noch einmal, um sich ihrer Euphorie ganz bewusst zu werden.

Plötzlich kam ihr ein sehr irdischer Gedanke, der ihr überhaupt nicht behagte: *Um Himmels willen, es ist gar nicht Sonntag, es ist ein stinknormaler Arbeitstag!*

Vorsichtig wand sie sich aus seinen Armen, um ihn nicht zu wecken. Er merkte es sofort. »Wo willst du hin?«

»Connor, ich muss doch arbeiten! Wie spät ist es?«

»Viertel nach neun. Zeit fürs Frühstück.«

»Du bist gut, ich müsste seit mehr als einer Stunde im Geschäft stehen«, jammerte sie.

»Dann ruf an und sag Bescheid, dass du später kommst. Das Frühstück im Atlantic ist sensationell. Das lassen wir uns nicht entgehen.«

»Sie werden mich umbringen!«

»Nein, mein Schatz, das werden sie nicht. Da müssten sie erst an mir vorbei. Aber warte mal, gib mir doch bitte mein Handy aus der Jackentasche. Ich rufe Mette an und entschuldige dich.«

»Ich weiß nicht, ob Mette ihr Handy im Laden bei sich hat. Da musst du vielleicht im Kontor anrufen. Ich verkrümel mich mal ins Bad und überlasse dir den Ärger jetzt einfach«, zog sie sich eilig aus der Affäre.

Peinlich, peinlich! Nach der ersten Nacht schon jedes Pflichtgefühl vergessen und dann auch noch ihm das Ausbügeln überlassen. Wo ist auf einmal meine Selbstständigkeit geblieben?

In dem luxuriösen Badezimmer fand Leah zu ihrem Erstaunen genau die persönlichen Utensilien, die sie jetzt brauchte. Ihr Kosmetikköfferchen stand auf der braunen Marmorablage des Doppelwaschtisches. Jetzt wusste sie, wo ihre Bürste und die Flasche mit Augen-Make-up-Entferner geblieben waren, die sie gestern beim Zusammenpacken so lange gesucht hatte.

So weit ist also seine Vorausplanung gegangen! Unglaublich. Das kann ihm nur Mette eingepackt haben.

Leah genoss die heiße Dusche und stellte in dem Moment, als sie die dampfbeschlagene Abtrennung aufklappte, fest, dass sie jetzt ein ernsthaftes Problem hatte. Sollte sie vielleicht im Ballkleid zum Frühstück erscheinen, womöglich in Abendgarderobe ins Kontor fahren? Sie wickelte sich in eines der cremefarbenen Saunatücher und öffnete die Tür zum Schlafzimmer. Connor lümmelte zeitunglesend auf dem Bett und sah hoch. Zwei Tassen mit Morgenkaffee standen auf dem Nachttisch und am Fußende entdeckte sie ein Kleiderhäufchen. Er hatte wirklich an alles gedacht!

»Ich hoffe, es fehlt nichts! Kann ich ins Bad?«, sagte er, als sei all dies hier völlig selbstverständlich.

Leah sah ihn konsterniert an. »Wie sicher warst du dir eigentlich? Ich muss gestehen, ich bin ein bisschen geschockt!«

Er stand auf, kam auf sie zu, zog ihr das Handtuch herunter und nahm sie in die Arme. Den Energieaustausch, der bei dieser Umarmung stattfand, sah Leah bildlich vor sich. Es fühlte sich an, als würden ihre Reserven förmlich leer gesaugt, während sich seine Batterien zu voller Kraftentfaltung füllten. Ihre Knie wurden weich, ihr ganzer Körper schien zu zerfließen, sich zu resorbieren, in ihm aufgehen zu wollen. So jeden möglichen Widerstandes beraubt, ließ sie sich besinnungslos küssen und spürte, wie er ihr zurückgab, was er ihr gerade geraubt hatte. Wie in kommunizierenden Röhren, in der die Mengen stets bestrebt sind, schleunigst ausgeglichene Stände zu erreichen, brachte er ihrer beider Energiespeicher mit diesem Kuss wieder in die Balance.

»Ist es so schlimm? Ich hatte das Gefühl, ich müsste es richtig krachen lassen, nachdem ich mich auf der ›Helen‹ so blöd angestellt hatte.«

»Du *hast* es richtig krachen lassen!«, bestätigte Leah lächelnd. »Ich bin es nur gewohnt, all meine Angelegenheiten allein zu regeln und bin hin und her gerissen zwischen Faszination, Glück und Verwirrung über so viel unverschämte Übergriffigkeit.«

Connor seufzte tief, ließ die Hände langsam, aber zielstrebig ihren nackten, feuchten Rücken hinuntergleiten und stoppte, als er beide Hinterbacken fest umfasst hatte. Er sah sie mit einem derart schelmischen Gesichtsausdruck an, dass sie jede höchst vernünftige Argumentation zu ihrer inneren Befindlichkeit einfach runterschlucken und losprusten musste.

»Zieh dich sofort an, sonst werd ich dir gleich zeigen, was Übergriffigkeit wirklich bedeutet!«, drohte er grinsend und klapste ihr auf den Po.

»Dann müsstest du mich allerdings jetzt loslassen.«

»Ungern! Höchst ungern! Aber gut, ich habe Hunger.«

Er ließ sie los, verschwand im Bad und ihr blieb gerade genug Zeit zum Anziehen.

Das Frühstück war königlich. Leah wusste gar nicht, wo sie an dem Wahnsinns-Buffet anfangen sollte, und bedauerte, keine sieben Kuhmägen zu haben. Viel zu schnell war sie satt und hätte doch noch zu gern die eine oder andere Köstlichkeit probiert.

Ob Connor wirklich mit Mette telefoniert hatte oder auch ihr Zuspätkommen heute bereits eine abgekartete Sache gewesen war, bekam sie nicht heraus. Es spielte allerdings letztlich auch keine große Rolle mehr. Der Verdacht lag nah, dass er auch diesen Teil des Planes bereits im Vorfeld geklärt hatte, denn als er sie am Kontor absetzte und sie den Laden betrat, erwartete sie weder Erstaunen noch irgendein Vorwurf. Mette zischte ihr nur kurz zu, dass sie Betty etwas von »leichten Bauchschmerzen, aber nicht so schlimm« erzählt hatte. Die Nachfrage ihrer Mutter kam prompt, aber nicht übermäßig besorgt.

Bis zur Mittagspause musste sie warten, um Mette noch ein bisschen zur Rede zu stellen. Die war aber absolut nicht schuldbewusst und überzeugt, alles richtig gemacht zu haben. Lediglich an einer genaueren Schilderung der gestrigen Nacht war sie brennend interessiert.

»Wie ist er? So gut, wie er aussieht?«

»Besser, Mette!«

»So, so! Und was ist nun mit seiner Hochzeit?«

Leah fasste ihre neuesten Erkenntnisse knapp zusammen.

»Okay, das ist nachvollziehbar. Aber noch wohnen die doch zusammen, oder?«

»Victoria ist dabei, auszuziehen. Heute Nachmittag soll der Möbelwagen Richtung Belgien losrollen. Und heute Abend habe ich das erste Date mit ihm in der Villa«, komplettierte Leah ihre Ausführungen.

»Heißt also, dass ich wieder den Hund hüten soll?«

»Das wäre extrem zauberhaft von dir! Beim ersten Besuch ist es vielleicht keine so gute Idee, Amy mitzunehmen. Passt es dir denn?«

»Kein Problem! Allerdings musst du dich darauf gefasst machen, dass ich nicht allein bin, wenn du … ähm, falls du nach Hause kommst.«

»Micha? Mein Bruder hat mich noch nie gestört!«

Mette druckste ein bisschen herum und Leah sah sie forschend an.

»Nein, nicht Micha! Nick kommt mich besuchen.«

»Na, herzlichen Glückwunsch! Welchen willst du denn jetzt?«

»Wenn ich ganz ehrlich sein soll: Ich weiß es nicht.«

»Schnuckel, du hast ein Luxusproblem! Wenn du reden musst, sag Bescheid. Aber hüte dich, meinem Bruder wehzutun. Versprochen?«

»Ach Leah!«, stöhnte sie, »ganz ehrlich, ich quäle mich gerade fürchterlich mit der Entscheidung. Micha würde nie im Leben seinen Job aufgeben. Das hat er mehr als deutlich gemacht. Und ich liebe einfach die Sommer am Meer. Was soll ich denn hier mit mir anfangen, wenn er den ganzen Tag nicht da ist? Klar, ich kann mir einen Job suchen, aber es wäre nicht das, was ich möchte. Unser Laden ... was wird aus unserem Laden, wenn wir beide ...?«

Leah bemerkte, dass Mette schon viel weiter in ihren Überlegungen war, als sie selbst. So dicht wollte sie diese aufscheinenden Probleme jetzt aber noch nicht an sich herankommen lassen.

»Ich sehe das jetzt mal ganz praktisch: Überleg dir genau, was du wirklich willst, hör auf dein Herz und lass dir Zeit mit deiner Entscheidung. Ich werde das auch tun und dann müssen wir eben gemeinsam nachdenken, wie wir alles regeln. Und ich verstehe dich ja. Micha *ist* einfach ziemlich umwerfend. Aber du warst himmelhochjauchzend verliebt in Nick, dann hast du ihn ein paar Wochen lang nicht gesehen: ›Aus den Augen, aus dem Sinn‹? Guck halt, was dein Bauch nachher sagt, wenn er kommt.«

Mette nickte gequält.

Betty kam ins Büro und unterbrach die Unterredung. »Leah, du strahlst ja so! Geht es dir wieder gut?!«

»Ja, Mama, es geht mir gut. Genau genommen ging es mir nie besser.«

»Na, dann hoffe ich ja, bei Gelegenheit zu erfahren, wer für deine ›Bauchschmerzen‹ verantwortlich war«, lächelte Betty wissend.

»Kannst du sofort erfahren, Ma!«, sagte Leah, die bereit war, die ganze Welt von ihrem Glück in Kenntnis zu setzen. »Es ist Connor Breckwohld!«

Jegliche Farbe wich aus Bettys Wangen und ihre Stimme klang tonlos.

»Nein!«

Ein zweites Mal erlebte sie diese Reaktion ihrer Mutter, der keinerlei Erklärung folgte, die Leah verwirrt und verständnislos zurückließ und ihr den ganzen Tag nicht mehr aus dem Kopf gehen wollte.

* * *

Die Temperaturen waren unter den Gefrierpunkt gefallen und der feuchte Dunst, den die Elbe heraufgeschickt hatte, umhüllte die abendliche Stadt mit feinem Raureif. Leah war froh, dass sie schon die Räder an ihrem Lupo hatte wechseln lassen, denn als sie vom Strandweg auf die stillen Nebenstraßen Blankeneses einbog, stellte sie fest, dass hier noch nicht gestreut worden war.

Abgesehen von den protzigen Botschaftsgebäuden, die eindrucksvoll die Elbchaussee säumten, befanden sich hier die schönsten Villen Hamburgs. Meist verborgen hinter hohen schmiedeeisernen Einzäunungen oder dichten Hecken, lagen sie in teils sehr großen, parkähnlichen Gärten, den neugierigen Blicken der Passanten entzogen.

Leah wusste genau, wo sie hinwollte, und fand, anders als in der Innenstadt, sofort eine Parkmöglichkeit vor dem Grundstück. Sie stellte das Auto ab und ging die paar Schritte zum

Tor. Über eine Gegensprechanlage meldete sie sich bei einer freundlich, aber distanziert wirkenden weiblichen Stimme an, wunderte sich ein wenig, dass sich statt der kleinen Pforte die großen Flügel der Durchfahrt öffneten, und verfluchte im nächsten Moment schon, zu Fuß unterwegs zu sein. Zweifellos hatte man damit gerechnet, sie würde fahren und nicht laufen. Zwischen alten Rhododendren und Kirschlorbeeren, die eine dichte Wand bildeten, musste sie ein ziemliches Stück weit über den knirschenden weißen Kies marschieren, bis sie das Haus erreicht hatte. Kleine Laternen, deren Licht den Reif auf allen Büschen märchenhaft glitzern ließ, markierten den Weg, der sich endlich zu einem weiten Rondell öffnete, in dessen Mitte ein vereister Springbrunnen seinen Winterschlaf hielt. Mehrere Autos standen am Rand vor niedrigen Nebengebäuden, die Leah für Garagen hielt. Ein Kleinlaster, an dem sie ein belgisches Kennzeichen ausmachen konnte, parkte dicht vor dem Haus. Die Fahrerkabine war schwach erleuchtet und sie hörte leises Rumpeln im Inneren des Fahrzeugaufbaus. Leah blieb einen Augenblick stehen und betrachtete die Villa.

Ganz schön beeindruckend! Dass er keine Lust hat, hier auszuziehen, ist nachvollziehbar.

Imposante weiße Säulen trugen das Dach, und eine breite, geschwungene Freitreppe führte auf flachen Steinstufen zur Eingangstür hinauf. Hinter vielen Fenstern brannte Licht, das dem gewaltigen Gemäuer etwas von seiner Protzigkeit nahm und es einladend wirken ließ. Sie stieg die Treppe hinauf und betätigte den Messingknopf der Klingel.

Umgehend öffnete sich die Tür und eine Dame, der sie ohne Weiteres auch den Status der Hausherrin abgenommen hätte, begrüßte sie freundlich, aber reserviert.

»Guten Abend, Sie sind Frau Holst? Sie werden bereits erwartet. Gehen Sie einfach die Treppe hinauf, dann über die Galerie nach links. Die große Flügeltür ist nicht zu verfehlen«, empfahl sie und deutete mit einer Handbewegung nach oben.

Leah stand auf dem schwarz-weißen, diagonal im Schachbrettmuster angeordneten Marmor der Eingangshalle unter einem ausladenden Kristalllüster und fühlte sich etwas erschlagen von ihrer Umgebung. Sie zögerte einen Augenblick.

»Gehen Sie nur, Frau Holst!«, wurde sie, nun etwas leutseliger, aufgefordert.

Vermutlich weiß die Hausdame sehr genau, wie dieser erste Eindruck Gäste umhauen kann.

Leah dankte. Dann gab sie sich einen Ruck und stieg die mit einem kobaltblauen Läufer bedeckten Stufen in den ersten Stock hinauf. An den Wänden hingen Ölgemälde alter Segelschiffe und Bilder stocksteif dastehender Männer und Frauen aus mehreren Epochen.

Vermutlich die Ahnengalerie! Die der Menschen und die der Schiffe.

Zwei der Gemälde schienen jüngeren Datums zu sein, wirkten moderner als die anderen. Eines zeigte einen Mann im Abendanzug, lässig an den Sims eines gewaltigen Kamins gelehnt. Das musste Connors Vater sein! Die Ähnlichkeit war verblüffend. Das andere Bild, das Leahs Aufmerksamkeit besonders erregte, schien von demselben Künstler zu stammen, wies den gleichen Duktus auf. Vor dem Hintergrund eines üppig blühenden Rosengartens war eine Frau abgebildet, die unumwunden als klassische Schönheit zu bezeichnen war. Der Vergleich zu Grace Kelly, der Filmdiva und späteren Fürstin des Zwergstaates Monaco, fiel ihr ein. Ätherisch zart, blond, mit einem Gesicht, das an Ebenmäßigkeit und Ausstrahlung kaum zu übertreffen war, schaute sie den Betrachter selbstbewusst an.

Das kann nur Helen sein! Wie wenig ähnlich doch Connor und Lucy ihrer Mutter sind! Da hat sich der Vater aber in der Vererbung mächtig durchgesetzt.

Verstohlen versuchte sie einen genaueren Blick zu erhaschen, um festzustellen, ob sie die grünen Augen auf einem der Gemälde erkennen konnte. Aber die Beleuchtung reichte nicht aus.

Die Tür, die ihr bezeichnet worden war, lehnte nur an und sie klopfte leise. Keine Reaktion.

Einfach hineingehen?

Leah wartete einen Moment und versuchte es noch einmal, jetzt etwas kräftiger. Nichts rührte sich drinnen und sie drückte den Türflügel entschlossen auf. Was sie sah, ließ sie zunächst erstarren. Connor stand mit dem Rücken zu ihr in einem hell erleuchteten Wohnzimmer und hielt Victoria eng umschlungen. Ihr blonder Kopf lag an seiner Brust. Die beiden waren völlig ineinander versunken. Ein Bild inniger Liebe und Vertrautheit.

Da, wo mein Kopf hingehört! Warum habe ich dämliche Ziege ihm bloß getraut?

Donnernd jagte ihr das Blut durch die Ohren, machte sie taub und einen Augenblick lang unfähig zu reagieren.

Ich werde erwartet? Ich? Vergiss es doch, du blöde Etepetete-Haustante!

Unbändige Wut stieg in ihr hoch.

Nichts wie weg hier! Verscheißern kann ich mich alleine!

Leah drehte auf dem Absatz um und trat die Flucht an. Wie ein gehetztes Tier eilte sie kopflos, mit den Tränen kämpfend, die Stufen hinunter und stolperte direkt einem Mann in die Arme, den sie noch nie gesehen hatte. Er fing sie auf und hielt sie einfach fest.

»Guten Abend! Ich bin Jan van Beuyten«, stellte er sich vor und sah sie forschend an. »Was treibt Sie denn so hurtig aus dem Haus?«

Leah rang nach Worten. Die Situation war einfach surreal.

»Guten Abend, ich bin Leah Holst«, quetschte sie heraus.

»Oh, wie schön, dass ich die Freude habe, Sie noch kennenzulernen! Connor hat viel von Ihnen erzählt«, sagte er und jetzt fiel ihr auf, dass er denselben Akzent hatte wie Victoria.

»Connor steht da oben mit Victoria in heißer Umarmung«, erklärte Leah und ärgerte sich im nächsten Moment über den trotzigen Klang ihrer Stimme.

Jan van Beuyten ließ sie los und sah sie belustigt an.

»Aber Leah! Die beiden haben eine lange Zeit miteinander verbracht«, erklärte er, »und sie sind gute Freunde. Ich bin gekommen, um Vicky abzuholen. Haben Sie nicht gesehen? Mein Laster steht draußen. Wir wollen ihnen doch noch einen kleinen Abschiedsmoment gönnen, oder was meinen Sie?« Er reichte ihr ein Taschentuch und Leah kam sich abgrundtief blöd vor.

Vielleicht sollte ich mir mal verkneifen, immer so impulsiv zu reagieren?

»Sie haben ja recht! Meine gemeinsame Zeit mit Connor ist erst so kurz. Ich glaube, ich sehe noch sehr gerne Gespenster«, schniefte sie lächelnd, nahm seinen angebotenen Arm und ließ sich von ihm wieder die Stufen hinaufführen.

Jan klopfte kurz, trat ohne Umstände ein und klatschte in die Hände.

»Jetzt reicht's, Kinder! Connor, lass meine Frau los, ich bringe dir deine mit!«

Augenblicklich löste sich Victoria und fiel Jan um den Hals, während Connor mit unmissverständlichem Strahlen Leah an sich zog.

»Auf diese Frau musst du aufpassen, Connor«, petzte Jan. »Hattest du nicht erzählt, dass sie dir schon mal abgehauen ist? Sie hat euch gesehen und ich konnte sie gerade noch daran hindern, mit fliegenden Fahnen das Haus zu verlassen.«

»Sie ist ein ziemlich flüchtiges Wild«, grinste Connor und zwinkerte Leah zu. »Ich werde noch etwas brauchen, bis sie mir vertraut. Bin dir knietief dankbar, Jan, dass du mir den nächsten Jagdausflug erspart hast.«

* * *

Victoria ließ Jan los, griff mit einem bezaubernden Lächeln nach Leahs Hand und zog sie mit sich ins Nebenzimmer. Sie standen in Connors Büro. Ein ausladender antiker Schreibtisch, der über und über mit Papieren bedeckt war, beherrschte den Raum, tiefe Ledersessel standen vor einem brennenden Kamin.

»Setz dich, Leah«, sagte Vicky, machte es sich auf einem Fell vor dem Feuer gemütlich und klopfte auf den Boden neben sich. Sie saßen beide im Schneidersitz und Leah spürte, dass es noch etwas Wichtiges zu besprechen gab.

»Ich muss dir noch was sagen, bevor wir fahren. Ich bin so froh darüber, dass du aufgekreuzt bist! Ohne dich hätten wir uns beide in eine Vernunftehe treiben lassen. Es gibt zwar sicherlich Schlimmeres als eine Ehe zwischen zwei guten Freunden, aber so ist es tausendmal schöner!«, begann Victoria und sah sie aus ihren leuchtend blauen Augen aufrichtig an. »Irgendwie hast du uns beide im letzten Moment erlöst. Wir hätten nie den Mumm gehabt, uns zu widersetzen, wenn Connor dich nicht getroffen hätte.«

Leah war überwältigt von Victorias Offenheit und wusste gar nicht recht, was sie erwidern sollte.

Vicky deutete ihr Schweigen offenbar als Sorge über Connors Fähigkeit zur Treue und legte nach: »Und du musst keine Angst haben! Er ist wahnsinnig in dich verliebt und felsenfest davon überzeugt, in dir die Frau seiner Träume gefunden zu haben. Vertrau ihm! Wenn ich nicht Jan lieben würde, wäre er immer meine erste Wahl. Er wird dich nie enttäuschen!«

»Puh«, entfuhr es Leah, »ich danke dir für deine Offenheit. Ich bin ganz geplättet, welch bedeutungsvolle Rolle ich anscheinend für euch beide, oder besser gesagt, für uns alle gespielt habe.«

Vicky nickte heftig. »Ihr kommt zu unserer Hochzeit, ja? Ich möchte, dass ihr unsere Trauzeugen seid!«

So glücklich, wie sie aussah, konnte Leah ihr den Wunsch nicht abschlagen und stimmte sofort zu, obwohl sie die ganze Zeit den Eindruck nicht loswurde, völlig zu Unrecht in eine gewisse Heldenrolle geraten zu sein.

Victorias Umarmung zum Abschied war so herzlich, dass sie fast den Eindruck hatte, sie würden schon lange gute Freundinnen sein. Gemeinsam mit Connor begleitete sie das Paar zum Wagen, winkte ihnen nach und hatte schon ein sehr heimisches Gefühl, als er hinter ihnen die wuchtige Haustür schloss.

* * *

»Jetzt noch mal von vorn!«, sagte Connor mit einem verlegenen Gesichtsausdruck. »Willkommen in meinem Haus! Es tut mir leid, dass es ein so blödes Missverständnis gegeben hat.«

»Wäre ich nicht sozusagen ungebremst in Jan geknallt, hätte es uns wieder ziemlich den Abend versaut, nicht?«, antwortete Leah reumütig.

Er nickte. »Du musst aber auch nicht immer vom Schlimmsten ausgehen! Hast du denn gar kein Vertrauen in die Menschheit?«

»Ach, ich weiß nicht, Connor, das muss ich von meiner Mutter haben. Die traut so schnell auch keinem. Dabei kann ich gar nicht behaupten, bisher wirklich schlechte Erfahrungen gemacht zu haben.«

»Was mich anbelangt, wird das auch so bleiben«, erklärte er überzeugt. »Aber jetzt komm, ich möchte einen Tee für uns machen.«

Er zeigte Leah seine praktisch eingerichtete Küche, die mit den hellen Holzfronten gemütlich und freundlich wirkte. Allerdings sah es nicht so aus, als hätte überhaupt schon irgendwann irgendwer hier auch nur eine einzige Mahlzeit zubereitet. Leah erinnerte sich daran, dass er ihr erzählt hatte, welchen Wert seine Mutter auf seine Anwesenheit am Familientisch legte.

Mit dem fertigen Tee und dem Geschirr auf einem Tablett machten sie es sich in seinem Arbeitszimmer gemütlich. Connor legte Holz nach und tat dasselbe, was Victoria vor einer halben Stunde gemacht hatte. Er ließ sich vor dem Kamin nieder, den Rücken an einen der Ledersessel gelehnt, den dicken Teepott in beiden Händen. Leah setzte sich zu ihm.

»Wozu habt ihr eigentlich Sitzmöbel, wenn hier sowieso immer alle auf dem Fußboden hocken?«

»Ich sitze den ganzen Tag auf irgendwelchen Möbeln! Aber es geht doch nichts über ein gemütliches Plätzchen am Kamin, findest du nicht? Für mich ist es *das* Feierabendgefühl!«

Dieses »Feierabendgefühl« stellte sich auch bei Leah schnell ein. Sie sprachen eine ganze Weile lang nicht, sahen nur den Flammen zu, lehnten sich dicht aneinander und tranken Schluck für Schluck in aller Ruhe ihren Tee.

»Ich finde, es geht uns gut!«, sagte Connor nach einer langen Zeit des Schweigens, nahm ihr die leere Tasse ab und stattdessen ihr Gesicht in beide Hände. Leahs Feierabendgefühl hatte keine Chance gegen die rasch wie ein Sommergewitter aufziehenden Empfindungen. Diese Geste hatte für sie etwas dermaßen Besitzergreifendes, Überwältigendes, dass es ihr völlig den Verstand raubte.

»Connor«, seufzte sie ganz nah an seinem Mund und sah, wie seine grünen Augen unternehmungslustig funkelten, »damit machst du mich immer völlig gaga.«

»Ich weiß!«, grinste er und ihr kam das komische Wort »diabolisch« für diesen ganz speziellen Ausdruck in den Sinn. »Und ich weiß noch was!« Seine Hände glitten ein Stückchen tiefer, legten sich sanft, sehr sanft um ihren Hals. Sie schloss die Augen, denn von diesem Punkt aus, das wusste sie, gab es kein Zurück mehr.

»›Gaga‹ reicht mir nämlich nicht«, raunte er, »willenlos wär mir lieber!«

»Schon passiert!«, keuchte Leah und spürte, wie sie zu zerfließen begann. Er küsste sie so, dass ihr schwindelig wurde, seine Hände streichelten sanft, aber deutlich spürbar ihren Hals. Dann ließ er sie los, reichte ihr die Hand, zog sie vom Boden hoch. Leah schwankte, suchte Halt an ihm. Er hob sie auf die Arme, sie schloss die Augen, versteckte ihr Gesicht an seiner Brust, atmete tief seinen Connor-typischen Duft ein und wollte gar nicht wissen, wohin er sie brachte. Sie schlug die Augen erst wieder auf, nachdem sie auf einem weichen Bett in seinem Schlafzimmer gelandet war, und staunte nicht schlecht, als sie sich umsah. Sie befand sich in einer Kapitänskajüte.

»Die haben wir aus einem alten Segler ausgebaut, als wir ihn verschrotten lassen mussten«, erklärte er knapp, offenkundig nicht bereit, sich mit längeren Erläuterungen zu seiner Einrichtung aufzuhalten. Connors Ansturm hatte Leah sowieso genügend aus dem Gleichgewicht gebracht, dass es ein Leichtes war, sich einzubilden, auf sturmgepeitschter See die rollenden Bewegungen eines alten Seglers nachzufühlen. Ihre Fantasie ging mit ihr durch und versetzte sie zurück in eine wilde Seefahrerromanze des achtzehnten Jahrhunderts.

»Auf der Passage in die Neue Welt von Piraten gekapert! Kostbare Geisel des Kapitäns!«, murmelte Leah und Connor griff grinsend ihre Idee auf.

»Nun, mein Fräulein, Ihr seid mir so wertvoll, dass ich Euch ganz gewiss kein Leid antun werde! Allerdings geruhe ich mich fürderhin zunächst einmal persönlich ausgiebig an Eurem köstlichen Leib zu delektieren, ehe ich Euch eventuell meiner ausgehungerten Mannschaft übergebe!«

»Nein, Sire, ich bitte Euch, nicht der Mannschaft! Ich bin eine Dame von höchstem Stand, das könnt Ihr nicht tun«, entsetzte sich Leah und sah ihn flehend an.

»Es gibt nur einen einzigen Weg, das zu verhindern!«, setzte er entgegen und sah ihr von oben herab in die angstgeweiteten Augen. »Ihr müsstet mir die größte Befriedigung verschaffen, zu der je ein Weib in der Lage war!«

»Ich tue alles, wonach es Euch verlangt, Sire!«, stieß Leah, ganz in ihrer Rolle, hervor.

»Dann nehmt meine Lanze in den Mund und gebt Euch Mühe, sonst ...«, drohte er und öffnete seinen Gürtel. Im Handumdrehen war er aus den Kleidern und hielt kurz inne. »Entkleidet Euch, mein Fräulein!«, befahl er und Leah kam schleunigst der Aufforderung nach. Seine Blicke glitten über ihren Körper, er streckte sich rücklings auf dem Bett aus, packte dabei mit entschlossenem Griff ihr Haar im Nacken und zog ihren Kopf in seinen Schoß. Leah begann ein Spiel mit Lippen und Zunge, das ihn sehr bald leise aufstöhnen ließ. Sie war so gefangen in ihrer bühnenreifen Darbietung, dass ihr tatsächlich Bilder einer ganzen Meute gieriger, sabbernder Freibeuter vor Augen standen, die nur darauf warteten, sich ihrer der Reihe nach zu bemächtigen. Das galt es zu verhindern! Lieber diesen Anführer, der so verführerisch roch, dessen Haut sich so wunderbar warm und glatt anfühlte, zu höchster Lust treiben, sich unentbehrlich und unteilbar machen!

Connors Reaktionen waren überwältigend deutlich. Schnell schmeckte sie die ersten Tropfen der aufsteigenden Erlösung auf der Zunge. Mit einem Ruck entzog er sich, wieder griff er ihr ins Haar, drehte sie auf den Rücken, zwang ihr die Knie auseinander und drang mit einem einzigen Stoß zielsicher in sie ein. Seine Lippen öffneten ihren Mund, seine Zunge eroberte jeden Winkel.

Erst pflichtschuldig, das drohende Entsetzen der vorgegaukelten Auslieferung vor dem inneren Auge, dann mehr und mehr von eigener Lust überflutet, gab sich Leah vollständig hin. Connor tobte sich aus, nahm keinen Deut Rücksicht und spielte seine selbstgewählte Rolle des rauen Piratenkapitäns meisterhaft.

Leah wollte keine Rücksicht, war nur darauf bedacht, ihm widerspruchslos zu Willen zu sein, und steigerte sich in eine schreiende Ekstase. Tief gruben sich ihre Nägel in seine Schultern, während seine schwellende Lust sie noch einmal mehr und vollständig ausfüllte, und sie den aufsteigenden Saft zu spüren meinte. Sein Keuchen mischte sich in ihre Schreie, schwoll an und versiegte endlich. Das Schwanken des Bodens beruhigte sich langsam und Leah tauchte auf.

»Sire?«, fragte sie kleinlaut und wand ihren Kopf unter ihm hervor. »Muss ich mit dem Schlimmsten rechnen?«

»Solch exquisite Beute teile ich nicht! Mein eigenes Vergnügen ist mir da erheblich näher als die Zufriedenheit des Pöbels«, knurrte er. »Ich werde Euch hier sicher verwahren, und wer es wagt, sich Euch zu nähern, geht über die Planke und ist eine Beute der Haie!«

»Danke, Sire!«, antwortete Leah schlicht und konnte sich das Giggeln nicht verkneifen.

»O Leah, du bist wundervoll«, schaltete Connor zurück ins Hier und Jetzt.

»Aye, Käpt'n«, flüsterte sie an seinem Ohr. »Könntest du vielleicht mal von mir runterrollen? Ich krieg gleich keine Luft mehr!«

»Ich hab's zwar grad so bequem, aber na schön, weil du's bist«, grinste er und legte sich neben sie. Auf einen Ellenbogen gestützt, die Hand wie schützend auf ihrem Venushügel, sah er sie an.

»Kleine Fluchten!«, sagte er mit einem nachdenklichen Ausdruck. »Kleine Fluchten können etwas so Wunderbares sein! Dem Alltag entwischen, gemeinsam eine Insel finden, auf der man seiner Fantasie freien Lauf lassen kann! Weißt du, dass es selten ist, einen Menschen zu finden, mit dem das so gelingt?«

»Ich hatte noch nie jemanden, mit dem ich das konnte, Connor. Dabei habe ich so viel Fantasie, so viele Träume, die sich nach Erfüllung sehnen.«

»Ich auch, Leah! Lass uns zusammen versuchen, sie wahr werden zu lassen.«

Er zog sie an den Platz, den sie insgeheim schon als ihren »angestammten« erklärt hatte, bettete ihren Kopf auf seiner Brust. »Kannst du bleiben heute Nacht? Oder musst du dringend nach Hause?«

»Mette, die du ja so wunderschön verzaubert hast, kümmert sich um den Hund. Ich bleibe, wenn du willst!«, schnurrte Leah. »Aber pass auf, dass ich nicht wieder komplett verschlafe. Spätestens um halb sieben ist die Nacht vorbei.«

»Ich muss auch früh in den Hafen. Mein Marterwecker wird um sechs Uhr losdröhnen.«

»Schön, dann kann mich nichts vertreiben. Schlaf gut, Sire!«

8. Dezember 2000

Lang gezogenes Schiffssirenenkreischen riss Leah aus den schönsten Träumen.

»Boah, der Wecker ist auch nicht schlecht!«, stöhnte sie gequält. »Ich habe ja eine Kuh, die mich morgens weckt.«

Connor saß schon auf der Bettkante und streckte sich. Als er sie hörte, drehte er sich um und legte seinen Kopf auf ihren Bauch. »Ich mag nicht, ich möchte viel lieber noch mit dir weiterträumen«, maulte er.

»Was hast du denn geträumt?«

»Ich war mit der allerschärfsten Frau überhaupt auf einem Kaperschiff und habe sie ...«

»Das hast du nicht geträumt«, erwiderte Leah lächelnd und schüttelte den Kopf über die Entdeckung, die sie gerade gemacht hatte.

»Dafür gibt es sogar eindeutige Beweise. Hier, guck mal!« Sacht zeichnete sie vier hauchdünne rote Spuren auf seiner Schulter nach. Connor verdrehte den Hals.

»Ist nicht möglich! Wer war das Miststück, das mich so schwer verletzt hat?«

»Keine Ahnung, hab niemanden gesehen«, lächelte Leah verschmitzt.

»Also, wenn ich die erwische, die kann was erleben!«

»Au ja!«, entfuhr es ihr und sie schlug sich mit gespieltem Schrecken mit der Hand auf den Mund.

»Ach, *du* warst das?«

»Aber nie nicht! Würde mir noch nicht mal im Traum einfallen ... oder doch?«, provozierte sie und Connor drehte die zappelnde, quietschende Leah auf den Bauch und gab ihr einen saftigen Klaps auf den Hintern. »Hübsch!«, befand er. »Wird dich den Tag über dran erinnern, dass du nicht geträumt hast!«

Mit theatralischem Gejaule hielt sie sich den Po, der sich allerdings wirklich ganz schön feurig anfühlte.

* * *

Allerbester Laune erschienen sie frisch geduscht im Frühstückszimmer, wo dienstbare Geister ein kleines Buffet aufgebaut und den Tisch gedeckt hatten. Es war draußen noch stockdunkel und sie waren die Ersten im Raum. Nach dem heißen Tee zu frischen Brötchen mit Ingwermarmelade fühlte sich Leah völlig entspannt und fit für den Tag. Connor drängte zum Aufbruch, und als sie dabei waren, sich in der Halle die Mäntel anzuziehen, öffnete sich eine Tür und eine Dame erschien.

»Guten Morgen, Mama!« Connor betonte den letzten Buchstaben. »Darf ich dir Leah vorstellen?«

In Leahs Kopf ratterten Daten: Sie musste ungefähr Mitte sechzig sein, aber man konnte ihr kein Jahr mehr als allerhöchstens fünfzig ansehen. Noch immer war sie eine auffallende Schönheit, gertenschlank, ohne mager zu sein, sehr aufrecht und diszipliniert in der Haltung. Ihr aschblond gesträhnter Pagenkopf war perfekt frisiert, ein kaum wahrnehmbarer, angenehmer Duft erreichte Leahs sensible Nase. Sie trug ein mintfarbenes Kaschmir-Twinset zu einer wollweißen Hose und auffallend hochhackige helle Pumps.

»Guten Morgen, mein Sohn«, begrüßte sie ihn und hauchte ihm einen Kuss auf die frisch rasierte Wange, ohne Leah aus dem Blick zu lassen. »Guten Morgen, Leah ...!« Fragend und einen Hauch tadelnd sah sie Connor an. »Hat die junge Dame auch einen Nachnamen? Ich kann sie ja schlecht beim Vornamen ansprechen.«

»Entschuldige«, erwiderte Connor höflich, »das ist Leah Holst! Du kennst doch das ›Teekontor Krüger‹ in der Speicherstadt!? Es gehört Leahs Mutter.«

Helen Breckwohld schien einen Augenblick lang zu taumeln und Leah meinte, dieselbe vollkommen unverständliche Reaktion bei ihr zu sehen, wie ihre Mutter sie bei der Nennung des Namens »Breckwohld« gezeigt hatte.

Was geht hier eigentlich vor? Worin liegt die Verbindung? Warum sieht sie mich so merkwürdig an?

Helen hatte sich allerdings sehr viel schneller wieder im Griff, als es bei Betty der Fall gewesen war, und streckte ihr mit einem gewinnenden Lächeln die Hand entgegen. »Es freut mich, Sie kennenzulernen!«

Sie schauspielert! Sie freut sich durchaus nicht!

Connor brach die seltsame Szene hastig ab und wies auf seine Uhr. »Bis heute Abend. Wir müssen uns sputen!«

Leah blieb nur noch, die Hand kurz zum Gruß zu heben, als er sie eilig zur Tür hinausschob.

»Ich fahr dich runter zu deinem Auto«, sagte er, als die Fernbedienung das Garagentor öffnete. Leah stieg in seinen Audi und sah ihn nachdenklich von der Seite an. »Connor, deine Mutter hat auf meinen Namen genauso merkwürdig reagiert wie meine Mutter auf deinen. Irgendwas stimmt da nicht! Außerdem glaube ich, mag sie mich nicht.«

»Ach, denk dir nichts dabei! Meine Mutter ist immer noch ein bisschen knurrig, weil Vicky und ich ihre Traumhochzeit haben platzen lassen«, wiegelte er ab.

»Nein, Connor! Da ist mehr! Aber ich werde das herausfinden. Ich weiß auch schon, durch wen.«

Er nahm ihre Überlegungen nicht ernst und Leah beschloss in diesem Moment, sich einen Termin zu machen, der die quälende Ungewissheit aus der Welt schaffen sollte.

Sie verabredeten sich für den späten Abend.

»Bring dir ein paar Klamotten mit«, schlug Connor vor. »Ich gedenke nicht, so schnell wieder eine Nacht allein in meiner Koje zu verbringen. Und ruf an, wenn du kommst, damit ich dir tragen helfen kann.«

Er wartete, bis sie in ihrem Auto saß. Es war über Nacht wieder wärmer geworden, und der hübsche weihnachtliche Raureif hatte sich in Nebel aufgelöst, der wabernd in den Straßen hing und kaum mehr als eine Sichtweite von zwanzig Metern zuließ. Das Wetter passte! Ungefähr genauso nebulös waren Leahs Ahnungen.

* * *

Sie hatte beschlossen, die Einzige zu fragen, die ihre Mutter weit besser kannte als sie selbst. Ihre Patentante Leah! *Heute Abend würde es prima passen,* überlegte sie, griff zum Handy und rief sie an. Deren Freude über die unerwartete Anmeldung war groß. Sie fragte, wie immer, wenn es zu den seltenen Besuchen kam: »Leah, was möchtest du essen?«, und bekam, ebenfalls wie immer, die Antwort: »Was auch immer du kochen magst! Du weißt, ich esse alles, was du mir vorsetzt!«

In der Mittagspause drehte sie mit Mette und Amy eine kleine Spazierrunde durch die Speicherstadt. Noch immer hatte sich das feuchte Grau des Nebels nicht aufgelöst, die Sonne bekam nicht die Spur einer Chance durchzudringen.

»Wie war's mit Nick?«, wollte Leah dringend wissen und ahnte die Antwort eigentlich schon, denn Mettes Laune war den ganzen Vormittag überschäumend gewesen.

»Ich werde mit Micha reden müssen«, bestätigte sie wie erwartet. »Es hat mich umgehauen, als ich ihn wiedergesehen habe, Leah!«

»Ich habe es gewusst! Aber bitte, halt Micha nicht lange hin, ja? Das hat er nicht verdient.«

»Natürlich nicht!«

»Und ihr hattet die erste richtige Nacht miteinander und du bist glücklich und ganz sicher?«

»Ja!«, strahlte Mette. »Er ist so lieb und so vorsichtig und so wahnsinnig kuschelig!«

»Örgs!«, entfuhr es Leah. »Wahnsinnig kuschelig, genau! So hab ich ihn auch empfunden. Aber wenn du es wahnsinnig kuschelig magst, ist ja alles bestens.«

Mette sah sie forschend von der Seite an. »Du magst es ja nicht so kuschelig, hab ich recht?«

»Nö, ich mag's lieber ein bisschen wüster«, prustete Leah. »Und ich krieg's auch ein bisschen wüster!«

»Jedes Töpfchen find't sein Deckelchen«, flötete Mette albern und sie mussten lachen wie zwei Teenies.

»Da ist nur was ganz Komisches, was ich nicht verstehe ...«, begann Leah, als sie sich wieder eingekriegt hatten. »Meine Mutter, das hast du ja mitbekommen, reagiert total seltsam auf den Namen Breckwohld. Und du wirst es nicht glauben: Als Connor mich heute früh seiner Mutter vorgestellt hat, tat die genauso merkwürdig. Ich habe mich für heute Abend mit meiner Patentante verabredet. Die kennt doch Mutter seit Menschengedenken. Wenn ich schon bei meiner Ma nichts rauskriege, dann wird mir vielleicht Tante Leah helfen können.«

»Da bin ich aber gespannt, was dahintersteckt. Ruf mich an, wenn du was rauskriegst, ja? Du bist danach wieder bei Connor?«

»Würd ich gern, ja! Ich hab die Amy-Frage noch nicht mit ihm geklärt ... könntest du vielleicht noch mal ...?«

»Klar, ich bin doch sowieso zu Hause. Zwei Tage bleibt Nick noch. Eigentlich bin ich ganz dankbar, wenn du uns sturmfreie Bude lässt.«

Völlig einig wanderten sie Arm in Arm zum Kontor zurück.

* * *

Leah besorgte Blumen, denn mit leeren Händen wollte sie nicht kommen. Im Grunde plagte sie sowieso ein schlechtes Gewissen, denn es war ihr durchaus bewusst, dass sie immer nur dann bei ihrer Patentante anrückte, wenn sie Kummer hatte. Den dick eingewickelten Orchideentopf im Arm ging sie durch den düsteren Dezemberabend und hatte noch ein paar Augenblicke Zeit, um ihre Gedanken zu sortieren.

Michael, kam ihr in den Sinn, hatte immer ein sehr enges Verhältnis zur Tante gehabt, denn sie hatte ihn ihrer Mutter Betty in den arbeitsreichen Jahren nach dem Tod seines Vaters häufig abgenommen. Als sie selbst geboren wurde, hatten sich die Verhältnisse längst entspannt. Die Freundschaft der beiden Frauen war zwar nie auseinandergebrochen, aber sie gingen doch ihre eigenen Wege, waren nicht mehr aufeinander angewiesen.

Aufgewachsen in Bettys Familie, die sich seit der Internierung ihrer nicht mehr wiederkehrenden Eltern immer für sie verantwortlich gefühlt hatten, studierte sie nach einem guten Schulabschluss und bekam in Hamburg eine Stelle an einem Gymnasium. Leah »genoss« sie als Deutschlehrerin. So »hart, aber gerecht« sie im Unterricht auch mit ihr umging, um ja nie den Eindruck von Bevorzugung entstehen zu lassen, so liebevoll und nachsichtig war sie im privaten Bereich. Eigene Kinder hatte sie zu ihrem Bedauern nie gehabt, war nicht verheiratet gewesen. Mittlerweile genoss sie ihre Pension und bewohnte die erste Etage eines schönen Gründerzeithauses in einer ruhigen, gepflegten Seitenstraßen Eppendorfs.

Dass sie bei ihrer Geburt dabei gewesen war, wusste Leah. Ganz sicher war sie eine der ersten Personen gewesen, die sie gesehen hatte, als sie das Licht der Welt erblickte. Aber diese Tatsache fand sie nebensächlich. Es gab schon immer ein unsichtbares Band zwischen ihnen, von dem Leah manchmal den Eindruck hatte, dass es sogar besser hielt als das zwischen Mutter und Tochter. Ihre Tante nämlich musste sich offensichtlich, anders als Betty, niemals irgendwie beweisen, dass es ein gutes Verhältnis zwischen ihnen gab. Bei ihr konnte Leah offen und ungebremst reden, ihr Herz ausschütten, ohne Angst vor Be- oder Verurteilung haben zu müssen. Sie waren mittlerweile beide erwachsene Frauen, die sich nicht nur gut vertrugen, sondern gegenseitig schätzten, auf gleicher Augenhöhe miteinander umgingen und sich vorbehaltlos liebten.

Sie öffnete das Törchen des kleinen Vorgartens und klingelte. Sofort ertönte der Summer, die Haustür schnappte auf. Die Begrüßung war so herzlich und unverkrampft wie immer. Die weiße Orchidee traf genau den Geschmack der Tante. Sie passte in ihrer schlichten Schönheit zur sparsamen Möblierung der Wohnung. Mit buchstäblich nichts hatte sie angefangen, sich nach und nach eine eigene Identität aufzubauen. Hier und da ergatterte sie während ihrer Studienzeit günstig ein ausgedientes Jugendstil-Möbelstück, das der neuen Sachlichkeit von Nierentischen und typisch geradliniger Sechzigerjahre-Wohnkultur hatte weichen müssen. Im Laufe der Zeit gelang es ihr später, mit ihrem nicht allzu üppigen Lehrerinnengehalt ein wenig an die Ausstattung ihres wohlhabenden Elternhauses anzuknüpfen, von der nichts übrig geblieben war. Kein Foto, keine Erinnerungsstücke, kein einziges Spielzeug. *Sie war,* dachte Leah, *wie so viele, ein Kind ohne Vergangenheit.*

Der Duft eines ihrer Lieblingsgerichte zog Leah in die Nase.

»Oh, lecker! Du hast Königsberger Klopse gemacht!«

»Ja, Liebes, ich weiß doch, wie gern du die isst!«

»Die kann auch keiner so wie du!«

»Dann geh schon mal ins Esszimmer, setz dich hin und lauf mir nicht vor den Füßen rum.«

Leah setzte sich an den gedeckten Tisch und ließ sich ungeniert bedienen. Sie sprachen während des Essens über Gott und die Welt, tauschten Neuigkeiten aus, wurden langsam wieder ganz warm miteinander.

Beim Nachtisch wurde Tante Leah ernst: »Jetzt erzähl mir, was dich hertreibt!«

Ohne ein Blatt vor den Mund zu nehmen, berichtete Leah über die vergangenen Wochen, ihre Verliebtheit, sparte die morgendliche Begegnung mit Helen Breckwohld bewusst aus und setzte erst ans Ende ihrer Erzählung Bettys rätselhaft erscheinende Reaktion.

Genau diese irritierende Reaktion bekam sie nun zum dritten Mal präsentiert.

»Bitte sag mir jetzt nicht, dass ich auch von dir nichts erfahren werde!«

Das beunruhigend tiefe Durchatmen der Tante ließ ihre Hoffnung auf Erklärungen sinken. Eine ganze Weile starrte die Patentante in die halbleere Terrine, die noch zwischen ihnen auf dem Tisch stand.

»Betty wird mich umbringen, wenn ich es dir erzähle«, zögerte sie.

»Meine Mutter muss ja nichts davon erfahren, dass ich dich gefragt habe«, wandte Leah schnell ein, denn sie merkte, dass sie kurz vor dem Ziel war.

»Komm, lass uns ins Wohnzimmer gehen«, seufzte Tante Leah und war offenkundig bereit, sie aufzuklären. Aus ihrem Sekretär nahm sie ein dickes, großformatiges Fotoalbum und legte es stumm auf den niedrigen Couchtisch.

Leah begann, darin zu blättern. Die Bilder stammten alle aus den Sechzigerjahren und zeigten drei junge Frauen. Schiffschaukelselig auf dem Hamburger Dom, bei Silvesterbällen mit Hütchen und Luftschlangen um den Hals, beim Skilaufen und Segeln, beim Schwimmen in ziemlich keuschen Badeanzügen. Hübsch waren sie. Alle drei. Sie lachten auf den Fotos, hielten sich im Arm, wirkten unzertrennlich. Offensichtlich drei ganz dicke Freundinnen. Sie erkannte ihre Mutter, erkannte Tante Leah und wie ein Blitz traf sie die Erkenntnis, wer die dritte Frau sein musste.

Die Hamburger Grace Kelly!

Leah hielt den Kopf gesenkt, um sich nicht anmerken zu lassen, wie sehr sie diese Entdeckung aus der Fassung brachte, und blätterte wortlos weiter, sorgsam bemüht, das dünne Pergament zwischen den Albumseiten nicht einzureißen.

Die Bilder schienen chronologisch geordnet zu sein. Auf späteren Fotos kamen Männer dazu. Einen identifizierte sie sofort als ihren Vater. Den anderen kannte sie nicht, aber es konnte durchaus der Mann sein, dessen Porträt sie in der Breckwohld'schen Ahnengalerie gesehen hatte. Er war groß, dunkelhaarig und seine Haltung hatte Ähnlichkeit, verflixte Ähnlichkeit mit Connors.

Auf den letzten Seiten des Albums waren Abbildungen eingeklebt, die alle dieselbe Frau zeigten. Die Fotos waren hoch professionell gemacht, teilweise aus Modezeitschriften ausgeschnitten. Auf dem letzten Blatt prangte das Titelbild einer »Vogue« aus dem Jahr 1965.

Was für eine Schönheit!

»Wer ist das, Tante Leah?« Sie wollte die Bestätigung hören und mehr erfahren, als den puren Namen, von dem sie jetzt sicher war, ihn zu kennen.

»Das, mein Schatz, sind Bilder aus unserer schönsten Zeit! Wir drei waren eine Art weibliche Musketiere. Alles haben wir zusammen gemacht. Wir waren so eng miteinander befreundet, dass wir dachten, nichts würde uns trennen können.«

Nein, bitte! Bloß nicht in Allgemeinplätze abgleiten. Ich will, dass sie es ausspricht! Ich versuche es noch mal direkt!

»Und dieses Model? Wer ist sie?«

»Das ist Helen Breckwohld!«

Bingo! Jetzt nur nicht durchblicken lassen, dass ich sie erkannt habe, sonst macht Leah noch dicht und erzählt mir nichts mehr.

Leah bemühte sich um einen Blick, der möglichst höflich interessiert rüberkommen sollte, versuchte, ihre Aufregung und das brennende Interesse zu unterdrücken. Offenbar gelang ihr das, denn die Tante fuhr im arglosen Plauderton fort.

»Arndt hat sie aus Paris mitgebracht. Das muss so um ’65 gewesen sein. Dein Vater und er saßen damals beide in der Hamburger Bürgerschaft. Sie waren gute Freunde. Helen verstand kein Wort Deutsch und deine Mutter und ich haben sie in die Schule genommen.«

»Da war sie bei dir ja genau richtig«, lachte Leah. »Warst du mit ihr auch so unerbittlich, wie mit mir?«

»Nein, es war eher so eine Art ›learning by doing‹. Wir haben sie einfach in unsere Mitte genommen und in unserer Freizeit alles Alltägliche mit ihr gemeinsam gemacht. Sie lernte schnell und war sehr ehrgeizig. Das ist sie übrigens schon immer gewesen, denn sie stammte aus den englischen Kohlerevieren und ist in wirklich armen Verhältnissen aufgewachsen. Das Einzige, was sie hatte, war ihre Schönheit. Und die hat sie genutzt, hat gearbeitet wie ein Pferd, sich hochgekämpft, bis sie bei Chanel laufen durfte. Und dort hat Arndt sie abgefischt, nach Hamburg gebracht und geheiratet.«

»Das erklärt aber nun schon gar nicht, warum Mama so allergisch auf den Namen Breckwohld reagiert!«

»Nein, das tut es nicht«, stimmte Tante Leah zu, stand auf, brachte eine Flasche Rotwein, zwei Gläser und schenkte ein.

Nun wird es endlich spannend! Wenn sie so weit ist, erfahre ich endlich alles, was ich wissen will!

»Trink!«

»Ach du Schande, kann ich den Rest nur im Suff ertragen?«

»Na ja, es schadet sicher nicht«, schmunzelte Tante Leah. »Aber ich sage dir: Verrätst du deiner Mutter, was ich dir jetzt erzähle, dann frikassier ich dich!«

»Niemals! Ich schwöre!«

»Gut. Also die beiden heirateten und es dauerte allerhöchstens sieben Monate, bis Arndt Junior zur Welt kam. Damals sah man das noch nicht so locker wie heute, man sagte tatsächlich ›Sieben-Monats-Kind‹.«

Leah lächelte über diese antiquierte Einstellung. »Und dann?«

»Alles blieb, wie es war, wir sportelten wie die Weltmeister, um Helen zu helfen, ihre Modelfigur nach der Geburt wiederzugewinnen. Immer gemeinsam, immer absolut dicke miteinander. Ach, Leah, es war so eine wunderschöne Zeit ...« Sie brach ab und wischte sich verstohlen eine Träne aus dem Augenwinkel.

»Wenn ihr so eine eingeschworene Truppe wart, muss doch etwas Gravierendes passiert sein! Was hat euch denn auseinander dividiert?«

Die Tante schwieg einen Augenblick, schien ganz in die längst vergangenen Zeiten abgetaucht zu sein. Leah ließ ihr Zeit, sich zu sammeln, meinte dunkle Wolken hinter den feinen Falten ihrer Stirn aufziehen zu sehen. Sie wollte um keinen Preis stören, wagte kaum, richtig durchzuatmen, wartete, hoffte und spürte, wie sich ihre Nackenmuskulatur schmerzhaft zu verspannen begann. Nach einer gefühlten Ewigkeit fuhr die Patentante endlich fort:

»Es muss ’69 gewesen sein. Helen war wieder schwanger. Hochschwanger! Es war wirklich nur ein paar Tage vor Lucys Geburt. Es ging ihr nicht gut in dieser Schwangerschaft und wir hatten alle ein bisschen Angst um sie. Sie vertrug es nicht mehr, lange zu stehen, neigte zu kleinen Ohnmachtsanfällen und schimpfte immer auf Englisch: ›It’s enough! I want it out!‹. Trotzdem nahm sie die ganzen Zipperlein mit viel Humor und Disziplin. Diszipliniertheit war sowieso eine ihrer herausragendsten Eigenschaften. Und die erwartete sie auch von ihrem Umfeld.«

Leah hörte gespannt zu, erkannte die Übereinstimmung mit dem, was ihr Connor über seine Mutter erzählt hatte, und unterbrach sie nicht.

»Eines Tages stand die wichtigste Veranstaltung des Jahres für die Reederei an. Ein nagelneues Containerschiff sollte getauft werden. Und die gerade fertig gewordene Segelyacht. Die war extra in den Hafen gebracht worden, lag klein und hübsch neben dem großen Pott. Deine Mutter und ich halfen Helen, sich zurechtzumachen. Als es beinahe Zeit war zu gehen, setzten erste Wehen ein. Es war klar: unmöglich, jetzt an Arndts Seite Schiffe taufen zu gehen. Sie traf eine pragmatische Entscheidung, bat deine Mutter, einzuspringen und ihre Rolle zu übernehmen. Betty konnte so was aus dem Stegreif. Sie war Geschäftsfrau, elegant, selbstsicher und auf diesem Parkett zu Hause.«

»Ja, Mama an der Seite von Connors Vater kann ich mir gut vorstellen«, sagte Leah träumerisch. Sie merkte, wie ihre Tante sie kritisch von der Seite ansah, und konzentrierte sich wieder. »Wie ging es weiter?«

»Dann passierte das Unglück, das uns drei auseinander riss. Wie gesagt, die Taufe war eine Wahnsinnssache. Der ganze Hafen voller Presse, Honoratioren, Blasmusik, Shanty-Chor, na, eben alles, was dazugehört. Betty machte ihre Sache dem Vernehmen nach vorzüglich. Ich war bei Helen geblieben. Die Wehen beruhigten sich wieder, es waren wohl nur Senkwehen gewesen, denn Lucy kam erst fast eine Woche nach der Schiffstaufe zur Welt. Alles schien in Ordnung, bis sie mich zwei Tage später anrief und bat, schnellstens zu kommen. Ich fuhr in einem halsbrecherischen Tempo zu ihr, denn ich nahm an, sie bräuchte mich als Beistand zur Geburt. Als ich ankam, lag sie ausgestreckt auf der Chaiselongue im Salon und hielt mir wortlos einen Umschlag mit Fotos hin.«

»Was waren das für Fotos?«

»Sie zeigten Arndt Breckwohld in halbwegs eindeutiger Pose, deine Mutter im Arm, vor der ›Helen‹.«

»Nein!«

Leah spürte, wie sie blass wurde. Es fühlte sich an, als würde sämtliches Blut aus dem Kopf in tiefere Körperregionen absacken.

Ist es möglich, dass meine Mutter, meine aufrechte, anständige, über jeden moralischen Zweifel erhabene Mutter auf Connors Vater genauso reagiert hat wie ich auf den Sohn?

»Doch, Leah. Für Helen bestand kein Zweifel, dass Betty, die sie für die Zuverlässigste unter der Sonne gehalten hatte, die sie liebte wie eine Schwester, die Situation ausgenutzt und sie mit ihrem Mann hintergangen hat.«

»Das kann nicht sein! Wer zum Teufel hat ihr die Bilder denn geschickt?«

»Das ist nie rausgekommen. Da waren so viele Fotografen, einer muss wohl geblieben sein, als das große Tohuwabohu schon vorbei war. Und wenn ich mich recht erinnere, hatte Helen lange etwas von der Sache, weil der Fotograf drohte, die Bilder zu veröffentlichen. Damals wäre das ein Skandal gewesen. Also zahlte sie. Und der Typ kam immer wieder mit neuen Forderungen.«

»Und glaubst du, dass Mutter Helen *und* meinen Vater wirklich betrogen hat? Meine Eltern haben sich geliebt! Niemals hätte sie meinen wunderbaren Vater betrogen. Niemals!«

»Ich weiß es bis heute nicht mit Gewissheit, Leah. Ich konnte weder irgendetwas aus Betty herausbekommen noch Helen beruhigen. Die beiden haben niemals wieder ein Wort miteinander geredet. Jedenfalls war die schöne Zeit vorbei und Helen machte auch um mich einen immer größeren Bogen. Ich war ihr zwar eine gute Freundin in diesen Tagen, aber erstens hatte ich mit angesehen, was für sie die größte denkbare Niederlage und Enttäuschung darstellte, und das war ihr sichtlich peinlich. Zweitens hätte ich meine Nähe zu Betty um nichts in der Welt aufgegeben. Ohne deine Mutter wäre ich genauso umgekommen wie meine Eltern. Und ich bin ihr unendlich dankbar. Ich saß zwischen zwei Stühlen und entschied mich gegen Helen.«

»Weißt du, was ich nicht verstehe?«, fragte Leah nachdenklich, »Helen war doch die Betrogene! Warum hat sie ihren Mann nicht zur Rede gestellt?«

»Das ist eine Sache, die man aus heutiger Sicht bestimmt anders beurteilt, als damals. Zum einen hängt es sicherlich damit zusammen, dass man solche Dinge früher vielleicht eher totgeschwiegen hat, als heute. Zum anderen hat das mit Helens Biografie zu tun. Sie wusste, aus welchen Verhältnissen sie kam, und sie wusste, dass ihr größtes Kapital ihre Schönheit war und Schönheit eben vergänglich ist. Um keinen Preis wollte sie ihre Position an Arndts Seite gefährden. Vergiss nicht, sie bekam gerade das zweite Kind!«

»Also hat sie es einfach runtergeschluckt und wollte keinen Staub aufwirbeln.«

»Genau!«

»Immerhin sind die Breckwohlds heute noch zusammen. Aber weißt du, was mir gerade einfällt? Connor hat mir erzählt, er sei ein ›Versöhnungskind‹. So ganz ohne Staub wird es zwischen den beiden also auch nicht abgegangen sein.«

»Keine Ahnung! Ich hatte nach diesen traurigen Tagen nie wieder Kontakt zu Helen. Das Verhältnis deiner Eltern hat es aber nie getrübt. Ich schätze, Betty wird es Richard nicht erzählt haben.«

Leah hatte ihren Vater vor Augen. Den Mann, der sie auf Händen durch ihre Kindheit und Jugend getragen hatte, den sie noch heute bei allem, was sie tat, bei jeder Entscheidung, die sie treffen musste, an ihrer Seite fühlte. In schneller Folge huschten Sequenzen der vergangenen Jahre vor ihrem inneren Auge vorbei. Sie versuchte, sie festzuhalten, genauer zu betrachten, auf Falsch und Richtig zu überprüfen. War irgendwo ein Knirschen im Getriebe gewesen, eine Spur von Unehrlichkeit, ein verschwiegenes Geheimnis? Nein, Leahs Erinnerungen waren lupenrein und unbefleckt. Und doch: Alles deutete darauf hin, dass auch ihre Mutter dem unwiderstehlichen Breckwohld-Charme erlegen war.

Wie sehr bin ich Mutter? Sagt sie nicht immer, ich wäre meinem Vater so ähnlich? Wie sehr bin ich Vater?

Die letzten Gedanken elektrisierten Leah und die Fratze einer furchtbaren Idee hob plötzlich ihr hässlich grinsendes Gesicht aus dem Staub der Vergangenheit.

O nein, bitte nicht! Geh weg! Zerstör mir nicht alles, was ich je geglaubt habe, du Biest! Nicht nur das! Du willst mir auch die Zukunft zerschlagen.

Sie presste die Hände vors Gesicht und fühlte, wie hilflose Tränen des Entsetzens über ihre Wangen rollten. Ihre Tante war sofort bei ihr.

»Was ist, Kind? Beruhige dich!«

»Ich kann mich nicht beruhigen, Tante Leah! Siehst du nicht, was es bedeuten könnte, wenn Mutter tatsächlich mit Breckwohld ...? Ich habe eine schreckliche Ahnung. Kannst du dich erinnern, wann genau das alles passiert ist?«

Tante Leah erstarrte. Sie hatte offenbar begriffen. Hatte erfasst, was sich in Leahs Kopf abspielte, hatte verstanden, dass diese alte Geschichte in die Gegenwart zu reichen schien und etwas Wunderbares zu zerstören drohte, was gerade erst begonnen hatte.

»Warte mal, das finden wir raus«, sagte sie, streichelte sanft Leahs Schultern, stand auf und holte ein Bündel zusammengeschnürter Zeitungsausschnitte aus dem Sekretär.

»Hier muss etwas dabei sein. Lass uns mal suchen«, sagte sie und breitete die vergilbten Schnipsel auf dem Couchtisch aus. Durch einen Schleier von Tränen sah Leah ihr dabei zu, wie sie Blatt um Blatt beiseitelegte, sortierte, suchte und schließlich einen halbseitigen Artikel herauszog. Er war mit Fotos gespickt und trug das Datum des 15. Mai 1969.

Die beiden Frauen sahen sich an und jede schien von der anderen zu wissen, was in deren Kopf vorging. Leah brach das sprachlose Entsetzen: »Ich bin am 12. Februar 1970 geboren! Wenn Mama tatsächlich mit Arndt Breckwohld ... dann könnte Connor mein ...« Sie brach ab und spürte, wie eine vernichtend rote Wolke um ihren Kopf zu schwirren begann. Sternchen tanzten vor ihren Augen und eine unsichtbare Macht schien sie auf den Boden zwingen zu wollen.

* * *

»Leah! Komm zu dir!«, brüllte ihre Patentante und klatschte ihr mit der flachen Hand auf die Wangen. Ein scharfer Geruch biss ihr in die Nasenschleimhäute und sie schreckte hoch.

»Es tut mir leid, ich hatte nur noch eine alte Flasche Essig im Haus. Aber ich sehe, das hilft auch. Hätte ich gar nicht gedacht«, lächelte Tante Leah, die neben ihr auf dem Fußboden kniete. »Du scheinst deinen Connor zu lieben, meine Kleine!« Sanft tätschelte sie ihr die Wange. Langsam kam Leah richtig zu sich, blieb noch eine Weile liegen, den Kopf im Schoß der Tante, bis die schließlich sagte: »Los, steh auf! Wir sind zwei erwachsene Frauen und werden jetzt anfangen, ganz vernünftig nachzudenken!«

Mit wackeligen Knien ließ sie sich auf die Couch schieben, trank ein paar Schlucke aus dem hingehaltenen Wasserglas und fühlte, wie ihr Kopf langsam wieder klar wurde.

Die erste Frage ihrer Patentante: »Ihr habt ein Kondom benutzt?«, empfand sie zwar als pragmatisch und wichtig, jedoch den wirklichen Sorgen, die sie quälten, absolut nicht angemessen. Leah ging es um die Liebe, die durch diese Entdeckung vielleicht unmöglich geworden war, um die Zukunft! Entsprechend abweisend antwortete sie: »Nein, ich nehme die Pille.«

Die Tante schüttelte erstaunt den Kopf. »Vor AIDS hast du keine Angst?«

»Nein … ja … mein letzter Test war okay … ach, ich weiß gerade gar nichts mehr, wir haben nicht drüber gesprochen … das ist doch jetzt völlig unwichtig!«, jammerte Leah.

»Das ist überhaupt nicht unwichtig! Ihr seid heute noch genauso dämlich wie wir damals!«, schimpfte die Tante. »Wenn die Hormone verrücktspielen, schaltet ihr den Kopf aus.«

»Wenn's das nur wäre! Was aber, wenn wir Geschwister sind?«

»Das wäre blöd, aber nicht lebensgefährlich!«

»Das wäre blöd? Das wäre eine Katastrophe! Wie kann man nur so hundertprozentig praktisch denken?«, ereiferte sich Leah empört und fühlte die nächste Ohnmachtswelle nahen. Sie kam nicht, denn ihre Tante merkte, was sich schon wieder anbahnte, und nahm sie fest in die Arme. Leah weinte sich an ihrer Brust aus. Aus dem Augenwinkel erkannte sie die fein gearbeitete Gemme aus Elfenbein und Gold, die ihre Tante schon um den Hals getragen hatte, als sie noch ein kleines Mädchen gewesen war. Das Schmuckstück pikste ihr ein bisschen in die Nase und unter Tränen musste sie lächeln. Diese Position, dieses kleine Piksen kannte sie schon aus Kindertagen, und immer, wenn sie sich ausgeweint hatte, war irgendwie am Ende alles gut gewesen. Dieser Gedanke beruhigte sie nach und nach, bis keine Tränen mehr kamen und die Vernunft wieder die Oberhand gewann.

»Was tu ich jetzt?«

»Sag mal, Schätzchen, hat es dir gerade deinen hübschen Kopf völlig durchgerüttelt? Das muss schleunigst geklärt werden. Dafür gibt es Gentests!«

Leah nickte, noch immer wie betäubt. »Ich muss mit Connor reden!«

»Und zwar zackig!«

Mit zitternden Händen zog Leah ihr Handy aus der Tasche und rief ihn an. Er nahm sofort ab. Ahnungslos, erfreut, bester Laune.

»Connor, ich muss etwas mit dir besprechen ...«, begann sie zögernd, »ich ... also, ich habe herausgefunden, dass dein Vater und meine Mutter möglicherweise mal ein Verhältnis miteinander gehabt haben!«

»Donnerwetter!«

»Damit nicht genug, Connor! Sie hatten was miteinander ziemlich genau neun Monate vor meiner Geburt! Verstehst du, was das bedeuten könnte?«

Einen Augenblick war Stille am anderen Ende der Leitung.

»Connor? Bist du noch da?«

»Ich rufe dich in ein paar Minuten zurück. Da kann am schnellsten Lucy helfen.«

Seine Stimme klang nicht aufgescheucht, nicht beunruhigt. Sie klang, wie die Stimme eines Mannes, der sich nicht von Ahnungen verrückt machen ließ und wusste, wie man Probleme löste.

Leah dagegen saß auf heißen Kohlen. Nervös rang sie die Hände und biss sich fortwährend in die Unterlippe, bis ihre Tante sie darauf aufmerksam machte, dass es bald Blut geben würde, was doch heutzutage für DNA-Überprüfungen gar nicht mehr nötig wäre. Sie entlockte ihr damit immerhin ein kleines, aber sehr verzweifeltes Lachen. Es war keine Viertelstunde vergangen, als er sich wieder meldete.

»Kannst du fahren? Wenn ja, komm her. Lucy wird gleich hier sein. Wenn nicht: Wo soll ich dich abholen?«

»Ich kann fahren!« Leah wunderte sich, wie bestimmt das klang.

»Gut, bis gleich. Reg dich nicht auf, wir klären das!«

Leah legte auf und atmete tief durch. »Ich muss gehen. Connors Schwester ist Pathologin. Sie wird uns beide testen.«

»Dann klär die andere Frage auch gleich mit«, bekam sie noch mit auf den Weg und verabschiedete sich mit einer dankbaren Umarmung.

»Du gibst mir Bescheid, ja? Und du fährst vorsichtig, hörst du!«

»Versprochen!«

* * *

Leah merkte, dass Connors Frage nach ihrer Fahrtüchtigkeit nicht ganz unberechtigt gewesen war. Nachdem sie zum zweiten Mal beinahe jemandem die Vorfahrt genommen und das durchdringende Hupen sie endgültig aus ihren Gedanken gerissen hatte, konzentrierte sie sich stur auf den Verkehr. Trotz der Kälte fuhr sie das Fenster ganz herunter und ließ sich die feuchtkalte Luft ins Gesicht wehen. Sie spürte nicht den unangenehmen Luftzug, sie fühlte nur eine schreckliche Angst, es könnte wirklich so sein, wie sie befürchtete. Was dann?

Mach dir darüber Gedanken, wenn es wirklich zutrifft! Pass jetzt auf dich auf, sonst ist es gleich aus mit dir! Und dann ist es auch egal, mahnte sie sich ständig.

Leah atmete auf, als sie aus dem dicksten Verkehr heraus war und das Villenviertel erreicht hatte. Heute fuhr sie direkt vor die Einfahrt, stieg kurz aus, um sich anzumelden und lenkte den Wagen vors Haus. Connor empfing sie schon auf der Treppe. Sein Blick war besorgt.

»Ich hätte dich nicht allein fahren lassen dürfen! Du siehst nicht gut aus. Das war unverantwortlich!«

»Ich bin hier, Connor«, lächelte sie matt und folgte ihm an seiner Hand in den ersten Stock hinauf.

Lucy stand am Schreibtisch und schwenkte zwei Untersuchungsröhrchen.

»Bitte einmal Spucke von jedem. Dem alten Teufel hab ich schon ein goldenes Haar ausgerupft«, sagte sie grinsend und Leah fand, dass sie zu wenig ernsthaft wirkte.

»Lucy, wie kannst du damit so lässig umgehen? Ich habe solche Angst!«

»Wovor hast du Angst? Es geht hier nicht um Leben und Tod, Süße! Ich lasse eure Proben schleunigst durchlaufen und dann wissen wir in Kürze Bescheid. Solange ihr als Brüderchen und Schwesterchen kein Baby angesetzt habt, kann doch nichts passieren. Und wenn: Dann müssen wir eben handeln.«

»Wie kann man nur so pragmatisch sein?«, staunte Leah kopfschüttelnd, obwohl ihr Lucys Art guttat.

»Eins kann ich dir jedenfalls schon mal vorweg sagen, Leah: Wenn wir drei Geschwister sind, fress' ich meinen Seziertisch! Ich habe noch kein Kind meines Vaters gesehen, das keine grünen Augen hat.«

»Dann hoffe ich, dass ich nicht das erste bin«, gab Leah schon etwas lockerer zurück.

Lucy zog sich ihre Jacke über, steckte die beiden Röhrchen in die Tasche und witzelte: »Ich tu jetzt was für euren Seelenfrieden und meld' mich, wenn ich was weiß. Seid hübsch artig inzwischen, okay?!«

»Wie lange brauchst du?«, fragte Connor.

»Du wirst es aushalten, mein Lieber!«, sagte Lucy nur und verschwand mit einem vielsagenden Gesichtsausdruck.

»Die Sünden unserer Väter! Verdammt, ist das eine bescheuerte Situation!«, schimpfte Connor. »Komm, lass uns Tee machen.«

* * *

Nah beieinander, aber mit einer doch spürbaren, beklemmenden Distanziertheit saßen sie wenig später zusammen vor dem Kamin und starrten ins Feuer. Leah durchbrach als Erste die Barriere, die sich zwischen sie geschoben hatte.

»Weißt du, was ich am bekloppttesten finde? Unsere Mütter waren mal die besten Freundinnen. Und sie haben dreißig Jahre lang kein Wort mehr miteinander gesprochen. Sie haben es beide geahnt, was sein könnte, und haben bloß stumm wie die Karpfen entsetzte Gesichter gemacht. Was glaubst du? Wie lange hätten sie uns noch im Unklaren gelassen, wenn ich nicht bei meiner Tante nachgehakt hätte?«

»Ich weiß es nicht! Allerdings verstehe ich endlich die kleinen spitzen Bemerkungen meiner Mutter, die ich seit meiner Kindheit immer wieder über meinen Vater gehört habe. Sie haben sich das Leben verdammt schwer gemacht, wenn sie das Thema nie wirklich angesprochen haben.«

»Sie mussten es ja nie ausdiskutieren! Zumindest nicht, bis sie Wind von uns bekommen haben. Was mich vor allem schockiert, ist eben, dass sie jetzt immer noch keinen Ton gesagt haben. Da war ja selbst Claas auskunftsfreudiger. Der hat uns immerhin beide gewarnt. Hast du eine Ahnung, wie er da mit drinhängt?«

»Nicht die geringste! Solange ich ihn kenne, ist er Hafenmeister auf der Insel.«

Leah hatte das Gefühl, vor einem Puzzle zu stehen, das sie einfach nicht zusammensetzen konnte, weil ihr das fertige Bild fehlte. Stumm starrte sie in die Flammen und versuchte, allein die Antwort auf die Frage zu finden, die in ihrem Kopf kreiste. Es gelang ihr nicht und sie sprach sie aus: »Sie hätten uns einfach ins Unglück rennen lassen, ohne was dagegen zu tun?«

Connor schien sich dieselben Gedanken gemacht zu haben, denn seine Antwort folgte prompt:

»Nur deine Mutter und mein Vater können wirklich wissen, was damals geschehen ist, Leah. Und wenn deine Mutter selbst jetzt, in Kenntnis der Tatsache, dass du mit mir zusammen bist, nichts sagt, dann spricht das dafür, dass nichts passiert ist!«

»Das klingt logisch! Aber wenn das so ist, kommt sie mir nicht ungeschoren davon, das sag ich dir!«, erklärte Leah entschlossen. »Du hättest die Fotos sehen sollen. Die drei Grazien waren ein eingeschworenes Team. Wie bescheuert kann man sein, wie wenig Vertrauen in die Menschheit kann man haben?«

Connor drehte sich zu ihr um. »Woher, sagtest du doch gleich, kommt dieser Mangel an Vertrauen? Von deiner Mutter, wenn ich mich recht entsinne?«

»Ach, Connor ...!« Sehnsüchtig lehnte sie ihre Stirn gegen seine Schulter. »Das ist ein Albtraum. Ich hoffe, Lucy gibt uns bald Bescheid!«

Er legte seine Arme um sie und hielt sie still fest. Es war anders als noch am Morgen. Es hatte nichts mit Begehren zu tun, nichts mit Sex. Auf dieser Schiene war plötzlich eine Weiche umgelegt worden. Der Zug, der darauf mit rasender Geschwindigkeit gefahren war, stand in Warteposition auf dem Abstellgleis.

Wenn wir schon mal dabei sind, können wir ja auch gleich noch klären, was Tante Leah so wichtig war. Sie hat ja recht!

Sie fragte ihn und seine Reaktion war blankes Empören. »Was denkst du eigentlich von mir? Mein letztes Ergebnis war negativ. Willst du es sehen?«

»Du hast mich ja auch nicht gefragt!«, fuhr Leah auf.

»Ja, weil ich das von dir genauso denke, was ich von mir weiß, du Nase.«

Sie atmete auf. Offensichtlich war sein Vertrauen in die Menschheit wirklich ein anderes.

»Willst du mich denn heute Nacht trotzdem hierbehalten?«, fragte sie vorsichtig.

»Leah, du machst mich wahnsinnig«, schimpfte er. »Natürlich bleibst du!«

»Ich hab bloß nichts zum Wechseln mitgebracht«, fiel ihr siedend heiß ein.

»Aber ich habe noch was im Auto von dir. Mette hatte mir fürs Atlantic ein bisschen mehr eingepackt. Also entspann dich endlich.«

In Leahs Magen tobten die bekannten albernen Delfine. Immer, wenn es solche Situationen gab, die sie nicht beherrschen konnte, wenn sie quälend lange warten musste, ihr die Hände gebunden waren, tauchten sie auf und quirlten ihr Inneres durcheinander. Verstohlen fixierte sie andauernd das Telefon auf dem Schreibtisch. Aber es blieb stumm.

»Lass uns runtergehen und meine Sachen aus dem Auto holen. Ein bisschen Bewegung hilft bestimmt gegen die Nervosität«, schlug sie vor.

* * *

Eine Idee zu schwungvoll nahm Leah die breite Eingangstreppe des Hauses, rutschte auf dem sauglatten Stein aus und saß, ehe sie sich's versah, mit schmerzverzerrtem Gesicht auf dem Hintern.

»Heute ist wirklich nicht mein Tag!«, jammerte sie.

»Verdammt!«, fluchte Connor. »Die Treppe hätte gestreut werden müssen. Hast du dir was getan?« Er kniete neben ihr und sah sie besorgt an.

»Nur mein Ar...«, begann sie, brach ab, rappelte sich mit seiner Hilfe hoch und rieb sich das Hinterteil.

»Warte mal, ich kümmere mich schnell um deine Klamotten, dann sehen wir uns die Sache bei Licht an.«

* * *

»Die Hose wirst du schon ausziehen müssen, sonst seh' ich nichts«, meinte Connor, als sie im Schlafzimmer vor seinem Bett stand.

Leah hatte ein komisches Gefühl dabei, ihm jetzt ihren Po zu präsentieren, und zierte sich ein bisschen, ehe sie sich einen Ruck gab und die Jeans mitsamt dem Slip herunterzog.

Wie doof ist das jetzt? Er wird ja wohl kaum über mich herfallen, in dieser Situation! Stell dich nicht so an, Leah, er will doch nur nachschauen, ob was kaputtgegangen ist.

»Umdrehen, aufs Bett legen«, wies er sie an und sie tat, wie geheißen.

»Halleluja! Da hast du aber gut getroffen!«

Sie wandte den Kopf zu ihm um. »Was ist? Wie sieht es aus?«

»Schon knallblau-violett und auch noch abgeschürft! Bleib liegen, ich hole Salbe.«

Sie fühlte, wie die rechte Pobacke pochte. Und wie ihr Herz pochte, das ein eigentlich völlig unangemessenes Gefühl der Peinlichkeit meldete. Leah versuchte, sich einzureden, dass sie im Moment nur eine Art Patientin war, die darauf wartete, dass man ihr half.

Auch ein Bruder würde jetzt nichts anderes tun als ein Geliebter!

Connor kam mit zwei Salbentuben zurück, schmierte erst sehr vorsichtig eine Sorte auf die offenen Stellen, dann eine andere auf das ganze umliegende Gebiet.

»So viel ist das?«, fragte sie erstaunt.

»Allerdings! Das hat sich wirklich gelohnt. Tut es sehr weh?«

»Ja!«

Eigentlich war Leah immer ziemlich hart im Nehmen gewesen, aber die Ereignisse des heutigen Tages zusammengenommen waren einfach zu viel. Sie sehnte sich nach Trost und liebevollen Berührungen und spürte doch die Sperre, die ihr der Kopf wegen der ungeklärten Lage eingepflanzt hatte. Anscheinend machte er sich ganz ähnliche Gedanken.

»Weißt du, es fühlt sich ganz anders an, als wenn ich meine Schwester verpflastern würde«, sagte er, noch mit dem Einreiben beschäftigt.

Leah drehte sich zu ihm um und sah eine Melange aus Ungläubigkeit, Hoffnung und Rebellion gegen die womöglich drohenden Erkenntnisse in seinen grünen Augen aufscheinen.

»Selbst wenn du mein Bruder wärest, würdest du mich jetzt in den Arm nehmen und trösten, stimmt's?«

»Ja, ich würde dich jetzt fertig ausziehen, dir ein T-Shirt von mir geben, weil du nämlich nichts für die Nacht in deiner Tasche hast, würde dich gemütlich betten, dir ein Eispack auf den Hintern legen und dich sehr, sehr brüderlich trösten«, grinste er und tat genau das.

9. Dezember 2000

Lea hatte eine sehr unruhige Nacht. Sie lag unbequem, und immer, wenn sie sich ein bisschen zurechtrückte, verrutschte der Eisbeutel und stieß unangenehm gegen die abgeschürften Stellen. Schlaflos lauschte sie Connors gleichmäßigen Atemzügen. So wie sie dalag, drückte sie sich die Nase an seiner Schulter platt und nahm den verwirrenden Duft von Sandelholz, Amber und Bergamotte wahr, der sich bei ihm zu dieser einzigartigen, geliebten und süchtig machenden Note entfaltete.

* * *

»Er ist ihr Bruder, ihr Bruder!«, johlte der zahnlose Kerl, der breitbeinig an Deck des mächtigen Seglers stand. »Es ist Blutschande, das Täubchen gehört uns, rück sie raus, wir werden ein schönes Spielchen mit ihr treiben!«

Angst kroch ihr den Nacken hinunter, griff um ihre Brust und legte einen festen Reif darum, der ihr kaum noch Luft zum Atmen ließ.

Dicht hinter dem Zahnlosen, dessen Augen wie feurige Kohlen glühten, standen sie in engen Reihen. Der mit dem Holzbein, der mit der Augenklappe, der, dessen Hakenhand ihr grausige Furcht einflößte ... Sie scharrten mit den Füßen, wirkten, als machten sie sich zum Angriff bereit und wurden doch gebannt von einer verborgenen Macht, die eine Trennlinie gezogen zu haben schien. Sie warfen sich geifernd mit gierigen Mäulern gegen eine unsichtbare Wand, die sie immer wieder zurückprallen ließ, starrten sie an und fixierten einen Punkt, der hinter ihr liegen musste. Vorsichtig, um die Meute nicht ganz aus den Augen zu lassen, drehte sie sich um und sah sie neben sich stehen:

Makeda!

Ein Gefühl vollkommener Sicherheit überkam sie. Makeda hielt eine Hand schützend über sie und bröselte etwas auf ihr Haar, das nach Sandelholz, Amber und Bergamotte duftete. Die andere Hand wies mit der Fläche zu den trunkenen Raufbolden. Sie schien die Barriere zu schaffen, die sie nicht durchdringen konnten. Jetzt nahm Makeda sie bei der Hand. Dschamallah hatte seinen Kopf mit den rot glänzenden Augen friedlich zwischen die Brüste der Schönen gelegt und blickte ihr ungewohnt sanft entgegen.

Wieder hörte sie den Pöbel schreien: »Er ist ihr Bruder, ihr Bruder! Gib sie uns, sie gehört uns!«

Makeda schüttelte lächelnd den Kopf und erhob sich mit ihr über den Schiffsboden. Kleiner und kleiner wurde das Häufchen entfesselter Widerlinge unter ihnen, die Schreie immer leiser, bis sie hoch über dem Segler das Krähennest erreichten. Sacht setzte die Schöne sie ab, nahm sie bei den Schultern und drehte sie um. Drehte sie zu IHM um! Sie sah das Strahlen seiner grünen Augen und hörte seine Worte, in die sich das Heulen einer Schiffssirene mischte: »Ich bin nicht dein Bruder!«

* * *

»Hast du gehört, Leah? Bist du wach? Ich bin nicht dein Bruder!«

Sie schlug die Augen auf und sah ihm direkt ins Gesicht. »Connor! Ich habe geträumt!«

»Du hast nicht geträumt, Liebling. Lucy hat gerade angerufen. Die Ergebnisse sind da und absolut eindeutig!«

Sie schlang ihm die Arme um den Hals, achtete nicht auf den Schmerz, der sie durchfuhr, als sie sich auf den Rücken drehte, verbarg das Gesicht an seinem Hals und heulte hemmungslos. Er hielt sie fest, sehr fest und ließ sie fertig heulen. Schniefend kam sie irgendwann aus ihrem Versteck hervor. »Ich bin so glücklich! So glücklich, das kannst du dir nicht vorstellen!«

»Und ob ich mir das vorstellen kann, du Heulsuse. Los, mach gefälligst einen Freudentanz und flute nicht die Kopfkissen. Das werden wir feiern, und wenn dein Arsch noch so blau ist!«

»Mein Arsch? Der hat nichts!«, lachte sie ausgelassen, sprang aus dem Bett, machte kurz ein Schmerzgesicht und vergaß vor Glück alles, was sie hindern wollte. Wie ein Derwisch hopste sie vor dem Bett herum, bis er sie einfing und küsste, wie es Brüder gemeinhin nicht zu tun pflegen.

»Und weil du ja heute sowieso nicht Auto fahren kannst mit dem blauen Hintern, fahre ich dich *höchstpersönlich* ins Kontor, hole dich genauso *höchstpersönlich* wieder ab und dann packen wir deine Sachen *gemeinsam* und machen uns das geilste Wochenende aller Zeiten!«, bestimmte er.

»Aye, Sire!«, salutierte Leah lachend und schwebte ungeachtet des zwiebelnden Hinterteiles ins Bad.

Nichts! Gar nichts hätte heute die ausgelassene Laune trüben können. Auch nicht Helen Breckwohld, die kurz nach ihnen am Frühstückstisch erschien. Leah fand, sie machte ein Gesicht, als hätte es ihr die Petersilie verhagelt. Ein großartiger Gedanke im Dezember! Es war bei aller Kenntnis der Vergangenheit für Leah nun kein Wunder mehr, warum Helen so ganz offenbar darüber entsetzt war, das vermeintliche Kuckuckskind schon wieder in trauter Einigkeit mit ihrem Sohn und nun auch noch im Frühstückszimmer des eigenen Hauses vorzufinden. Leah war zwar überaus höflich, konnte es aber einfach nicht lassen, mit Connor zu flirten, was seiner Frau Mama offenbar nicht entging. Leah spürte genau, wie sich Helen zusammenreißen musste, wie sie sich mühte, den verbindlichen Ton beizubehalten, und ein schlechtes Gewissen begann, ihrem Tun zusehends Einhalt zu gebieten.

Dieses Frühstück muss der Vorhof zur Hölle für sie sein, überlegte Leah und hoffte, Connor würde seiner Mutter sehr bald von den neuen Erkenntnissen berichten. Sie tat ihr von Minute zu Minute mehr leid. Was musste das für ein scheußliches Gefühl sein, wenn eine Wunde, die dreißig Jahre lang hauchdünn vernarbt war, nun plötzlich mit solcher Brutalität aufgerissen wurde? Wenn er nicht selbst drauf kommen sollte, beschloss sie, würde sie von ihm schleunigst einfordern, dass er half, diese Wunde nun endgültig heilen zu lassen. Dasselbe würde sie mit ihrer Mutter tun! Und dafür sorgen, dass es neue, glückliche Fotos von den drei Freundinnen geben würde. Leahs Plan für den Tag stand.

Als sie sich vom Tisch erhoben, beugte sich Connor über seine Mutter, um sich mit einem Kuss zu verabschieden, und Leah hörte, wie sie leise sagte: »Connor, wir müssen reden.«

»Ja, Mama, wir müssen reden! Ich rufe dich an, sobald ich in der Firma angekommen bin.«

Liebevoll streichelte er ihre Schulter und Leah wusste: Er würde sie endlich erlösen.

* * *

»Ich bin froh, dass du gleich mit ihr reden wirst!«, sagte sie, kaum, dass sie in seinem Wagen saß.

»Natürlich! Lucy wird mir das Ergebnis in die Firma faxen. Zu Hause hätte meine Mutter das Fax womöglich vor mir gefunden und ich denke, ich bringe es ihr lieber schonend persönlich bei. Das wird heute meine erste Amtshandlung sein.«

»Könntest du mir das Ergebnis mailen? Ich würde meine Mutter auch gern aufklären. Und die glaubt am ehesten, was sie schwarz auf weiß sieht!«, bat Leah und setzte mit einem inbrünstigen Seufzen hinzu: »Ich finde es gut, wenn wir dafür sorgen, dass dieses Familiendrama endlich ein glückliches Ende nimmt.«

»Ich freu mich schon auf das Gesicht meines Vaters. Wenn der aus England zurück ist, kann sie ihn endlich rehabilitieren. Was auch immer genau zwischen den beiden vorgefallen ist, ein Kind ist daraus jedenfalls nicht entstanden. Du kannst dir nicht vorstellen, wie diese alte Geschichte zwischen den beiden gegärt hat! Meine Mutter hat sicher die letzten dreißig Jahre gewusst, dass du zur Welt gekommen bist. Und sie kann nie sicher gewesen sein, ob du nicht das Ergebnis eines Fehltrittes warst. Eines doppelten Fehltrittes sozusagen. Vater und beste Freundin. Und als Krönung komme dann ausgerechnet ich mit dir an!«

Connor lenkte den Wagen durch den dichten Verkehr. Leah saß etwas verkrampft auf der linken Pobacke und sah ihn verstohlen aus dem Augenwinkel an. Es gefiel ihr, was sie sah.

Vollkommen egal, was er anhat – oder nicht anhat –, ob in Jeans und Sweatshirt, im Smoking oder so wie jetzt im Anzug, er sieht einfach immer gut aus! Aber gut aussehen allein reicht einfach nicht. Jedenfalls nicht weiter als bestenfalls bis zu meiner Bettkante!

Leah erinnerte sich lächelnd daran, welchen Rat ihr ausgerechnet ihr Vater vor langer Zeit einmal gegeben hatte: Sie solle sich genau ansehen, wie der Mann ihrer Wahl seine Mutter behandelt. »Wenn die ersten Monate der frischen Liebe vorbei sind, wird er mit dir genauso umgehen. Also schau gut hin!«, hatte er gesagt.

»Respektvoll« und »liebevoll« waren die Worte, die ihr zu Connors Verhalten einfielen. Ganz offenbar war es ihm sehr wichtig, der alten Geschichte auf die Spur gekommen zu sein. Und das nicht nur aus purem Eigennutz, sondern durchaus auch, weil ihm offensichtlich viel daran lag, die schon so lange schwelende Brandstätte zwischen seinen Eltern zu löschen.

Ich liebe ihn dafür!, schoss es Leah durch den Kopf und sie stellte erstaunt fest, dass dieser Gedanke eigentlich zum ersten Mal auftauchte. Es war nicht einfach so »leicht dahingedacht«, nicht im Überschwang der Gefühle während des Liebesspiels gehaucht, nein, es hatte eine ganz andere Qualität. Das Schlagwort »soziale Kompetenz« fiel ihr ein und kopfschüttelnd wischte sie den Begriff gedanklich wieder weg.

Muss immer alles einen korrekten Namen bekommen? Reicht es nicht, dass mir ganz warm wird, wenn ich ihn ansehe, wenn ich über ihn nachdenke? Doch, es reicht! Und ich werde es zu all den anderen guten Gefühlen dazulegen.

»Worüber denkst du nach?«, fragte Connor.

»Über dich!«

»Kann ich Genaueres erfahren?«

»Ja. Heute Abend«, vertröstete sie ihn.

* * *

Betty hatte offenbar mitbekommen, wie Connor ihr aus dem Wagen half, sie zum Abschied küsste, als würden sie sich für mindestens drei Monate nicht mehr zu Gesicht kriegen, und ihr nachsah, bis sich die Eingangstür des Geschäftes hinter ihr schloss. Es war noch ruhig im Teekontor, und ehe Leah Mette aufklärte, wie sie es versprochen hatte, wollte sie zunächst mit ihrer Mutter reden. Sie warf der Freundin also nur ein Zwinkern zu, auf das Mette mit einem Lächeln antwortete.

»Mutter, ich muss mit dir reden. Am besten gleich!«

Mit einem Gesichtsausdruck, dem deutlich anzusehen war, wie sie innerlich die Hände rang, folgte Betty ihr ins Büro und schloss die Tür.

»Du hast gesehen, wer mich gerade hergebracht hat. Ich habe die letzte Nacht mit ihm verbracht und die vorletzte auch.

Und ich habe die Absicht, von nun an jede Nacht mit ihm zu verbringen.«

Sie umging es absichtlich, die Tante zu verpetzen, wollte ihrer Mutter die Gelegenheit geben, von sich aus mit dem herauszurücken, was sie befürchtete.

Betty hatte den Kopf ein bisschen gesenkt, drehte nervös an ihrem breiten goldenen Armreif und blieb stumm wie eine Makrele.

»Mama! Hast du mir denn gar nichts zu erzählen? Ich sehe doch, wie du jedes Mal zusammenzuckst, wenn auch nur der Name Breckwohld fällt.«

Auch jetzt verfehlte die Nennung des Familiennamens ihre Wirkung nicht, wieder zog ihre Mutter die Schultern zusammen und sagte nichts.

»Zum Kuckuck!«, schimpfte Leah. »Willst du nicht endlich dein Gewissen erleichtern?«

Betty schaute auf. »Da gibt es nichts zu erleichtern!«, sagte sie mit fester Stimme und hatte schon die Türklinke in der Hand.

»Du willst mir also allen Ernstes sagen, es gab nie Berührungspunkte mit den Breckwohlds, es gab keine Freundin namens Helen, es gab keine Schiffstaufe, kein Treffen mit Arndt Breckwohld auf der Segelyacht?«

»Woher ...?«

»Das ist egal! Ich will von dir jetzt die Wahrheit wissen!«

Betty nickte und schob Leah auf einen der Drehstühle vor dem Schreibtisch. Gespannt sah sie ihre Mutter an, die einen Augenblick zu brauchen schien, um sich zu sammeln.

»Leah, es war nicht so, wie du denkst! Ich kann mir zwar ausrechnen, woher du deine Informationen hast, aber genau genommen hat niemand gewusst, was damals wirklich passiert ist.«

»Niemand außer dir und Connors Vater!«, insistierte Leah.

»Niemand außer mir und Arndt. Ja!«

»Lass mich nicht dumm sterben, Mama. Ich weiß nämlich, was Helen Breckwohld dreißig Jahre lang über diesen Abend gedacht hat. Und ich habe das blanke Entsetzen in ihren Augen gesehen, als Connor mich vorgestellt hat. Sie hat mich für die Tochter ihres Mannes gehalten. Verstehst du, warum ich deine Version erfahren muss?«

Betty begann zu lachen. Sie lachte, bis ihr die Tränen kamen. »Du sollst ein Breckwohld-Kind sein? Das ist der beste Witz, den ich seit Langem gehört habe. Du bist so sehr die Tochter deines Vaters Richard …«

Leah war konsterniert. »Was gibt es da zu lachen? Sie hat doch nicht umsonst den Kontakt zu dir abgebrochen. Was ist passiert damals an diesem Abend?«

Betty nahm Leahs Hände und sah sie geradeheraus an. »Mein Kind, du bist dem Charme von Connor erlegen, ehe du einen einzigen Wimpernschlag getan hast. War es nicht so?«

»Allerdings«, gab sie zu und spürte, dass es mehr Gemeinsamkeiten mit ihrer Mutter gab, als sie geahnt hatte.

»Genauso erging es mir mit seinem Vater! Dir muss ich doch nicht erzählen, was passiert, wenn man mit diesen Männern allein unter vier Augen ist, oder? Ein Blick aus diesen grünen Augen, ein paar schmeichelnde Worte, eine Berührung und wenn es nur die Berührung der hilfreich entgegengestreckten Hand ist, und schon schmilzt man dahin wie die Butter in der Sonne. Habe ich recht, Leah?«

Sie nickte und wartete.

»Wir hatten Champagner getrunken bei der Taufe. Wir waren bester Laune. In der Blankeneser Villa kreißte Helen und dein Vater, mein Schatz, dein wundervoller Vater wartete daheim auf mich. Und Arndt wollte mir seine Yacht zeigen.«

»Ach ja. ›Yacht zeigen‹, das kenne ich! Und dann?«

Betty wand sich ein bisschen, es war ihr sichtlich peinlich, die Geschichte weiterzuerzählen. Sie schnappte hörbar nach Luft, ehe sie fortfuhr.

»Tja, und dann kam es, wie es wohl kommen musste, und ich fand mich unversehens in seinen Armen wieder. Auf der Couch des nagelneuen Schiffes.«

»Und dann?«, fragte Leah ungeduldig.

»Und dann hat er mich geküsst und …« Betty brach lächelnd ab und sah in das erwartungsvolle Gesicht ihrer Tochter.

»Und dann habe ich die Beine in die Hand genommen und bin geflüchtet!«

»Du auch?«, rief Leah aus. »Ich bin Connor genauso stiften gegangen!«

»So? Bist du? Warum? Du konntest doch nichts wissen.«

»Ich war überwältigt, Mama. Es ging so schnell, ich war so überrumpelt und hilflos.«

»Dann weißt du ja, wie ich mich gefühlt habe.«

Sie saßen da, ungläubig, mit einem ganz neuen Verständnis füreinander, das ihnen diese so ähnlichen Erfahrungen eingebracht hatte, und sahen sich an wie zwei Verschwörer.

»Aber sag mal, warum hast du nie aufgeklärt, was passiert ist – beziehungsweise nicht passiert ist? Helen hat fürchterlich gelitten, die Ehe hat gelitten.«

»Helen hatte das, was sie glaubte, glauben zu müssen, so fest in ihrem Herzen zementiert, zumal sie ja diese verdammten Fotos bekommen hatte, dass ich keine Chance bekam, mich zu erklären. Deine Tante Leah hatte ja direkt nach diesem grässlichen Abend noch eine Weile Kontakt zu ihr und hat erfolglos alles versucht. Und außerdem hätte ich deinem Vater beichten müssen, dass ich beinahe schwach geworden wäre. Das wollte ich um keinen Preis.«

»Das kann ich verstehen! Aber warum hast du so entsetzt reagiert, als du mitbekamst, dass sich etwas zwischen Connor und mir anbahnt?«

»Weil ich doch weiß, dass er bald diese kleine Belgierin heiraten wird, und ich wollte nicht, dass dir irgendjemand Herzschmerz zufügt.«

»Er wird Victoria nicht heiraten! Sie ist vorgestern bei ihm ausgezogen!«, erklärte Leah.

»Das ist mir neu! Es wird doch überall darüber gesprochen, was für großartige Feierlichkeiten Helen geplant hat«, erwiderte Betty zweifelnd.

»Ich war dabei, Mama, als Vicky mit ihrem langjährigen Freund abgereist ist. Sie hat Connor und mich gebeten, Trauzeugen zu sein. Wir sind zur Hochzeit nach Belgien eingeladen.«

»Ach! Dann ist ja alles gut? Wie wunderbar!«

Betty stand auf und nahm Leah in die Arme. Auf dem Schreibtisch ertönte das Signal, welches den Eingang einer Mail ankündigte.

Leah ließ ihre Mutter los. Es war die erwartete Nachricht. Sie klickte das Drucksymbol und im nächsten Moment hielt sie ihrer Mutter das Blatt entgegen. Betty setzte die Lesebrille auf, die am Kettchen um ihren Hals hing, las und schüttelte lächelnd den Kopf. Ehe sie einen Ton sagen konnte, erklärte Leah: »Es kommt von Connor. Wir haben uns beide gestern testen lassen. Das Ergebnis wird er gerade seiner Mutter unterbreiten und ich hoffe, dass ...«

»Tja, Kind, den Stress hättet ihr euch eigentlich sparen können.«

»Den Stress hätten wir uns durchaus nicht sparen können, denn du warst ja nicht bereit, dich zu äußern«, wandte Leah ein.

Betty seufzte. »Du hast ja recht! Aber solange die Geschichte zwischen Connor und dir sich nicht sehr weit entwickelt hatte, bestand ja keine Notwendigkeit, die Pferde scheu zu machen.«

Leah war stocksauer über Bettys Herunterspielen der ganzen Geschichte. »Pferde scheu machen? Helen Breckwohld war mehr als nur scheu, das kann ich dir sagen. Und mir hat es absolut den Boden unter den Füßen weggezogen, als mir dämmerte, wir könnten unter Umständen Geschwister sein …«

Sie unterbrach sich, überlegte, ob sie ihre Tante jetzt ins Spiel bringen sollte, erinnerte sich an das gegebene Schweigegelübde, aber ihre Mutter hatte den Konflikt, in dem sie steckte, schon durchschaut.

»Entschuldige, Liebes. Ja, wir hätten früher reden müssen! Ich ahne, wer dich aufgeklärt hat. Es war deine Patentante Leah, stimmt's?«

»Ja! Und Gott sei Dank hat sie das getan! Obwohl ich eigentlich nicht scharf darauf war zu erleben, wie sich eine Ohnmacht anfühlt!«

»Du bist …?«

»Ja, ich bin umgekippt. Das ist mir noch nie passiert. Aber als ich wieder halbwegs bei Sinnen war, habe ich zugesehen, dass ich die Dinge kläre. Warum habt ihr das damals bloß nie getan?«

Betty zuckte bedauernd mit den Achseln. »Die Sache war einfach zu verfahren. Helen hätte mir nicht mehr zugehört. Und ich hatte ehrlich gesagt Manschetten, Arndt wieder zu begegnen. Ich wollte ihm aus dem Weg zu gehen. Es war nicht ganz einfach, das deinem Vater plausibel zu machen. Er hat es überhaupt nicht verstanden, aber letztlich akzeptiert, dass ich mit den Breckwohlds nichts mehr zu tun haben wollte. Hoffst du jetzt, dass Helen, Leah und ich wieder zusammenkommen?«

»Es wird sich kaum vermeiden lassen, dass ihr euch wieder einkriegt! So, wie die Dinge im Moment stehen, werdet ihr es allein euren Kindern zuliebe tun *müssen*«, gab Leah entschieden zu bedenken.

Bettys Augen leuchteten. »Eigentlich hast du recht! Wir sind alt geworden, Leah. Alt und vernünftig. Und manchmal bleiben nur Erinnerungen an die, die wir geliebt haben. Im Grunde wäre es doch beinahe fahrlässig, jetzt, nach all den Jahren, nicht die Weggefährten von damals wieder an einen Tisch zu bringen, mit dem Schwamm über die unglückliche Geschichte zu wischen und zuzusehen, dass wir noch eine schöne Zeit miteinander erleben. Aber ob Helen sich darauf einlassen wird?«

»Wenn sie keine Angst haben muss, dass du dich noch mal von ihrem Mann verführen lässt«, kicherte Leah, »dann wird Connor das schon richten! Der kann so was und ihm ist extrem daran gelegen, den Frieden innerhalb seiner Familie und natürlich auch zwischen meiner und seiner Familie wiederherzustellen.«

Leah erkannte etwas wie Sehnsucht in Bettys Blick und entdeckte eine ungewohnte Milde. Wenn es ihm gelingen würde, seine Mutter zu überzeugen, müsste es klappen, die drei Damen wieder an einen Tisch zu kriegen.

In diesem Moment klingelte das Handy in ihrer Tasche. Connor! Betty huschte mit »Pssst, ich geh schon!« und an die Lippen gelegtem Zeigefinger aus dem Büro.

»Hast du alles besprochen?«, wollte Leah wissen, ganz und gar zufrieden mit den Ergebnissen des Vormittages.

»Mein Schatz, du hast jetzt bei meiner Mutter einen gewaltigen Stein im Brett.«

»Wieso ich?«

»Vermutlich, weil du einfach gewisse Dinge ins Rollen gebracht hast. Das scheint dein Spezialgebiet zu sein. Vicky ist dir doch genauso dankbar.«

»Soll das allen Ernstes heißen, dass deine Mutter *mir* jetzt dankbar ist?«

»Allerdings! Überleg doch mal, wie tief dieser Stachel drei Jahrzehnte lang gesessen hat! Und dann kommst du und ziehst ihn einfach raus.«

»Das heißt, ich bin in Zukunft bei euch auch wirklich willkommen?«

»Ja! Du wirst merken, wie zauberhaft sie sein kann, meine Ma.«

Leah fiel siedend heiß ein, dass sie ja noch ein kleines Problemchen mit ihm zu klären hatte: Amy.

»Sag mal, kann ich meinen Hund nachher mitbringen? Der weiß ja bald gar nicht mehr, wer ich bin.«

»Natürlich! Wir hatten früher immer Hunde.« Leah bemerkte, dass er zusehends hektischer klang.

»Du hast Termine, ja? Ich will dich nicht aufhalten. Kannst du mich um sechs Uhr abholen?«

»Ja, das klappt. Ich bin nur jetzt ziemlich unter Druck. Bis nachher dann. Ich ... ach nein, das sage ich dir später!« Er hatte aufgelegt.

Was will er mir später sagen? Ist es dasselbe, was mir seit Tagen auf der Zunge liegt? Ich bin gespannt!

* * *

Sie löste das Versprechen ein, das sie ihrer Tante gegeben hatte. Die Reaktion war so überschwänglich, wie sie es erwartet hatte, und Leah schwebte auf einer Wolke himmelhochjauchzender Zufriedenheit durch den Tag. Alles war geklärt! Über die Generationen hinweg. Besser hätte es nicht kommen können.

Sie freute sich auf den Abend, freute sich auf Connor, auf die Unbeschwertheit, mit der sie von nun an miteinander würden umgehen können. Sie erlaubte sich, die zurückgehaltenen Reaktionen ihres Körpers endlich wahrzunehmen. Wie schwer war es gewesen, die ganze Nacht neben ihm zu liegen, ihn so nah zu spüren und doch nicht haben zu dürfen! Die rechte Pobacke meldete sich zwar bei jeder Bewegung mit ziehenden Schmerzen, aber die biestige Prellung war längst nicht so überdeutlich zu fühlen wie das, was sich unterhalb des Bauchnabels abspielte. Nie zuvor hatte sie eine so gespannte Begierde gefühlt. Ihre Fantasie schoss Purzelbäume und sie überlegte, ob sie sich heute Abend nicht mal ausnahmsweise in das werfen sollte, was sie ihr »Nutten-Outfit« nannte. Vor ein paar Jahren hatte sie die süße jadegrüne Strapscorsage mal in einem Anfall von sündigem Wahn zu einem völlig unvernünftigen Preis erstanden und nie angezogen. Ob er sie wohl so mögen würde? Wissenschaftlichen Erkenntnissen zufolge fuhren Männer – angeblich fast alle Männer – auf so etwas ab. Leah grinste in sich hinein und beschloss, sie am Abend anzuziehen und zu ergründen, ob die Statistiken recht hatten.

Nachdem sie die Mittagspause genutzt hatte, um Mette komplett über die vergangenen, nervenzerfetzenden Stunden aufzuklären, berichtete sie ihr auch von dem kleinen Verführungsplan.

»Ich denke mal, erstens brauchst du Connor doch nicht auch noch extra anzuschubsen und zweitens kann ich mir gar nicht vorstellen, dass er auf so was steht. Dafür ist er doch viel zu fein.«

Leah erinnerte sich sofort und mit Vergnügen an die Piratennacht und prustete: »Ich sehe schon, du kennst ihn nicht!«

»Also, Nick würde das doof finden«, erwiderte Mette im Brustton der Überzeugung.

»Vielleicht einer der vielen Gründe, warum Nick so absolut nichts für mich ist? Mir macht so was Spaß! Du kannst den Sex als solchen nicht jeden Tag neu erfinden. Wenn du dir nichts einfallen lässt, wird es irgendwann langweilig. Wir sprechen uns in zwei Jahren. Mal sehen, ob's dir dann noch aufregend genug ist mit deinem Sunnyboy oder ob ihr dann jeden Abend nur noch gähnend nebeneinander einpennt!«

»Ich finde es schön, gähnend nebeneinander einzupennen«, gab Mette störrisch zurück.

»Ich nicht! Und ich habe jetzt Lust, mich richtig auszutoben!«

Mette verdrehte die Augen gen Himmel und stachelte mit ihrer Missgelauntheit Leahs Abenteuerlust nur noch an. Gegen

Ende des Arbeitstages war sie fast so weit, dass sie den hereinkommenden Connor um ein Haar auf der Stelle gefressen hätte. Als sie mit Amy in seinen Wagen stieg, brannte sie so, dass sie nur noch eines wollte: so schnell wie möglich mit ihm ins Bett! Ihr Zustand entging ihm nicht.

»Gleich hier auf dem Rücksitz oder hältst du es noch aus, bis wir zu Hause sind?«, fragte er sie mit einem Gesichtsausdruck, der so deutlich machte, wie prompt er sie entlarvt hatte, dass es schon beinahe peinlich war.

»Gleich hier und am besten dann gleich zu Hause wieder«, stöhnte sie demonstrativ.

Er nahm ihr Gesicht in eine Hand und sah sie mit grünblitzenden Augen so lüstern an, dass sie froh war zu sitzen. Es hätte sie andernfalls sofort in die Knie gezwungen. »Ich würde ja gern ein bisschen Rücksicht auf deinen demolierten Hintern nehmen und ihn auf weiche Kissen betten, außerdem möchte ich ungern den Hund zerquetschen, aber wenn du es gar nicht mehr erwarten kannst, bin ich dabei!«

»Öhm, nee ... also, es wird schon noch gehen!«, murmelte sie undeutlich und war ganz froh über seinen Einwand, denn die Fußwege vor den Parkplätzen waren doch noch ganz schön bevölkert.

»Fahr!«, hauchte sie und drehte beinahe durch, als er auch noch seine Hand ganz oben auf den Schenkel legte und ihr zwischendurch immer wieder einen Blick zuwarf, der nicht zu missdeuten war.

In rasender Eile packte sie in der kleinen Wohnung ihre Sachen fürs Wochenende zusammen. Während Connor der Kaffeemaschine in der Küche einen schnellen Espresso entlockte, verschwand sie kurz im Bad, um eine Blitzdusche zu nehmen, sich umzuziehen und ihr Make-up aufzufrischen. Leah frischte kräftig auf! Vorsichtig, um die dünnen Strümpfe nicht zu zerreißen, schob sie die Reißverschlüsse der hochhackigen

Stiefel hoch und schloss den langen Trenchcoat bis zum obersten Knopf. Darunter trug sie nichts als die Corsage und einen hauchzarten Slip, der immerhin die hässlichen Farben auf ihrem Po verbarg. Leah fühlte sich so sexy wie noch nie und wischte mit einem »Ach Quatsch!« den kurz auftauchenden Gedanken weg, dass es nicht ganz ausgeschlossen war, irgendeinem hilfsbereiten Menschen – schlimmstenfalls sogar seiner Mutter – zu begegnen, der ihr womöglich den Mantel abnehmen wollte, ehe sie Connors Tür von innen geschlossen haben würden.

Er stand in der Küche, die Espressotasse in der Hand.

»Fertig?«

»Fertig!«

Connor hatte sie ertappt, bevor sie das Einfahrtstor der Breckwohld'schen Villa erreichten. Natürlich! Er hatte unterwegs wieder die Finger nicht von ihr lassen können. Sein erster Blick war überrascht, der zweite zeigte ihr allerdings schon, dass er verstanden hatte, welches Spiel sie spielen wollte. Er pfiff leise durch die Zähne und sie sah im Halbdunkel einen Zug um seinen Mund, der ihr bewies, dass die Statistiken richtig liegen mussten.

»Was wird mich die Nacht mit dir kosten, so mit allen Extras?«, fragte er und sie sah, wie sehr er sich um Ernsthaftigkeit bemühen musste.

»Oh, der Preis wird angemessen sein. Du kannst kaum etwas Besseres finden!«

»Davon bin ich überzeugt, denn mein Geschmack ist exzellent. Aber ich bin schließlich Geschäftsmann, und meiner Erfahrung nach ist es unklug, erst hinterher zu verhandeln. Also?«

Leah ließ ihn noch ein bisschen zappeln. Erst als der Wagen vor der Garagentür hielt und er sie abwartend ansah, antwortete sie: »Dein Herz und deine Seele!«

»Mein Geld willst du also nicht?«, fragte er und sie entdeckte einen ziemlich süffisanten Zug um seinen Mund.

Leah machte eine wegwerfende Handbewegung. »Dein Geld kannst du behalten. Ich hab selbst noch genug vom letzten Jahr!«

Connor hielt ihr die offene Handfläche entgegen. »Schlag ein! Aber mit allen Extras! Und die bestimme ich!«

Was hat er vor, verdammt! Was habe ich da angerührt?

Einen Wimpernschlag lang fixierte sie die ausgestreckte Hand, bekam ein bisschen Angst vor ihrer eigenen Courage. Leise und mit einem gefährlich klingenden Unterton kamen seine nächsten Worte bei ihr an: »Ich warne dich! Aber wenn du einschlägst, ist der Deal perfekt!«

Leah schlug ein und im nächsten Augenblick ging eine seltsame Veränderung mit ihm vor. Zunächst war sie verwirrt, konnte nicht deuten, was kam, aber schnell begriff sie, dass er sich völlig einließ auf das Spiel, das sie selbst erdacht hatte.

»Steig aus!«

Es klang hart und duldete keinen Widerspruch. Er fuhr den Wagen in die Garage, stand im nächsten Moment neben ihr und nahm sie fest beim Handgelenk.

»Komm!« Es klang wie ein Befehl. Überraschend unsanft schob er sie durch die Haustür, zog sie die Treppe hinauf, öffnete die Tür und schubste sie ins Schlafzimmer. In Leah regte sich eine Mischung aus Erstaunen, Entsetzen und Ärger über sich selbst. Sie hatte die Idee gehabt, sie hatte ihn herausgefordert, hatte das Geschäft angeleiert, nun würde sie mit den Folgen ihrer Regie leben müssen. Und er spielte großartig!

Connor ließ sich in einem breiten Ledersessel nieder, der nah am Fußende des Bettes stand. Leah wollte zu ihm gehen.

»Stopp! Bleib da stehen, ich will dich betrachten!«

Sie sah ihn verunsichert an.

»Zieh den Mantel aus!«

Langsam öffnete sie die Knöpfe, löste den Gürtel und ließ den Trenchcoat von den Schultern rutschen. Sie wusste genau, welches Bild sie gerade bot. Die Corsage hob ihren vollen Busen weit nach oben, die champagnerfarbenen Rüschen bedeckten gerade so die Brustspitzen. Viel nackter konnte man angezogen gar nicht sein. Er ließ mit unverhohlenem Wohlgefallen den Blick über ihre Formen schweifen.

»Öffne dein Haar!«

Leah griff folgsam nach der Spange, die ihre Mähne bändigte.

»Schüttel dein Haar!«

Sie beugte sich vornüber, schüttelte die Locken, warf den Kopf zurück.

Connor wies auf das Tischchen am Fenster. »Mach die Flasche auf!«

In klirrendem Eis stand eine Flasche Champagner. Daneben zwei Gläser. Vorsichtig entkorkte sie den Veuve Clicquot, goss eines der Gläser voll und sah ihn mit fragendem Blick an.

»Bring mir das Glas!«

Er wollte also tatsächlich allein trinken!

Was kann er doch für ein Arschloch sein!

Leah trug das Glas zu ihm, wollte es ihm reichen, aber er schüttelte den Kopf, wies auf den Teppich vor seinen Füßen. »Setzen Sie sich, Miss Green!«

»Miss Green« ging seufzend in die Knie, sah ihm tief in die Augen, die vor Spielfreude, vor Lust an seinem Tun in tiefstem Champagnerflaschenbodengrün glänzten, und hielt ihm erneut den Kelch entgegen. Er lehnte sich lässig zurück und trank genüsslich. Sie sah ihn bittend an.

»Auch durstig, Miss Green?«

Sie nickte. Unvermittelt griff er ihr ins Haar und zog ihren Kopf zurück. Dann setzte er das Glas an ihre Lippen und ließ sie ein paar kleine Schlucke nehmen. Erst prickelnd kalt, dann eine angenehme Wärme in ihrem Bauch verströmend, rann der köstliche Tropfen durch ihre durstige Kehle. Connor beobachtete sie, genoss so offenbar, was er sah, was sie ihm zu spielen vorgeschlagen hatte. Er beugte sich zu ihr hinunter und küsste sie, dass ihr Hören und Sehen verging. Nachdem er sie losgelassen hatte, zog er mit einer Hand den Knoten seiner Krawatte auf.

»Umdrehen!«, ranzte er sie an.

Im nächsten Augenblick sah sie nichts mehr, denn er hatte ihr die Krawatte um die Augen gebunden. Wieder griff er ihr in den Nacken, zog sie auf die Füße, bugsierte sie in eine Richtung, die sie in der völligen Dunkelheit nicht mehr erkennen konnte. Er packte sie bei den Hüften, legte sie rücklings aufs Bett, zog ihr den hauchdünnen Slip herunter. Sie hielt die Luft an, als er ihre Knie weit spreizte, sie seine warmen Hände zwischen ihren Beinen spürte.

»Miss Green, Sie sind ganz nass!«, mokierte er sich in eiskaltem Ton, der ihr eine Gänsehaut über den Rücken schickte. Sie sagte nichts, nickte nur.

Sein nächster Griff war derber, scharf sog sie die Luft ein, machte eine abwehrende Handbewegung. Er packte ihre Handgelenke, hielt sie fest und Leah hörte das Geräusch, das sein Gürtel machte, als er ihn aus der Hose zog. Sie konnte gar nicht so schnell reagieren, da war das Leder schon um ihre Gelenke geschlungen, die Arme weit über den Kopf gezogen. Sie war festgebunden und leise Panik überkam sie. Er hatte sich entfernt, sie lag alleine da in fröstelnder Unsicherheit.

Erst verwaschen, dann immer deutlicher erschien ein Bild auf der dunklen Leinwand vor ihren verbundenen Augen. Tröstlich, beruhigend, verlockend erkannte sie Makedas Lächeln. Die Schöne winkte sie zu sich, nahm sie bei der Hand und führte sie durch rote Nebel, die keine Sicht zuließen. Plötzlich standen sie vor einem Felsen, dessen Eingang erleuchtet war von glühenden Fackeln.

Makeda hielt an, öffnete ihren Beutel und streute mit verheißungsvollem Lächeln den Duft von Sandelholz, Amber und

Bergamotte auf ihr Haar. Sie betraten eine Höhle, die sich hoch und weit öffnete. Dunkles, goldgeädertes Gestein reflektierte den Schein von tausend gleißenden Öllichtern, die in Schalen an den Wänden brannten. Makeda führte sie zu einem massiven Granitblock, der in der Mitte des unheimlichen Szenarios stand. Liebevoll gebot sie ihr, sich darauf auszustrecken.

Die Angst wich. Niemals hatte es Schmerz oder auch nur unangenehme Gefühle in Makedas Gegenwart gegeben. Sie vertraute vollkommen. Vertraute auch, als die Schöne ihre Hände nahm und gestreckt über ihrem Kopf fixierte. Sacht strich sie ihr über die Wangen. Sie sah Dschamallahs glühende Augen neben Makedas Schläfe auftauchen, sah, wie er seinen Schlangenleib um ihren Hals wand, spielerisch ihr Ohr umzüngelte, dann ihren Hals entlangglitt, hinunter zu den Brüsten, sich tiefer rutschen ließ, den Nabel liebkoste. Makedas Blick entrückte mehr und mehr, ihr Mund öffnete sich, kleine Laute der Lust ausstoßend, bis sie die Augen schloss.

Was für ein wahnsinnig aufregendes Gefühl!

Ihr war ganz warm, nur die Spur, die etwas auf ihrem Körper zog, glühte. Beginnend neben ihrem Ohr, den Hals entlang, die Brustspitzen umkreisend! Dann plötzlich auf ihrem nackten Schamhügel! Tiefer, immer tiefer, bis es ihr Inneres erreicht hatte.

Eis! Es ist Eis! Wie kann Eis so heiß werden?

Ihre eigene Glut begann das Eis zu schmelzen, Feuchtigkeit rann aus ihr heraus, mischte sich mit ihren Säften. Leah keuchte. Sie drängte sich der Hand entgegen, die diese Sensation verursachte, nahm sie nach Atem japsend gierig in sich auf, hielt sie fest, umschlang sie mit jeder Muskelfaser. Was Traum, was Wirklichkeit war, ließ sich nicht mehr auseinanderhalten. Lag sie auf dem Granitfelsen in der feurigen Höhle? Lag sie in seinem Bett? Nichts, keinen Lichtschimmer konnte sie sehen und vertraute nur noch auf das, was der Kopf ihr vorgaukelte, ließ geschehen, was passierte und ließ sich losgelöst fallen in ein Reich erotischer Fantasie.

Makedas Augen folgten nun ihren Bewegungen. Der Ausdruck auf dem ebenmäßigen Gesicht der Schönen war ein Spiegelbild ihrer eigenen überschäumenden Gefühle. Leah öffnete den Mund, fuhr sich mit der Zungenspitze über die Lippen. Und fühlte im nächsten Augenblick seine Lippen auf den ihren, spürte seine Zunge, die sich genauso fordernd Raum eroberte, wie die Hand in ihrem Schoß. Makeda zwinkerte ihr aufmunternd zu, räkelte lasziv ihren schlanken Leib. Keinen Moment länger konnte sie sich mehr auf dem eisig glühenden Plateau halten. Die elementare Macht eines Feuersturms trug sie in schwindelnde Höhen, drehte sie schwindelig und setzte sie erst Minuten später sanft in seinen Armen ab. Er gönnte ihr Ruhe, hielt sie eng umschlungen und zog erst seine Hand zurück, als sie spürte, wie ihre Konvulsionen schwächer wurden und schließlich ganz aufhörten. Blind und vollkommen satt lag sie da und wusste doch genau, dass das nicht alles gewesen war. Er hatte sie zu einem unglaublichen Höhepunkt gebracht und würde hungrig sein. Sehr hungrig!, vermutete sie und ein Lächeln huschte über ihr Gesicht.

»Sie machen Spaß, Miss Green! Sie sind so schön schamlos«, hörte sie ihn anzüglich flüstern. »Aber ich habe Sie gekauft! Und ich bezahle teuer. Dafür will ich Gegenleistungen sehen!«

»Was auch immer! Ich bin bereit!«, raunte sie und spürte, wie seine unnachgiebigen Worte ihr neue, heiße Schauer durch den Körper jagten. Er ließ sie blind, er ließ sie gefesselt und im nächsten Augenblick fühlte sie ihn über sich, tastete mit den Lippen nach seinem Penis und begann, ihn mit der Zunge zu umspielen. Immer tiefer nahm sie ihn in den Mund, suchte nach der günstigsten Atemtechnik, um nicht Gefahr zu laufen, zu ersticken, als seine Stöße, denen sie nicht ausweichen konnte, immer zügelloser wurden. Sie genoss das Gleiten der Spitze über ihren Gaumen, bemerkte, wie sich das Gefühl direkt in ganz andere, tiefere Regionen übertrug und dort eine neue Sturmflut anschwellen ließ. Stöhnend empfing sie die neue Welle und schluckte im selben Augenblick das Salz seiner aufsteigenden Ströme.

Er lag neben ihr und schob die Krawatte über ihre Stirn hoch. Leah blinzelte. Selbst das gedämpfte Licht war ihr schon zu viel. Aufgestützt auf den linken Ellenbogen sah er sie prüfend an. Sanft zeichnete er den Schwung ihrer Lippen mit den Fingerspitzen nach, küsste die letzten Spuren weg.

»Sie sind ein verlottertes Weibsstück, Miss Green«, sagte er und schüttelte grinsend den Kopf.

Leah musste lachen, verbarg die Nase an seiner Brust, schnupperte den unwiderstehlichen Duft der glatten Haut.

»Machst du so was öfter? Du gehst ja völlig in deiner Rolle auf!«, nuschelte sie und schickte ihm einen herausfordernden Blick aus wimperntuscheverschmierten Augen herauf.

»Nein, so was habe ich bisher mit keiner Frau gemacht. Davon habe ich bisher nur geträumt. Aber dein schauspielerisches Talent ist mindestens genauso beeindruckend. Wie steht's bei dir? Hast du mehr Übung?«

»Nicht die Bohne! Ich bin Novizin.«

»Hach, ja, so eine kleine Nonne wäre auch mal was ...«, flachste Connor und stand auf. Mit zwei voll geschenkten Champagnergläsern kam er zurück, reichte ihr eins und stieß mit ihr an. »Auf eine lange, glückliche, fantasievolle gemeinsame Zukunft, Leah.«

»Wenn ich das noch erlebe! Gleich bin ich besoffen und mein Magen knurrt fürchterlich«, giggelte sie.

»So eine Antwort habe ich auf einen derart bedeutsamen Trinkspruch noch nie gehört«, tat Connor beleidigt und runzelte missbilligend die Stirn, »aber warte mal, ich bin gleich zurück ...«

Leah nutzte die Gelegenheit und huschte ins Bad. Der Blick in den Spiegel offenbarte »Miss Green, das verlotterte Weibsstück«.

Eijeijei, die Sünde persönlich!, befand sie mit kritischem Blick und wischte mit einem Kleenex die Spuren von Mascara und Lippenstift da weg, wo sie partout nicht hingehörten. Die »Frisur« verdiente ihre Bezeichnung auch nicht mehr. *Frisch gefickt! Das trifft's! Aber was soll's, das ist jetzt sowieso nicht so schnell zu richten und außerdem sieht's ganz schön sexy aus*, lächelte sie ihrem Spiegelbild zu.

Als sie ins Schlafzimmer zurückkehrte, hatte er ein Riesentablett auf dem Bett postiert. Teller gab es keine, aber immerhin Servietten. Er saß im Schneidersitz, nur mit Boxershorts bekleidet, davor und klopfte auf den freien Platz gegenüber.

»Setz dich und iss! Und wenn du satt bist, möchte ich deine Erwiderung hören.«

Leah kniete sich hin, ließ sich seitlich auf die unverletzte Pobacke sinken und begann mit Vergnügen zu essen. Baguette, hauchdünne Scheiben luftgetrockneten Schinkens, verschiedene Käsesorten, Pasteten, ungarische Salami, Cocktailtomaten und Obst hatte er angeschleppt. Sie fütterten sich gegenseitig, alberten herum und krümelten das ganze Bett voll.

Nach dem letzten Happen ließ sich Leah auf den Rücken fallen und seufzte tief: »Connor Breckwohld!?«

»Ja?« Sofort war er über ihr, spielte an dem neckischen Seidenschleifchen, das zwischen den Cups der Corsage befestigt war, und sah sie gespannt an. Leah kaute noch.

»Connor Breckwohld, du hast mich sensationell gefickt, du hast mich gefüttert und du hältst mich warm ...!« Mit blitzenden Augen musterte sie ihn.

»Uh!« Er hielt sich theatralisch die Ohren zu. »Wie ordinär, Miss Green!«

Leah grinste übermütig, als sie fortfuhr: »Außerdem gehst du anständig mit deiner Mutter um, bist gebildet, schön und witzig. Deine Umgangsformen sind tadellos, du bist solo und du riechst gut! Ich komme zu einem erstaunlichen Schluss ...«

Connor richtete sich auf und setzte eine bühnenreife elektrisierte Miene auf: »Und der wäre?«

Leah kämpfte zwischen Lachreiz und den letzten Baguettebröseln, die so trocken waren, dass sie sich nicht ohne Weiteres schlucken ließen und einen Hustenanfall zu verursachen drohten. Sie wand sich aus seinen Armen, griff nach den Gläsern, hielt ihm eins hin, stieß mit ihrem klirrend an und leerte es in einem Zug. Sie kniete vor ihm auf dem Bett und verkündete feierlich: »Ungeachtet der Krümel, die sich gerade in meine Knie bohren: Ich bin zu dem Schluss gekommen, dass ich dich liebe!«

Connor sah sie mit einem äußerst amüsierten Gesichtsausdruck an. »Mein Schatz, du bist besoffen!«

»Das macht nichts, Kinder und Betrunkene sagen die Wahrheit«, bekundete sie und warf sich mit so viel Schwung bäuchlings aufs Bett, dass Connor gerade noch zugreifen und das Tablett retten konnte.

Leah wartete. Sie hatte das Gesicht zwischen ihren Armen versteckt und wartete darauf, dass Connor ihr sagen würde, dass auch er sie liebte. Und das tat er nicht! Verborgen zwischen den bekrümelten Laken und den dichten, das Licht rötlich reflektierenden Locken, begann sie sich Sorgen zu machen, zu schnell, zu deutlich, zu überschwänglich gewesen zu sein. Sekunden wurden zur Ewigkeit, bis er sich über sie beugte und ihr Gesicht aus dem einsamen Halbdunkel hob.

»Was ist los?«, fragte er und sah sie erstaunt an.

»Ich doofe Nuss hab dir gerade gesagt, dass ich dich liebe, und du sagst nix! Damit fühle ich mich nicht besonders gut.«

Connor strich ihr eine Haarsträhne aus der Stirn und klang sehr ernst. »Leah, ich habe vorhin auf unsere gemeinsame Zukunft angestoßen! Es gab mal einen klugen Mann, dem ich sehr gern folge. Und der hat ungefähr Folgendes gesagt: ›Die

Erfahrung lehrt uns, dass Liebe nicht darin besteht, dass man einander ansieht, sondern dass man gemeinsam in gleicher Richtung blickt.‹ Ich finde, er hatte recht. Insofern wirst du zugeben müssen, dass ich sogar viel schneller war mit meinem Liebesbekenntnis.«

»Das war Saint-Exupéry, nicht wahr?«

»Ja. Manchmal ist es anscheinend wirklich so, dass Männer und Frauen sich erst mal auf einen gemeinsamen Sprachgebrauch einigen müssen, ehe sie einander verstehen. Allerdings habe ich nicht das leiseste Problem damit, dir ganz schlicht zu sagen: Ich liebe dich, Leah!«

Sie kam aus ihrem selbst erschaffenen Versteck hervor und erwiderte lächelnd: »Und ich habe nicht das leiseste Problem damit, dir zu sagen, dass ich nichts lieber täte, als mit dir gemeinsam in die Zukunft zu blicken!«

10. Dezember 2000 bis 8. Februar 2001

Seit ihrer Kindheit hatte Leah nie eine derart glückliche Weihnachtszeit erlebt. Es schien ihr, als hätte sie von einem Zaubertrank gekostet, der ihr die Augen und das Herz öffnete, für eine viel klarere Sicht auf die Dinge. Ihr eigenes Glück schien auf jeden, der ihr begegnete, abzustrahlen. Und so brachte sie es auch fertig, die drei alten Damen am Gründerzeittisch der Patentante zusammenzuführen.

Die erste Stunde verlief beklommen. Betty und Helen schienen sich zu belauern und Leah hatte das enttäuschende Gefühl, man würde das alte Gefäß dieser Freundschaft weder kitten noch mit neuen Inhalten füllen können. Sie warf ihrer Patentante einen hilfesuchenden Blick zu. Die schien einen Moment zu überlegen, bevor sie aufstand und mit einer Flasche Marillenlikör an den Tisch zurückkam.

»Lasst uns wie früher unseren Ärger ersäufen«, schlug sie lächelnd vor und goss großzügig ein.

Es wirkte! Nach den ersten Gläsern folgten die ersten, fast schüchtern anmutenden Annäherungsversuche, und langsam, aber sicher tauten die Damen auf.

Leah verließ Stunden später mit einem Gefühl tiefster Befriedigung das Pastellgemälde der wiedervereinten Freundinnen, die mit rosigen Wangen über die alten Alben gebeugt beinahe wie Backfische herumalberten. Connor hatte recht gehabt: Helen konnte zauberhaft sein! Und nachdem sie begriffen hatte, welchem traurigen Irrtum sie vor dreißig Jahren aufgesessen war, schien sie völlig neu aufzublühen.

* * *

Leahs erste Begegnung mit Arndt Breckwohld zur Teestunde am Kamin des kleinen Salons in der Villa blieb ihr lange im Gedächtnis. Er hatte sie einen Moment lang genauso überrascht angesehen, wie sie ihn. Die Ähnlichkeit mit Connor war frappierend. Es gab tatsächlich wenig, was man der Vererbung seiner schönen Mutter zuschreiben konnte.

Vielleicht der Mund?, überlegte sie und ließ möglichst unauffällig den Blick vergleichend zwischen Connor und seinen Eltern hin und her schweifen.

Nein, noch nicht mal der! Dieser entschlossene Ausdruck passt gar nicht zu Helen.

Arndt riss sie aus ihren Überlegungen. »Leah, Sie sind Ihrer Mutter unglaublich ähnlich!«

»Oh, vielen Dank! Zumindest können wir uns alle eine ungefähre Vorstellung davon machen, was uns erwartet, wenn wir älter werden«, gab sie mit einem Seitenblick auf Connor zurück. »Allerdings behauptet meine Mutter immer, ich sei das Ebenbild meines Vaters.«

»Da irrt Ihre Mutter!«, entgegnete er entschieden. »Oder sie braucht eine neue Brille. Ich erinnere mich jedenfalls sehr genau.«

Leahs Magen zog sich zusammen, denn sie befürchete jetzt eine unangenehme Reaktion bei Helen. Aber deren Gesicht blieb gelassen, fast unbekümmert. Mit Erleichterung erkannte sie, dass das leidige Thema offenbar zwischen den beiden vollkommen abgeschlossen und kein bitterer Beigeschmack geblieben war.

Die Selbstverständlichkeit, mit der die Familie sie aufnahm, machte ihr das Leben leicht. Leah wurde in alles einbezogen, ging schon nach wenigen Wochen im Haus ein und aus, als sei es schon immer so gewesen, und begleitete Connor zu jedem gesellschaftlichen Anlass. Zu Lucy entwickelte sich eine schwesterliche Freundschaft, die von allen ausgesprochen gern gesehen wurde. Nach und nach lernte sie einige Freunde Connors kennen. Naturgemäß waren es in Hamburg nicht sehr viele, denn seine Jugend hatte er ja vorwiegend in England verbracht. Leah hatte das gute Gefühl, rundum akzeptiert und gemocht zu werden. Jede freie Minute verbrachte sie mit Connor und schnell galten sie als neues Traumpaar. Die Hamburger Gesellschaft wartete ganz offenbar auf die Bekanntgabe eines Hochzeitstermins.

Victoria und Jan hatten es eilig gehabt, ihre Pläne in die Tat umzusetzen, und schon Ende Januar reisten Leah und Connor nach Brügge, um ihr Versprechen einzulösen. Offenbar hatte sich Vickys Familie letztlich doch dem Durchsetzungsvermögen ihrer Tochter gebeugt und ein rauschendes Fest organisiert. Glücklicher hätte eine Braut nicht aussehen können, und bevor sie sich umdrehte, um ihren Strauß in die Menge zu werfen, wusste sie anscheinend ganz genau, wo er landen sollte und zwinkerte Leah zu.

»Du bist die Nächste!«, sagte Victoria strahlend.

* * *

Leah ließ sich tragen vom Rausch dieser Wochen und Monate, nahm jede Minute, jede Stunde, jeden Tag des Glücks gierig auf und wusste, dass dieser Zustand endlich sein würde. Die Sehnsucht nach dem Meer, nach »ihrer« Insel, nach dem ungebundenen, selbstständigen Leben dort stellte sich in diesem Jahr nicht ein. Im Gegenteil: Die Tatsache, dass der März, der Monat des Abschieds von der Stadt, immer näher rückte, verursachte ihr täglich stärkere Bauchschmerzen. Ganz anders als Mette, die sich wie ein Schneekönig freute, bald endlich ganz mit Nick vereint sein zu können, fiel es Leah unendlich schwer, sich vorzustellen, die Nächte ohne Connor im einsamen Bett ihres Fischerhäuschens verbringen zu müssen. Sie hatte festgestellt, dass sie es kaum aushielt, ohne ihn zu sein, wenn er auch nur eine einzige Nacht berufsbedingt nicht zu Hause war.

Sie wusste: Es musste eine Entscheidung fallen.

9. bis 13. Februar 2001

Der Hamburger Winter hatte sich Anfang Februar von seiner widerlichsten Seite gezeigt. Es herrschte typisch norddeutsches Schlackerwetter. Eines Abends, als sie zusammen vor dem knisternden Kaminfeuer saßen, fragte Connor sie nach ihren Geburtstagswünschen.

»Ich will Schnee! Kriegst du das hin?«, seufzte sie.

»Muss es hier sein?«, fragte er nach einer kurzen Bedenkzeit.

»Nein, egal wo, aber die drei Flocken, die wir zum Nikolaustag hatten, reichen mir nicht, um diese Jahreszeit ernsthaft ›Winter‹ zu nennen.«

Wie es seine Art war, organisierte er. Leah bekam gar nicht mit, was er plante, und stellte fest, dass er wieder einmal an alles gedacht hatte, als er ihr zwei Tage vor ihrem Geburtstag sagte, sie solle die Koffer packen.

»Nimm was Warmes mit! Was richtig Warmes!«

»Wo geht's denn hin?«

»Lass dich überraschen!«

Mehr bekam sie nicht aus ihm heraus. Also packte sie.

* * *

Mitten in der Nacht riss das Wecksignal der Schiffssirene Leah aus dem Tiefschlaf. Sie tastete nach Connor, aber das Bett war schon leer. Mit einem frisch gebrühten Kaffee erschien er, knipste das kleine Nachttischlämpchen an und hielt ihr die Tasse entgegen.

»Komm aus dem Bett, Schlafmütze, ich zeig dir heute ein Märchenland!«, sagte er und küsste sie auf die Stirn.

»Märchenland? Mit Feen, Trollen und Schnee?«

»Und Elchen!«, ergänzte er.

»›Elche‹ klingt nach hohem Norden«, überlegte Leah.

»Sehr hoher Norden! Du wirst begeistert sein.«

»Bin ich jetzt schon! Da wollte ich immer schon mal hin.«

Mit einem Satz war sie aus dem Bett und fiel beinahe über Amy, die noch gemütlich auf dem Teppich schnarchte.

»Connor, was machen wir mit dem Hund?«

»Der bleibt bei meiner Mutter, wenn du nichts dagegen hast. Kann passieren, dass Amy zwei Kilo mehr auf den Rippen hat, wenn wir zurückkommen, aber ansonsten mache ich mir da keine Sorgen.«

Manchmal war es ihr beinahe unheimlich, dass seinem Organisationstalent nicht die winzigste Kleinigkeit entging. Wenn er ein Vorhaben in die Tat umsetzte, überließ er nichts dem Zufall. Sie wusste, sie würde ihn nicht einmal fragen müssen, ob die freien Tage mit ihrer Mutter geklärt waren. Anfangs hatte sie sich ein bisschen gesträubt, ihm so viel zu überlassen, was auch in ihre eigenen Pläne eingriff. Aber schon nach ein paar Wochen war ihr klar geworden, dass es erstens nie Entscheidungen waren, die sie in irgendeiner Form kritisieren musste, und sie sich zweitens ganz gerne von ihm überraschen ließ. Dass sie sich ihre Selbstständigkeit für die einsame Inselzeit dringend würde bewahren müssen, war ihr allerdings sehr bewusst. Jetzt, in diesem Moment unter der Dusche, waren ihr diese Überlegungen aber herzlich egal. Sie freute sich auf ein paar Ferientage ganz allein mit ihm.

* * *

Leah verschlief die kurze Flugzeit bis nach Oslo selig an Connors Schulter. Er weckte sie sanft: »Wir müssen umsteigen. Komm, troll dich!«

Verschlafen blinzelte sie ihn an. »Trolle? Wo?«

Er lächelte nur, griff sich das Handgepäck, hielt ihr den dunkelgrünen Daunenmantel hin und fasste sie um die Taille. So sehr sie die einschläfernden pipiwarmen Wintertemperaturen beim Start in Hamburg auch noch genervt hatten, so wach machte Leah jetzt der Eishauch, der ihnen beim Betreten des Rollfeldes entgegenschlug, bevor sie die kleinere Maschine bestiegen.

»Donnerwetter! Da friert's einem ja die Nase zusammen!«

»Du wolltest Winter, jetzt kriegst du Winter«, grinste er.

»Bisher seh' ich noch keinen Schnee«, nölte Leah mit Blick auf die geräumte Bahn.

»Ich glaube, die haben hier mehr als genug davon. Du wirst schon sehen.«

Die Lichter der Startbahn glitten unter ihnen hinweg und eine ganze Weile lang sah sie von ihrem Fensterplatz aus nur die kleinen Positionsleuchten am Ende der Flügel mit den Sternen am klaren Himmel um die Wette blitzen. Nach und nach meinte sie, einen rosigen Schein wahrzunehmen, der immer deutlicher wurde. Sie machte Connor darauf aufmerksam, der genau wie sie begann, sich das Schauspiel des erwachenden Tages schweigend anzusehen. Seine Hand lag auf ihrer und Leah fühlte sich geborgen. Im Osten erhob sich langsam die Sonne über den Horizont, setzte die feinen Schleierwolken in Brand, die fedrig am azurblauen Himmel schwebten, und offenbarte die strahlende Sicht auf eine Schneelandschaft. Tiefblaue Adern durchzogen die Erde, je näher sie ihrem Ziel kamen. Die Fjorde! In der Ferne sah sie das gleißende Silber des Ozeans funkeln, als die Maschine zur Landung in Orsta-Volda ansetzte.

Sie hatten ihr Ziel noch lange nicht erreicht. Ein Mordsbrocken von einem Mann im Winteroverall, den Connor als seinen Freund Søren vorstellte, holte sie am Flughafen ab und brachte sie im Auto zum Hafen, wo sie ein komfortables Schnellboot bestiegen. Søren sprach ein Englisch, das man beileibe nicht als akzentfrei bezeichnen konnte, und Leah hatte etwas Mühe, sich an der lebhaften Unterhaltung der beiden Männer zu beteiligen. Immerhin bekam sie mit, dass er sie nun auf dem Wasserweg zu einem Gehöft im Geirangerfjord chauffieren würde.

An Deck war es Leah viel zu kalt. Schneidend pfiff ihr der Fahrtwind um die Ohren. So betrachtete sie die wechselnden Landschaftsbilder von der schnatterkalten, aber immerhin windgeschützten Kajüte aus, während Connor sich seinem Freund am Ruder zugesellte. Die Fetzen einer munteren Unterhaltung, reichlich gespickt mit dröhnendem Gelächter, drangen zu ihr hinunter.

Mit fürsorglichem Gesichtsausdruck hatte ihr der Norweger einen dampfenden Teepott in die kalten Finger gedrückt. Leah hatte das Frühstück an Connors Schulter ja glorreich verschlafen und war durstig und hungrig. Sie nahm dankbar ein paar große Schlucke Tee und stellte fest, dass wohl eine Flasche Rum für den sehr aromatischen Geschmack verantwortlich gewesen sein musste.

Rum auf nüchternen Magen! Na, das kann ja heiter werden!

Es wurde heiter! Zuerst kam die Wärme im Bauch an, dann breitete sie sich im ganzen Körper aus und Leah hatte das dringende Bedürfnis nach frischer, sehr kalter Luft. Sie schob den Reißverschluss der Daunenjacke bis oben hin zu und hangelte sich etwas mühsam am Handlauf des Aufganges nach oben. Der Fjord lag still und glitzernd in der Sonne, kein Windhauch ging, aber Leah hatte das Gefühl, der Seegang müsste enorm sein. Connor entdeckte sie sofort und holte sie zu sich.

»Da war Rum im Tee«, kicherte Leah, »und jetzt hab *ich* einen im Tee! Ist ja mächtig Dünung auf so einem Fjord!«

»Søren, you made my wife drunken!«, schimpfte Connor lautstark und Leah konnte sich des Eindrucks nicht erwehren, dass er sich das Grinsen schwer verkneifen konnte. Sørens

Entschuldigung klang auch nicht besonders ernsthaft. So viel konnte sie seinem komischen Kauderwelsch entnehmen. Der Gesichtsausdruck sprach jedenfalls Bände. Immerhin legte sich die »Brandung« an der Luft sehr schnell und sie fror gar nicht mehr. Connors flapsig dahingesagter Spruch hallte in ihrem Kopf nach.

Ob mir vielleicht auch grad so warm wird, weil er »wife« gesagt hat, was ja nun mal »Ehefrau« heißt? Meint er das womöglich ernst?

Je tiefer sie in die Fjordlandschaft vordrangen, desto höher erhoben sich die Felswände in den stahlblauen Himmel. Connor erklärte ihr, dass bei dem meterhohen Schnee der Zugang über die Straßen nicht mehr möglich sei und auch die Orte über den Seeweg versorgt werden mussten.

Still lehnte sie sich an ihn und genoss den majestätischen Anblick der Berge, freute sich wie ein Kind über die vielen Wasserfälle, die sich an einigen Stellen schäumend in den kristallklaren Fjord ergossen. Nur das Dröhnen des Motors war zu hören und sie empfand eine zunehmende Dankbarkeit für den »Morgendrink«, der es ihr ermöglicht hatte, nicht zähneklappernd unter Deck sitzen zu müssen, sondern diese überwältigende Kulisse hautnah erleben zu können.

In der Mitte von nirgendwo steuerte der Norweger nach langer Fahrt endlich das Ufer an. Ein kleiner Bootssteg war an die Felswand gebaut, schneebedeckte Stufen führten fast senkrecht in die Höhe. Von hier unten aus konnte sie nicht erahnen, was sie dort oben erwarten würde. Leah atmete beruhigt durch, als sie erkannte, dass es sowohl einen Transportkorb für Gepäck als auch ein Seilsicherungssystem für Personen gab.

Sie ließ sich den breiten Bauchgurt umlegen und stieg vorsichtig, zwischen Søren und Connor positioniert, Stufe um Stufe hinauf. Der Anblick der weiten, steil ansteigenden Schneefläche am Gipfel, die sich erst in der Ferne am Rand eines dunklen

Waldes verlor, raubte ihr fast den letzten Atem, den sie nach dem anstrengenden Aufstieg noch übrig hatte. Leah fühlte sich an ihren Traum erinnert und erwartete beinahe, die nummerierte Eingangstür in ihren Eispalast vorzufinden. Aber da war kein Eispalast, da war nur eine kleine Bauernkate.

»Landwirtschaft? Hier?«, keuchte sie.

»Ja, man soll es kaum für möglich halten. Bis nach dem Zweiten Weltkrieg gab es hier wirklich Bauern. Und es muss sich wohl gelohnt haben, denn die hatten im Sommer ja fast vierundzwanzig Stunden am Tag Sonne und sollen sogar Aprikosen angebaut haben. Übrigens haben sie ihre Kinder genauso angebunden wie wir uns gerade beim Hochklettern«, erklärte Connor, der offenbar überhaupt keine Fitnessprobleme hatte und mit völlig ruhiger Stimme sprach. »Nach dem Krieg wurden die Gehöfte dann aufgegeben und ein Verein hat sich darum gekümmert, einige zu restaurieren. Sørens Familie ist bei diesem Projekt sehr engagiert und wir haben das Glück, für ein paar Tage als Gäste hier wohnen zu dürfen.«

»Scheinbar habe ich in letzter Zeit nur noch Glück«, probierte sie es mit aufgesetzter Fröhlichkeit und versuchte, ihr Schnaufen zu unterdrücken. Connors entlarvender Seitenblick entging ihr nicht. Er schien genau zu merken, dass sie momentan nicht nur ausgesprochen unzufrieden mit sich war, sondern auch mühsam versuchte, das zu verbergen.

Bewundernd und aus tiefstem Herzen knatschig sah sie zu, mit welcher Mühelosigkeit die Männer das Gepäck heraufzogen und durch den tiefen Schnee zum Haus trugen. Leah reichte es absolut, sich selbst zu transportieren. Sie nahm sich vor, die lange vernachlässigten Laufrunden an der Alster schnellstens wieder aufzunehmen.

Søren verabschiedete sich, als Kisten und Kästen abgesetzt waren, und verschwand mit einer Erklärung, die Leah ungefähr als »Viel Spaß, ich hole euch in drei Tagen wieder ab« deutete.

Das Holzhäuschen duckte sich ächzend unter der Schneelast gegen den Hang. Schaufeln ragten neben der Eingangstür aus einer Schneewehe, die selbst die kleinen Fenster bis zur Hälfte bedeckte. Nach einer halben Stunde Arbeit gelang es endlich, die Tür zu öffnen. Leah half, so gut es ging, und fror trotz der zwanzig Grad minus, die das Thermometer an der Hauswand zeigte, überhaupt nicht mehr. Allerdings hing ihr der Magen so tief in den Kniekehlen, dass sie fand, es sei an der Zeit, sich zu beschweren.

»Das ist kein Urlaub, Connor, das ist eine Survivaltour! Wenn es jetzt nicht endlich was zu essen gibt, mach ich dir freiwillig den norwegischen Ötzi.« Sie deutete mit einer allumfassenden Handbewegung über die Landschaft. »Da hinten, da lass ich mich einfach in den Schnee fallen und sterbe! In ein paar hundert Jahren wird man mich stocksteif gefroren ausbuddeln und mein grässliches Schicksal beweinen.«

Connor schien es prächtig zu gehen. Klar, er hatte schließlich im Flieger gefrühstückt! Immerhin nahm er ihren Anwurf ernst genug, um wenigstens aus einer der Transportboxen zwei Müsliriegel zu ziehen und ihr zuzuwerfen.

»Wird dich das für die nächste Stunde von deinem Vorhaben abhalten?«, flachste er und schaufelte schon weiter einen Gang zum Holzschuppen frei. Offenbar wollte er schleunigst fertig werden und bis zum Einzug in das Häuschen keine Zeit vergeuden.

Leah setzte sich auf einen der Felsbrocken, die sich rechts und links des Eingangs befanden. Nur noch schwach waren die roh in den Stein gehauenen Zeichen darauf zu erkennen und sie entzifferte mühsam die Jahreszahl 1855. Fast hundertfünfzig Jahre lang lagen sie also schon hier, unverrückbar in brennender Sonne und eisigen Winternächten! Leahs Fantasie lief zu Hochtouren auf, als sie sich vorstellte, wie hier Generationen ihr Leben gemeistert haben mussten, und sie lächelte bei dem

Gedanken an eine Horde tobender kleiner Kinder, alle festgebunden mit einem Seil um den Bauch.

Wie die wohl spielen konnten? Die Leinen müssen sich doch ständig verheddert haben!

»Was grinst du? Ist dein Bäuchlein jetzt zufriedener?«, missdeutete Connor ihren Gesichtsausdruck, als er mit der Schippe über der Schulter hinterm Haus hervorkam.

»Du siehst, ich bin noch nicht gestorben«, grinste Leah, schluckte den letzten süßen Bissen hinunter und erzählte ihm von ihren Überlegungen.

»Außerdem hab ich mich gefragt, was die hier im Winter wohl mit ihren Aprikosenbäumchen gemacht haben. Das Klima hält doch keine Südfrucht aus!«

»Vielleicht haben sie ja genau das eingesehen und deshalb irgendwann alle Zelte abgebrochen.«

Sie sprang von dem Stein. »Übrigens glaube ich, ich bin auch eine Südfrucht. Mir bekommt das Klima genauso wenig. Kriegen wir die Haustür jetzt auf? Ich würde mir gern mal unser Domizil von innen ansehen.« Das Wort »Domizil« dehnte sie in einer Art, dass es für ihn unüberhörbar sein musste, wie fehl am Platz sie sich gerade vorkam. Sie fand, so viel Winter hätte es nun doch auch wieder nicht sein müssen.

Knarrend schwang die alte Tür auf und gab den Blick in einen einzigen Raum frei, den eine offene, steinerne Feuerstelle dominierte. Die geöffneten Fensterläden ließen die Sonne herein und es bot sich ein Anblick, der Leah den Begriff »Heimatmuseum« durch den Kopf schießen ließ. Das Haus war aus Blockbohlen gebaut, die auch innen nicht verkleidet waren. Beim Anblick des schmalen Alkovens kam Leah der Gedanke, dass man schon wirklich sehr verliebt sein musste, um nicht das Gefühl zu haben, sich zu sehr auf die Pelle zu rücken. Vielleicht als Ergebnis langer dunkler Wintermonate war die altertümliche Bettstatt kunstvoll mit Schnitzereien verziert und sogar mit mittlerweile verblichenen Farben bemalt. Ansonsten wies das Haus keinerlei Schmuck auf und war äußerst spartanisch eingerichtet.

Connor schaffte Holz herein und machte Feuer. Nur zwischen den niedrigen Balken konnte er sich ganz aufrichten, musste aber ansonsten den Kopf bei seinen gut einen Meter neunzig einziehen, um nicht anzustoßen.

Wenigstens kann er Feuer machen! Aber was will ich eigentlich hier in dieser Wildnis? Mann, was für eine Schnapsidee!

Leah versuchte mit muffigem Gesichtsausdruck ein bisschen Wohnlichkeit in die karge Stube zu bringen, legte zwei karierte Wolldecken auf die Ofenbank, schüttelte die Schlafsäcke aus ihren Beuteln. Kleine Packmaße, die sich zu fluffiger Polartauglichkeit aufplusterten. Der Alkoven war wirklich schmal!

Kommunikationsfördernd schmal! Und irgendwie alles deutlich zu spartanisch für meine Begriffe.

Die fest verschlossenen Lebensmittelkisten fanden Platz in einer eiskalten Abseite. Kalt wie ein Kühlschrank, aber warm genug, um nicht alles in Eisklötze zu verwandeln. Connor verlangte nach Eiern und Speck. Sie sah zu, wie er beides in die aufgehängte Pfanne über dem mittlerweile knisternden Feuer gab. Neben dem erwartungsvollen Magengefühl bemerkte sie, dass der Tee langsam rauswollte. Hunger, Frieren und auch noch eine volle Blase! Das war genau die Kombination, die Leah auf die Palme treiben konnte, bei der sie kein Vaterland mehr kannte und jeden Humor verlor.

»Gibt's hier eigentlich eine Toilette?«, fragte sie patzig und ahnte, die Antwort würde achtzehntes-Jahrhundert-tauglich sein.

»Einen Donnerbalken hinterm Haus, ja! Aber pass auf, dass du dir nicht den Hintern verkühlst«, ätzte er zurück.

»Ich geh dann mal …«

Leah war in ihrem ganzen Leben nicht so schnell beim Pinkeln gewesen.

»Da friert's einem ja fast das Pipi in der Blase fest!«, meckerte sie, als sie die Tür wieder öffnete.

»Tja, vielleicht ist der Spruch mit dem ›Stange in die Ecke stellen‹ ja hier entstanden! Musstest du es abbrechen?«

»Abbrechen, ja! So schnell war ich noch nie«, verstand sie ihn absichtlich falsch und ärgerte sich im nächsten Moment über sich selbst, denn die schlechte Laune breitete sich rasend zwischen ihnen aus. Sie hatte sich schon gefragt, welcher Teufel sie eigentlich ritt, sich ausgerechnet »Schnee« zum Geburtstag zu wünschen und Connor, den bemühten Wunscherfüller, jetzt ständig anzumotzen. Sie erkannte, wie unfair das war, und beschloss, sich zusammenzureißen.

Der Duft von gebratenem Speck zog ihr in die Nase und stimmte sie milder. Schön warm war es mittlerweile hier drinnen auch geworden. Ihm war ihre miese Stimmung offenbar nicht entgangen, denn er antwortete nicht, würzte in aller Seelenruhe das Essen in der Riesenpfanne und stand mit dem Rücken zu ihr. Leah umschlang ihn von hinten und lehnte ihre Wange an die raue Wolle seines dicken Pullovers. Sie spürte, wie er seine Muskeln anspannte.

»Es tut mir leid, Connor! Ich bin ein undankbares Miststück!«

Langsam drehte er sich zu ihr um und sah sie an. »Ja, das bist du! So angepisst kenne ich dich gar nicht.«

In seinen Augen lag tiefe Enttäuschung.

»Wie kann ich das wiedergutmachen? Du musst mich für eine unreife, pubertierende Göre halten. Du hast dir dermaßen den Arsch aufgerissen und ich nöle hier nur rum. Das hast du nicht verdient, verdammt!« Tränen stiegen ihr in die Augen. Es hatte nicht wirklich ehrlich geklungen, sie merkte, sie hatte nicht den richtigen Ton getroffen. Seinem Blick konnte sie nicht mehr standhalten, verbarg das Gesicht an seiner Schulter und klopfte matt mit der Faust auf seine Brust.

»Ich könnte dir zum Beispiel, wie es für eine pubertierende Göre passend wäre, den Hintern versohlen«, hörte sie seine mühsam beherrschte Stimme, »aber dann taugst du zu gar nichts mehr und wir haben beide nichts von unserem Urlaub. Also verkneif ich mir das vorläufig. Wird mir schon noch was einfallen. Aber lass uns erst mal essen, sonst brennt es noch an.«

Sie nahm ihm die Lockerheit, die er rüberzubringen versuchte, nicht ganz ab. Er war enttäuscht, so viel war sicher, und die Enttäuschung suchte ein Ventil. Es tat weh, ihn so zu sehen. Es tat fürchterlich weh.

Schweigend setzten sie sich auf die Ofenbank, jeder eine tiefe Schüssel und eine Scheibe Brot in der Hand. Die ersten Bissen bekam sie kaum runter, schluckte angestrengt an dem Kloß aus Tränen in ihrem Hals vorbei. Aber es schmeckte großartig und Leahs Magen beruhigte sich zusehends. Uralte Staubpartikel flirrten in der mittäglichen Lichtbahn, die durchs Fenster auf die ausgetretenen Bodenplanken fiel. Sie guckte ihnen eine Weile beim Tanzen zu und fasste sich schließlich ein Herz.

»Unser erster Zoff!«, sagte sie und sah ihn zaghaft von der Seite an. »Ich will keinen Zoff mit dir. Es macht mich fertig zu sehen, wie sehr ich dich verletzt habe. Ich will dich nicht verletzen!«

Es war unübersehbar: Eine Mischung aus zurückgehaltener Wut und Hilflosigkeit brach sich Bahn. Er wollte jetzt nicht diskutieren, er war frustriert. Connor nahm ihr die Schale aus der Hand, zog sie vom Bänkchen hoch, hob sie auf die Arme und warf sie unsanft in den Alkoven. Leah war so geplättet, dass sie ihm mit offenem Mund zusah, wie er sich die Kleider vom Leib riss.

»Du auch! Los!«, herrschte er sie an und sie beeilte sich, der rüden Aufforderung nachzukommen. Schnell war er über ihr, schob ihr das letzte Stück Stoff von den Knien, verschaffte sich Platz zwischen ihren Schenkeln und drang ohne Zögern in sie ein. Kein Vorgeplänkel, keine neckischen Spielchen, keine Aufwärmphase. Peng!

Eine derartig wütende Explosion männlicher Entschlossenheit hatte sie noch nie erlebt. Offensichtlich nur einen Millimeter vom Wahnsinn entfernt, tobte er seinen Frust an ihr aus, schien keine Rücksicht auf ihre Bedürfnisse zu nehmen. Für einen Augenblick empfand sie so etwas wie Schockstarre und machte sich brettsteif. Nicht die leiseste Spur der üblichen umwerfenden Lust kam in ihr auf und sie bäumte sich in protestierendem Aufbegehren gegen ihn, versuchte sich zu befreien. Er reagierte sofort, lockerte den Griff um ihre Schultern, legte den Kopf in ihre Halsbeuge und endlich begriff sie die Traurigkeit, die Hilflosigkeit, die in diesem Akt lag. Es gelang ihr, die Hände nach oben zu bringen, nach seinem Gesicht zu greifen und ihm in die Augen zu sehen. Tränen glitzerten in dem tiefen Grün. Dieser Ausdruck war unerträglich. Schmerzhaft zog sich ihr Herz zusammen, überflutete jede Faser mit dem unbändigen Wunsch, die Ordnung wiederherzustellen.

»Ich liebe dich, Connor, mehr als alles auf der Welt! Und wenn du mich jetzt umbringst mit deiner Toberei, soll es mir auch recht sein.«

»O, Leah …!«, flüsterte er und sein Blick wurde weich.

Ihre Lippen suchten seinen Mund, tranken sein gemurmeltes »Verzeih mir, ich liebe dich«.

Der Rhythmus änderte sich, gab Leah Zeit, sich unter ihm in ein schnurrendes Kätzchen zu verwandeln, dehnte die Lust in eine neue Dimension. Nie zuvor hatte sie sich ihm so nah gefühlt, hatte die Intimität einer Vereinigung so reinigenden, verbindenden Charakter gehabt. Nichts war mehr wichtig als das Gefühl vollständigen Einlassens auf seinen Körper, auf seine verletzte Seele, die sie heilen wollte. Gleichzeitig erreichten sie einen Höhepunkt, der alles auslöschte, was zwischen ihnen gestanden hatte, sie ineinander fließen ließ, zu einem einzigen Lebewesen mit zwei Herzen, zwei Köpfen und nur einer einzigen gemeinsamen Seele.

Er deckte sie zu, spürte ihrem Zittern nach, das weniger Frösteln als vielmehr das Nachlassen der Anspannung war, hielt sie eng umschlungen warm.

»Ich muss umsichtiger mit dir sein!«, sagte Leah nach vielen stummen Minuten. »Du scheinst unendlich stark zu sein und bist doch so verletzlich.«

»Erzähl das bloß niemandem«, sagte er, und sie hörte am Klang seiner Stimme, dass er sein Gleichgewicht wiedergefunden hatte.

»Den Deibel werd ich tun! Es reicht, wenn *ich* das weiß! Aber ich bin erleichtert, dass keiner von uns so perfekt ist, wie es nach außen scheint. Perfektion ist, glaube ich, todlangweilig.«

* * *

Die Zweifel, die Missstimmung, der Ärger über banale Unzulänglichkeiten des antiken Domizils wurden abgelöst durch eine nahezu manische Hochstimmung. Leah begriff, dass sie eine Möglichkeit gefunden hatte, Ekelhaftigkeiten zwischen ihnen aus der Welt zu schaffen. Und dass sie auch im ärgsten Moment zu ihm durchdringen konnte. Einen Wimpernschlag lang hatte sie fast Angst vor ihm gehabt. Und im nächsten Augenblick begriffen, dass es nicht Angst *vor* ihm, sondern vielmehr Angst *um* ihn gewesen war. Und dass das wirksame Mittel dagegen Liebe war! Diese Erkenntnis machte sie sicher, verursachte ein Glücksgefühl, das sie auf eine neue, noch höher schwebende Wolke katapultierte. Und es verschaffte ihr eine tiefe Befriedigung, dass sie seine verletzliche Seite kennengelernt hatte. Er war so sehr darauf bedacht, immer alles perfekt zu organisieren.

Und er rechnete mit Beifall! Leahs Sprüche, ihre Mauligkeit, die kleinen giftigen Anmerkungen hatten gereicht, ihn völlig aus der Fassung zu bringen. Jetzt wurde ihr bewusst, wie nervtötend es ihr auf die Dauer vorgekommen wäre, wenn er so gar keine Ecken und Kanten gehabt hätte.

* * *

Die einsamen Tage am Fjord wurden zum Traum, der sich unauslöschlich in Leahs Erinnerung brannte. Die wenigen Sonnenstunden, in denen das Thermometer selbst um die Mittagszeit kaum über zwanzig Grad unter null kletterte, nutzten sie, um die Umgebung zu erkunden. Zufrieden stellte sie fest, dass die mühsamen Wanderungen durch den tiefen Schnee ihre Fitness schnell wieder verbesserten. Sie stapften bis in den dichten Föhrenwald, hielten sich an die Fährten des Wildes, bekamen Polarfüchse und Elche zu sehen, fanden Spuren, die sie partout keinem Tier zuordnen konnten, und beschlossen, die könnten nur von Trollen stammen. Das dunkle undurchdringliche Dickicht schien sich in der Unendlichkeit zu verlieren und bot jeder noch so unglaublichen Trollgeschichte, die sie sich gegenseitig erfanden, unbedingt realistisch wirkenden Nährboden.

* * *

Es gab kein Gestern, kein Morgen, es gab nur noch Leah und Connor und in den eisigen Nächten, wenn die Temperaturen sich der Minus-vierzig-Marke näherten, gab es den weiten Sternenhimmel über dem Fjord, der ein unglaubliches Schauspiel lieferte.

Leah war überwältigt, als sie es zum ersten Mal sah. Sie bemerkte es kurz vor dem Einschlafen, als sie träge und befriedigt in seinen Armen lag. Durch die Fensterscheiben fielen bunte Lichtnebel herein.

»Was ist das?«, fragte sie elektrisiert und sprang aus dem Alkoven. Connor folgte ihr ans Fenster, legte ihr den offenen Schlafsack um die Schultern und umfing von hinten ihre Taille.

»Das sind Polarlichter.«

Sie konnte sich nicht sattsehen. In allen Farben des Regenbogens waberten die Lichter über den klaren Himmel, zauberten irrwitzige Gebilde, verpufften, erstanden im Farbwechsel neu.

»Sie entstehen durch Sonnenstürme und ...«, setzte Connor an, aber sie unterbrach ihn sofort. »Erklär es mir ein anderes Mal! Ich will sie nur sehen und dich dabei ganz nah bei mir fühlen und glücklich sein.« Er lachte leise an ihrer Schulter. »Happy Birthday, Liebling! Es ist Mitternacht und ab sofort bist du ein Jahr älter als ich.«

»Ich hoffe, du bekommst jetzt keine Krise und suchst dir stante pede was Jüngeres!«, lachte sie und amüsierte sich über seinen wortreichen Protest, den sie in Küssen erstickte.

»Ich hab was für dich!«, sagte er und ließ sie los.

»Noch was? Das Spektakel da draußen, dieser Trip und du sind doch schon viel mehr, als ich jemals auf einmal geschenkt bekommen habe!«

Im Halbdunkel des roten Feuerscheins, der im Zusammenspiel mit der Farbsymphonie der Nordlichter dem niedrigen Raum den Anstrich einer märchenhaft ausgeleuchteten Bühne gab, überreichte Connor ihr eine kleine Figur.

Es war ein Troll mit wüstem Haarwuchs, der typischen Knollennase, viel zu großen Füßen und einem langen Fellschwanz mit einem Puschel am Ende.

»Der ist ja süß!«, rief sie begeistert.

»Der ist nicht nur süß, der ist kostbar!«

Leah war etwas irritiert und untersuchte die Figur genauer. Ein blauer Lichtschein am Himmel ließ etwas aufblitzen, was dem Troll am Schwanz steckte. Es war ein schlichter goldener Ring mit einem funkelnden Brillanten. Leah verschlug es die Sprache.

»Jedes Mal, wenn du mich wieder besonders glücklich gemacht hast, bekommst du einen neuen Stein dazu«, erklärte er und schob ihr das Schmuckstück über den Finger.

»Ich habe mir fest vorgenommen, dich ständig sehr glücklich zu machen! Irgendwann bist du verarmt und ich kann die Hand nicht mehr heben!«

»Komm ins Bett, Geburtstagskind. Du kriegst kalte Füße!«

* * *

»Ich warte auf meinen Cholesterinschock«, alberte Leah, als sie am nächsten Morgen mit den unvermeidlichen Eiern mit Speck und Brot in der Sonne vor dem Häuschen saßen.

»Ach was! So schnell schockt das nicht«, grinste Connor, »immerhin bekommst du damit genug Proteine.«

»Ich möchte am liebsten für immer mit dir hierbleiben und mich notfalls ausschließlich von Eiern ernähren«, begann sie und das große »Aber« in ihrer Stimme konnte ihm nicht entgehen.

»Aber wir müssen uns überlegen, wie wir unser Leben in Zukunft organisieren können, wolltest du sagen, stimmt's?«

»Ja, Connor! Und es sind jetzt nur noch gut vier Wochen, bis ich auf meine Insel zurückmuss. Ich habe das Leben dort immer geliebt, aber jetzt kann ich mir kaum vorstellen, wie ich es getrennt von dir aushalten soll. Wie sollen wir das bloß machen?«

»Würdest du den Laden aufgeben?«, fragte er vorsichtig.

Leah seufzte tief. »Ich kann es dir nicht sagen. Ich hänge sehr daran. Und Mette hängt dran. Im wahrsten Sinne des Wortes. Sie könnte mir meinen Teil wahrscheinlich niemals abkaufen.

Und einen Teilhaber hineinzunehmen, der nicht zu einhundert Prozent dazu passt, ist undenkbar. Es ist einfach ein Konzept, das im Grunde nur so aufgehen kann, wie wir es zusammen durchziehen. Hast du eine Idee?«

»Ich habe mir darüber die letzten Wochen auch meine Gedanken gemacht«, erwiderte er grübelnd. »Natürlich könnte ich eine gute Kauffrau wie dich auch in der Reederei brauchen. Aber du müsstest auch gar nicht unbedingt berufstätig sein, wenn du meine ...«, er unterbrach sich und sah sie spitzbübisch an. »Warte mal, so geht das nicht, Leah! Ich kann dir doch nicht einfach so, mitten im Satz, ganz nebenbei einen Heiratsantrag machen. Dazu geht man auf die Knie und veranstaltet ein Riesenbohei.«

Leah konnte es nicht glauben. Connor ließ sich von dem Stein rutschen, kniete sich vor sie in den Schnee, nahm ihre Hände und sah sie eindringlich an.

»Willst du meine Frau werden?«

Die Sonne ließ kupferne Reflexe in seinem dunklen Haar flackern, bemühte sich, den Glanz in seinen grünen Augen zu überstrahlen, und verlor den Wettstreit kläglich.

»Ja, das will ich! Und ich finde, du auf den Knien in dieser unglaublichen Landschaft: Das ist ein ziemliches Riesenbohei. Komm hoch und küss mich. Bitte!«

Lange standen sie eng umschlungen, vergaßen alles um sich herum und waren sich einfach nur einig. Leah hätte diesen Moment endlos auskosten wollen, aber wie eine dunkle Wolke, die sich vor die Sonne schiebt, drängte sich der Gedanke an die Entscheidungen, die getroffen werden mussten, allzu schnell wieder in den Vordergrund. Es fiel ihr unendlich schwer, aber sie musste die Dinge vernünftig regeln, wusste, sie würde nichts übers Knie brechen dürfen.

»Connor, auch wenn ich jetzt eigentlich nichts anderes tun möchte als einfach glücklich zu sein: Wenn wir wirklich gemeinsam in eine Richtung blicken wollen, dürfen wir jetzt die praktischen Überlegungen nicht vergessen. Diesen Sommer werden wir es noch aushalten müssen, fürchte ich. Eine Wochenendbeziehung mit dir ist zwar ganz sicher nicht das Nonplusultra, aber es wird vorläufig nicht anders gehen. Das Drama ist, dass ich im Grunde da oben eine 7-Tage-Woche habe. Das heißt, ich kann nicht mal eben am Freitagabend den Löffel fallen lassen und nach Hamburg fahren. Die Wochenenden sind unsere Spitzenzeiten. Vor allem im Frühjahr, wenn noch keine Hauptsaison ist und die Touris nur für einen Kurztrip kommen.«

»So ist das eben. Du bist selbst und ständig. Mir geht es ja auch nicht viel anders. Allerdings kann ich mir meistens wenigstens die Wochenenden freischaufeln. Ich könnte also rauffahren.«

»Ja toll«, warf Leah ein, »ich stehe im Laden und was machst du dann den ganzen Tag?«

»Ich könnte mir die ›Helen‹ da in den Hafen legen. Dann käme ich immerhin wieder öfter zum Segeln.«

Leah verzog das Gesicht. »Connor, das sind alles keine wirklich grandiosen Aussichten. Lange halten wir das nicht durch. Ich werde versuchen, gemeinsam mit Mette nach einer vernünftigen Lösung zu suchen.«

Nach diesem Gespräch war sie hin- und hergerissen zwischen der unbändigen Freude über seinen Antrag und den jetzt manifest werdenden Problemen, deren Lösungsansätze ihr zwar schon ein paar Mal durch den Kopf gespukt waren, die aber bisher nie zu Ende gedacht werden mussten. Jetzt waren sie nicht mehr aufzuschieben, und wie ein dicker Stein im Schuh drückte diese Erkenntnis bei jedem Schritt.

* * *

Die letzte Nacht in der Hütte war für die Ewigkeit gemacht. Alle Gedanken an Zukunftsprobleme gleich welcher Art waren ausgelöscht, trollten sich buchstäblich in die Polarnacht hinaus und lauerten bis Sonnenaufgang versteckt in den düsteren Wäldern.

Als dürften sie sich nach dieser Nacht nie wieder haben, fielen sie übereinander her, bombardierten sich gegenseitig die Sinne mit Lust, krallten sich ineinander, schlangen sich umeinander, wollten sich nicht mehr loslassen. Jedes Nervenende bis auf die feinste Faser gereizt, die Köpfe ausgeschaltet und wie betäubt vom unmäßigen Genuss des stärksten überhaupt denkbaren Rauschmittels, tobten sie sich aus, bis jedes Hautfleckchen sich anfühlte wie mit spitzen Nadeln tätowiert.

* * *

Der Morgen kam und mit ihm der Kater.

»Ich glaub, ich werde nie wieder sitzen können«, jammerte Leah, als sie aus dem Bett kroch.

»Warum das denn? Ich hab dir doch gar nichts getan!«

»Du hast mich wundgeliebt, mein Schatz! Ich habe die Flitterwochenkrankheit.« Sie verzog beim nächsten Schritt das Gesicht zur Schmerzgrimasse und kreischte: »Jod! Heißes Wasser!«

Connor sprang aus dem Alkoven. »Hilft das?«, fragte er sichtlich verwirrt.

»Ach Quatsch«, prustete Leah, »da hilft nur abwarten oder ... Ach, das wird schon wieder.«

Ostentativ breitbeinig wackelte sie zur Feuerstelle, legte zwei dicke Holzscheite nach, die sich in der Glut sofort entzündeten, und goss aus dem Kanister Wasser in den großen Topf. Sie hatte Mühe, sich das Lachen zu verkneifen.

»Nee, mal im Ernst: Hast du vielleicht ein bisschen Panthenolsalbe oder Lebertran?«

Connor wirkte überfordert. Es war das erste Mal, dass sie das erlebte und sie fand ihn einfach umwerfend in seiner Besorgnis. Splitternackt kroch er in die eiskalte Abseite, wühlte hörbar schnaufend und kam mit einer Erste-Hilfe-Box zurück.

»Guck mal rein, ob da was Sinnvolles drin ist. Es tut mir so leid, Leah, das vierte Mal hätte ich auslassen müssen!«

»Oh nein, das hättest du nicht! Es war wundervoll!«, versuchte sie sein schlechtes Gewissen zu beruhigen und streichelte ihm zärtlich die Wange.

Connor war untröstlich und kam erst wieder runter, als Leah mit Triumphgeheul eine Tube Mirfulan-Salbe aus der Box zog. »Gib mir zwei Stunden und die Sache ist vergessen! Bei der Arschkälte da draußen werd ich noch nicht mal beim Pinkeln was merken. Das wird dann gleich mit vereist.«

So vergnügt, wie der Tag begonnen hatte, blieb er nicht. Leah spürte das leise Ziehen des »Zum-letzten-Mal«-Gedankens in ihrem Magen rumoren. Zum letzten Mal zusammen vor dem Haus in der Sonne sitzen und frühstücken, zum letzten Mal eine Runde durch den tiefen Schnee auf den Waldrand zu stapfen, zum letzten Mal ein flüchtiges Streicheln über die geschnitzten Pfosten des Alkovens.

Sie packten und als Søren am Mittag eintrudelte, stand alles zum Abmarsch bereit.

Leah hatte Angst beim Abseilen. Bei der Ankunft war es bergauf gegangen, sie hatte nur die Felsnase über sich vor Augen gehabt, die es zu erklimmen galt. Jetzt sah sie, wie tief der Abgrund tatsächlich war, und bemühte sich, sehr ruhig zu atmen, um keine Panikattacke zu bekommen. Sie bemerkte Connors Blick.

»Hab keine Angst, Leah! Du bist gesichert und ich bin bei dir. Es kann nichts passieren. Ich pass auf dich auf!«

Er sagte es in einem Ton, der so ermutigend wirkte, seine Augen strahlten so viel Verlässlichkeit aus, dass sie sich umgehend entspannte. Während des ganzen Abstiegs redete er unablässig auf sie ein wie auf ein krankes Pferd. Es tat gut, es lenkte genau so weit ab, dass sie die Konzentration auf den Weg nicht verlor, aber keine Zeit hatte, sich zu verspannen. Sicher landeten sie auf Sørens Boot.

Noch einmal ließen sie den Anblick der Felsmassive, der Wasserfälle, des glitzernden ruhigen Wassers auf sich wirken. Stumm lehnte sie sich an ihn, schniefte ein bisschen in seinen Norwegerpullover und plötzlich schoss ihr ein Gedanke durch den Kopf.

Immer. Wirklich immer war Makedas Gestalt aufgetaucht, wenn sie sich geliebt hatten. Warum nicht hier? Die Antwort stand klar und eindeutig vor ihrem inneren Auge. Es war der Duft! Connor roch nach Connor. Und sie liebte es, wie er roch. Aber etwas fehlte. Es war der Duft von Sandelholz, Amber und Bergamotte, der nicht da war. Der Duft musste es sein, der untrennbar mit Makeda verbunden war! Die Erkenntnis elektrisierte sie.

Das muss ich klären!

»Du, sag mal!?«

»Ja?«

»Du riechst hier nach Connor und nach nichts sonst ...«

Die Antwort war so lapidar wie erleuchtend: »Ja, ich hab mein Aftershave zu Hause vergessen. Schlimm?«

»Nein! Nicht schlimm!«, murmelte sie und schubberte wie zum Beweis ihre Nase an der rauen Wollbrust. Irgendwann würde sie es ihm erzählen.

Wie das Tor zu einer anderen Welt schlossen sich die Felsen des Fjordes hinter ihnen, als das Boot sich dem Meer näherte. Sie würden wiederkommen, beschloss Leah. Ganz bestimmt!

17. März 2001

Es war so weit.

Der Sprinter stand fertig gepackt vor dem Haus am Schwanenwik. Mette hing Nick am Hals. Er war gekommen, um seine Liebste heimzuholen. So großartig die Stimmung der beiden war, so hundsmiserabel ging es Leah. Connor hatte beim Packen geholfen und dann einen dringenden Anruf bekommen. Er musste fort, ehe sie zur Abfahrt bereit waren. Sie hatte sich mühsam zusammengerissen, bis sein Wagen außer Sicht gewesen war, und dann das große Heulen bekommen. Torben verging ebenfalls beinahe vor Abschiedsschmerz und war auch keine echte Hilfe. Amy hingegen bot ein Bild hechelnder Begeisterung. Sie grinste über beide Lefzen, denn sie liebte die Inselsaison und schien genau zu wissen, dass es losging.

Zwischen Kisten und Kästen eingequetscht, klemmte Leah, den Hund halb über ihrem Schoß, auf der Rückbank und sah während der Fahrt dem Liebespaar beim Turteln zu.

Die haben's gut! Aber man muss ja mal fair bleiben: Dafür haben sie sich den ganzen Winter lang kaum gesehen. Jetzt beginnt meine Leidenszeit. O Gott, wird das fürchterlich!

Bis zur Ausfahrt Bad Schwartau prasselte der Regen so gegen die Frontscheibe, dass Nick die höchste Scheibenwischerstufe einschalten musste. Dann plötzlich riss der Himmel auf. Leah hatte von ihrem Platz aus heute keine Chance, das alte Spiel »Wer sieht die Brücke zuerst?« mitzuspielen. Irgendwann quietschte Mette: »Da!«, und hatte das obligatorische Eis gewonnen. Es war die Stelle, an der Leahs Herz normalerweise einen Extrasprung machte. Heute blieb er aus. Sie kriegte es nicht fertig, das freudige Gefühl wieder heraufzubeschwören, das sie jahrelang empfunden hatte, wenn das Festland verlassen und die Brücke überquert war. Sie wusste, Connor würde morgen in aller Frühe kommen, und freute sich wahnsinnig auf ihn. Aber die kommenden Monate würden so anders sein als die vergangenen. Jeder war seinen Verpflichtungen nachgekommen. Sie hatten nicht geschlampt. Aber jede freie Minute hatte ihnen gemeinsam gehört. Leahs Handy summte. Wenigstens eine SMS!

»Maschinenschaden an einem unserer Containerschiffe im Suezkanal. Ich werde morgen nicht kommen können! Fliege heute Abend. Ich liebe Dich!!! C.«

Das war zu viel. Leahs Schleusen öffneten sich und sie heulte Amy das Fell nass.

»Was ist los?« Mette drehte sich um und hielt ihr ein Paket Tempos hin.

»Er kommt nicht, Mette, so ein Scheißkahn ist im Suezkanal havariert.«

»Och nö!« Sie klang unendlich mitleidig. »Aber tröste dich: Wenn du jetzt in Hamburg wärst, müsstest du auch ein paar Tage auf ihn verzichten.«

»Ja, ja!«

»Nein, vergiss es! ›Ja, ja‹ heißt, leck mich ...«, versuchte Mette ihr Bestes, aber es gelang ihr nicht, sie aufzuheitern.

Leah überlegte, ob sie ihn begleitet hätte, wenn endlich alles geklärt wäre, wenn sie nach der geplanten Hochzeit als seine Frau endgültig in die Villa eingezogen wäre, und kam zu dem Schluss, dass sie es wahrscheinlich auch dann nicht getan hätte. Das war eben einfach sein Job. Es kam jetzt nur gerade im absolut falschen Moment!

Und außerdem: Wenn ich das gewusst hätte, dann wäre der Abschied vorhin ganz bestimmt nicht so flüchtig gewesen! Das kommt nie wieder vor. Man kann nie wissen, wie lange man sich nicht wiedersieht. Man muss jeden Moment voll auskosten, als wäre es der letzte!

Leah versuchte zurückzurufen. Aber offenbar fuhren sie gerade durch ein Funkloch. Sie bekam vorläufig keine Verbindung, gab es auf und bemühte sich, ihre Nerven in ein sachliches Kostüm zu kleiden. Der Umschwung vom Angestelltenstatus und frisch verliebten Weibchen zurück zu ihrer Position als selbstständige Unternehmerin fiel ihr schwer. Aber Leah wusste, dass er gelingen würde. So viel Selbstdisziplin traute sie sich durchaus zu. Also schob sie ihre Sorgen um Connor *(verdammt noch eins, er macht bloß seinen Job, er zieht nicht in den Krieg!)* beiseite, wischte sich die Tränen aus den Augenwinkeln und richtete sich innerlich auf. *Vorbereiten auf den ganzen Haufen Arbeit, der jetzt ansteht!*

Sie arbeiteten wie die Berserker und hatten mit einbrechender Dämmerung sowohl das Fischerhaus eingeräumt als auch den Laden so weit auf Vordermann gebracht, dass sie am Montag würden öffnen können. Mette hatte Leah schon darauf vorbereitet, dass sie nur noch Gast in dem kleinen Haus sein würde. Natürlich! Sie wollte die Nächte bei Nick verbringen. Mit besorgtem Blick sah sie Leah an. »Kann ich dich alleine lassen?«

»Natürlich kannst du! Schwirr ab. Viel Spaß euch beiden!«

Sie war allein. Das erste Mal seit Wochen. Amy stupste ihre Hand an.

»Du hast recht, komm, wir machen noch einen schönen Abendspaziergang in den Hafen. Vielleicht haben wir Glück und treffen Claas!«

Leah genoss das Schlendern, das die Hündin ihr aufzwang. Die trödelte, schnüffelte, ließ sich Zeit. Seit dem letzten Jahr hatte sich im Städtchen nichts geändert. Je näher sie dem Hafen kam, desto lauter hörte Leah die Schreie der Möwen, desto deutlicher wurde der Geschmack von Salz auf den Lippen. Die

Sonne schickte die letzten Strahlen über die Kimm und leise klirrte die Takelage der Yachten. Wie immer!

Wie schön, dass es Dinge gibt, die sich nie ändern! Immer konstant bleiben. Ich bin sofort wieder zu Hause. Wenn Connor hier wäre, würde mir nichts fehlen zum Glücklichsein!

Im Büro des Hafenmeisters brannte Licht und sie klopfte an.

Rauchgeschwängerte Luft waberte ihr entgegen und sie schlug sich mit den Armen wedelnd durch den Qualm bis zu seinem Schreibtisch durch.

»Eines Tages wirst du dich damit noch umbringen«, hustete sie.

Claas sprang auf, nahm sie ungestüm in die Arme, zog sogar zuvor die Pfeife aus dem Mundwinkel.

»Du bist wieder da!? Ich freue mich, Leah!«

»Natürlich bin ich wieder da! Warum sollte ich nicht? Es ist März. Ich komme immer im März!«

Er hielt sie um Armeslänge von sich weg, betrachtete sie. »Ich dachte, du würdest nicht wiederkommen. Man hört ja so einiges. Aber gut siehst du aus! Bisschen blass noch, aber das wird schon wieder werden. Und beinahe glücklich guckst du. Beinahe!«

»Ich bin glücklich, wieder hier zu sein. Und nicht ganz glücklich, weil ich den Sommer über größtenteils allein sein werde«, erklärte sie und ahnte, dass seine Antennen weit genug gereicht hatten, um zu wissen, was inzwischen passiert war.

Claas goss Tee ein, reichte ihr einen Becher, wies auf den klapprigen Besucherstuhl und paffte blaue Wolken.

»Du hast davon gehört?«, fragte Leah.

»Natürlich habe ich davon gehört. Allerdings fehlt mir da wohl noch ein Puzzleteil, um zu dem Schluss kommen zu können, dass mir das Gesamtbild gefällt.«

»Du wusstest irgendwas, Claas!« Leahs Stimme klang etwas vorwurfsvoll.

»Ja, ich wusste was. Ich wusste, dass deine Mutter und Connors Vater ein Techtelmechtel miteinander hatten. Und ich kann ganz gut rechnen. Du kannst dir jetzt vielleicht vorstellen, dass ich dachte, der Klabautermann spielt mir einen üblen Schabernack, als ich dich von der ›Helen‹ wegflitzen sah, wie drei Jahrzehnte zuvor deine Mutter.«

»Du hast das gesehen?« Leah war platt.

»Ja, ich hatte damals als erster Offizier auf dem nagelneuen Schiff angeheuert. Als der offizielle Teil der Veranstaltung vorbei war, wollte ich gerade von Bord gehen, als ich die beiden vor der Helen stehen sah. Es war eindeutig, Leah. Und als das Blitzlicht aufflammte, von irgendwo, aus einer versteckten Ecke, dachte ich mir: Das gibt Ärger!«

»Und es gab Ärger! Du musstest dann nur noch eins und eins zusammenzählen, um dir dieselben Sorgen um mich und Connor zu machen, die sich auch Helen gemacht hat. Verstehe!«

Leah lieferte ihm die noch fehlenden Mosaiksteinchen. Und schilderte ihm ihre Sorgen um die Zukunft. Sie hatte immer mehr das Gefühl, mit einer undurchdringlichen Nebelwand zu sprechen. Nur ab und zu hörte sie einen kurzen Kommentar und sprach weiter, bis sie ihn komplett ins Bild gesetzt hatte.

»Claas, wenn du nicht möchtest, dass ich gleich ersticke, könntest du vielleicht mal ein Fenster aufmachen, ja?«, hustete sie, als alles erzählt war.

Claas ging stumm zum Fenster, tastete nach dem Griff und ließ kühle Abendluft herein.

»Ich hoffe, dass die Bewölkung um deine Stirn sich jetzt genauso auflöst wie die Rauchschwaden hier drin«, sagte sie zaghaft. Leah hatte ein bisschen Manschetten vor Claas' meist sehr treffendem Urteil.

Nachschubwölkchen ausstoßend grinste er sie an. »Ich wünsche euch Glück, mien Deern! Und die praktischen Dinge mit dem Laden, die kriegt ihr schon irgendwie hin. Kommt Zeit, kommt Rat!«

Es war beruhigend gewesen, wie er das gesagt hatte, fand Leah, als sie zum ersten Mal in ihr einsames Bett kletterte. Connor hatte sich zwar nicht mehr gemeldet, aber sie beschloss, sich darüber jetzt keine Sorgen zu machen. Mit einem Alles-wird-gut-Gefühl schlief sie ein und war vom Tag so fertig, dass sie nicht einmal mehr mitbekam, wie sich Amy einen Platz unter ihrer Decke ergatterte.

20. April 2001

Es mochte schon sein, dass Claas' Prophezeiung irgendwann eintreffen würde. Aber bis dato hatte sich Leah zu keiner vernünftigen Entscheidung durchringen können. Connor kam an den Wochenenden, und jedes Mal, wenn sie ihn wieder ziehen lassen musste, hätte sie am liebsten sofort alles hingeschmissen und wäre mit ihm gefahren. Sie hatten das Fischerhaus für sich allein, denn Mette war mittlerweile ganz bei Nick eingezogen. Es war ein wenig kahl geworden, nachdem ihre Möbel ausgeräumt waren, und Leah spielte regelmäßig von Dienstag bis Freitag mit der Idee, die Lücken wieder aufzufüllen, um sich samstags bis montags dagegen zu entscheiden. Die Geschäfte liefen gut, die Osterferien hatten schon viele Gäste auf die Insel gespült, der Laden wurde wie immer gern besucht, und Leah hatte ebenso, wie immer, viel Freude an ihrem Job. Tagsüber kam sie kaum zum Nachdenken. Nur die einsamen Abende machten ihr zu schaffen, wenn sie nach den täglichen ausgiebigen Telefonaten mit Connor spürte, wie allein sie in die Nächte gehen musste.

Die ›Helen‹ ankerte fest im Hafen und Connor ließ es sich nicht nehmen, ihr jedes Wochenende Segelunterricht zu erteilen. Sie lernte schnell und teilte bald seine Begeisterung für diesen Sport. Im Juli würde er sich eine ganze Woche lang freinehmen können und sie planten, einen längeren Törn Richtung Dänemark zu unternehmen.

Zunächst aber stand *das* Familien-Event des Jahres an. Zu Helens Geburtstag würden sie alle nach Hamburg kommen. Leah sollte endlich richtig in die Familie eingeführt werden, und Helen plante, dieses Jahr gleich zwei Fliegen mit einer

Klappe zu schlagen und eine Verlobungsfeier mit offizieller Bekanntgabe des Hochzeitstermins daraus zu machen. Connor und Leah hatten sich nach Kräften gewehrt, aber sie hatte nicht lockergelassen und letztlich war ihnen nichts anderes übriggeblieben, als es mit einem Lächeln hinzunehmen.

»Lass sie«, hatte Connor ihr ins Ohr geflüstert, »ich habe ihr die erste geplante Party versaut, jetzt soll sie ihren großen Auftritt von mir aus gleich zwei Mal haben.«

* * *

Leah war froh, einen guten Grund zu haben, sich nicht an den Vorbereitungen für die Feier zu beteiligen. Betty und Helen schienen zu Hochform aufzulaufen, und Connor brachte jedes Wochenende neue Informationen mit.

Einen Termin hatte sie allerdings in Hamburg wahrnehmen müssen. Und das auch noch ohne ihn, aber zusammen mit zwei höchst ambitionierten Müttern. Helen hatte eine alte Freundin aus ihren französischen Modeltagen dazu gebracht, Leahs Kleid zu schneidern. Einmalig und ganz »Haute Couture« sollte es werden. Es war der einzige Moment, in dem sich Leah wirklich in die Planungen einmischte, denn sie wollte weder in Pfirsichfarben noch in Mint erscheinen.

»Ich bestehe auf Grün! Jadegrün, von mir aus Moosgrün! Aber geht mir los mit diesen Pastellfarben!«, bestimmte sie und fuhr mit den Fingerspitzen über die Riesenstapel mit Stoffballen in dem etwas altertümlichen, aber weithin bekannten Modesalon.

»Grün!?«, sagte die Couturière. »Grün zu einer Verlobung?! Nun ja, es ist immerhin die Farbe der Hoffnung!«

Diese Reaktion kam ihr vertraut vor. Und Leah fragte sich, wie es möglich war, dass manche sehr distinguierte Damen es derart zur Perfektion bringen konnten, mithilfe der gehauchten

Tonlosigkeit in ihrer Stimme so viel vornehmes Entsetzen auszudrücken. Sie bemerkte, wie sich aus den wasserblauen Augen hinter der goldgeränderten Brille ein Blick in ihre Schulter bohrte, der zwischen Ekel und Anerkennung taumelte.

Leah hielt den Blick aus, drehte nur ganz leicht ihre Schulter aus der Schusslinie. *Wenn du wüsstest, was diese Farbe wirklich bedeutet!*, dachte sie. *Und wie ist es bloß dieser Schneiderin gelungen, ihren französischen Nasalakzent über die ganzen Jahre, die sie nun schon in Deutschland lebt, so zu kultivieren?* Unbeeindruckt wählte Leah ihren Stoff. Danach hatte sie ein stundenlanges Martyrium des Messens, Drapierens und der Suche nach dem perfekten Schnitt zu überstehen.

* * *

»Wenn das bei der Hochzeit noch schlimmer wird, ziehe ich es vor, in wilder Ehe mit dir zu leben«, sagte sie abends zu Connor, als sie sich stöhnend in den tiefen Ledersessel im Arbeitszimmer fallen ließ.

»Mein Steuerberater wird sehr für einen Trauschein sein«, sagte Connor mit einem Grinsen und setzte sich auf die Sessellehne, »aber das muss uns ja nicht davon abhalten, unsere Ehe trotzdem wild zu gestalten, oder?«

Er war ihr so wunderbar nah in diesem Moment und sie schnupperte den geliebten Duft, der wie immer ihre Sinne betörte. Leah legte ihm den Kopf in den Schoß und atmete tief die Mischung aus Sandelholz, Amber, Bergamotte und Connor, die aus dem dunkelgrauen Kaschmirtuch seines Anzuges bis direkt ins Zentrum ihrer Wahrnehmung drang. Connor streichelte ihr zärtlich übers Haar.

»Diesen Duft sollte man in Flaschen abfüllen!«, murmelte sie leise. »Dann hätte ich wenigstens immer ein bisschen von dir bei mir.«

»Kein Problem, den gibt's in Flaschen zu kaufen.«

»Nein, den gibt's nicht zu kaufen!«, protestierte sie. »In den Flaschen fehlt, was du erst daraus machst!« Ruckartig hob sie den Kopf und sah ihn forschend an. »Fahren eigentlich alle Frauen so darauf ab? Muss ich dir verbieten, dieses Aftershave zu benutzen, wenn ich nicht dabei bin?«

»Ich brauch kein Aftershave, damit Frauen auf mich abfahren«, neckte er sie mit einem reichlich selbstgefälligen Gesichtsausdruck und Leah trommelte mit den Fäusten auf seine Brust.

»Was treibst du hier des Nachts ohne mich? Frauen mit diesem Duft betäuben, willenlos in deine Seefahrerkoje schleifen und vernaschen?«

»Klar! Dutzende, jede Nacht!«, provozierte er lachend und machte eine wegwerfende Handbewegung. »Ich werd sie alle gar nicht mehr los. Guck mal aus dem Fenster, da stehen sie für heute Abend schon wieder Schlange und werden sich reihenweise in die Elbe stürzen, wenn sie mitbekommen, dass ich ausnahmsweise belegt bin.«

»Du bist ein arrogantes Arschloch, Connor Breckwohld!«, schnaubte sie wütend.

»Nein, ich bin nur wahnsinnig einsam und unglücklich ohne dich«, seufzte er und nahm ihr Gesicht in beide Hände. »Und wenn du möchtest, werde ich mir ein anderes Rasierwasser zulegen. Ein wirklich widerliches. Du darfst es gern aussuchen. Dann werde ich dieses hier nur noch benutzen, wenn du in meiner Nähe bist. Ach Leah, wenn du doch bloß immer bei mir sein könntest!«

»Ich arbeite dran, Connor«, flüsterte sie.

Leah neigte eigentlich gar nicht zu Eifersucht, aber das Szenario, das er da gerade beschworen hatte, wurmte sie doch. Eine kleine Welle des Entsetzens schwappte in ihr hoch.

Ich teile nur noch Bruchstücke aus seinem Leben und weiß doch gar nicht, was er wirklich tut, wenn ich nicht da bin. Viel-

leicht sollte ich mal weniger in mein Inneres sehen und mich ausführlicher mit seinem beschäftigen. Ganz glücklich ist er jedenfalls nicht. Und das könnte ihn angreifbar machen.

Sie drängte sich dicht an ihn. »Nur noch ein paar Monate! Nur bis zum Ende dieser Saison. Dann bleibe ich ganz hier!«

Als sie es ausgesprochen hatte, wusste sie, dass sie gerade eine endgültige Entscheidung getroffen hatte. Und es fühlte sich gut an. Es fühlte sich gut an zu sehen, wie das Quäntchen Traurigkeit aus seinen grünen Augen wich, wie er sie jetzt anstrahlte. Sie hatte ihn leiden lassen. Und das war das Letzte, was sie wollte.

4. und 5. Mai 2001

Schon am Tag vor der Feier waren Gäste angereist. »Nur im engsten Familien- und Freundeskreis«, hatte Helen geschworen und verschmitzt gelächelt, als Leah einen Blick auf die Gästeliste geworfen hatte. Die Nummerierung endete mit der Zahl 196.

Als Leah am Freitagabend ankam, musste sie ganz am Anfang der Auffahrt parken. Connor hatte sie schon vorgewarnt. Sämtliche Gästezimmer der schönen alten Villa seien proppenvoll und es herrsche ein Treiben wie im Bienenstock. Amy hatte sie deshalb bei Mette gelassen. Die Hündin konnte große Menschenansammlungen nicht leiden, und Leah war froh, sich so entschieden zu haben.

Es war ein milder Frühlingsabend, die Bäume blühten und auf der weitläufigen Rasenfläche spielten Kinder, die sie niemandem zuordnen konnte. Die Eingangshalle war mit einem Meer aus Blumen geschmückt, aus allen Räumen hörte sie fremde Stimmen. Die Fahrt war nervtötend gewesen, denn sie hatte mehr als zwei Stunden im Stau gestanden. Eigentlich war ihr jetzt nur noch danach, einen Happen zu essen, unter die Dusche zu gehen und dann: Connor!

Schon als sie die Tür zu seiner Wohnung öffnete, war klar: *Das wird so schnell nichts!*

Aus der Küche drang Gelächter. Auch Connors Stimme war darunter. Sie überlegte kurz, ob sie erst mal die geplante Dusche nehmen und hoffen sollte, ihn allein zu erwischen. Aber die Sehnsucht war nach der einsamen Woche zu groß, also warf sie ihren Rucksack unter die Garderobe und trat in die Küche. Am Tisch saßen vier Personen, zwei fremde Gesichter.

Connor war sofort bei ihr, nahm sie in den Arm, küsste sie. *Offenbar der engste Kreis!,* dachte sie, denn sonst wäre er zurückhaltender gewesen, hätte ganz sicher seine Hand von ihrem Po gelassen. Er drehte sie zum Küchentisch um, stellte sich hinter sie, hielt ihre Arme weit ausgebreitet und verkündete: »Das ist sie!«

»Hört ihr das, Leute? Da spricht der pure Besitzerstolz«, frotzelte Lucy und stand auf, um sie mit einer herzlichen Umarmung zu begrüßen.

»Ich fühle mich wie auf dem Pferdemarkt«, lachte Leah und deutet auf Connor. »Dieser Herr hier hat den höchsten Preis für mich geboten und jetzt wohl die Absicht, mich fürderhin in diesem Stall hier unterzubringen.«

»War sie teuer?«, fragte der Mann, den Leah problemlos als Connors Bruder Arndt Junior einordnen konnte, weil die Ähnlichkeit einfach keinen anderen Schluss zuließ.

»Sauteuer! Mein Herz, meine Seele und meine Freiheit habe ich gezahlt.«

»Da bist du ja noch günstig davon gekommen, ich hatte schon Bedenken, dass du das Familienvermögen ruiniert hast«, flachste Arndt und begrüßte Leah mit einem Kuss auf die Wange, den sie als »locker brüderlich« einstufte. Dann trat er einen Schritt zurück und musterte sie mit aufgesetztem Kennerblick. »Typ und Exterieur herausragend, Bruderherz! Wo wir schon mal auf dem Pferdemarkt sind: Wie steht's denn mit der Zuchttauglichkeit?«

Leah konnte nur mühsam die aufsteigende Empörung unterdrücken, die ihr das Blut in den Kopf treiben wollte. Kurz bevor eine Hitzewelle die Wangen erreicht hatte, gab die hübsche zierliche Frau, die bis dahin keinen Ton gesagt hatte, sehr durchsetzungskräftig das Stoppsignal. Sie stand auf und boxte Arndt in die Seite: »Könnt ihr Breckwohld-Kerle euch nicht benehmen? Eure Eltern haben ein Schweinegeld in Eton gelassen. Was habt ihr bloß für scheußliche Manieren!«

Die Männer guckten betreten und sie wandte sich lächelnd an Leah: »Im Doppelpack sind sie manchmal unerträglich, aber mach dir nichts draus, eigentlich sind sie ganz liebenswert. Ich bin Susan, die Frau dieses unmöglichen Ekels. Komm, setz dich doch, iss und trink etwas. Du bist sicher lange unterwegs gewesen.«

Susan zog sie auf den Platz zwischen sich und Lucy und wehrte Connors begehrlich dazwischen greifende Hände erfolgreich ab. »Du kriegst sie nachher wieder, erst mal möchte ich sie gern ein bisschen kennenlernen.«

Sie quatschten, lachten, tranken die halbe Nacht und Leah hatte innerhalb kürzester Zeit einen umfassenden Überblick über die ganze Familie. Sie fühlte sich wohl in diesem Kreis. Die Art, wie sie miteinander umgingen und auch sie sofort einschlossen, ließ keinen Platz für Vorbehalte und fade Höflichkeiten. Susan, die ein fast akzentfreies Deutsch sprach, verschwand nur zwischendurch kurz, um die Kinder aus dem Garten zu holen. In Pyjamas kamen die beiden Jungen frisch geduscht in die Küche getobt und sprangen ihrem Vater auf den Schoß. Arndt klemmte sich je einen rechts und links unter den Arm. »Zähne geputzt?« Beide nickten heftig. »Sean, Justin, ab mit euch, Geschichte vorlesen und dann wird geschlafen. Morgen müssen wir alle wahnsinnig gut aussehen!«

Leah hatte keinen Zweifel, dass sie gut aussehen würden. Die beiden waren Abbilder ihres Vaters. »Wie alt sind sie?«, fragte sie Susan, die sich mit einem Seufzen auf den Stuhl fallen ließ.

»Fünf und sieben. Und manchmal sind sie ganz schöne Rabauken. Aber jetzt habe ich unserer Nanny als Trostpflaster ein Mädchen versprochen«, zwinkerte sie.

»Hej, du bekommst noch eins?«, fragte Leah und schaute erstaunt auf Susans noch ganz flachen Bauch.

»Ende September!«

»Du bist ganz schön fleißig, Arndt«, sagte Connor und konnte eine gewisse Anerkennung nicht verbergen.

»Na, so stirbt die Familie wenigstens nicht aus. Du bist ja in der Hinsicht reichlich faul«, gab Arndt mit einem Seitenblick auf Leah zurück. »Aber vielleicht hilfst du ja jetzt endlich mal mit. Immerhin hast du nun keine Ausrede mehr, von wegen ›keine passende Frau‹ und so ...«

»Findet ihr das eigentlich *passend*, die Familienplanung der beiden hier im Generalstab zu diskutieren?«, warf Lucy vorwurfsvoll ein. »Lasst sie doch erst mal die äußeren Umstände klären, ehe sie in andere Umstände kommen.«

»Was gibt's denn da zu klären?«, fragte Arndt verständnislos. »Sie sind beide über achtzehn, fortpflanzungsfähig und sie lieben sich doch offensichtlich.«

Leah schluckte, denn anscheinend hatte Connors Bruder nicht die Spur einer Ahnung, worüber sie sich nun seit Monaten den Kopf zerbrochen hatten. Also griff sie ein und erläuterte, welches Dilemma sie geplagt hatte. Sie hörten ihr zu. Und Leah konnte sich des Eindrucks nicht erwehren, dass sie über ihre größten Entscheidungsschwierigkeiten verständnislos den Kopf schüttelten und darin offenbar kein Problem sehen konnten. »Versteht ihr?«, fragte sie zweifelnd, als sie fertig war.

Arndt schien genauso zu grübeln wie Susan.

»Hm ...«, begann sie, »ganz ehrlich, Leah: Ich hätte es mir nicht gut vorstellen können, auch nur einen Tag unnötig von Arndt getrennt zu sein. Das hätte ich nicht ausgehalten. Und vor allem nicht gewollt!«

»Siehste!«, sagte Arndt.

»›Siehste‹ nützt nichts«, wandte Connor ein, »wenn sie nicht will, will sie nicht. Vielleicht mache ich noch was verkehrt.«

»Du machst gar nichts verkehrt!«, wehrte Leah ab. »Und ich will ja! Aber ich weiß noch nicht, wie ich die Sache mit dem Laden regeln soll.«

Connor nickte ihr zu und wandte sich an seinen Bruder: »Wenn es um die Abwicklung eines Geschäftes geht: Dafür haben wir Anwälte und Banker. Aber das Problem liegt ganz woanders, Arndt. Du und Susan, ihr habt euch kennengelernt, als ihr beide frisch mit dem Studium fertig wart. Susan hatte keinen festgelegten Lebensplan. Sie konnte sich nach und nach mit der Doppelbelastung von Kindern und Berufstätigkeit arrangieren, und offenbar habt ihr das gut im Griff. Aber Leah hat sich ein Geschäft aufgebaut, das sie voll und ganz fordert. Und sie hängt daran. Für mich stehen keine großen Veränderungen an. Ich behalte meinen Job und bekomme Leah, wenn sie sich dazu entschließt, den Laden zu verkaufen. Sie müsste aber ihre Selbstständigkeit aufgeben. Und das muss sie wollen. Dazu werde ich sie nicht überreden. Und ich werde Geduld haben, bis sie hundertprozentig bereit ist, diesen Schritt zu machen.«

Connor hatte es auf den Punkt gebracht. Leah sah ihn erleichtert an. Sie war ihm dankbar.

»Und wie stellt ihr euch das vor? Verliebt, ab morgen verlobt, im Herbst verheiratet …?«, fragte Arndt.

»Ich habe Connor versprochen, dass diese Saison die letzte sein wird. Im September komme ich ganz nach Hamburg«, erklärte Leah.

»Na, dann ist doch alles geklärt!«, freute sich Susan, »Wie sagt ihr hier in Deutschland? Vorfreude ist die schönste Freude! So lange müsst ihr dann eben noch aushalten.«

Gegen zwei Uhr nachts freute sich Leah eigentlich nur noch aufs Bett. Sie war seit zwanzig Stunden auf den Beinen, todmüde und hatte keine Lust, zur Feier wie ein Zombie aufzukreuzen. Connor zeigte Verständnis, zog sie nur ganz dicht zu sich und ließ sie schlafen.

* * *

Über Nacht hatte es geregnet und Leahs erster Blick aus dem Fenster fiel auf den frisch gewaschenen Garten, der knallgrün in der Sonne glänzte. Kein Wölkchen stand am Himmel.

Perfektes Wetter für eine Feier draußen!

Eine ganze Schar von Männern in Overalls mit dem aufgedruckten Logo einer Cateringfirma flitzten, von Helen dirigiert, über den Rasen, bauten Tische und Stühle auf, installierten Dekorationen. Leah wollte noch nicht entdeckt werden, zog die Vorhänge wieder zu und schlich sich am schlafenden Connor vorbei ins Bad. Arndts Familie in den beiden Gästezimmern nebenan schien noch nicht aufgewacht zu sein. Trotzdem schloss sie, ganz gegen ihre Gewohnheit, die Tür ab und gönnte sich eine ausgiebige Schönheitspflege. Als sie in Unterwäsche aus dem Bad kam, begegnete ihr der verschlafene Arndt, nur mit einer kurzen Pyjamahose bekleidet, der bei ihrem Anblick allerdings sehr schnell aufzuwachen schien.

»Guten Morgen, Schwägerin! So früh so schön?!«

Nicht zu glauben! Er schafft es, mich verlegen zu machen! Verflucht! Diese Männer müssten waffenscheinpflichtig sein.

»Das Bad ist frei«, murmelte sie nur und huschte an ihm vorbei. Sie spürte, wie er ihr nachsah, und schloss schleunigst die Schlafzimmertür hinter sich.

Connor wühlte seinen Kopf aus den Kissen.

»Wow, so früh so schön!?«

»Sag, dass das nicht wahr ist!«, jaulte Leah gequält. »Denselben Spruch habe ich gerade von deinem Bruder gehört!«

»Du bist halb nackt Arndt begegnet? Na, was hattest du denn dann erwartet?«, fragte er grinsend, schnappte sich ihre Hand und zog sie ins Bett.

»Ihr seid sexistisch«, maulte Leah.

»Ach was, wir haben nur beide einen ausgesprochen guten Geschmack und Sinn für Schönes!«

Sie kam nicht mehr dazu, das Thema weiterzuverfolgen, denn Connor kniete schon über ihr und versenkte seinen Kopf zwischen ihren Schenkeln. Mit den Zähnen zog er ihr den String herunter, bis er sich nur noch um einen Fußknöchel rollte, und widmete sich mit den Lippen ganz ihrem Venushügel.

Leah stöhnte auf. Sein Spiel war gekonnt. Er versetzte sie in einen Zustand gespannter Erregung, der schon nach wenigen Minuten nur noch nach sofortiger Erlösung schrie. Aber er hielt sie hin, lenkte immer wieder ab, wenn er den Eindruck haben musste, sie würde gleich ... gleich sofort ...

Mit nassem Gesicht kam er zwischen ihren Knien hoch und sah sie forschend an.

»Nimm mich, sofort!«, bettelte sie unter halb geschlossenen Lidern und kniff gleich wieder die Augen zu, als sie einen einzigen Blick ins gierige Grün geworfen hatte. Das half allerdings auch nicht wirklich, denn umgehend erschien ihr Makedas lüsternes Gesicht, das ein Spiegel ihres eigenen sein musste.

»Nein!«, sagte er und sein Ton war spöttisch. »Ich bin heute ausnahmsweise gegen eine körperliche Vereinigung vor der Verlobung.«

»Spinnst du? Du kannst mich doch hier nicht einfach so vertrocknen lassen!«, fluchte sie empört und fühlte nur allzu deutlich das Pochen zwischen ihren Schenkeln. Mit einem Gesichtsausdruck, den sie schlicht nur »gemein« nennen konnte, strich er langsam und betont zärtlich über ihre Vulva und hielt ihr die Hand vor die Nase.

»Vertrocknen? Och nö, ich glaube nicht!«

Leah war sauer und versuchte, sich ihm zu entwinden. Sie hatte nicht die Spur einer Chance. Connor küsste sie so, dass allein das beinahe genügt hätte, sie in den Himmel zu schießen. Aber eben nur beinahe.

Was er damit anrichtete, hatte Leah noch nie erlebt. Den ganzen Tag über blieb sie in einem Zustand hochgradiger Erregung. Und sie wusste: Genau das hatte er bezweckt. Sie ließ keinen Moment aus, sich dicht an ihn zu drängen, nutzte jede Möglichkeit zur Berührung, stand komplett unter Strom.

»Make-up wirst du heute Abend gar nicht brauchen, Liebling, du strahlst wie eine Sexgöttin!«, flüsterte er ihr am Nachmittag in beinahe komplett versammelter Gästerunde ins Ohr.

Leah schwankte ständig zwischen Wut, dass er ihr das antat, und hoch erotisierter Seligkeit.

Als sie sich gegen Abend ins Schlafzimmer zurückziehen wollte, um das wundervolle Kleid anzuziehen, zog er sie in die stille Bibliothek. Leah schaute ihn irritiert an.

Was gibt das denn hier? Will er etwa jetzt, wo jederzeit jemand reinkommen könnte …?

Connor schob sie in einen der tiefen Lesesessel.

»Mach mal die Augen zu!«, wies er sie bestimmt an, und sie schloss vorsichtshalber gehorsam die Augen, wartete gespannt, was kommen würde. Dann hörte sie ein leises Rascheln hinter sich und fühlte seine Hände an ihrem Hals. Etwas Kühles legte sich auf die Haut.

Was ist das?

Es blieb da, als er die Wärme seiner Hände gegen einen heißen Kuss in ihrem Nacken tauschte. Leah tastete mit der Hand und fühlte etwas, das nur ein Schmuckstück sein konnte.

»Ich hoffe, es gefällt dir, mein Engel! Mein Verlobungsgeschenk!«, flüsterte er.

»O Connor! Danke! Was ist es?«

Sie sprang auf und fiel ihm um den Hals.

»Schau es dir oben im Spiegel an«, erwiderte er lächelnd, »und jetzt los, es wird Zeit, geh dich umziehen!«

Leah nickte, wollte sich von ihm lösen, aber er hielt sie zurück. Mit einem süffisanten Grinsen trieb er ihre sowieso schon dem Siedepunkt nahe Stimmung auf die Spitze: »Keine Unterwäsche!«

Sie wusste genau, wie hoch das Kleid geschlitzt war. Niemand würde es sehen, nein! Aber er würde es wissen!

Sie hetzte die Treppe hinauf und steuerte als Erstes den Spiegel im Schlafzimmer an. Ganz dicht um ihren Hals schmiegte sich ein Collier aus großen, wunderschön geschliffenen Smaragden, die von funkelnden Brillanten umkränzt waren.

Mein Gott, ist das schön! Dieses Grün! Es ist beinahe genau das Grün seiner Augen.

Sie konnte kaum den Blick von dem Schmuckstück lösen, als sie sich schminkte. Und sie schminkte sich so, wie sie sich fühlte. Sexy. Sehr sexy! Der letzte Blick in den Spiegel zeigte ihr eine Schönheit, die den Männern die Köpfe verdrehen würde. Im tiefen Moosgrün des schulterfreien Chiffonkleides schimmerten Tausende kleiner, aufgestickter Perlen, die, breit beginnend auf der rechten Büste, über der Taille schmal zulaufend, bis hinunter in den Rocksaum reichten. Der Schlitz ließ bei jedem Schritt beinahe die ganze Länge des linken Beines sehen.

Sie sah auf ihre kleine Uhr. Genau um acht würde sie die breite Treppe in die Halle hinunterschreiten. Zwei Minuten noch. Leise zog sie die Tür hinter sich zu und ging langsam den Gang entlang, bis sie auf der obersten Stufe stand. Der Raum war dicht gedrängt voller festlich gekleideter Gäste und Connor wartete, den Rücken ihr zugewandt, am Fuß der Treppe. Noch stand sie im Halbdunkel, niemand hatte sie bisher entdeckt, Gesprächsfetzen drangen zu ihr herauf. Er sah umwerfend aus in seinem Abendanzug. Lächelnd bemerkte sie wieder die kleine Locke, die sich in seinem Nacken wellte.

Die Uhr in der Halle schlug achtmal und erwartungsvoll drehten sich alle um.

Mein Auftritt! Bloß nicht stolpern!

Frank Sinatras »New York, New York« kam ihr in den Sinn.

Nichts eignet sich besser für den großen Auftritt auf der Showtreppe!

Leah summte leise: »I want to be a part of it! New York, New York … I am about to make a brand new start of it. Right there in old New York!«, und schritt die Stufen glamourös hinunter. Ganz still war es, bis sie Connor erreicht hatte, der sie in die Arme nahm und politisch korrekt küsste. So politisch korrekt, dass ihr zwar die Sinne beinahe schwanden, als sie den Ausdruck in seinen Augen wahrnahm, aber keiner der Anwesenden auch nur eine Spur dessen mitbekommen konnte, was in dem geheimen Raum, den er wieder einmal für sie beide geschaffen hatte, wirklich ablief.

Applaus brandete auf und Leah ging an Connors Arm durch den großen Salon, dessen Flügeltüren zum Garten hin geöffnet waren. Laue Luft schlug ihnen entgegen, der Duft der blühenden Bäume kitzelte ihre Nase. Die Dämmerung wurde erhellt durch die unzähligen Lampions und flirrenden Lichterketten, die sich im leichten Abendwind wiegten. Hier, auf der Terrasse, so hatte Helen es geplant, wollte sie die Verlobung und den Hochzeitstermin bekannt geben.

Die Gäste hatten sich im Garten versammelt und sahen zu Helen hinauf, die neben Connor stand. Leah glaubte, ihrer Wahrnehmung nicht zu trauen, als er seine von einer kleinen Säule verdeckte Hand zu ihrem Po hinuntergleiten ließ, ihn erst zärtlich streichelte, und dann seine Nägel so fest ins Fleisch grub, dass sie Mühe hatte, die Gesichtszüge nicht entgleisen zu lassen. Leah schnappte kaum hörbar nach Luft und sah ihn mit stummem Hilfeschrei an. Er guckte scheinbar völlig unbewegt freundlich geradeaus und nur diesem ganz speziellen Zug um seinen Mund konnte sie entnehmen, was es ihm für einen Spaß machte, sie fast komplett aus der Fassung zu bringen. Sie war hin- und hergerissen zwischen Empörung und einem schnurrenden Wohlgefühl, das es dringend zu verbergen galt.

Er spielt seine Spielchen! Der hundsgemeine Saukerl. Und ich muss hier gute Miene machen, darf mir nichts anmerken lassen. Den soll ich heiraten? … Herrgott, wie ich ihn liebe!

Helen redete und Leah hörte nur das Rauschen des eigenen Blutes in ihren Ohren, griff mechanisch lächelnd das gereichte Champagnerglas, stieß mit allen möglichen Gratulanten an, umarmte ihre Mutter und Torben, ohne ihre Glückwünsche richtig wahrzunehmen. Sie realisierte, dass Micha ihr seine neue Freundin vorstellte, konnte sich aber Sekunden später nicht mal mehr an ihren Namen erinnern.

Connor musste zwar in dem ganzen Gratulantengewirr irgendwann notgedrungen ihren Hintern loslassen, aber sie merkte sofort, dass die Hoffnung, dieser unerhörte Zustand würde sich nun legen, getrogen hatte. Am Buffet bekam sie kaum einen Bissen hinunter und der erste Tanz war auch nicht gerade dazu angetan, ihre Erregung zu mildern. Sein Duft, seine Nähe, seine Hände und das Blitzen in seinen Augen waren so viel, zu viel, dass sie gequält aufseufzte: »Was machst du bloß mit mir? Das sollte verboten sein!«

Er sah sie an. »Was ich mit dir mache? Ich liebe dich! Das ist doch nicht verboten!«

Dieser süffisante Ton, diese aufgesetzt harmlose Miene, diese hochgezogene rechte Augenbraue! Es war nicht zum Aushalten. »Ich platze gleich!«, jammerte sie.

»Das gilt es zu vermeiden«, grinste er, »erstens wäre es verdammt schade und zweitens eine ziemliche Sauerei!«

Er wirbelte bei der nächsten Drehung mit ihr an den Rand der Tanzfläche, heraus aus dem hellen Licht und zog sie mit sich in den hinteren Teil des Gartens. Ein paar Mal blieben ihre hohen Absätze in dem weichen Rasen stecken. Er bückte sich und streifte ihr die moosgrünen Veloursрumps von den Füßen. Im Dunkel erkannte sie die Umrisse eines offenen Pavillons. Auf zierlichen Säulen stand er unter einer alten Kastanie. Drei Stufen führten hinauf.

Jetzt hatte auch er es anscheinend eilig. Leah blieb keine Zeit mehr nachzudenken. Sie ließ sich von ihm gegen die

Balustrade drücken und genoss die aufgestaute Leidenschaft, die sich jetzt bei ihm Bahn brach. Er fuhr ihr ungeniert mit der Hand zwischen die Schenkel, hob ein Bein auf seine Hüfte. Sie war so sehr auf einem anderen Planeten, dass sie nicht einmal mitbekam, wann er seinen Gürtel geöffnet hatte. Nur das Ergebnis zählte. Endlich, endlich spürte sie ihn ganz. Das mühsam zurückgehaltene Begehren sprengte seine Ketten und fiel als glühendes Inferno über sie her. Leah schrie, als er sie endlich erlöste. Connor hielt ihr den Mund zu und völlig erledigt schmiegte sie ihr Gesicht in seine Handfläche.

»Pssst, du wirst noch die ganze Gesellschaft zusammenbrüllen!«, tadelte er lachend.

»Pöh, na und? Das ist hier eine Verlobungsfeier und keine Beerdigung«, giggelte sie.

Langsam lösten sie sich voneinander und Leah hielt sich erschreckt die Hand zwischen die Beine. »Menno, da siehst du mal, was wir jetzt von deiner ›Keine Unterwäsche‹-Anweisung haben!«

Er zog ein Taschentuch aus der Jackentasche und putzte sie akribisch. Leah war in einem Zustand total gelöster Albernheit. »Gut machst du das! Wenn die Reederei nix mehr abwirft, kannst du bei mir als Raumpfleger anfangen.«

»Du bist unmöglich!«

»Du bist schuld! Normalerweise bin ich sehr gesittet.«

»Du und gesittet? Dass ich nicht lache! Außerdem, wenn du *normalerweise sehr gesittet wärest,* würde ich dich nicht mal mit dem Hintern angucken. Du bist schon sehr *Miss Green!* Aber ich liebe diese *Miss Green* in dir!«

Kurz bevor sie wieder in den Lichtkegel um die Tanzfläche traten, gab er ihr die Schuhe zurück, und es gelang ihnen, sich ganz unbemerkt wieder unter die Gäste zu mischen, als wäre nichts passiert.

Nur Arndts Gesicht sprach Bände.

6. Juli 2001

Es war brütend heiß. Leah hatte sich dennoch in ein jadegrünes Kostüm gequält, um der Bedeutsamkeit des Notartermins Rechnung zu tragen.

Mette und Nick hatten offenbar ähnliche Gedanken gehabt und sich ungeheuer in Schale geworfen. Die Stimmung war während der Fahrt nach Hamburg schon sehr ernst gewesen, denn alle drei wussten, dass sie an diesem Tag ihre Weichen neu stellen würden.

Schweigend betraten sie die schicke Kanzlei und saßen kurz darauf einem Mann gegenüber, der Seriosität pur ausstrahlte. Die Verträge hatten sie tagelang gemeinsam studiert, akribisch jeden Unterpunkt auf Korrektheit überprüft. Vorausgegangen waren der ganzen Sache intensive Gespräche mit einem Banker, den Connor ebenso vermittelt hatte wie den Notar. Die Finanzierung stand auf sicheren Füßen. Sie wussten, was sie taten. Nur einen winzigen Moment lang zögerte Leah und setzte dann entschlossen ihre Unterschrift auf das Dokument.

»Aus der Traum von der Selbstständigkeit«, seufzte sie dennoch, als sie wieder auf der Straße standen, »jetzt gehe ich in die Sklaverei!«

»Och Süße!« Mette nahm sie in den Arm. Die Tränen der traurigen Gewissheit wollten nicht versiegen. Nick stand stumm mit gezücktem Taschentuch daneben und wusste anscheinend nicht so recht, mit Leahs Gefühlsausbruch umzugehen. Neben ihnen hielt Connors dunkler Audi in einer Parkbucht.

»Nimm sie und sieh zu, dass sie bald wieder lacht. Sie faselt was von ›Jetzt in die Sklaverei gehen‹«, sagte Mette erleichtert und gab die schluchzende Leah an ihn weiter.

»Manchmal muss man einen Traum mit dem anderen bezahlen«, flüsterte Connor ihr ins Ohr, »aber ich verspreche dir, unser gemeinsamer Traum wird noch viel schöner!«

Sie nickte heftig an seiner Brust, schmierte ihm die Wimpertusche ins blütenweiße Hemd und hielt sich fest wie eine Ertrinkende. Er griff nach dem wedelnd hingehaltenen Taschentuch, nahm ihr Kinn in eine Hand und wischte ihr die Tränen mitsamt der komplett verrutschen Schminke weg.

»Immerzu muss man dich putzen«, schimpfte er und der zärtliche Ton in seiner Stimme tat gut.

»Geht gleich wieder ... ist nur so ein komisches Gefühl gerade«, schniefte sie und er hielt ihr das Tempo unter die Nase: »Schnauben!«

Leah schnaubte und fühlte sich wie ein völlig unselbstständiges Kleinkind.

»Eigentlich wollte ich euch jetzt allen mal Leahs zukünftigen Arbeitsplatz in der Reederei zeigen. Aber ich glaube, wir suchen uns erst ein schattiges Plätzchen an der Elbe und trinken einen Schluck auf die Besiegelung eures Vertrags. Was meint ihr?«

Das »schattige Plätzchen« war die markisenüberspannte Terrasse seines bevorzugten Golfclubs. Connor bestellte Champagner. Champagner am hellen Mittag hatte die zu erwartende Wirkung auf Leah und sehr schnell fand sie ihre gute Laune wieder. Sie sah sich um und wurde sich der Tatsache bewusst, dass diese und ähnliche Umgebungen zukünftig für sie zur Normalität gehören würden.

Eigentlich auch nicht schlecht!, stellte sie fest und konnte sich endlich entspannt zurücklehnen.

Connor trug sie auf Händen und sie war sicher: Er wusste genau einzuschätzen, was er ihr damit abverlangt hatte, zugunsten der gemeinsamen Zukunft alles aufzugeben, was ihr bisher lieb und teuer gewesen war.

Die kommenden Wochen würden sie noch aushalten und sich dann nie wieder trennen!

21. bis 27. Juli 2001

Die vergangenen Wochen waren ein Crashkurs in Sachen »Geschäftsführung« für Mette geworden. Alles, was Leah bisher allein erledigt hatte, brachte sie ihr bei. Sie wollte, dass der Laden auch weiterhin wie am Schnürchen lief und ließ keine Winzigkeit aus. Sie hatten für die Hochsaison eine Halbtagskraft eingestellt und Leah sah die geplanten Urlaubstage mit Connor als Testlauf für Mettes neue Vollverantwortung. Was sich in diesen Tagen noch an Unsicherheiten auftun könnte, würde sie hinterher noch mit ihr aufarbeiten. Leah war zufrieden mit ihrer Freundin, denn Mettes Souveränität, speziell im Umgang mit den Lieferanten, steigerte sich schnell so, dass sie den Eindruck hatte, mehr und mehr entbehrlich zu werden. Und das war gut so!

Außerdem traf Leah noch eine weitere Entscheidung. Die Begegnung mit Susan hatte ihr deutlich vor Augen geführt, dass es Zeit wurde, sich mit der Kinderfrage auseinanderzusetzen. Wie hatte es doch Mette letztes Jahr so schön formuliert? »Deine biologische Uhr tickt!« Und Leah beschlich durchaus das Gefühl, sie würde immer schneller ticken.

Eines Morgens, als sie den üblichen ersten Griff zu ihrer Pillenpackung machte und feststellte, dass nur noch wenige blassrosa Kügelchen im Blister steckten, warf sie entschlossen das Päckchen in den Mülleimer, nahm beim Verlassen des Häuschens vorsichtshalber gleich den Müllbeutel mit hinaus und versenkte ihn unwiederbringlich in der Tonne.

Sie rechnete nach und kam zu dem Ergebnis, dass die Pille nun schon seit anderthalb Jahrzehnten ein ständiger Begleiter gewesen war. Wie würde sich das anfühlen? Wie würde der Körper auf diesen Entzug reagieren? Leah ertappte sich in den folgenden Wochen dabei, wie sie sich beobachtete. Die Antworten auf diese Fragen wollte sie während des Segeltörns herausfinden. Und sie beschloss, Connor im Urlaub mit dieser Entscheidung zu konfrontieren.

* * *

Das Wetter sollte ideal werden. Warm, aber nicht zu heiß, nur leichte Winde waren vorausgesagt. Genügend, um nicht tödlich gelangweilt in der Flaute zu dümpeln, aber weit und breit nichts in Sicht, was gefährlich werden konnte. Der Plan war, einige kleine dänische Häfen anzulaufen und jeden Tag mehrere Stunden zu segeln.

Majestätisch lag die schöne »Helen« im Hafen und wurde mit allem beladen, was lecker war und nützlich sein konnte. Mette stand mit Amy, Nick und Claas am Steg und winkte ihnen hinterher, als würden sie zu einer Weltumseglung starten, während sie langsam mit Motorkraft ausliefen. Nachdem sie die markierte Fahrrinne hinter sich gelassen hatten, setzten sie Segel. Leah war mittlerweile so geübt, dass sie nicht mehr an allen Ecken im Weg stand, sondern genau wusste, was sie zu tun hatte. Der Tag war noch jung, die erste Strecke würden sie heute leicht schaffen. Also beschlossen sie, noch einmal in Küstennähe vor Anker zu gehen, im glasklaren Meer zu baden und die Sonne an Deck in den bequemen Liegestühlen zu genießen. Ruhig lag die »Helen« im Windschatten der Küste.

Leah kletterte über die kleine Treppe am Heck ins Meer, Connor folgte mit einem kühnen Kopfsprung.

»Du wirst noch einen Herzinfarkt kriegen«, schimpfte sie, als er neben ihr auftauchte, »so erhitzt springt man doch nicht kopfüber ins Meer. Willst du mich zur Witwe machen, ehe wir überhaupt verheiratet sind?«

»Einen Herzinfarkt kriege ich höchstens bei deinem Anblick! Nackte Seejungfrauen haben mir schon immer den Blutdruck gefährlich hochgetrieben.«

»O Gott, dafür will ich nicht verantwortlich sein!«, rief sie, tauchte unter und verschwand in Richtung Schiff. Erst kurz vor dem weißen Heck der Yacht tauchte sie wieder auf. Er folgte ihr und erwischte sie gerade noch rechtzeitig auf der untersten Stufe des Treppchens, ehe sie hinaufklettern konnte.

»Flüchtende nackte Seejungfrauen sind übrigens noch viel gefährlicher für meine Gesundheit! Also bleib gefälligst hier, ich will dich fressen! Das beruhigt erfahrungsgemäß meinen Puls.«

Leahs Nacken lag meerumspült auf der untersten Stufe, Connor hielt ihre Hände über den Kopf gestreckt, zusammen mit dem glatten Geländer, fest und schwamm über ihr. Sie sah funkelnde Tropfen in seinem Haar schimmern und verlor sich in den grünen Augen.

»Friss mich!«, alberte sie und schloss ergeben die Lider. »Wohl bekomm's!«

Sie schmeckte das Salz auf seiner Haut, spürte die kühle Glätte, fühlte die Glut der Mittagssonne auf ihrer Stirn und gab sich der Vereinigung in dem feuchten Element mit Wonne hin. Schwerelos, durch seinen Griff vor dem Untergehen bewahrt, schlang sie ihm die Beine um die Hüften und wollte ihn nicht loslassen, obwohl ihre Körper längst wieder zur Ruhe gekommen waren. Mit geschlossenen Augen trieb sie fest verankert im Wasser.

Schwerelos und doch gebunden! Kein schlechter Zustand!

Im Halbschatten der Segel, die sich sacht in der Brise wiegten, lagen sie danach erschöpft nebeneinander auf den Deckstühlen, hielten sich an den Händen, nippten ab und zu an den kühlen Getränken und sprachen lange Zeit kein Wort. Leah überlegte, wie sie es ihm sagen sollte und beschloss, nicht drum herum zu reden, sondern es ganz direkt zu tun.

»Connor, ich habe die Pille abgesetzt!«

»Geil!«

»Geil?« Leah hatte erwartet, er würde diskutieren, Für und Wider abwägen, vielleicht auch, sich einfach brav freuen. Mit dieser Reaktion hatte sie nicht gerechnet. Er setzte sich auf und sie sah, dass seine Antwort in einem Wort genau *das* reflektiert hatte, was er meinte.

»Weil ich noch nie mit einer Frau geschlafen habe, die nicht verhütet hat. Und ich finde es einfach irre, wenn Sex mal nicht nur dem Vergnügen dient. Wenn er Folgen haben kann. Die Aussicht, dir ein Baby in den Bauch zu machen, finde ich einfach geil!«

Leah sah ihm in den Schoß und musste grinsen. »Ah, ich sehe! Du erzählst mir kein dummes Zeug!«

»Ich erzähle dir nie dummes Zeug!«, sagte er empört und fuhr mit diesem Zwinkern, das sie so liebte, fort: »Soll ich es dir diesbezüglich sofort beweisen, oder wollen wir erst mal ein Stückchen segeln und das auf abends verschieben?«

Leah stand auf, zog sich ihre weiße Bermudashorts und das dunkelgrüne Bikinitop an. »Los, Käpt'n, lass uns segeln. Inzwischen kannst du nachproduzieren. Es ist ja gerade eine knappe Stunde her. Aber zieh dir um Himmels willen was an, sonst …!« Sie hielt sich theatralisch die Hand vor die Augen.

»Sonst was?«

»Sonst könnte es sein, dass ich gleich über dich herfalle! Irgendwas stimmt nicht mit mir, seit ich die Pille nicht mehr schlucke.«

»Davon hab ich keine Ahnung«, sagte Connor grinsend, »aber wenn es diesen Effekt hat, soll es mir recht sein!«

* * *

Der Wind stand so günstig, dass sie nicht kreuzen mussten und keine Zeit verloren. Der Spinnaker blähte sich in den Farben der Reederei, die »Helen« nahm Fahrt ins offene Meer auf und schoss wie eine elegante weiße Möwe durch die See. Leah liebte es, ihn als Skipper zu beobachten. Jeder Handgriff saß, souverän steuerte er die Yacht durch die kabbeligen Wellen. Ohne Frage: Es war einer seiner Lieblingsspielplätze. Sie ließ sich den Fahrtwind durchs Haar pfeifen, lachte über die spritzende Gischt, die ihr kühlend das Gefühl für die Kraft der Sonne nahm. Als die Küstenlinie Dänemarks immer mehr an Schärfe gewann, der Spinnaker eingeholt war und die Geschwindigkeit gemächlicher wurde, merkte sie, dass sie nach dem Schwimmen vergessen hatte, ihren Sonnenschutz zu erneuern.

»Aua! Autsch, guck mal, es gibt Hummer heute Abend, Connor. Knallrot!«

Er verzog mitfühlend das Gesicht. »Geh mal runter ins Bad, da liegt was für solche Fälle im Schränkchen. Übrigens ist ›Hummer‹ eine super Idee! Ich weiß da ein tolles Restaurant ganz nah am Hafen von Nysted.«

Sie erreichten das kleine, bereits aus dem Mittelalter stammende Städtchen nach dem langsamen Passieren der Fahrrinne und bekamen einen Liegeplatz mit Blick auf die klotzige alte Burg zugewiesen. Es war idyllisch. Und die schöne »Helen« konnte offenbar beim Einlaufen Eindruck schinden, denn alles drehte sich nach ihr um.

Wie schon beim ersten Betreten der Villa und vor ein paar Wochen im Golfclub wurde Leah wieder einmal sehr bewusst, in welche Gesellschaftsschicht sie einheiraten würde. Während sie die mittlerweile automatisierten Handgriffe beim Anlegen ausführte, spukte ihr die Frage im Kopf herum, ob sie ihn wohl genauso attraktiv, genauso begehrenswert gefunden hätte, wenn er arm gewesen wäre. Ganz ehrlich musste sie vor sich selbst zugeben, dass da tatsächlich eine gewisse »Erotik der Macht« war, die ihn zweifellos umgab. Er vermittelte allerdings den Eindruck, als wären ihm seine finanziellen Möglichkeiten schnurzpiepegal. Für Leah war das genau die Art von Understatement, vor der sie manchmal mit ungläubigem Kopfschütteln stand.

Aber eigentlich kein Wunder! Er kennt es ja auch nicht anders. Die Familie ist seit Generationen wohlhabend. Und immerhin protzen sie nicht wie die Neureichen! Ich werde mich an diesen Lebensstil erst langsam gewöhnen müssen. Na ja, es gibt Schlimmeres! Wir sind jung, wir sind gesund. Leah, mach dir keine Gedanken, genieß es einfach!

* * *

Der Abend im Schatten der Burg bei Sonnenuntergang und hervorragendem Essen wurde wundervoll. Und egal, welchen Hafen sie auf ihrer Tour noch anliefen, es waren traumschöne Tage und heiße Nächte. Leah bekam auf See eine Farbe, wie es ihr noch nie gelungen war. Goldbraun war ihre Haut geworden und Connor begrüßte jede neu aufblühende Sommersprosse auf ihrer Nase wie eine kostbare Überraschung. Die Sonne hatte die rötlichen Reflexe in ihrem Haar in ein Meer sprühender Funken verwandelt.

Funken flogen auch zwischen ihnen, die Luft knisterte permanent. Leah fragte sich, ob sie unter dem von Connor apostrophierten Machteinfluss Makedas stand, deren Gesichtsausdruck sie nie als denselben wahrnahm. Vielleicht lag es am wechselnden Lichteinfall, vielleicht war es auch nur ihre persönliche Wahrnehmung, abhängig von der jeweiligen Stimmung. Aber wann auch immer ihre Blicke die Statue im Bauch der »Helen« streiften, hatte sie den Eindruck, die Schöne würde mit ihr kommunizieren. Und Makeda schien nur ein einziges Thema zu kennen: Sex!

Nie zuvor hatte Leah eine derartige Lust verspürt. Zu jeder Tages- und Nachtzeit fühlte sie sich bereit. Mehr noch: Sie provozierte Connor, wo sie nur konnte. Und er ging auf jedes ihrer freizügigen Angebote begeistert ein. Am Abend vor dem Rückreisetag waren sie noch einmal unter die wehrhaften Mauern der Nysteder Burg zurückgekehrt. Nach dem Essen gönnten sie sich einen Cocktail an Deck und ließen die rotgoldene Abendstimmung schweigend auf sich wirken.

»Hast du eigentlich dieses grüne Dings mit?«, fragte Connor und Leah hörte das raue Timbre in seiner Stimme, das unmissverständlich verriet, worauf er Lust hatte.

»Welches grüne Dings? Ich habe nur grüne Dingse!« Sie wusste genau, was er meinte, aber sie hatte gerade den kleinen holländischen Kann-nit-verstaan-Schalk im Nacken sitzen, der ihr aufgab, ihn ein bisschen zu ärgern.

»Na, das *Miss-Green*-Dings«, erklärte er und bekam offenbar nicht mit, dass sie ihn foppte.

»Ja schon, aber das hat doch eigentlich ausgedient!«

»Wieso hat das ausgedient?«

»Damit habe ich mir dein Herz und deine Seele verdient. Mehr geht nicht«, sagte sie gleichmütig und versuchte, nicht in Gelächter auszubrechen.

»Das war ein Abo!«, fuhr er empört hoch und schlug mit der flachen Hand auf die Armlehne seiner Liege. »Für nur einmal *Miss Green* war der Preis zu hoch. Ich kann *Miss Green* ordern, wann immer ich will! Und genau jetzt will ich sie. Ich gebe dir eine Viertelstunde, dann darf die Dame mich empfangen.« Connor klatschte in die Hände und Leah war elektrisiert.

Sie liebte diese Spiele. Liebte es, wie er immer wieder die Liebe neu erfand, wie er der Fantasie Flügel verlieh, ihr neue Identitäten gab, ihr half, sich selbst ständig neu zu erfinden. Nie war der Sex mit ihm gleich. Immer wieder war er überraschend und anders. Fünfzehn Minuten blieben ihr. Nicht nur fünfzehn

Minuten, um sich umzuziehen, sondern fünfzehn Minuten, um sich in *Miss Green* zu verwandeln. Die gefiel ihm ganz offenbar besonders gut. Und nach dem ersten Auftauchen hatte er sie ihrer Persönlichkeit als festen Bestandteil hinzugefügt oder vielleicht auch nur aus dem Ei gepellt, was sowieso an die Schale geklopft, und darauf gewartet hatte, das Licht der Welt zu erblicken.

Leah verfiel in fieberhafte Eile. Sie wollte fertig sein, wenn er herunterkommen würde. Nicht nur umgezogen, sondern fertig! Und sie war fertig, als sie seine Schritte auf den Stufen hörte. Direkt vor Makeda wartete sie. Ein Bild äußerst selbstbewusster, verführerischer Laszivität.

Dann stand er vor ihr, barfuß in Jeans, einem offenen Hemd, dessen Weiß gegen seine Bräune anblendete, und musterte sie mit einem Blick voll nackter Begierde. Scharf zog er die Luft durch die Zähne.

»Miss Green, du weckst die niedersten Instinkte in mir!«

»Das hoffe ich«, flüsterte sie, schloss die Augen und nahm seinen Duft nach Sandelholz, Amber, Bergamotte und Connor wahr. Oder war es der Duft dieser Essenz, die ihr Makeda mit dem Lächeln voll verführerischer Versprechen aufs Haar streute? Realität und Traumgespinst verschmolzen zu *einem* Bild, *einem* Gefühl.

Das Kribbeln setzte ein, begann an den Fingerspitzen, streunte über die Arme, kroch ihr in den Nacken, lief über ihre Brüste, huschte die Beine entlang und konzentrierte sich schließlich wie frisch befeuchtetes Brausepulver zwischen ihren Schenkeln.

Connor drehte sie mit dem Gesicht zur Statue. Erstaunt wollte sie sich umwenden und sehen, was jetzt kommen würde, aber er verbot ihr in diesem speziellen dominanten Ton, die Augen zu öffnen. *Miss Green* schien ihn wieder einmal zu animieren, eine Seite zu zeigen, die Leah extrem erregend fand.

Er wand etwas um ihre Taille, fixierte ihre Handgelenke an Makedas Händen. Es musste ein Seil sein, das er benutzte, oder war es Dschamallah, der sie umschlängelte? Eine verwirrend lebendige Wärme ging von der Figur aus. Ihr war, als fühlte sie Makedas Puls in ihren Fingerspitzen. Sie lehnte den Kopf gegen die Wange der Schönen und meinte, ihren Atem zu spüren.

Leah war berauscht, ließ sich wie eine willenlose Puppe in Position ziehen. Mit weit gespreizten Beinen stand sie da, während seine Hände die Formen ihres Pos nachfuhren, den Rücken hinaufglitten und sich sanft, aber bestimmt um ihren Hals legten. Es war nicht Connor! Es musste die Schlange sein, die ihre Kehle kitzelte. Nein, es war Connor! Jetzt hielt er ihre Hüften fest. Und sie spürte, wie bereitwillig sie ihn aufnahm. Dunkel gurrende Laute drängten über ihre Lippen. Makeda hielt sie. Sanft. Und dennoch unerbittlich fest. Und Connor hielt sie, während sie ihm jede Bewegung, jeden Stoß zurückgab, bis es kein Halten mehr gab, sie den Mund aufriss, um ein Stakkato von Lustschreien herauszulassen. Doch Makeda erstickte ihre Schreie. Sie wendete den Kopf, legte die Wange auf Leahs weit geöffnete Lippen, bis sie nach Luft japste.

»Musst du immer so brüllen?«, fragte er, die Arme um sie geschlungen und seinen Kopf in ihren Nacken gelegt.

Langsam kam sie in die Wirklichkeit zurück. »*Ich* brülle nie! Das muss diese Miss Green sein!«

»Nein, *du* brüllst! Ich erinnere nur an unsere Verlobung.« Er klang amüsiert.

»Ach das!«, versuchte sie abzuwiegeln. »Da muss sie auch in der Nähe gewesen sein.«

Connor lachte. »Ich glaube, sie ist nicht nur ›in der Nähe‹, sie ist eine Facette von dir, die immer vorwitziger wird.«

»Soll ich versuchen, sie ein bisschen auszubremsen oder sogar einzusperren?«

»O nein! Das lässt du schön bleiben! Ich spiel so gern mit ihr.«

Leah stand noch immer in derselben Position, fühlte sich nicht nur von ihm umschlungen, sondern auch noch immer gebunden. »Würdest du mich vielleicht mal losknoten, bitte?«, fragte sie.

»Wieso losknoten?« Seine Stimme klang ehrlich erstaunt. »Dich hat doch keiner festgebunden!«

Sie öffnete die Augen, sah in Makedas freundliches, aber völlig unbewegliches Gesicht, sah die rot glühenden Augen des Schlangengottes, der sich unverrückbar an seinem angestammten Platz um die Statue gewickelt befand, und seufzte: »Dann also doch Dschamallah! Ich habe es genau gefühlt: Der hat mich eingewickelt und dir als wehrloses Päckchen präsentiert. Ich finde, die beiden mischen sich ganz schön ein!«

»Das bildest du dir ein!«, entgegnete Connor überzeugt.

Aber der Gesichtsausdruck, mit dem er das sagte, sprach eine andere Sprache.

10. September 2001

Nach ihrer Rückkehr war Leah erleichtert, dass Mette wunderbar ohne sie zurechtgekommen war. Und doch fühlte sie kleine Stiche, wenn sie während ihrer letzten Wochen im Geschäft mehr und mehr von Kunden und Lieferanten übergangen wurde. *Es soll so sein, ja, und es ist doch ein wirklich gutes Zeichen!,* sagte sie sich, aber bisweilen tat es dennoch weh und es fiel ihr ein bisschen schwer, sich auf ihren neuen Wirkungskreis in der Reederei zu freuen. Natürlich würde es eine spannende Aufgabe werden, sich in die Logistik des großen Unternehmens einzuarbeiten. Und ihr Büro würde nur ein paar Türen von Connors entfernt sein. Aber sie wusste, dass sie dort nur ein Rädchen von vielen sein würde. Und das war völlig ungewohnt.

Connor machte ihr jeden Tag aufs Neue deutlich, dass sie andererseits das wichtigste Rad im Getriebe seines Lebensplanes war und er alles dafür tun wollte, dass sie an seiner Seite glücklich werden würde. Er hatte es schwer mit ihr. Schwer, solange er sie nicht im Arm hielt! Ganz leicht dagegen, wenn sie zusammen waren. Es fühlte sich an, als würde ein Schalter in ihr umgelegt, der völlig selbstständig agierte, sobald er auftauchte. Und sich genauso selbstständig wieder in die alte Zweiflerposition zurückbegab, wenn er nach den Wochenenden wieder abfuhr. Meist fand sie kaum in den Schlaf, wälzte sich stundenlang ruhelos von einer Seite auf die andere. Aber dann, wenn ihre innere Anspannung nachließ, kamen die Träume. Sie kamen zuverlässig und kannten nur einen Inhalt. Immer waren es Connor-Träume und jede Zerrissenheit verschwand hinterm Horizont, bis der Morgen graute. Leah quälte sich damit, diesen

Zwiespalt immer wieder zu realisieren, und sie wusste, dass ihm das nicht entging.

Alles wird gut, wenn wir endlich ganz zusammen sind! Dann wird es aufhören!

Connor hatte die »Helen« schon vor zwei Wochen mit nach Hamburg genommen und sie fühlte sich buchstäblich wie das »Mädchen im Hafen« aus irgendeinem alten Shanty, das Wochen würde warten müssen, bis es seinen Seemann wieder in den Armen hielt. Er hatte einen längeren Aufenthalt in den Staaten vor sich. Sie würden sich fast sechs Wochen nicht sehen. So lange nicht sehen, bis auch der Moment kommen würde, in dem sie hier die letzten Zelte abbrechen musste. So schrecklich es war, ihn ziehen lassen zu müssen: Vielleicht war es gar nicht so schlecht, wenn er das, was sie mittlerweile schon als »dämliche Rumzickerei« für sich eingeordnet hatte, gar nicht so richtig mitbekommen würde. Bei seiner Heimkehr wollte sie am Flughafen stehen. Dann würden sie sich nie wieder trennen müssen, und Leah hoffte inständig, dass dann endlich dieser quälende Zwiespalt aufhören würde.

Ein sehr wehmütiges Gefühl überkam sie, als die Yacht am Horizont verschwand. Es hatte etwas von Zu-Ende-Gehen.

Vieles hat jetzt etwas von Endgültigkeit, dachte sie und schalt sich wieder einmal, weil sie fand, dass es einfach der falsche Gedanke war. *Verdammt, ich liebe ihn! Er ist das Beste, was mir je passiert ist! Und er hat das nicht verdient, was ich hier abziehe!*

Dennoch: Vieles wurde zum letzten Mal erledigt, würde nie wieder so sein, und das war ihr nur allzu bewusst. Mette war nicht entgangen, dass es ihrer Freundin nicht gut ging, und sie hatte deshalb beschlossen, die letzten Wochen vor der Abreise mit ihr im Fischerhäuschen zu verbringen. Leah war ihr dankbar für diesen Freundschaftsdienst und schob die Tatsache, dass sie sich psychisch und körperlich unwohl fühlte, auf diese verwirrende Mischung aus Melancholie und gespannter Zukunftserwartung.

Sie schob es sehr lange darauf.

Bis sie eines Morgens, noch bevor ihr Kuhwecker losdröhnte, der Duft von Kaffee weckte, den Mette neuerdings aufsetzte, weil Leah in den letzten Tagen nur noch selten so früh aufwachte wie sonst.

Dieser Duft von Kaffee bewirkte, dass sie in ungeahntem Turbotempo aus dem Bett sprang und eine Viertelstunde lang die Kloschüssel umarmte.

»Was ist denn mit dir los?« Mette stand in der Badezimmertür und klang ernsthaft besorgt.

»Mir ist so schlecht«, jammerte Leah.

»Hast du dir den Magen verdorben? Was hast du gegessen?«

»Ich glaube nicht, dass ich mir den Magen verdorben habe. Das geht schon eine Weile so. Immer mehr Gerüche verursachen mir Übelkeit. Gekotzt habe ich aber bisher noch nie. Mir ist bloß morgens immer so moderig. Es wird besser, wenn ich was gefrühstückt habe.«

Mette sah sie forschend an. »Mausi! Du bist nicht zufällig ...«

Sie kam nicht weiter. Leah schüttelte heftig den Kopf. »Ganz bestimmt nicht ›zufällig‹!«

»Ich hole dir nachher einen Test aus der Drogerie«, sagte Mette bestimmt. »Das würde natürlich auch deine Verpenntheit und die ultraschlechte Laune in den letzten Wochen erklären.«

Nach ein paar Bissen Brot war die Übelkeit wie weggeblasen. So weggeblasen, dass Leah schnell vergaß, was Mette angekündigt hatte.

* * *

»Hier! Mach mal! Das ist ein Schnelltest, den musst du nicht morgens ansetzen«, sagte Mette in der Mittagspause und drückte ihr das Päckchen in die Hand.

Ein paar Minuten später starrten sie beide gespannt auf das Stäbchen, das flach, wie es die Gebrauchsanweisung verlangte, auf dem Waschbeckenrand in dem winzigen Bad lag. Es dauerte nur Sekunden, bis der erste Balken im Kontrollfensterchen erschien. Und es dauerte kaum länger, bis auch der zweite sich zeigte. Mette hob den Tester ins Licht, verglich ihn mit den Abbildungen in der Packungsbeilage und sagte: »Bingo!«

Leah ließ sich auf den Klodeckel fallen und seufzte tonlos: »Ich bin schwanger! So schnell!«

»Scheint so«, grinste Mette. »Erstens gratuliere ich dir und zweitens lässt du dir jetzt sofort einen Termin bei Dr. Klein geben!«

Noch am selben Abend bekam sie nach einer ganzen Reihe von Untersuchungen ihren Mutterpass ausgehändigt. Garniert mit reichlich guten Wünschen und Ratschlägen der Praxiscrew. Es würde sich legen mit der Übelkeit, die sei ein gutes Zeichen, nur ein Beleg dafür, wie prächtig ihre Hormonwerte wären, alles in bester Ordnung, erklärte ihr der erfahrene Frauenarzt.

In Leah ging während dieses Termins eine rasante Veränderung vor. Der Wendepunkt war der Moment, als Dr. Klein ihr mit äußerst zufriedenem Gesichtsausdruck den kleinen Ultraschallmonitor ins Sichtfeld gedreht hatte. Dieser schwarze Fleck in ihrem Bauch, der bei genauer Betrachtung gräuliche Schattierungen in einer Ecke erkennen ließ, gab den Ausschlag. Eine Fruchthöhle. Mit Inhalt! Unverkennbar!

Noch vor wenigen Stunden hatte nur ihr innerer Widerstreit alles Denken bestimmt. Jetzt plötzlich – und Leah wusste genau, dass es ihre ureigene Entscheidung gewesen war, das Risiko einer Schwangerschaft einzugehen – gab es etwas Greifbares, für das sie allein die Verantwortung trug. Und sie liebte es einfach, alleinige Verantwortung zu tragen. Dieses Baby, das da in ihrem Bauch heranwuchs, empfand sie als lebenden Beweis für die Richtigkeit des neuen Weges, den sie eingeschlagen hatte. Der Schalter, der in Connors Abwesenheit immer geklemmt hatte, legte sich nun um. Das Herz wurde ihr leicht. So leicht, dass sie plötzlich derart strahlte, dass sie die ganze Praxis mit ihrer Begeisterung ansteckte.

Mette hatte sie begleitet und wartete mit Amy auf der kleinen Bank unter den gelben Kürbislinden vor der Praxis. »Und?« Ihr Gesichtsausdruck zeugte von ahnungsvoller Spannung.

»Ich bin in der siebten Woche! Ein Urlaubsmitbringsel, alles okay«, sagte sie erst in bemüht selbstverständlichem Ton, um im Bruchteil einer Sekunde in eine Art Indianergeheul auszubrechen. »Mette, wir kriegen ein Kind!«

»Oh, Süße, ist das schön!«, jauchzte Mette und fiel ihr um den Hals, »Dann wird es zwar ein ›Sieben-Monats-Kind‹, aber man sieht es wahrscheinlich bei der Hochzeit Ende des Monats noch gar nicht. »Willst du ihn gleich anrufen?«

Leah überlegte kurz und schüttelte dann vehement den Kopf. »Nein, ich glaube nicht! Das möchte ich Connor übermorgen gerne persönlich erzählen.«

»Hast du auch wieder recht!«, meinte Mette und hakte sie unter. »Da siehst du mal, wenn etwas zu Ende geht, ist irgendwo immer ein neuer Anfang.«

»Das hört sich ziemlich pathetisch an«, erwiderte Leah lachend und rezitierte: »›Es muss das Herz bei jedem Lebensrufe bereit zum Abschied sein und Neubeginne‹. Das hat Hermann Hesse mal in einem Gedicht geschrieben. Ich finde ja eigentlich, dass es sowieso schon sehr viel ›Anfang‹ bei mir gibt. Aber das Baby macht natürlich alles noch viel schöner.«

»Hah«, trumpfte Mette auf, »das Gedicht kenne ich auch! ›Und jedem Anfang wohnt ein Zauber inne, der uns beschützt und der uns hilft, zu leben.‹! Deutsch, zehnte Klasse, glaube ich.«

»Du hattest das auch? Anscheinend stand es also auch im Nachbarland auf dem Lehrplan. Meine Patentante Leah hat's uns eingebläut.«

Alles war gut!

Leah hüpfte ausgelassen neben Mette, und Amy hüpfte mindestens genauso ausgelassen neben Leah, als sie sich zu einem Abendspaziergang auf den Weg zum Hafen machten. Der Himmel hatte schon dieses unglaubliche, klare Septemberblau. Die kühle Abendluft roch nach vergehendem Sommer. Die alten, kugelig geschnittenen Linden, die den Weg säumten, leuchteten wie riesige gelbe Halloween-Kürbisse. Matt und träge schwappte das Wasser im Hafenbecken, leise klirrte das Tauwerk der vielen kleinen und wenigen größeren Yachten gegen die Masten. Ein paar Möwen umkreisten kreischend die Schiffe.

Leah blieb stehen. Alles war wie immer. Hier würde immer alles sein wie immer. Sie würde zurückkehren können, wann immer sie wollte. Und dennoch war alles neu. Sacht strich sie sich über den Babybauch, der noch gar keiner war, und sah aus dem Augenwinkel Mettes zustimmendes Lächeln. Von Weitem winkte Claas sie heran.

»Wollen wir es ihm erzählen?«, fragte Mette.

»Ja! Und weißt du was? Ich bin glücklich!«

Zweifel

Ich sitze hier vor dem prasselnden Kaminfeuer mit dem Laptop auf den Knien. Es ist März geworden. Vor ein paar Tagen war es schon richtig frühlingshaft warm und die Schneeglöckchen im Garten haben ihre weißen Köpfchen vorwitzig herausgestreckt. Nun hat das Wetter umgeschlagen und sie müssen unter einer dichten Neuschneedecke noch ein bisschen warten.

Jetzt quäle ich mich mit der Frage: Soll ich das erste Kapitel einfach streichen, es gut sein lassen, den Schlusspunkt setzen? »Alles war gut!« So steht es in einem der letzten Sätze. So hätte es sein können! Oder: »Und sie lebten glücklich bis ans Ende ihrer Tage.«

Aber das wäre nicht die ganze Wahrheit. Nicht an dieser Stelle!

Ich habe also einen Freund gefragt. Einen wirklich guten Freund. »Soll ich tatsächlich erzählen, wie es weiterging? Es ist doch schön so, oder?« Er hat den Kopf geschüttelt und geantwortet: »Deine Geschichte ist erst fertig, wenn du sie ganz zu Ende erzählt hast!«

Er hat recht! Warum sollte ich auch der Geschichte ersparen, was wir selbst durchleiden mussten? Also werde ich den Rest auch erzählen.

Ich lese mein erstes Kapitel und sehe den Satz, vor dem ich mich mehr und mehr gefürchtet habe, je näher ich diesem verdammten Datum kam. Denn ich wusste die ganze Zeit über, es würde mir unendlich schwerfallen, diese Wunde schreibend wieder aufzureißen:

»Es gab keinen Tag in meinem Leben, an dem Glück und Unglück, Himmel und Hölle, Ende und Anfang jemals dichter beieinandergelegen haben!«

11. September 2001

Er hatte aufgelegt und sie stand gedankenversunken an ihrem Schreibtisch im Büro. Morgen! Morgen würde er zurückkommen. Sie riss das oberste Blatt des Kalenders ab, warf es in den Papierkorb. Morgen! Morgen war es endlich so weit. Morgen war der zwölfte September!

Leah hatte gepackt. Der Sprinter stand bereits fast fertig beladen vor dem kleinen Fischerhaus. Es fehlten nur noch die paar persönlichen Utensilien, die hier im Laden bis zum Schluss gewartet hatten, weil sie die täglich um sich haben wollte. Sie nahm das Foto ihres Vaters vom Schreibtisch, betrachtete es kurz und legte es dann entschlossen zu den anderen Sachen in die Klappbox. Er würde mit ihr zufrieden sein! »Was auch immer du tust, Leah, mach es ganz oder gar nicht!«, war einer seiner Ratschläge gewesen, auf die sie immer gehört hatte. Sie war im Begriff, jetzt alles »ganz« zu machen. Seit sie wusste, dass ihre morgendliche Übelkeit einen süßen kleinen Grund hatte, ging sie ganz anders damit um. Es war sogar so, dass sie heute Morgen mit einem beinahe triumphierenden Lächeln überm Klo gehangen hatte, das Mette grinsend als »selig schwanger« beschrieb.

»Jawohl, mir ist schlecht! Aber das macht gar nichts! Im Gegenteil! Angeblich ist das ein großartiges Zeichen.«

»Dann würg ruhig noch ein bisschen«, hatte Mette amüsiert empfohlen, »ich leg dir schon mal ein Stückchen trocken Brot hin und brüh dir Kamillentee.«

»Nicht nötig! Ich brauche gleich Kaffee. Ich bin nicht krank, nur schwanger«, war Leahs Antwort gewesen, bevor sie sich vergnügt dem nächsten galligen Schub überließ.

Alle Zeichen standen auf Neubeginn und Leah war kribbelig gespannt auf den nächsten Morgen.

* * *

Sie klappte den Deckel der Box zu.

»Fertig! Jetzt müssen wir nur noch allen Tschüss sagen, Amy, und dann geht es los.«

Die Hündin stand schwanzwedelnd neben ihr. Als Leah in den Verkaufsraum kam, riss Kalle, der Postbote, gerade die Tür auf und blieb mit hochrotem Kopf im Eingang stehen.

»Habt ihr schon gehört, was passiert ist, Mädels?«

»Hat der Papst im Hafen angelegt?«, foppte Mette ihn, doch ihr Grinsen verschwand sofort, als Kalle gar nicht auf ihren Joke einging. In seinem Gesicht stand das blanke Entsetzen. »Nein! Vor ein paar Minuten ist ein Flugzeug ins World Trade Center geknallt! Das Ding steht in Flammen. Ich war gerade nebenan die Post abgeben. Da lief ein amerikanischer Nachrichtensender. Kommt mit, Meyer hat alle Geräte laufen«, stieß er hervor und stand schon wieder auf der Straße.

Mette und Leah hetzten mit ihm zum Radio- und Fernsehgeschäft des Nachbarn. Vor dem Schaufenster hatte sich bereits eine Menschenmenge versammelt, die mit offenen Mündern auf die Fernseher starrte. Auf allen Monitoren dasselbe Bild: Einer der Zwillingstürme des World Trade Center war eingehüllt in schwarzen Rauch, wirkte wie eine monströse Fackel.

Niemand sagte ein Wort.

»Connor ist da drin!«, schrie Leah und alle drehten sich zu ihr um. Mit zitternden Händen zog sie ihr Handy aus der Hosentasche. Es gelang ihr nicht, seine Nummer zu wählen. Mette musste helfen. Gespannt wartete sie auf das Rufsignal.

– The person you have called is temporarily not available –

»Er ist nicht erreichbar! O Gott, ich weiß nicht, in welcher Etage er diesen Termin hat. Er hat doch Susan dabei ... das Baby ...!« Sie sank auf die Knie und schluchzte hemmungslos.

Kalle und Mette waren sofort bei ihr, hockten neben ihr auf dem Pflaster und bemühten sich, sie zu beruhigen. Leah krümmte sich zusammen, den Kopf auf den Knien, ihr Körper schüttelte sich in Weinkrämpfen.

»Leah, er wird das Handy ausgemacht haben! Er hat doch eine Besprechung! Woher willst du wissen, wo genau er sich befindet?«, versuchte Kalle zu ihr durchzudringen.

Mit fliegenden Fingern probierte sie erneut, Connor zu erreichen. Wieder erfolglos.

»Versuch es bei Susan!«, sagte Mette und wollte nach dem Handy greifen, um ihr zu helfen.

Leah umklammerte das Telefon, ließ nicht los. »Lass mich, ich will selber ...!«, wehrte sie ab. Für einen Moment riss sie sich zusammen, wischte mit dem Handrücken die Tränen aus den verquollenen Augen, hielt die Luft an, drückte die richtigen Tasten und lauschte. Es war mucksmäuschenstill. Nur die hektischen Stimmen von CNN-Reportern drangen durch die geöffnete Ladentür. Leah hielt das Telefon hoch. Alle konnten es hören: »The person you have called is temporarily not available.«

Leah schwirrte der Kopf.

Hat er irgendwas darüber gesagt, wo genau das Meeting stattfinden sollte? Nein, hat er nicht! Hat er das Handy ausgeschaltet? Ich weiß es nicht! Ich muss ihn erreichen! Wenn er da oben drin ist, da, wo alles brennt und qualmt, dann ist er vielleicht schon tot ...

Im nächsten Augenblick ging ein Schrei durch die Zuschauermenge, der wie aus einer einzigen Kehle klang. Leah hob den Kopf, sah live, was sich in New York abspielte.

Ein weiteres Flugzeug raste zielsicher in den zweiten Turm des WTC. Die Reporterstimmen überschlugen sich, die Menge vor dem kleinen Laden begann lautstark zu diskutieren, von Terroranschlägen zu reden. Hätte sie ihr Handy nicht so fest umklammert gehabt, wäre ihr bei diesem Lärm der erlösende Anruf entgangen.

»Still!«, brüllte sie und drückte die grüne Taste. Jedes Gespräch erstarb.

»Liebling, wir sind getroffen worden. Ich weiß nicht genau, was passiert ist, es kann ein Flugzeug gewesen sein. Ich bin mit Susan auf dem Weg nach unten. Das Treppenhaus ist begehbar. Es ist heiß, wahnsinnig heiß!«

Leah lauschte konzentriert. Die Verbindung schien zu schwächeln. Alles starrte sie gespannt an. Es knirschte, rauschte ... da war er wieder: »Ich liebe dich! Mach dir keine Sorgen, wir kommen hier raus ...«

»Ich liebe dich, Connor!«, brüllte sie in ihr Handy und wartete gebannt auf Antwort. »Connor!!!?« Die Verbindung war gekappt.

In Leahs Kopf begann sich alles zu drehen. Lichtpünktchen tanzten vor ihren Augen und eine rote Wolke legte sich vor ihr Bewusstsein.

Als sie wieder zu sich kam, lag sie flach auf dem Pflaster, irgendjemand hatte ihr eine Jacke unter den Kopf geschoben. Über sich sah sie die besorgten Gesichter Mettes und Kalles.

»Geht es wieder, Leah? Sollen wir den Doktor rufen?«, hörte sie Mette durch einen rauschenden Vorhang fragen. Feuerwehrsirenen mischten sich mit den Stimmen der Berichterstatter, die mühsam um Sachlichkeit rangen, mit den fassungslosen Kommentaren der Umstehenden. Jeder verharrte wie gelähmt. Niemand wollte seinen Platz verlassen. Und es wurden immer mehr, die sich versammelten. Nur um Leah herum hatten sie respektvoll einen freien Raum gelassen. Es war offenbar keinem entgangen, dass sie direkt betroffen war von den unglaublichen Ereignissen. Und schien die Menge in einen Sog zu reißen, wie er nur entsteht, wenn ein persönlicher Bezug erwächst. Leah spürte die besorgten Blicke, die Anteilnahme. Sie war eine von ihnen und jeder teilte offensichtlich ihre Ängste und ihr Entsetzen. Dieses Ereignis, das Tausende von Kilometern entfernt auf dem Erdball geschah, ging sie jetzt alle an. Sie versuchte, sich aufzurappeln, und sofort wurden ihr viele helfende Hände entgegengestreckt. Auf Mette und Kalle gestützt, wankte sie in Meyers Laden, bekam sofort einen Stuhl untergeschoben, ein Glas Wasser gereicht.

»Hat er sich noch mal gemeldet?«, fragte Leah, die noch immer ihr Handy umklammerte.

Mette wand es ihr aus den zitternden Fingern, schaute auf das Display und schüttelte den Kopf. »Soll ich es probieren?«

Leah nickte.

»Nichts! Nicht mal mehr die Ansage. Es gibt keinen Ton von sich.«

Noch immer flimmerten unablässig die Bilder der schwer getroffenen Türme über alle Bildschirme. Der Nachrichtensender übertrug zwischendurch die erste Rede des Präsidenten. Leah hörte die Worte »terrorism« und »help for the families of the victims«. Er klang merkwürdig ungerührt und gefasst.

Mein Gott, lass nicht Connor unter den Opfern sein, nicht Connor und nicht Susan, nicht das Baby!

Leah hatte in ihrem ganzen Leben noch nie gebetet. Jetzt tat sie es und wurde sich dessen noch nicht einmal bewusst, während sie die schweißnassen Hände um ihr Handy faltete und leise die Worte murmelte. Das Telefon vibrierte und Leahs Herz machte einen Freudensprung. Aber es war nur Helen, die wissen wollte, ob sie Kontakt zu Connor gehabt hatte. Leah berichtete ihr von dem Anruf und wunderte sich, wie gefasst sie klang. Die Bemerkungen über »eiserne Disziplin« poppten in ihrer Erinnerung auf.

»Liebes, du fährst nicht selbst, verstanden?«, sagte Helen und Leah entging das dringende Bitten in diesen Worten nicht.

»Nein, Helen! Ich lasse mich bringen. Bitte, bitte, sag mir sofort Bescheid, wenn du etwas hörst!«

»Ja, Leah! Du auch, okay? Wir erwarten dich.«

Sie wollte ihr Handy nicht blockieren, rief ihre Mutter vom Meyer'schen Festnetz aus an, musste auch ihr versprechen, sich nach Hamburg bringen zu lassen. Die Schreckensnachrichten, dass außerdem das Pentagon von einer entführten Maschine getroffen worden war, dass ein viertes Flugzeug, das Highjacker in ihre Gewalt gebracht hatten, abgestürzt war, interessierten Leah wenig. Nur das, was in den Türmen passierte, war für sie wichtig. Ganz Lower Manhattan war inzwischen von einer dunklen Rauchwolke eingehüllt, Brücken und Tunnel waren geschlossen worden, ebenso alle Airports in den Vereinigten Staaten.

Ob wohl Arndts Maschine aus Philadelphia noch wie geplant angekommen ist? Ist heute der Tag, an dem wir beide unsere Liebsten verlieren?

Meyer hatte mittlerweile verschiedene Kanäle auf den Fernsehern eingeschaltet. Das Geräuschwirrwarr unterschiedlicher Sprachen, mehr oder weniger erregter Reporter, die Bilder, die nun in wild aufeinander folgenden Sequenzen aus diversen Perspektiven ihren Kopf überschwemmten, machten Leah beinahe wahnsinnig. Einen Moment lang dachte sie daran, zu flüchten und blieb doch wie festgenagelt sitzen, die Ellenbogen auf die Knie gestützt, das Kinn in den Händen, und schaukelte vor und zurück, wie ein eingesperrtes Tier im Zoo.

Eine Stunde, nachdem die entsetzliche Nachricht sie erreicht hatte, stürzte der Südturm ein, den das zweite Flugzeug getroffen hatte. Bilder von Rauch- und Staubwolken, die sich apokalyptisch durch die Straßenzüge wälzten, von herabfallenden Trümmern. Und von herunterspringenden Menschen! Menschen, die in Panik dem Feuertod entkommen wollten, die sich aus den Fenstern der Türme stürzten. Und immer wieder das durchdringende Geheul der Sirenen, die markerschütternden Schreie.

Leah fror. Sie fror entsetzlich und ließ sich von Kalle in eine Wolldecke wickeln. Auch in den Straßen Manhattans wickelten Feuerwehrleute und Rettungskräfte verletzte Menschen, die ihnen aus dem noch stehenden Nordturm entgegentorkelten, in Decken.

Wenn doch bloß Connor und Susan unter diesen Geretteten sind!

Angestrengt versuchte sie, Gesichter zu identifizieren. Manche Kameraleute waren gnadenlos, zoomten den Verletzten direkt in die offenen Wunden, ließen ihnen keinen Deut Privatsphäre. Leah erkannte niemanden. Und ihr Handy blieb stumm.

Als eine halbe Stunde nach dem Einsturz des ersten Turmes auch der Nordturm in einer dunklen Staubwolke zusammensackte, fasste Mette sie um die Schultern.

»Komm, ich bringe dich nach Hamburg. Du solltest jetzt bei seiner Familie sein, denn da gehörst du hin.«

Leah war schwach auf den Beinen, ließ sich stützen und führen, ließ sich willenlos ins Auto setzen und spürte Amys sanfte Schnauze, die sich in ihre Armbeuge legte. Sie kraulte die Hündin.

»Vielleicht sind wir jetzt wieder alleine, Amy!«

Was rede ich da für ein dummes Zeug? Wir werden nie wieder alleine sein, was auch immer geschehen sein mag!

Sie schloss die Augen und hielt schützend die Hand auf ihren Bauch.

Die Nacht zum 12. September

Helen empfing sie wie eines ihrer eigenen Kinder und brachte sie in den kleinen Salon. Arndt nahm sie in die Arme und brachte es tatsächlich fertig, sie etwas zu beruhigen. Keine Frage: Diese Fähigkeit hatte Connor von seinem Vater geerbt.

Betty kam nur eine halbe Stunde nach Leah an, Lucy folgte einige Minuten später, und sie saßen bei hereinbrechender Dunkelheit in einer Art Krisenstab zusammen, der zwar eine Krise, aber keinerlei Handlungsmöglichkeiten hatte. Auch die besten Verbindungen des alten Reeders zur deutschen Botschaft in New York waren heute nutzlos. Man zeigte sich mit der Situation völlig überfordert. Arndt Junior hatte allerdings in der Zwischenzeit angerufen. Er hatte sich von Philadelphia aus einen Leihwagen nehmen müssen, denn sein Flug nach New York war gecancelt worden. Nun bangten sie alle, ob er sich bis in das abgesperrte Manhattan würde durchschlagen können, um nach Connor und Susan zu suchen.

Gegen Mitternacht kam der erlösende Anruf. Gebannt bemühten sich die Frauen, dem Gespräch zwischen Vater und Sohn einen Funken Hoffnung zu entnehmen.

Ihr zukünftiger Schwiegervater hielt Leah nach einer Weile den Hörer hin. »Er will mit dir reden!«

»Leah, Kleines«, hörte sie seine Stimme, die der, die sie so liebte, unglaublich ähnlich war, »ich bin jetzt in New York. Ich suche ihn und bringe ihn dir zurück! Versprochen!«

Sie war so überwältigt, dass sie kaum einen Ton herausbekam. »Bitte ... Arndt ... und Susan ... und das Baby!«, flüsterte sie in den Hörer. Und im Überschwang der Gefühle platzte aus ihr heraus, was sie so gerne noch für sich behalten wollte, was sie eigentlich lieber stolz in einer ganz anderen Situation erzählt hätte: »Bitte, Arndt, bring meinem Baby den Vater nach Hause!«

Er stutzte nur ganz kurz und Leah meinte, eine Zärtlichkeit in seiner Stimme zu hören, die überwältigt klang und einen Trost spendete, der ihr das Herz so sehr überschwemmte, dass sofort wieder die Tränen liefen. »Ich tue, was ich kann, Leah! Verlass dich auf mich!«

Er legte auf und sie sah in die Runde. Natürlich hatte keiner weggehört. Nun waren sie im Bilde!

In die Katastrophe hinein hatte Leah ein Licht gesetzt. Und es leuchtete so hell, dass sich keiner seinem Glanz entziehen konnte. Ihre Mutter fiel ihr um den Hals, erlaubte sich einen wahren Gefühlsausbruch. Arndts Gesicht überzog ein Ausdruck, den Leah zwischen Stolz und Freude einordnete, Lucy reagierte schlicht mit einem zwinkernden Daumenhoch. Aber Helens Reaktion war die Überraschendste.

Alle Steifheit fiel von ihr ab, ihre Augen sprühten und die kleinen verkniffenen Falten um den Mund verschwanden völlig, als sie Leah in die Arme nahm und fest an sich drückte. Leah fühlte sich ihr in diesem Augenblick so nah wie noch nie.

* * *

Es kamen keine Neuigkeiten mehr und gegen ein Uhr nachts zog sich die ganze Familie in die Schlafzimmer zurück. Arndt erklärte sich für den Telefondienst zuständig und versprach, alle sofort zu informieren, sobald es etwas zu berichten gäbe.

Als Betty und Lucy verabschiedet waren, stieg Leah die Stufen zu Connors Wohnung hinauf. Ihr Handy legte sie keinen Moment weg, schloss das Ladegerät neben dem Bett an und platzierte das Telefon direkt neben dem Kopfkissen. Sie war erschöpft, aber sie fand stundenlang keinen Schlaf. Das Bettzeug war frisch bezogen, roch nach Weichspüler.

Wenigstens ein bisschen von seinem Duft hätte ich so gerne!

Sie stand auf, öffnete die Schränke, in denen sauber aufgereiht frisch gereinigte Anzüge und gestärkte Hemden hingen. Als sie die Suche beinahe aufgeben wollte, fand sie schließlich einen Schal, dessen fein gesponnene Wolle noch einen Hauch von Connor ausströmte. Leah nahm ihn mit ins Bett, kuschelte ihr Gesicht hinein, ließ ihrer Fantasie lange Zügel und träumte sich todmüde in ein Wiedersehen.

* * *

Atemlos irrte sie durch fremde Straßenschluchten. Sie konnte kaum die Hand vor Augen sehen, hielt sich einen Schal vor den Mund. Die Luft war erfüllt von einer dichten Wolke aus Staub und beißendem Qualm. Unzählige Papierfetzen taumelten zu Boden, wie ein bleicher Konfettiregen zu Ehren der Katastrophe. Menschen wankten ihr schreiend und weinend entgegen, keiner unverletzt, jeder überzogen mit einer Staubschicht, die sie zu lebendig gewordenen Gipsfiguren machte. Hände streckten sich ihr hilfesuchend entgegen, entzogen sich, wenn sie zufassen wollte, und verschwanden im Nichts.

Plötzlich griff eine Hand nach ihrer Schulter. Irritiert sah sie sich um, und erkannte den vertrauten Schemen Makedas. Kein Stäubchen lag auf der Figur der Schönen. Immer deutlicher wurde das Bild, immer klarer ihre Konturen.

Makeda lächelte. Und streute den Duft von Bergamotte, Sandelholz und Amber auf ihr Haar.

Der Atem wurde leichter, die Wolken durchscheinender und die Schöne wies mit ausgestrecktem Arm in eine bestimmte Richtung. Ihr Blick folgte dem Fingerzeig. Aus dem gespenstischen Dunst tauchte ein Mann auf, kam ihr entgegen. Er trug auf den Armen eine zarte Frau, die ihm die Arme um die Schultern geschlungen hatte und den Kopf an seiner Brust verbarg.

Sie erkannte sein Gesicht und ein gellender Schrei kam aus ihrer trockenen Kehle.

Sie lief ihm entgegen, hatte ihn beinahe erreicht. Fast konnte sie ihn berühren, als eine unwiderstehliche Macht sie zurückhielt. Sie kämpfte, zerrte gegen den Widerstand. Nur Zentimeter trennten sie von ihm. Er musste doch die Hand sehen, die ihn greifen wollte! Ein Blick aus seinen Augen traf sie. Ihr Herz begann zu jubeln.

Zu früh!

Unverwandt sah er sie an und sah sie nicht. Als wäre sie Luft! Ohne seine Schritte zu verlangsamen, glitt er an ihr vorbei und verschwand im Staub. Kreischendes Sirenengeheul dröhnte in ihren Ohren.

12. September 2001

Leah war sofort hellwach. Das Handy gellte direkt neben ihrem Kopf. Um ja keinen Anruf zu verpassen, hatte sie den Lautstärkeregler auf die höchste Stufe gestellt.

Das erste Morgenlicht fiel zaghaft durch die halb zugezogenen Vorhänge. Sie tastete nach dem Telefon. Ängstlich, hoffnungsvoll. Es war nur ihre Mutter.

»Ich rufe dich sofort an, wenn es irgendwas gibt. Bisher weiß ich nichts.«

Die Stimmung am Frühstückstisch war angespannt und trübe. Arndt hatte beschlossen, den ersten verfügbaren Flug nach New York zu nehmen.

»Ewig können sie sich nicht von der Außenwelt abschirmen. Ich möchte Arndt beistehen.«

»Kann ich mitkommen?«, fragte Leah elektrisiert.

Ernst schüttelte er den Kopf. »Du bleibst hier, Leah! Du erwartest ein Kind. Von meinem Sohn. Ich werde dich nicht unnötigen Risiken aussetzen.«

Sie wusste, es würde keinen Sinn haben zu bohren. Und sie verstand seine Ängste. So, wie er das gesagt hatte, »ein Kind von meinem Sohn«, war unübersehbar, welche Ängste ihn quälten. Er musste fürchten, dass dieser Sohn nicht zurückkehren würde, und wollte nicht auch noch das Einzige gefährden, was dann übrig bliebe. Sein Enkelkind.

Es wurde Mittag, bis Arndt Junior sich meldete.

Leah und Helen konnten mithören. Er hatte Susan in einem Hospital gefunden. Das Aufatmen stand greifbar im Raum. Von Connor gab es keine Spur. Susan wollte mit Leah sprechen.

»Ich habe ihn verloren, Leah!« Ihre Stimme hatte einen Klang von verzweifeltem Schuldbewusstsein.

»Wo, Susan? Wie lange war er bei dir?«

»Wir sind diese verdammten achtundsiebzig Stockwerke hinuntergelaufen. Es war so heiß. Die Fahrstühle funktionierten nicht mehr. Einen haben wir aufbekommen und es kam eine Wolke aus brennendem Kerosin herausgeschossen. So viele Menschen verbrannt ... so viele Tote ... sie sind aus den Fenstern gesprungen ... es war so entsetzlich, Leah!« Sie klang verwirrt und noch immer atemlos.

»Wie lange war er bei dir, Susan?«, wiederholte Leah.

»Ich bin ausgerutscht, ich glaube twentythird Floor, die Leute haben so gepanict, gedrängelt, dann hat er mich getragen.«

Leah hielt die Luft an.

»Dann waren wir draußen. Connor hat mich den Firefighters übergeben. Seitdem habe ich ihn nicht mehr gesehen.«

»Susan, ist das Baby okay?«

»Ja, alles okay.«

»Ruh dich aus, Susan! Arndt sucht Connor?«

»Ja, Darling, er findet ihn für dich. Ich bin sicher!«

Seufzend legte Leah auf. »Sie ist total durch den Wind. Aber wen wundert das?«

Helen nickte. Ihr Gesicht war grau heute.

»Sie finden ihn, Helen! Ich weiß das, ich habe ihn heute Nacht im Traum gesehen. Und ich habe genau *das* gesehen, was Susan gerade erzählt hat. Makeda hat es mir gezeigt.«

Alle Augen waren plötzlich auf sie gerichtet. Helen schaute sie verblüfft an.

»Makeda hat es dir gezeigt? Diese Statue, die auf der Yacht steht? Die ist dir im Traum begegnet?«

»Nicht zum ersten Mal!«

Um Arndts Mund spielte ein seltsames Lächeln. Leah ahnte, was er dachte, und sie war ihm dankbar, als er sich mit der Erklärung, ein paar Sachen für die Reise zusammenpacken zu wollen, zurückzog und sie mit Helen alleinließ.

Zusammengesunken saß sie in ihrem Sessel und schüttelte immerfort den Kopf.

»Nicht zum ersten Mal …«, murmelte sie, »die Hexe hat also immer noch Einfluss auf die Frauen der Breckwohlds!«

»Einen guten Einfluss, Helen!«, bekundete Leah überzeugt. »Alles, was sie mir bisher im Traum gezeigt hat, ist wahr geworden. Hast du auch solche Träume gehabt?«

Helen nickte mit tief gesenktem Kopf, schien mit sich zu ringen. Leah setzte sich ihr gegenüber, sah sie gespannt an. Eine Weile lang knetete Helen ihre schmalen Hände, dann strafften sich ihre Schultern und sie sah Leah direkt an. »Wenn dein Traum der letzten Nacht wahr wird und Connor wirklich gerettet wird, dann will ich auch glauben, was unsere gemeinsame ›Freundin‹ Makeda mir damals gezeigt hat.«

»Was war es? Erzählst du es mir?«

»Es war Betty, die vor Arndt flüchtete. Damals bei der Schiffstaufe.«

»Meine Mutter *ist* geflüchtet! Niemals hätte sie dich betrogen, denn du warst ihre Freundin. Und niemals hätte sie meinen Vater betrogen. Du hättest Makeda glauben sollen, dann wären dir viele leidvolle Jahre erspart geblieben.«

»Vielleicht muss ich mein Misstrauen jetzt bezahlen? Ich habe nie wieder von ihr geträumt, nachdem ich sie damals aus dem Haus gejagt habe.«

»Unsinn, Helen! Was ist denn das für ein unseliger Aberglaube? Sie ist ein guter Geist. Und ganz bestimmt nicht rachsüchtig. Ich finde, sie hat es verdient, wenn wir sie wieder ins Haus holen. Sie liebt nur die Liebe und ich kann dir sagen, mich hat sie …« Leah brach ab. So viele Geständnisse wollte sie bei der Schwiegermutter nun doch nicht ablegen. Aber so, wie Helen jetzt lächelte, wusste sie vermutlich sowieso Bescheid.

* * *

Mit Unterstützung der deutschen Botschaft war es Arndt gelungen, seinen Bruder ausfindig zu machen. Noch bevor er sich auf den Weg ins St. Vincent's Hospital machte, ließ sein Anruf in der Villa die Sonne in aller Herzen aufgehen.

»Er lebt, Leah!«, brüllte er so laut ins Handy, dass sie den Hörer ein Stück vom Ohr weghielt, um nicht taub zu werden. Ihr Freudenschrei musste den ganzen Stadtteil beschallt haben. Helen und Arndt kamen gelaufen, standen mit erwartungsvollen Gesichtern neben ihr in der Halle. Leah gab den Hörer ab und tanzte wie ein Derwisch durch den Raum. Tränen der Erleichterung liefen ihr über die Wangen.

»Er hatte keine Papiere bei sich«, erklärte Arndt Senior, als er aufgelegt hatte, »und er ist schwer verletzt.«

Leah stockte der Atem.

»Wie schwer?«, fragte Helen und griff haltsuchend nach Leahs Hand.

»Arndt ist unterwegs zur Klinik. Genaueres konnte er bisher nicht herausfinden. Offenbar ist es aber so schlimm, dass sie ihn zunächst in ein künstliches Koma versetzt haben.«

Leah sah Helen an. Die mühsam vorgehaltene Maske der Disziplin bröckelte und legte ihr gepeinigtes Muttergesicht frei. Sie hatte zweifellos Sorgen um Susan gehabt, war extrem erleichtert gewesen, als sie die guten Nachrichten erfahren hatte. Aber die Angst um ihren Sohn hatte eine ganz andere Qualität.

Leah empfand das anders. So schlimm sich auch Arndts Eröffnungen angehört hatten: Sie war in diesem Moment sicher, dass alles gut werden würde, und schöpfte Kraft aus der puren Nachricht, dass er lebte, in Kombination mit der Prophezeiung, die sie ihrem Traum entnommen hatte.

Helen tat sich offensichtlich schwer mit dem, was sie wohl als »verlorene Haltung« bezeichnet hätte. Noch nie war Leah ein Mensch begegnet, der so sehr darum bemüht war, trotz der entsetzlichen Situation derart krampfhaft eben diese Haltung zu bewahren. Sie spürte, dass sie sich einen Moment zurückziehen und Arndt das Trösten überlassen musste, um Helen etwas zu ersparen, was in ihren Augen wahrscheinlich einem Gesichtsverlust gleichgekommen wäre.

Sie nutzte die Gelegenheit, per SMS alle Freunde zu benachrichtigen, die Botschaft in einem kurzen, hektischen Gespräch an die schwer eingespannte Mette weiterzugeben. Dann trat sie auf die Terrasse, um ungestört mit ihrer Mutter zu sprechen. Sie war ebenso vernünftig wie mitfühlend. So kannte Leah ihre Mutter, und es tat gut, ihre liebevolle Stimme zu hören.

Wie anders sie doch ist als Helen! Ob es wohl das war, was Arndt damals bewogen hat, mit ihr anzubandeln? Einfach ihre Herzlichkeit? Ansonsten ließ doch die wunderschöne Helen weiß Gott keine Männerträume unerfüllt!

Leah nahm sich vor, dieser Frage eines Tages auf den Grund zu gehen. Jetzt gab es andere Sorgen, denn Arndt Juniors neuer Lagebericht ließ nicht lange auf sich warten. Die Fingernägel in die Handflächen gepresst, stand Leah eine Stunde später wieder neben dem Telefon und versuchte aus der Mimik ihres Schwiegervaters abzulesen, wie katastrophal die Nachrichten waren. Sein Gesicht war ernst. Immerhin konnte sie dem Gespräch entnehmen, dass er seine Pläne, baldmöglichst fliegen zu wollen, änderte.

»Regel du alles, was Connor betrifft. Ich bleibe hier. Es ist nicht vertretbar, dass wir alle drei die Reederei sich selbst überlassen. Kümmer dich um deine Frau und deinen Bruder und halt uns auf dem Laufenden«, beendete er das Gespräch und nahm Leah und Helen bei den Händen, um ihnen im kleinen Salon Bericht zu erstatten.

»Connor hat ein Schädel-Hirn-Trauma zweiten Grades mit schweren Verletzungen der rechten Gesichtshälfte. Sie haben ihn ins künstliche Koma versetzt, um operieren zu können und das Gehirn zur Ruhe kommen zu lassen. Zunächst bestand die Gefahr, dass sie das rechte Auge nicht würden retten können ...«

Helens Schrei unterbrach seinen Bericht und Leah griff unwillkürlich nach den Armlehnen ihres Sessels, krallte entsetzt die Finger in den Stoff.

»Beruhigt euch! Sie haben es retten können!«, sagte Arndt schroff und wandte sich an Leah: »Er wird nicht mehr so aussehen, wie zuvor. Wirst du damit umgehen können?«

Sie sah ihm fest in die grünen Augen. »Arndt! Bitte! Ich liebe Connor! Es ist mir scheißegal, wie er aussieht! Hauptsache, er lebt! Wofür hältst du mich?«

»Gut gebrüllt, Löwin«, lächelte der Reeder und Leah merkte, wie richtig er diesen Ausbruch aufnahm, der ihr unter anderen Umständen unhöflich erschienen wäre. Er fuhr fort: »Wenn sein Zustand stabil bleibt, sich keine Komplikationen ergeben und keine Ödeme am Hirn entstehen, werden sie in den nächsten Tagen versuchen, die Narkose auszuleiten. Wir müssen geduldig sein und abwarten. Mehr konnte Arndt für den Moment nicht in Erfahrung bringen.«

20. September 2001

Die schönen Spätsommertage waren vorbei. Nieselwetter hatte eingesetzt und morgens hingen feuchte Nebelschwaden über der Stadt, die keinen Sonnenstrahl durchdringen ließen.

Im amerikanischen Kongress gab Präsident Bush eine Regierungserklärung ab, die international für Schlagzeilen sorgte. Alle Verbündeten der USA wurden im Kampf gegen den weltweiten Terrorismus in die Pflicht genommen. »Entweder seid ihr auf unserer Seite oder auf der der Terroristen«, sagte er und erhöhte mit seiner Stellungnahme die schwer angeschlagene nationale Zustimmung zu seiner Person mit einem Schlag auf nahezu neunzig Prozent. Das Terrornetzwerk Al Quaida wurde als Urheber der Anschläge ausgemacht. Seltsamerweise wollte sich jedoch der Anführer dieser Vereinigung, der fortan als Staatsfeind Nummer eins geltende Osama Bin Laden, partout nicht zu den Anschlägen bekennen. Das mutete erstaunlich an, denn allzu gern »schmückten« sich Vertreter dieses Netzwerkes mit möglichst vernichtenden Angriffen gegen den erklärten Feind: die »Ungläubigen«. Die Spekulationen um eine Beteiligung der amerikanischen Regierung begannen die Runde zu machen und riefen Zweifler auf den Plan, die das noch junge Medium Internet mit zahllosen Verschwörungstheorien überfluteten.

Leah ertrug es nicht mehr, die immer und immer wieder gezeigten Bilder der Katastrophe zu sehen, noch wollte sie wirklich so genau wissen, wen sie für ihr Elend verantwortlich machen sollte. Und schon überhaupt nicht mochte sie die amerikanischen Kriegspläne gegen den Terrorismus, sprich gegen das gebeutelte kleine Afghanistan, hören, das als Keimzelle der

Al Quaida und Aufenthaltsort Bin Ladens galt. Sie vermied es, die entsprechenden Artikel in den Zeitungen zu lesen, übersprang bewusst die Nachrichtensendungen.

Das Einzige, worauf sie jede wache Minute wartete, waren Neuigkeiten von Connor. Und die kamen so spärlich, dass sie vollkommen zermürbt war. Das Warten wurde zum einzigen Lebenszweck, bannte alle Kräfte. Eigentlich hätte sie genug zu tun gehabt, denn die Wohnung im Schwanenwik musste ausgeräumt werden. Torben hatte einen neuen Mieter gefunden, der zum 1. Januar einziehen sollte, und wollte zuvor noch umfangreiche Baumaßnahmen durchführen lassen. Die Wohnung der beiden Freundinnen sollte mit den schon länger leer stehenden Räumen auf derselben Etage zusammengelegt werden und einer Arztpraxis Platz bieten. »Eine Praxis für ästhetische Chirurgie, Leah-Spatz, ist das nicht wunderbar?«, hatte Torben mit schelmischem Lächeln erzählt und angekündigt, dass er die Absicht habe, sich seine Nase, die er sich als Kind beim Sturz von einem Klettergerüst einst »völlig verbogen« hatte, endlich bei seinem neuen Mieter richten zu lassen. Leah hatte nur mit dem Kopf geschüttelt, denn Torbens Nase fand sie eigentlich pfeilgerade.

Die zwei Stunden, die sie bei Torben verbracht hatte, waren eine Art Intensivkur in Sachen Zuversicht gewesen. Sein unerschütterlicher Glaube daran, dass alles wieder gut werden würde, hätte Leah beinahe dauerhaft angesteckt. Aber nur beinahe! Denn kaum hatte sie sein Haus verlassen, war sie schon wieder wie gelähmt. So sehr, dass sie nicht fähig war, die nötigsten Dinge zu erledigen.

Nur das Wenige, was sie von der Insel mitgebracht hatte, schaffte sie vorerst mit Michas und Lucys Hilfe in Connors Wohnung, richtete sich halbwegs ein und erstarrte dann wieder in tatenlosem Abwarten. Arndts Tagesberichte aus New York kamen regelmäßig, aber für Leahs Geschmack viel zu wenig ausführlich. Der Drang danach, sofort ins Flugzeug zu steigen, um in seiner Nähe zu sein, wurde mit jedem Tag größer. Es fiel ihr unglaublich schwer, dem Wunsch ihres Schwiegervaters nachzugeben, nicht einfach einen Koffer zu packen und den nächsten Flug nach New York zu nehmen.

* * *

Am Vortag war sie die Erste am Telefon gewesen und hatte versucht, ein bisschen mehr zu erfahren.

»Sie holen ihn langsam wieder zurück, es geht voran. Vielleicht wacht er morgen auf«, sagte Arndt.

»Was ist mit seinen Verletzungen?«

»Nicht schön, Leah! Es wird lange brauchen, bis alles geheilt ist. Möglicherweise werden noch Operationen notwendig sein, um das Gesicht halbwegs wiederherzustellen.«

Tränen liefen ihr über die Wangen, sie hatte Mühe, ihre Stimme im Griff zu behalten.

Dieses schöne Gesicht! Wie wird er damit umgehen? Er ist eitel.

»Muss er dafür dortbleiben, Arndt?«

Bitte, bitte nicht!

»Sobald er transportfähig ist, werden wir ihn nach Hamburg verlegen lassen. Aber jetzt müssen wir erst warten, bis er überhaupt zu sich gekommen ist. Die Ärzte sind allerdings bisher mit der Entwicklung zufrieden.«

»Ich würde so gern kommen!«, seufzte Leah.

»Du bleibst, wo du bist! Du kannst hier absolut nichts tun. Ich habe versprochen, dass ich ihn dir nach Hause bringe. Und das tue ich, wenn die Zeit gekommen ist.«

»Den Hochzeitstermin muss ich canceln, nicht?«, fragte sie zaghaft und kannte die Antwort eigentlich schon.

Arndt lachte bitter. »Ja, das musst du!«

Sie hatte gar nicht bemerkt, dass Helen neben ihr stand, als sie auflegte. Stumm nahm sie Leah in den Arm und hielt sie eine Weile fest, bis der Tränenstrom langsam versiegte und sie sich beruhigt hatte.

»Wir müssen tapfer, stark und geduldig sein, meine Kleine!«, flüsterte Helen und schuf mit diesen wenigen Worten eine Wärme, die sie ihr kaum zugetraut hätte. Sie saßen beide in einem Boot, machten sich dieselben Sorgen um den Mann, den Sohn, den sie liebten.

* * *

Leah gab sich einen Ruck, sagte den Hochzeitstermin auf dem Standesamt ab und erklärte es mit »gesundheitlichen Gründen«. Die Frage der gelangweilt wirkenden Sachbearbeiterin, ob sie einen Ersatztermin eintragen solle, beantwortete sie mit »Nein«. Dieses »Nein« fühlte sich an wie ein Tritt in den Magen und Leah wurde übel. Das gedehnte »Aha!« der Dame am anderen Ende der Leitung setzte noch einen drauf und bewirkte, dass sie das Gespräch umgehend beendete, um im Bad die fast schon vergessenen Lieblingsmorgenbeschäftigung aus den ersten Schwangerschaftswochen wieder aufzugreifen. Sie fand die Reaktion der Frau im wahrsten Sinne des Wortes »zum Kotzen«.

Als der Magen leer war, spülte sie den ekelhaften Geschmack aus dem Mund, wusch sie sich das Gesicht und sah in den Spiegel. Das Glas warf ein blasses, trauriges Bild mit tiefen Schatten unter den matten Augen zurück. Jedes Strahlen war ausgelöscht.

Herrgott, ich muss mich zusammenreißen! Ich sehe entsetzlich aus. Connor wird mich gar nicht wiedererkennen, wenn er mich so sieht!

Sie versuchte, mit etwas Make-up das Schlimmste wegzuschminken. Aber es blieb der ängstliche Blick, der zusammengekniffene Mund. Leah gefiel sich nicht!

* * *

Leah hatte sich mit einem Buch in eine Sofaecke gekauert. Amy lag zusammengerollt auf ihren Füßen. Der Inhalt der Lektüre rauschte so an ihr vorbei, dass sie immer wieder zurückblättern musste, um einigermaßen am Ball zu bleiben. Sie konnte sich einfach auf nichts richtig konzentrieren und hielt erwartungsvoll den Atem an, als das Telefon klingelte.

Helen nahm den erlösenden Anruf ihres ältesten Sohnes entgegen. Gebannt beobachtete Leah, wie sich die Züge ihrer Schwiegermutter entspannten, plötzlich ein Leuchten ihr Gesicht erhellte. Dieser Blick, den sie ihr jetzt zuwarf, drückte pures Glück aus.

»Er ist aufgewacht! Er kann sprechen, sich bewegen, aber Arndt meint, er ist noch etwas schwach«, sagte Helen.

»Wir müssen allen Bescheid geben!«, rief Leah und sprang auf. Die lähmende Angst, die ihr ganzes Sein eingefroren hatte, wich einer hektischen Betriebsamkeit. Sie versandte eine ganze Reihe SMS, telefonierte mit ihrer Mutter, erreichte Mette, die einen gellenden Freudenschrei in ihr Ohr brüllte, und schnappte sich danach Amy für eine ausgedehnte Laufrunde durch die stillen, nebligen Straßen Blankeneses.

Leah lief, bis ihr der Schweiß den Rücken hinunterrann, rannte sich ihre Ängste aus dem Leib und fühlte, wie die Lungen sich weiteten, das Herz sich aus einem Käfig zu befreien schien, der es seit dem Unglück eng umschlossen gehalten hatte. Hinterher hatte sie eine Dusche nötig. Als sie jetzt einen Blick in den beschlagenen Spiegel warf, mit der Handfläche den Dunst von der glatten Fläche wischte, bot sich ihr ein anderes Bild. Die Wangen waren rosig, die Augen hatten einen neuen Glanz, und als sie ihren nackten Bauch betrachtete, hatte sie den Eindruck, man würde schon eine ganz kleine Wölbung erkennen können.

»Wir beide sind nicht allein, mein Schatz! Bald kommt dein Papa nach Hause!«, murmelte sie leise und lächelte ihrem Spiegelbild aufmunternd zu.

21. September 2001

Am Morgen wachte Leah mit einer Idee im Kopf auf. Sie wollte Arndt bitten, eine Telefonverbindung zu Connor für sie herzustellen. Sie war schon dabei, seine Nummer zu wählen, als ihr Blick auf den Wecker fiel.

Viel zu früh! Ich würde ihn aus dem Bett scheuchen. Also noch ein paar Stunden Geduld!

Quälend langsam vergingen die Vormittagsstunden und sie wurde immer kribbeliger. Dann war es endlich spät genug. Er nahm sofort ab.

»Guten Morgen, Arndt. Hast du heute schon Neuigkeiten?«

»Hallo Leah. Nein, ich bin gerade auf dem Weg ins Büro. Nach Feierabend werde ich Connor wieder besuchen. Das Hospital hat mir versprochen, dass sie sich sofort melden, wenn es relevante Veränderungen gibt. Aber bisher habe ich nichts gehört«, antwortete er.

Die Verbindung war schlecht, sie musste sich extrem konzentrieren, um ihn zu verstehen.

»Ich möchte so gern ein paar Worte mit Connor sprechen. Ist das irgendwie möglich? Oder besser: Kannst du das möglich machen?«

Unter Knacken und Rauschen verstand sie undeutlich: »Ich versuche es.« Dann brach die Verbindung ab.

* * *

Die gespannte Erwartung versetzte Leah in eine derart flirrende Nervosität, dass sie am Nachmittag nicht mehr still sitzen konnte. Sie zog die Laufschuhe an und rannte los. Amy japsend bei Fuß. Sie merkte, dass die Schwangerschaft ihr ein ruhigeres Tempo abzuverlangen begann und entschied sich für eine »LSD-Runde«. Long, slow distance war wohl doch angemessener als das hohe Tempo auf kurzen Strecken, das sie bisher bevorzugt hatte. Niemand wartete auf sie.

Warum also hetzen? Arndt wird sich frühestens um acht Uhr melden.

Es tat gut. Leah kontrollierte ab und zu die Pulswerte, machte kleine Pausen für Dehnübungen und joggte den letzten Kilometer zum Haus zurück ganz gemütlich im Schritttempo, um abzukühlen.

Vor der Treppe stand Lucys Auto. Eine Garantie für ein bisschen Abwechslung! Leah hatte ihre pragmatische Art und ihren Humor zu schätzen gelernt. Lucy saß mit Helen zusammen im kleinen Salon und Leah hatte den Eindruck, die beiden hätten gerade ein ernstes Gespräch geführt. Als sie bemerkt wurde, änderte sich Lucys Miene allerdings.

»Hey, Muttertier! Übertreib's nicht mit deiner Rennerei. Zwei Stunden sind definitiv zu viel. Ich möchte dich nicht eines Tages in meiner Abteilung liegen haben«, mahnte sie mit einem Zwinkern.

»Ich bin so verdammt nervös. Das Laufen hilft mir. Ich habe heute früh Arndt gebeten, Connor für mich ans Telefon zu kriegen. Hat er sich schon gemeldet?«

»Setz dich und hör zu!«, sagte Lucy und wirkte überhaupt nicht mehr witzig.

»Klingt nach schlechten Nachrichten!«

»Wirklich schlechte Nachrichten gibt es, wenn jemand bei mir gelandet ist. Reiß dich jetzt mal zusammen, Leah, denn wir haben ein Problem. Keines, das nicht zu lösen wäre, aber wir müssen jetzt alle an einem Strang ziehen und sehr gut zusammenarbeiten.«

Leah war auf die äußerste Kante ihres Sessels vorgerückt und kaute auf einem Fingernagel. Lucy klapste ihr auf die Hand.

»Lass das!«, schimpfte sie kopfschüttelnd und erzählte: »Arndt rief mich vorhin an. Er hat versucht, deinem Wunsch zu entsprechen. Zunächst ist er an den Bestimmungen des Hospitals gescheitert. Keine Handys in der Intensivabteilung! Das ist nichts Ungewöhnliches, das gilt bei uns genauso. Aber dann hat er Connor zumindest erzählt, dass du ihn grüßen lässt.«

Leah sah sie gespannt an. »Und? Was hat er geantwortet? Hat er sich nach mir erkundigt?«

»Da sind wir am entscheidenden Punkt! Connor hat einen Clown in den Synapsen!«

»Er hat *was?«*

»Arndt hat sich mit den behandelnden Ärzten besprochen. Und nach allem, was er mir weitergegeben hat, handelt es sich um eine retrograde Amnesie. Insbesondere die gesamten Ereignisse des 11. September sind ausgelöscht. Er hat nicht die geringste Idee, was ihn in die Klinik gebracht hat. Dass das so ist, wurde vorhin klar, als sich Susan bei ihm für ihre Rettung bedanken wollte. Durch das Schädel-Hirn-Trauma fehlt ihm ein Stück seiner Erinnerung. Er erkennt Arndt als seinen Bruder, er hat keine Probleme mit mir oder unseren Eltern. Aber er hat eine Erinnerungslücke, die wahrscheinlich gut ein Jahr umfasst. Die Ärzte haben ihn getestet, Leah. Mit deinem Namen kann er absolut nichts anfangen. Er glaubt, seine aktuelle Freundin wäre Vicky.«

»Ach du Scheiße! Und jetzt?«

»Besser kann man es nicht ausdrücken«, grinste Lucy, »retrograde Amnesien sind aber kein Todesurteil. Noch nicht einmal für den Kopf. Das Gehirn ist durchaus in der Lage, nach mehr oder weniger langer Zeit die Verknüpfungen wiederherzustellen. Das autobiografische Gedächtnis benötigt die Zusammenführung von Erinnerungsfakten und Emotionen. Es kann ein paar Tage dauern, vielleicht ein paar Wochen oder Monate. Aber selten, wirklich sehr selten, kommt es vor, dass die Lücken gar nicht wieder geschlossen werden.«

»Was kann ich dafür tun?«, fragte Leah und sah Licht am Ende des Tunnels. Offenbar wartete eine Aufgabe auf sie. Etwas vollkommen Neues, Unbekanntes. Aber sie wollte sich der Herausforderung stellen. Am besten sofort und so gut vorbereitet wie möglich.

»Prima, dass du uns hier jetzt nicht heulend zusammenbrichst!«, sagte Lucy in einem Tonfall, der zwischen Anerkennung und Erleichterung schwang. »Wir haben noch ungefähr zehn Tage, bis wir Connor nach Hamburg bringen lassen können. Bis dahin werden wir gewappnet sein. Die Wundversorgung erfordert dann noch ungefähr eine Woche Klinikaufenthalt. Das ist nicht das Problem. Aber die psychologische Betreuung muss sofort einsetzen und auch fortgeführt werden, wenn er wieder zu Hause ist. Ich habe vorhin schon mal meine Kollegen in der Neurologie angesprochen. Wir haben beschlossen, dich so gut es geht einzubeziehen, damit du wirklich Bescheid weißt.«

»Das alles, während ich mal eben eine Runde laufen war? Mein lieber Schwan, Lucy, du kannst ganz schön schnell sein.«

»Dass ich das kann, hast du doch schon mal erlebt, oder? Jetzt guck nicht so verkniffen. Wir kriegen das alles wieder hin! Du musst dich bloß von der Idee verabschieden, dass er dir gleich jubelnd um den Hals fällt. Obwohl ... ich kenne ja meinen Bruder! Die Chemie wird schon ihren Teil dazu beitragen, dass es zwischen euch wieder anfängt zu knistern!«

»Es kann also sein, dass ich ihn mir wieder ganz neu erobern muss?«

»Na, wer dann wen erobert, werden wir ja sehen«, flachste Lucy und Leah war ihr unendlich dankbar dafür, dass sie die ganze Sache auf ein so hoffnungsvolles Niveau hob.

»Natürlich! Auch wenn er mich nicht mehr erkennt, auch wenn unsere gemeinsamen Erinnerungen bei ihm schlichtweg weg sind: Kein Problem, ich werde dafür sorgen, dass er sich notfalls eben ganz frisch in mich verliebt!«

Lucy deutete auf Leahs Bauch. »Wird dir auch nix anderes übrig bleiben. Schließlich hast du nicht mehr viel Zeit. Das Blag braucht geordnete Verhältnisse«, sagte sie lachend und fing sich einen bitterbösen Blick von Helen ein.

»Sag mal«, fragte Leah, »wird er denn direkt von der Intensivstation hierher überstellt?«

»Nein, wenn er stabil bleibt, wollen sie ihn übermorgen auf eine normale chirurgische Abteilung verlegen. Warum?«

»Weil ich eine Idee habe! Auf einer Normalstation kann er doch Telefon haben. Wenn also zum Beispiel Helen mit ihm spricht, dann könnte ich doch wenigstens mal seine Stimme hören! Ein paar Worte, einfach nur hören ... das wäre schon so schön!« Leah rang um Fassung und konnte letztlich doch die Tränen nicht zurückhalten. Zusammengesunken hockte sie auf der Sesselkante und hielt die Hände vors Gesicht. Im ersten Moment dachte sie, es müsse Lucy sein, die sich jetzt über sie beugte und ihr tröstend die Schultern streichelte. Aber durch den Tränenschleier erkannte sie Helens Hände.

22. bis 30. September 2001

Leah hatte in den folgenden Tagen viel Zeit damit verbracht, sich ausführlich über Connors Krankheitsbild zu informieren. Sie hatte alles gelesen, was sie zu fassen bekam. Immer wieder waren Fragen aufgetaucht, die ihr nur Lucy ausführlich beantworten konnte. Und Lucy war geduldig gewesen. Allerdings war die Warnung ihr deutlich im Ohr geblieben, sie könne noch so gut vorbereitet sein und möglicherweise dann doch in Situationen geraten, die sie absolut überfordern würden. Sie wusste: Sie dürfte ihm nicht zu viel abverlangen und würde vielleicht manchmal Reaktionen erleben, die schwer erträglich sein könnten. Aber sie fühlte sich gut gewappnet und war so voller Hoffnung und neuem Schwung, dass sie sogar den größten Teil ihrer Wohnungsauflösung erledigte. Lucy hatte empfohlen, ihre Habseligkeiten besser nicht gleich in Connors Wohnung unterzubringen. Man konnte nicht wissen, wie weit er sein würde, wenn er die Hamburger Klinik verlassen dürfte. Also wurde zunächst alles in ein freies Gästezimmer geschafft. Es hatte etwas Provisorisches, aber sie tröstete sich damit, dass es ja nur eine gewisse Zeit lang so sein würde.

* * *

Zwei wunderbare Highlights gab es in diesen geschäftigen Tagen.

Am 23. September kam die Nachricht, dass Susan einem gesunden Mädchen das Leben geschenkt hatte. Helen war vollkommen aus dem Häuschen, zumal der kleine »Achteinhalbpfünder«, wie Arndt Junior seine neugeborene Tochter nannte, ihren Namen bekommen sollte.

Überhaupt stellte Leah fest, dass Helen immer mehr auftaute, nach und nach aus sich herauskam und längst nicht mehr steif und unnahbar wirkte. Dieser Umstand war offenbar dem Zusammenspiel der Geschehnisse geschuldet und lag durchaus nicht nur darin begründet, dass Leah zunächst fremd und »vorbelastet« gewesen war. Das Starre, extrem Distinguierte war von ihr abgefallen, weggekratzt von den überwältigenden negativen wie auch positiven Ereignissen. Helen schien überrascht zu sein, wie sehr diese neue Weichheit ihrer Familie gefiel. Bisweilen hatte Leah den Eindruck, sie »übte« noch, traute ihrer eigenen Wandlung nicht vollständig.

Aber auch an ihrem zukünftigen Schwiegervater bemerkte sie, wie vergnügt er Helens zunehmende Offenheit und Wärme aufnahm und sie so sehr darin bestärkte, dass ihr Selbstvertrauen ständig wuchs. Arndts liebevoller Umgang mit Leah ließ sie vorsichtig darauf schließen, dass er ihr einen gewissen Anteil an diesen Veränderungen bei seiner Frau zugestand, die er so offenkundig vergötterte. Immerhin, und dessen war sich Leah bewusst, hatte sie ein altes Trauma in Helens Leben geheilt. Wie sehr auch er unter diesem jahrzehntelangen Knirschen im Getriebe seiner Ehe gelitten haben mochte, konnte sie nur ahnen, denn er sprach nie darüber.

* * *

Am 24. September, einem herrlichen Herbsttag, der bei Mittagstemperaturen um zwanzig Grad und knallblauem Sonnenhimmel das Laub der alten Bäume im Garten zum Leuchten brachte, war es endlich so weit.

Helen zelebrierte den Anruf bei Connor. In dem Moment, als Leah seine ersten Worte hörte, wusste sie, dass sie diesen

Augenblick ihr Leben lang nicht vergessen würde. Das Bild Helens, wie sie auf der sonnengefluteten Terrasse vor dem Hintergrund des herbstlich goldenen Gartens hypernervös den Hörer umklammerte, verbunden mit den Emotionen, die seine Stimme auslöste, prägte sich unauslöschlich in Leahs Album der schönsten Erinnerungen.

Helen fragte ihn nach seinem Befinden, nach Schmerzen, ob das Krankenbett bequem sei, das Essen in Ordnung, plänkelte möglichst unverfänglich und versuchte einen bestimmten Punkt zu umgehen, von dem sie genau wusste, dass er kommen würde. Connors Stimme klang kräftig. Beinahe so wie immer. Und dann passierte es. Leah hatte das Gefühl, die Sonne würde sich verdunkeln.

»Mama, wie geht es eigentlich Vicky? Gibst du sie mir mal?«

Helen zuckte zusammen. Und Leah zuckte zusammen. Scharf zog sie die Luft durch die Zähne. Sie tauschten einen Blick, der jeder die Ratlosigkeit der anderen verriet. Helens Schultern zitterten, sie sah Leah hilfesuchend an. Aber die hatte auch keine Idee, wie sie die Situation retten sollte. Die entstehende Pause war unerträglich lang.

»Oh, Connor ... sie wird ... sie wird dich selbst anrufen!«

»Fein, das freut mich! Sie soll nicht zu lange warten, ich langweile mich.«

Helen brachte noch halbwegs geschickt unter, wie froh sie war, dass er alles bisher gut überstanden hatte, wie sehr sie sich freute, ihn bald wieder zu Hause zu haben, aber sie merkte anscheinend selbst, dass sie seltsam unkonzentriert klang. Als sie aufgelegt hatte, schlug sie die Hände vors Gesicht. »O Gott, was machen wir jetzt? Das ist ja entsetzlich! An Vicky habe ich gar nicht mehr gedacht.«

Leah überlegte eine Weile und kam zu dem Schluss: »Vicky ist mir ein bisschen was schuldig. Ich rufe sie an und bespreche die Sache mit ihr! Aber zuerst frage ich Lucy, wie wir am besten damit umgehen. Sie hat mich gewarnt, denn sie wusste ja, dass es schwierige Situationen geben würde.«

Helen nickte und Leah versuchte fieberhaft, Lucy in der Klinik zu erreichen. Sie wollte keine Zeit verlieren und wurde immer zappeliger, als man sie von Pontius zu Pilatus durch verschiedene Abteilungen verband. Das »Please hold the line«, verfeinert durch blechern klingendes Zauberflötengedudel in der Warteschleife, stellte ihre zum Zerreißen gespannten Nerven auf eine harte Probe. Sie atmete hörbar auf, als endlich Lucys Stimme am anderen Ende der Leitung erklang.

»Hallo, Leah. Was gibt's so Eiliges? Probleme?«

Leah versuchte die Lage so kompakt wie möglich zusammenzufassen: »Allerdings! Helen hat mit Connor telefoniert. Und es kam, wie es kommen musste: Er wollte Vicky sprechen. Helen ist ihm ausgewichen und hat gesagt, sie wolle ihn selbst anrufen. Jetzt haben wir den Salat! Was soll ich tun? Ich kann sie natürlich bitten, ihn anzurufen. Das wird sie sicher tun. Aber was soll sie ihm erzählen? Und was tun wir, wenn Connor in Hamburg ankommt? Er macht einen ganz guten Eindruck. Ich denke, er wird sie sofort sehen wollen. Sollen wir ihm das Vicky-Theater jetzt vorspielen und sie als seine momentane Freundin reinstallieren, damit sie sich persönlich von ihm trennen kann, oder was? Herrgott, Lucy, was für eine Scheißsituation!«

»Mit so was war zu rechnen, Leah! Gib mir ein paar Minuten. Ich versuche mich mit meinem Kollegen aus der Neurologie zu beraten und ruf dich dann zurück. Bleib in der Nähe des Telefons.«

Helen hatte schweigend Teegeschirr geholt und goss mit unsicherer Hand ein. Goldgelbe Tropfen fielen auf das weiße Tischtuch. Sie schien es gar nicht zu bemerken. Leah legte beruhigend die Hand auf ihre.

»Sorg dich nicht! Wir kriegen das irgendwie hin!«

Helen nickte, aber richtig überzeugt wirkte sie nicht.

Lucy hielt Wort und ließ sie nicht lange warten.

»Leah, es wird wenig Sinn machen, ein Konstrukt aufzubauen, das wir nicht beliebig erhalten können. Vicky hat sich nun mal aus Connors Leben verabschiedet. Dr. Schramm ist der Auffassung, wir sollten sie zwar bitten, sich bei ihm zu melden, aber sie muss ihm sagen, dass sie sich vor seinem Unfall getrennt haben. Sobald er sein Erinnerungsvermögen wiedererlangt, würde er jedes Vertrauen in uns und in sich verlieren, wenn wir ihm jetzt ein Puzzle hinschmeißen, das für noch mehr Verwirrung sorgen wird. Und er würde uns diese Show übelnehmen, wenn er seine Lücken eines Tages wieder gefüllt hat.«

»Das klingt logisch«, sagte Leah mit einem vernehmbaren Aufatmen. »Ich rufe sie an und versuche, sie entsprechend zu instruieren. Danke, Lucy! Wir hören uns später.«

Vicky war zunächst entsetzt, denn sie hatte keine Ahnung gehabt, was geschehen war. Dann aber begriff sie sehr schnell, worin ihre Rolle bestand.

»Wir haben in den letzten Wochen vor unserer Trennung wie Bruder und Schwester zusammengelebt, Leah. Connor muss sich erinnern können, dass es Jan schon von Anfang an in meinem Leben gab. Wenn wir Glück haben, auch daran, dass wir in endlosen Gesprächen versucht haben, gemeinsam einen Fluchtweg aus dieser Zukunftsplanung unserer Eltern zu finden. Ich weiß ja nicht, wie weit seine Erinnerungslücke zurückreicht, aber ich werde vorsichtig probieren, das herauszufinden.«

»Du bist ein Schatz, Vicky!«, sagte Leah. »Bitte ruf mich zurück, wenn du mit ihm geredet hast, ja?«

»Versprochen! Für dich tu ich alles!«

* * *

Im Augenblick konnten sie nichts tun. Schweigend und in Gedanken versunken saßen sie auf der Terrasse und sahen dem

Sonnenlicht beim Verblassen zu. Nach und nach wurde es kühl. Leah räumte das Teegeschirr ab und pfiff Amy ins Haus, die seit geraumer Zeit damit beschäftigt gewesen war, einen Laubhaufen unter der alten Eiche zu bewachen.

Wahrscheinlich hofft sie auf einen Igel, der sich schon eine Bleibe für den Winterschlaf sucht. Wer weiß? Vielleicht muss ich mir für diesen Winter auch eine andere Bleibe suchen? O Mann! Ob das alles gutgehen wird?

Vicky erwies sich als zuverlässig.

»Ich habe ihn erreicht!«

»Du hast es gut! Du durftest wenigstens mit ihm reden. Mich gibt's ja gar nicht in seinem Leben«, seufzte Leah gequält.

»Du Arme!« Viktoria war voller Mitgefühl. »Aber ich hatte es eben auch nicht leicht, das kann ich dir sagen! Er hat sich so gefreut, mich zu hören. Und dann musste ich ihn aufklären. Das war nicht komisch!«

»Wie hat er reagiert?«

»Es ist kaum Erinnerung an unsere letzte Zeit da. Der Gedächtnisverlust muss ungefähr um die Zeit herum einsetzen, als wir ganz frisch zusammen waren. Also etwa ein halbes Jahr, bevor du ihn kennengelernt hast. Es war mühsam, aber er machte den Eindruck, als wäre ihm Jan durchaus ein Begriff. An eine Trennung kann er sich aber absolut nicht erinnern. Er hat es akzeptiert, aber ich glaube, es hat ihn ziemlich getroffen. Zumal es ihm bewusst gemacht hat, wie viel ihm fehlt.«

»Es muss für euch beide ein heftiges Gespräch gewesen sein, Vicky. Ich bin so froh, dass du das für uns getan hast. Ich glaube, für mich bedeutet es, dass ich bei null anfangen muss.«

»Ja, das heißt es wohl. Aber, Leah, mach dir nicht so viele Sorgen. Ich weiß noch ganz genau, wie elektrisiert er war, als er dich damals zum ersten Mal getroffen hat. Das wird schon wieder. Versuch vielleicht, dich zu erinnern, was du damals anhattest. Möglicherweise ist so etwas ja eine Eselsbrücke. Ach, ich hab keine Ahnung, ich denke mir das bloß so …«

»Ich werde deinen Rat beherzigen. Und danke dir, Vicky! Das hätte nicht jede getan.«

»Gerne! Du hast mir auch sehr geholfen, das weißt du. Ruf mich an, wenn du mich brauchst. Oder auch, wenn du mir Neuigkeiten berichten kannst. Ich denke an euch!«

Leah legte auf und wählte sofort Lucys Nummer, um sie zu informieren.

Immerhin hatten sie nun einen Anhaltspunkt, wie weit Connors Gedächtnislücken zurückreichten. Nur ein paar Tage noch, und sie würden wissen, woran sie wirklich waren.

2. Oktober 2001

Leah saß auf heißen Kohlen. Gemeinsam mit Helen und Arndt wartete sie nun bereits stundenlang in der Cafeteria des Universitätsklinikums auf Connors Ankunft. Sie waren überpünktlich gewesen und nach einer ganzen Weile teilte ihnen Arndt Junior auch noch telefonisch mit, dass der Flug Verspätung haben würde.

»Nimm es mir bitte nicht übel, aber ich werde ihn nicht begleiten, Leah«, hatte er ihr schon am Vortag gesagt, »du bekommst ihn zurück, wie versprochen, aber ich habe hier alle Hände voll zu tun und schaffe es einfach nicht. Momentan will ich Susan mit den Kindern auch noch nicht tagelang allein lassen.«

Leah hatte sich auf das besonnen, was ihr Victoria geraten hatte. Einen Versuch wäre es auf jeden Fall wert, hatte auch Lucy gemeint. Sie trug ihren kuscheligen jadegrünen Rollkragenpullover zu einer engen schwarzen Hose. Den Knopf am Bund hatte sie nur mit Mühe zubekommen. Gerade jetzt machte sich das Baby auch noch mit einer reichlich gereizten Blase bemerkbar. Die drei Tassen Kaffee und der Orangensaft, die sie während der eintönigen Wartestunden aus lauter Langeweile getrunken hatte, wollten raus.

Als sie von der Toilette zurückkam, war der Tisch, an dem sie zu dritt gesessen hatten, leer und sie sah sich suchend um.

»Die Herrschaften sind gerade gegangen. Ich soll Ihnen ausrichten, dass sie in die vierte Etage raufkommen sollen«, teilte ihr eine junge Bedienung mit.

Verpasst! Ausgerechnet jetzt!

Leah schnappte sich ihre Handtasche und die grüne Daunenjacke und flitzte zu den Fahrstühlen. Sie konnte sich nicht erinnern, es jemals in ihrem Leben so eilig gehabt zu haben. Quälend lange dauerte es, bis der Fahrstuhl sich öffnete und genauso quälend langsam setzte er sich in Bewegung. Als die Türen sich endlich öffneten, sah sie gerade noch, wie ein Bett den langen Gang hinuntergeschoben wurde. Arndt und Helen gingen nebenher und hielten jeder eine Hand des Patienten.

Connor!

Nur mit Mühe konnte sie es unterdrücken, seinen Namen zu schreien. Die Krankenschwester bugsierte das Bett durch eine offen stehende Tür. Ein einziger Blick war ihr vergönnt. Auf die rechte Seite seines Gesichts. Sie sah einen dicken Mullverband. Mehr nicht. Ehe sie die Tür erreichte, wurde sie von innen geschlossen.

Klopfen? Warten? Mein Gott, was soll ich tun? Ich will zu ihm!

Es zerriss ihr beinahe das Herz. Der Drang, diese lindgrüne Tür zu stürmen, sie einfach aufzureißen, sich auf ihn zu stürzen, ihn in die Arme zu nehmen, ihn endlich, endlich wiederzuhaben, war so groß, dass sie sich mit aller Kraft zurückhalten musste. Verzweifelt hockte sie sich auf einen Stuhl, der im Gang stand, krampfte die Hände um den Sitz. Trübes Tageslicht fiel durch das einzige Fenster am Ende des Korridors. Flackernd wartete direkt über ihrem Kopf eine Neonröhre auf den Einbau eines neuen Starters. Die Zeiger der Uhr unter der Decke bewegten sich im Schneckentempo vorwärts. Jede Minute ein leises »Klack«.

So lang kann keine Minute sein! Wann kommt endlich jemand heraus?

Dann öffnete sich eine Tür am Ende des Flurs. Schwungvoll, mit wehenden Schößen ihres Arztkittels kam Lucy auf flinken Gummisohlen den Gang entlang.

»Lucy! Gott sei Dank! Ich werde gerade wahnsinnig! Du kannst mich gleich hierbehalten. Ich war auf dem Klo, als Arndt und Helen aus der Cafeteria verschwunden sind. Ich will ihn sehen. Bitte!«

»Natürlich willst du«, sagte Lucy lächelnd und streichelte ihr kurz die Wange, »und du wirst auch! Warte mal, ich checke die Lage.«

Mit absoluter Selbstverständlichkeit klopfte sie kurz und betrat das Krankenzimmer. Wieder schloss sich die Tür, wieder wartete Leah und sank auf den Plastikstuhl, dessen glatte Oberfläche ihr wie ein Nagelbrett erschien.

Ein paar Zentimeter Holz, nur eine Tür, nur fünf Schritte! Scheiße! Lucy darf da rein, Arndt und Helen sowieso. Nur ich nicht. Mich gibt es nicht, ich existiere gar nicht für ihn!

Kein Laut drang durch diese Tür. Nur aus dem Schwesternzimmer hörte sie ab und zu Gelächter. Starr fixierte Leah die polierte Klinke. Ihr Herz machte einen Satz, als sie sich nach Minuten, die ihr unendlich vorkamen, bewegte. Eine geschäftige Krankenschwester erschien, in der Hand einen Packen Patientenakten. Sie sah Leah an, lächelte freundlich und verschwand eilig auf leise quietschenden Birkenstocklatschen. Enttäuscht sackte Leah wieder zusammen. Es war nicht möglich, einen einzigen klaren Gedanken zu fassen, nicht möglich, sich abzulenken. Nichts war mehr wichtig. Nur noch die Fixierung auf diese Tür. Als Lucy herauskam, gab es keine Faser in ihrem Körper mehr, die nicht aufs Äußerste gespannt war.

»Komm! Nur dass du Bescheid weißt: Du wirst ihm Gesellschaft leisten, wenn er nach Hause kommt. Ich habe dich schon angekündigt«, zwinkerte sie.

»Jesus! Ich bin jetzt seine Krankenschwester?«

»Na ja, so was Ähnliches. Aber keine Sorge: Verbände musst du nicht wechseln.«

Lucy nahm sie beim Ellenbogen und schob sie durch die Tür. Leahs Erwartung schlug derartige Wellen, dass sie fühlte, wie ihr eine Hitzewelle in die Wangen zischte. Sie wusste genau: Das gab rote Flecken mit Feuermelder-Qualität.

Connor saß gegen das hochgestellte Kopfteil gelehnt im Bett. Seine rechte Gesichtshälfte verbarg der voluminöse Verband. Er wandte den Kopf und Leah traf der erste Blick aus dem unverletzten grünen Auge wie ein Blitz.

Lucy zog sie dicht ans Bett und stellte sie vor: »Das ist meine Freundin Leah. Sie hat gerade Urlaub und hat mir versprochen, sich ein bisschen um dich zu kümmern, wenn du wieder zu Hause bist. Sei nett zu ihr, mir liegt viel an ihr.«

Er sah sie an. Musterte sie von oben bis unten. Kein Erkennen lag in diesem Blick. Und Leah wusste auf einmal, was Makeda ihr in diesem letzten Traum wirklich alles mitgeteilt hatte.

»Hallo, Leah!«, sagte Connor und streckte ihr die linke Hand hin. In der Rechten steckte eine festgeklebte Braunüle. »Es ist schön, Sie kennenzulernen.«

Sie wusste nicht genau, ob sie es sich einbildete, aber sie hatte das Gefühl, er hielte ihre Hand ein klein wenig länger fest, als es nötig gewesen wäre. Und sie fragte sich, ob dieser forschende Blick ihm einen Fetzen aus der Vergangenheit offenbarte oder bloßes männliches Interesse bekundete.

Die Chemie ..., schoss es ihr durch den Kopf. *Hoffentlich haben sie recht!*

Connor ließ ihre Hand los und wandte sich an seine Schwester: »Lucy, es ist wirklich nett, dass ihr mir keine resolute Mittsechzigerin zum Zeitvertreib ausgesucht habt.«

Leah entging Lucys angedeutetes Zwinkern nicht und sie erwiderte es unauffällig, aber mit einem deutlichen Aufkeimen von Freude.

»Wäre es vorstellbar für Sie, Leah, dass Sie mich schon ab und zu besuchen, solange ich noch in diesem Gemäuer hier ausharren muss? Dann könnten wir uns etwas anfreunden. Krankenhäuser sind stinklangweilig. Vielleicht sollten wir eine Runde Mau-Mau spielen!«

Wenn der wüsste, was ich gern mit ihm spielen möchte!

»Sehr gern!«, sagte Leah und merkte sofort, dass es für die Aussicht auf Mau-Mau-Spiele eine Spur zu begeistert klang.

Connor wandte sich wieder seinen Eltern zu, schien die wenigen Worte, die er mit ihr gewechselt hatte, für ausreichend zu befinden und Leah fühlte sich flüssiger als flüssig: überflüssig! Mit einem flauen Gefühl im Magen drehte sie sich um, murmelte: »Ich komme dann morgen«, und wurde offenbar gar nicht gehört.

Leise schloss sie die Tür hinter sich und fand sich wieder allein auf dem Gang. So allein hatte sie sich noch nie gefühlt. Alle Erwartung, jede Hoffnung darauf, dass sie einfach nur erscheinen musste und alles würde doch wieder so sein wie vor seiner Abreise, waren zerschlagen. Sie setzte sich wieder auf den Stuhl vor seinem Zimmer und wartete, dass der Rest der Familie irgendwann herauskommen würde. Tränen bahnten sich unaufhaltsam den Weg über ihre Wangen, tropften auf die Knie. Sie ließ sie einfach laufen, bemühte sich nicht, sie zurückzuhalten, wischte sie nicht weg.

Es fiel ihr unendlich schwer, aber sie musste akzeptieren, dass sie für ihn eine Fremde war. Es konnte für ihn zum jetzigen Zeitpunkt keine Anknüpfungspunkte geben. Wie sollte sie ihm die Zeit vertreiben, ohne an das, was zwischen ihnen bestanden hatte, anzuknüpfen? Ohne sich zu verplappern, ohne ihn die Vertrautheit fühlen zu lassen? Sie hatte das Gefühl, auf der scharfen Schneide einer Rasierklinge zu balancieren. Hauchdünn war der Grat zwischen ihrer neuen Rolle als »Gesellschafterin« und dem angestammten Platz als Geliebte, ja, eigentlich Beinahe-Ehefrau und Mutter seines Kindes. Würde sie sich die Füße zerschneiden, zur einen oder anderen Seite stürzen? Ihre

Aufgabe war es jetzt, ein Bindeglied zwischen seinem Einst und Jetzt darzustellen, welches er nach Möglichkeit selbst entdecken sollte. Das war der Plan! Auch wenn es noch so schmerzhaft werden konnte, das Gleichgewicht nicht zu verlieren.

In diesem Moment fühlte sie sich der Rolle, die ihr zugedacht war, nicht gewachsen.

Wie lange werde ich dieses Theater aufrechterhalten können? Was wäre eigentlich so schlimm daran, ihm einfach zu sagen, wer ich wirklich bin?

Leah fasste den Entschluss, genau diese Frage nachher noch einmal mit Lucy zu diskutieren.

Lange musste sie nicht mehr warten. Helen genügte offensichtlich ein Blick auf ihre unglücklich zusammengesunkene Gestalt, um zu verstehen, was gerade in ihr vorging. Sie griff ihr unters Kinn, hob Leahs Gesicht zu sich und sah in ihre verweinten Augen.

»Ach, Mädchen! Was machen wir hier bloß mit dir!? Das hast du wirklich nicht verdient. Meinst du, du kannst das aushalten?«

»Ich weiß es nicht, Helen! Es tut unglaublich weh. Ich liebe ihn so sehr und ich darf ihm das nicht zeigen.«

Lucy hockte sich neben sie. »Kannst du bitte noch ein bisschen Geduld aufbringen? Schmeiß jetzt nicht nach fünf Minuten alle guten Vorsätze über Bord. Ich zähle auf dich! Natürlich können wir ihm jetzt sofort den Brocken hinschmeißen: Das ist deine zukünftige Ehefrau! Kann sein, dass er das witzig findet. Aber helfen wird ihm das nicht. Ich möchte, dass er selbst drauf kommt. Und so, wie er auf dich reagiert hat, wird ihm schon über kurz oder lang ein Kronleuchter aufgehen.«

»Und wenn nicht?«, fragte Leah seufzend.

»Dann besteht immerhin noch die Chance, dass er sich neu in dich verliebt. Ist das nicht auch für dich eine Option? Du hast mir versprochen, geduldig zu sein. Jetzt sitz nicht hier und heul. Pack's an! So eine Trantüte bist du doch gar nicht! Und denk an dein Kind. Kämpf, Leah!«

Lucy sah sie an, als wolle sie Leah anfeuern, wie ein Box-Coach seinen Schützling, der es gerade noch in seine Ecke geschafft hat und nichts lieber täte, als den Ring umgehend zu verlassen. Langsam stand Leah auf und fand sich im nächsten Moment in Arndts Armen wieder. Mit den klaren, grünen Augen, die genauso gut Connors hätten sein können, sah er sie bittend an.

»Gib der Sache eine Chance, Leah. Nicht aufstecken jetzt, ja?«

Diese erwartungsvollen Gesichter! Sie war durchaus nicht überflüssig. Sie zählten auf sie. Und diese Erkenntnis, so dreifach deutlich, bewirkte, dass sie kopfschüttelnd lächelte.

»So irre die ganze Geschichte auch ist: Ich geh jetzt mal Mau-Mau-Karten besorgen!«

3. Oktober 2001

Am Morgen nach dem gemeinsamen Frühstück geschah etwas, das für Leah eine ungeheure Bedeutung gewann. Arndt bat sie zu einem Gespräch in sein Arbeitszimmer. Dieses Arbeitszimmer war sein Allerheiligstes, dort durfte ihn niemand stören. Die ganze Familie wusste das. Die Aufforderung, über diese Schwelle zu treten, glich einem Ritterschlag.

* * *

Leah war sich der Besonderheit der Situation bewusst, als sie die Tür hinter sich schloss und über den überdimensionalen dunkelroten Perserteppich auf den nicht minder überdimensionalen antiken Schreibtisch vor den bodentiefen Fenstern zuging, hinter dem er auf einem alten Oxford-Chair thronte. Die Wände waren dicht an dicht behängt mit Erinnerungsfotos mehrerer Breckwohld-Generationen und Gemälden der Schiffsflotte. Die Morgensonne beleuchtete seine beeindruckende Gestalt wie ein punktgenau inszenierender Strahler.

»Setz dich bitte, Leah«, bot er ihr freundlich einen Stuhl vor dem Tisch an. Sie musste die Augen zukneifen, um ihn im Gegenlicht zu sehen, und wurde das Gefühl nicht los, dass Absicht hinter dieser speziellen Positionierung lag. Jeder, dem hier ein Platz angeboten wurde, saß im vollen Licht. Und jeder würde Schwierigkeiten haben, Arndts Miene ohne Weiteres zu entschlüsseln.

»Ich weiß, dass wir dir eine ganze Menge abverlangen. Aber ich möchte, dass du erkennst, wie sehr die ganze Familie hinter dir steht. Du trägst Connors Kind. Aber das ist nicht der einzige Grund, warum wir alle wollen, dass er wieder völlig zu sich kommt.«

Er machte eine kleine Pause und sie war gespannt, was jetzt noch kommen würde.

»Helen und ich ...«

Leah war elektrisiert. Niemals hätte sie geglaubt, dass er auch nur ein einziges Wort über seine intimsten Angelegenheiten verlauten lassen würde.

»Wir hatten nicht immer leichte Zeiten miteinander. Lange, sehr lange war unsere Beziehung auf sandigem Boden gebaut. Du weißt ein bisschen darüber. Was du aber wahrscheinlich nicht so genau weißt, ist, dass ich jahrzehntelang gegen einen Vorbehalt anzukämpfen hatte.«

»Ich kann's mir vorstellen«, murmelte sie leise, wollte ihn aber nicht unterbrechen.

»Helen hat mir nicht mehr vertraut. Dreißig Jahre lang. Sie war nämlich einem fürchterlichen Irrtum aufgesessen. Nicht nur dem Irrtum, deine Mutter habe sie mit mir betrogen, nein! Sie hat immer geglaubt, ich hätte sie nur um ihrer Schönheit willen geheiratet. Und sie hatte entsetzliche Verlustängste. Ihre Eifersucht war sprichwörtlich. Niemals hat sie mir abgenommen, dass es mehr, viel mehr gute Gründe gab, sie nicht verlieren zu wollen. Ich liebe sie, Leah. Ich liebe sie mit all ihren Macken, die sich aus ihrem tönernen Selbstbewusstsein ergeben. Und du kannst mir glauben, sie ist in der Lage, eine Herzlichkeit zu entwickeln, die sie so schön macht, dass ihr Äußeres auch dem einer Mrs Quasimodo gleichen könnte: Man würde es vollkommen übersehen.«

Leah war gerührt und hatte eine unbestimmte Angst, er würde vielleicht jetzt abbrechen, nicht weitererzählen, denn diese offenen Worte hätte sie niemals erwartet. Aber er fuhr fort.

»Und jetzt haben wir eine Situation, die mich sehr an meinen ewigen Kampf um Helens Vertrauen erinnert. Du hast noch keine Ahnung, wie es unter Connors Verbänden aussieht. Ihm selbst hat man bisher erspart, sich im Spiegel ansehen zu müssen. Ich kenne seine Arztberichte. Und Connor ist mindestens so eitel wie seine Mutter. Es ist nicht ausgeschlossen, dass er denselben selbstvernichtenden Trieb entwickelt wie sie. Sie neigen dazu, das kaputt zu machen, was ihnen eigentlich das Wertvollste auf der Welt ist. Beide! Du und ich, wir müssen mit diesen liebenswerten Mimosen vorsichtig umgehen. So selbstbewusst sie auch wirken: Sie sind ganz empfindsame Seelchen. Kratzt du ihnen an der schönen Schale, brechen sie schnell zusammen. Insofern bin ich heilfroh, dass er im Moment noch keine Ahnung hat, wer du bist, und dass du ihn unversehrt kennst. Wenn es dir gelingt, eine neue Liebe mit ihm aufzubauen, jetzt ein stabiles Fundament zu legen, das abseits aller Äußerlichkeiten trägt, kann euch erspart bleiben, was Helen und ich durchgemacht haben. Und das wünsche ich euch! Auch mit Blick auf die nächste Generation.«

Endlich verstand sie!

»Meine Güte, Arndt! Du hast ja recht!«, rief sie aus. »Jetzt wird mir vollkommen klar, was ich die ganze Zeit nur geahnt habe. Aber was wird sein, wenn er sich dann doch erinnert? Stell dir vor, das klappt jetzt alles so, wie wir uns das wünschen. Und dann dämmert es ihm. Wird nicht spätestens dann alles wieder zusammenbrechen?«

»Das hängt nur davon ab, wie gut dein Beton für eure Bodenplatte wird, meine Kleine. Und ich rate dir, bau solide! Du wirst es brauchen für eine gemeinsame Zukunft. Allein auf dem Fundament körperlicher Anziehungskraft kannst du nichts errichten. Da muss schon mehr sein.«

Leah sah ihn entsetzt an. »Arndt! Ich habe meine Selbstständigkeit aufgegeben, um in der Firma als Angestellte mitzuarbeiten. Ich bin ein Nichts ohne euch. Genau das, meine Unabhängigkeit nämlich, war es doch, was Connor veranlasst hat, mich nicht als Mitgiftjägerin zu sehen. Das hat mich doch unterschieden von den Frauen, die ihm sonst so leicht vor die Füße gefallen sind. Ich erinnere mich genau: Er hat mir mal erzählt, er hätte die Schnauze voll von den Mädels, die schon beim Lesen der Gesellschaftsnachrichten weiche Knie bekommen, die nicht ihn, sondern sein Geld und seine Position wollen. Den Trumpf habe ich jetzt nicht mehr. Deine Rechnung kann nicht aufgehen!« Ihr wurde abwechselnd heiß und kalt. Ganz unbewusst legte sie ihre Hände schützend auf den Bauch.

Ich muss versuchen, sachlich zu bleiben. Nicht zusammenbrechen jetzt! Er wird mich nicht hängen lassen!

Ratsuchend sah sie ihn an.

Arndt lächelte. »Du hast recht, Leah. Eure Pläne für deine berufliche Zukunft waren so lange gut, bis diese neue Problematik aufgetaucht ist. Und genau aus diesen Erwägungen habe ich dich heute zu mir gebeten. Ich kenne meinen Sohn sehr gut, ich sehe, was da auf dich zukommen kann. Und es ist nicht meine Art, drohende Probleme einfach so lange zu übersehen, bis sie nicht mehr zu lösen sind. Also habe ich dafür gesorgt, dass dir deine Trumpfkarte erhalten bleibt.«

Er schob ihr eine geschlossene Akte über den Tisch, stand auf, ging um den Schreibtisch herum, öffnete sie vor ihren Augen und reichte Leah einen Federhalter.

»Unterschreib bitte hier!«

»Was ist das? Ich muss das erst in Ruhe lesen!«

»Das ist die Übertragungsurkunde für das Teekontor!«

Leah fuhr herum und sah ihn verständnislos an. »Ich kapiere nicht! Das Kontor gehört meiner Mutter! Und wenn sie einmal nicht mehr ist, erben Micha und ich es je zur Hälfte.«

»Betty wird sich in Kürze zur Ruhe setzen. Du bekommst hier vorzeitig ihren Anteil übertragen. Und wenn du mal genau hinsiehst, wirst du feststellen, dass du nicht die alleinige Eigentümerin bist. Ich habe mich mit Betty und deinem Bruder so geeinigt, dass Michaels Anteil vorzeitig ausgezahlt wird, Betty das Geschäft bis zum Ruhestand weiterführt und du es dann mit einem neuen Miteigner zu tun bekommen wirst.«

»Wer soll das sein? Ich will kein Geschäft mit fremden Leuten zusammen führen. So was gibt bloß Ärger!«, schimpfte Leah empört.

»Du wirst dich mit mir vertragen, meine Liebe«, lächelte Arndt.

»Du?!«

»Ja, ich! Und wenn du Connor geheiratet hast, wird es mein Hochzeitsgeschenk an dich sein. Dann kannst du damit machen, was du willst.«

»*Das* hat er von dir«, seufzte Leah völlig erschlagen, »nichts dem Zufall überlassen!«

»Ja, das hat er von mir! Und jetzt unterschreib. Hast du nicht gleich ein Date mit dem Mann, den du liebst?«

Leah setzte ihre Unterschrift auf alle Ausfertigungen. Dann stand sie auf und fiel ihm um den Hals. »Danke, Arndt!«

Er hielt sie lange an sich gedrückt.

* * *

Leah machte sich schön. Auf dem Waschbecken lag laut gestellt ihr Handy. Während sie sich umzog und sorgfältig schminkte, telefonierte sie ausgiebig mit ihrer Mutter. Die leise aufkeimende Empörung darüber, dass schon wieder einer der Breckwohld-Männer sich so tief greifend in ihr Leben eingemischt hatte, ohne ihr auch nur eine Andeutung zu machen, wieder einmal Teile ihres eigenen innersten Kreises völlig selbstverständlich einbezog, hatte schnell der Erkenntnis Platz gemacht, dass es »wieder einmal« nur zu ihrem Besten geschehen war. Die widerspenstigen Borsten ihres Selbstbewusstseins lagen schon wieder glatt und sie stellte fest, dass ihre Mutter mit der Wendung mehr als zufrieden war. Wie viel Sorgen sie sich um das Fortbestehen des traditionsreichen Geschäftes für die Zeit nach dem Ende ihrer Berufstätigkeit gemacht hatte, war Leah nie so bewusst geworden wie heute.

»Guck mal, Schatz, Micha würde nie seinen Job aufgeben. Und ich denke, er wird mit seiner neuen Freundin Christiane jetzt auch in die Familienplanung einsteigen. Als Lehrerin braucht sie sich um ihren Arbeitsplatz nach der Elternzeit ja keine Sorgen zu machen. Aber ich finde, junge Familien können ganz gut ein bisschen mehr Startkapital gebrauchen«, argumentierte Betty. »Außerdem bist du jetzt rundum versorgt. Komme, was da wolle. Und Arndt war sehr großzügig mit seinem Angebot.«

»Er ist wunderbar, Mama! Jetzt drück mir bloß noch die Daumen, dass es mir gelingt, meinen Mann wieder ... oder, besser gesagt, neu einzufangen!«

»Du machst das schon! Sei einfach, wie du bist. Dann wird er kaum widerstehen können.«

»Dein Wort in Connors zugeklebtem Gehörgang«, lachte Leah.

* * *

Die Knöpfchen der zauberhaften grünen Bluse schlossen mittlerweile ziemlich stramm über ihrem Busen. Sie entschied sich dafür, die oberen offen zu lassen und fand ihr Spiegelbild ziemlich sexy für eine »Gesellschafterin«.

Ich werde bald Klamotten kaufen müssen! Der Bauch wächst und der Brustumfang legt auch ganz schön zu. Jetzt aber noch so lange wie möglich versuchen, die Sachen anzuziehen, die er vielleicht wiedererkennt! Wer weiß, mit etwas Glück nützt es ja.

Leah schob sich seufzend das frisch erworbene Kartenspiel in die Jackentasche, lieferte die enttäuscht guckende Amy bei Helen im Erdgeschoss ab und machte sich auf den Weg ins Klinikum. War der Tag gestern noch trübe gewesen, so strahlte heute die Sonne aus allen Knopflöchern über der Stadt. Bunt leuchteten die Herbstblätter an den Bäumen und anders als gestern hatte sie jetzt durchaus einen Sinn für diese Eindrücke. Ihr Herz war leicht, als sich die Fahrstuhltür im vierten Stock öffnete und sie auf seine Zimmertür zueilte. Sie klopfte leise an, wartete einen Moment, hörte keine Antwort.

Egal! Ich bin angekündigt. Tür auf!

Connor schlief. Er nahm keine Notiz von ihrem Eintreffen. Fast geräuschlos legte sie ihre Jacke ab und setzte sich auf den Stuhl am Fußende des Bettes. Regelmäßig gingen seine Atemzüge. Er lag auf dem Rücken und sie beobachtete eine Weile, wie sich der Brustkorb hob und senkte, betrachtete die entspannten Züge der nicht verbundenen Gesichtshälfte, ließ den Blick an dem kleinen runden Grübchen, dann auf seinem schön geschwungenen Mund ausruhen.

Wie gerne würde ich jetzt einfach hingehen und ihm einen Begrüßungskuss geben!

Es war ihr nicht bewusst, dass dieser Gedanke sie hatte seufzen lassen. Er wachte auf und sah sie an.

»Guten Morgen, Leah! Schön, dass Sie gekommen sind!«

»Guten Morgen, Connor! Darf ich Connor sagen?«, strahlte sie ihn an.

»Natürlich! Warum seufzen Sie? Sie fürchten die pure Langeweile am Bett eines Mannes, der am Vormittag noch pennt, habe ich recht?«

»Nein! Es hatte etwas ausgesprochen Entspannendes, Ihnen beim Schlafen zuzusehen.«

»Auf eine schöne Frau wie Sie entspannend zu wirken, ist nicht unbedingt das, wovon ich träume«, erwiderte er und versuchte ein Grinsen, das ihm allerdings offenbar in Schmerzen steckenblieb.

»Tut es noch sehr weh?« Sie sah sich um. »Gar keine Infusion mehr? Bekommen Sie keine Schmerzmittel?«

»Doch, ich kriege seit gestern Pillen. Sehen Sie mal, was die Amis mit meinen Venen gemacht haben.«

Connor hob die rechte Hand hoch und sie entdeckte ein schwarzblaues Riesenhämatom auf dem Handrücken.

»Aua! Autsch!«, sagte sie und er sah sie mit einem seltsamen Blick an.

»Aua! Autsch?! Sie haben eine lustige Art, sich auszudrücken. Immerhin klingt es wirklich mitfühlend! Irgendjemand hat sich in meinem vergessenen Leben schon mal genauso ausgedrückt.«

Verdammt, natürlich! Auf dem Segeltörn, als ich diesen Mordssonnenbrand hatte! Da ist was! Wer weiß, wie viel da noch ist?!

»Jemand, der wichtig war?«

»Ich habe nicht die geringste Ahnung. Vielleicht. Vielleicht auch nicht. Die Ärzte behaupten, es würde nach und nach alles zurückkommen. Die Frage ist aber: Will ich das überhaupt? Weiß der Teufel, vielleicht habe ich ja sieben Kinder und eine Drei-Zentner-Ehefrau, von der ich nichts ahne. Möglicherweise wollen sie mich schonen und erzählen mir deshalb nichts!«

Connor versuchte ein Zwinkern. Es gelang sehr mäßig, fand Leah.

»Ich will ja nicht meckern, aber wie soll es binnen eines Jahres zu sieben Kindern gekommen sein?«, warf sie ein.

»Ist es ein Jahr, das mir fehlt? Mich klärt ja keiner auf!«, murrte er und bat sie, ihm zu helfen, sich aufzusetzen.

»Versuchen wir es mal zusammen, ja? Diese Frühschwester ist ein rabiates Biest. Ich mag nicht klingeln.«

»Gerne!«, sagte Leah und meinte eigentlich: »Nichts lieber als das!«

Er griff nach dem Bedienteil des elektrischen Bettes und fuhr damit das Kopfende hoch. Jetzt lag er sehr unglücklich verbogen und sah sie auffordernd an.

»Sie müssten mir schon mal unter die Arme greifen, sonst wird das hier nichts«, sagte er in etwas ungeduldigem Tonfall.

Leah kämpfte mit einer für sie schwer nachvollziehbaren Ladehemmung. Einerseits hätte sie nichts lieber getan, als ihm jetzt nicht nur unter die Arme zu greifen, andererseits fürchtete sie den Moment, ihm jetzt gleich ganz nah zu sein, ohne mehr sein zu dürfen als eine Hilfskraft, die ihn im Bett aufrichten sollte. Sie gab sich einen Ruck und trat dicht an sein Bett. Da war er, dieser unwiderstehliche Duft. Der Duft nach Sandelholz, Bergamotte, Amber und Connor! Sie umfasste seinen Brustkorb, sorgsam bemüht, nicht an seine Verbände zu stoßen, fühlte, wie sich seine Arme um ihre Schultern legten, wie er mithalf, und zog ihn zu ihrem Erstaunen mühelos in Position. Es fiel ihr schwer, ihn wieder loszulassen, und sie bemerkte, wie wenig eilig auch er es offenbar damit hatte, das zu tun.

»Sie riechen gut, Leah!«, raunte er an ihrem Ohr.

Sie wusste, sie würde knallrot sein, wenn sie sich jetzt von ihm löste.

Nur ein Momentchen, dann geht's wieder! Herrgott, ich darf mich nicht so schnell verraten! Es ist so wundervoll, ihn im Arm zu haben.

»Sie auch!«, flüsterte sie zurück und genoss jeden Sekundenbruchteil.

Die Zimmertür wurde schwungvoll aufgerissen und der magische Augenblick war zerstört.

»Ach, der Herr Breckwohld ist auch endlich wach? Frühstück? Und sogar schon Damenbesuch! Ihre Frau?«, polterte die reichlich umfängliche Schwester.

»So viele Fragen auf einmal!«, konterte Connor spöttisch. »Hätten Sie gern noch meine Kontonummer?«

Die Krankenschwester sah ihn verblüfft an. »Ach ja, das Schädel-Hirn-Trauma! Da muss man sich ja über nichts wundern«, zickte sie unfreundlich.

»Wach ja! Frühstück ja! Der Rest geht Sie nichts an«, schoss er zurück und sie trollte sich schleunigst.

»Die ist wirklich eklig. Dass du mit der Ziege nicht zurechtkommst, wundert mich gar nicht«, grinste Leah, als die Tür geräuschvoll ins Schloss fiel, und hielt sich im nächsten Moment erschreckt die Hand vor den Mund. »Pardon«, murmelte sie.

»Kein Problem! Wir werden ja wohl hoffentlich noch etwas mehr Zeit miteinander verbringen. Spart nur Spucke, wenn wir das ›Sie‹ gleich bleiben lassen.«

Leah atmete auf. Er hatte sie also nicht ertappt.

Connor frühstückte. Die Ziege hatte das Tablett außerhalb seiner Reichweite abgestellt und mit dem Fuß die Tür hinter sich zugeworfen. Leah reichte ihm alles an und merkte, wie schwer es ihm fiel zu kauen.

»Was ist eigentlich kaputtgegangen?«

»Was das Essen so schwierig macht, ist der Oberkieferbruch. Für die Nächte haben sie mir eine Schiene verpasst. Allerdings heilt das wohl von allein. Unangenehmer ist, dass sie einen ganzen Haufen Beton und Glassplitter herausoperieren mussten. Dem Vernehmen nach haben der Orbitalbogen und das Jochbein was abgekriegt. Das Nasenbein war ziemlich zerbröselt und mit dem Hören soll's wohl auf dem rechten Ohr auch ziemlich vorbei sein. Wenn du mich also heimlich beschimpfen willst ...!« Er deutete auf die verbundene Seite.

»Ich hab nicht die Absicht! Und wenn ich sie hätte, wäre mir daran gelegen, dass du es auch mitbekommst!«, flachste sie.

Er grinste und wieder sah sie diesen schmerzverzerrten Zug.

»Du brauchst deine Pillen, stimmt's?«

»Wäre kein übereilter Schluss!«

»Okay, warte, ich such einen Arzt oder ich …«, sie griff nach seinem Buttermesser, »oder ich gehe die Ziege bedrohen.«

»Lass das bloß sein! Nachher schmeißt sie dich noch raus. Das ist die Oberschwester. Privatpatienten kriegen hier nur das beste Personal! Obwohl mir wahrscheinlich jede niedliche Lernschwester lieber wäre als dieser Besen.«

Jede niedliche Lernschwester?! Ich werd dir gleich niedliche Lernschwester!

»Gut, ich versuch's mit der Oberschwester«, sagte Leah, stand auf und murmelte auf dem Weg zur Tür eingedenk seiner Hörbehinderung leise: »Und halte jede niedliche Lernschwester im Umkreis von zwölf Meilen von dir fern.«

»Ja? Tust du das?«

Abrupt drehte sie sich um. »Du hörst verdammt gut!«

»Ich höre relevante Dinge gut, die ich hören will!«

»Und das wolltest du jetzt gerade hören?«

Er nickte nur und grinste ihr ein bisschen schräg hinterher.

Auf dem Gang traf sie eine ganze Korona Weißkittel, im Schlepptau die Ziege, ein Wägelchen mit Patientenakten und Medikamenten vor der ausladenden Brust einherschiebend. Offenbar Visite.

»Guten Morgen«, grüßte Leah freundlich, »Herr Breckwohld hat Schmerzen. Kann ich ihm sein Medikament mitnehmen, oder besuchen Sie ihn sowieso gleich?«

Der Arzt musterte sie fragend und die Oberschwester sprang erklärend ein: »Das ist Herr Breckwohlds Frau!«

Leah widersprach nicht.

»Frau Breckwohld, wir sehen sofort nach Ihrem Mann«, sagte er in gewinnendem Ton, »bleiben Sie bitte einen Augenblick vor der Tür, lassen Sie sich von unserer Schwester Rosi einen Kaffee geben. Wir müssen einen Verbandwechsel vornehmen. Das kann einen Augenblick dauern. Wenn Sie Fragen haben: Ich bin nach der Visite gern für Sie da.«

Schwester Rosi wetzte in erstaunlichem Tempo los und drückte ihr eine Kaffeetasse mit Keks, Zucker und Milchtöpfchen in die Hand. Ihre Miene war zuckersüß.

»Danke schön!«, sagte Leah und ließ beiden ihr schönstes Lächeln zukommen. »Es wäre sehr freundlich, wenn Sie nachher ein paar Minuten für mich opfern könnten.«

Der Mediziner nickte und die ganze Gruppe verschwand hinter Connors Tür. Leah rührte in ihrem Kaffee, trank in kleinen Schlucken und wartete. Es dauerte verdammt lange. Letztlich aß sie gelangweilt doch noch den knallharten Keks, den sie ohne Weiteres in die Kategorie »Weihnachtliche Laubsägearbeit 2000« einordnete.

Erst nach geraumer Zeit wurde Leah endlich von ihrer erneuten Warterei erlöst. Der Arzt, der ihr vorhin ein Gespräch angeboten hatte, kam auf sie zu.

»Schramm ist mein Name. Wenn Sie möchten, können wir uns jetzt unterhalten.«

Leah verzichtete auf eine Vorstellung vor versammelter Mannschaft und folgte ihm in ein winziges Arztzimmerchen.

»Sie sind Frau Breckwohld?«, fragte er, nachdem sie Platz genommen hatten.

»Ich bin Leah Holst«, erklärte sie und fürchtete, nun vor die Tür gesetzt zu werden, »ich *wäre* seit ein paar Tagen Frau Breckwohld, wenn dieser Terroranschlag nicht dazwischengekommen wäre. Eigentlich sollten wir nicht hier sein, sondern auf der Hochzeitsreise.«

»Sie wissen, dass ich Ihnen jetzt eigentlich keine weiteren Auskünfte geben dürfte?«

»Ja, ich weiß. Und wäre dankbar, wenn Sie die Regeln an dieser Stelle brechen würden.«

Er nickte. »Frau Dr. Breckwohld hat mich über Ihre Position aufgeklärt und wir sind übereingekommen, uns in diesem speziellen Fall über die Schweigepflicht hinwegzusetzen. Was ich Ihnen erzähle, haben Sie allerdings niemals von mir erfahren! Sind wir uns da einig?« Er sah sie eindringlich an.

»Selbstverständlich!«, beeilte sie sich zu sagen.

»Gut. Ich fasse dann mal die Fakten zusammen, damit Sie im Bilde sind. Gestern Abend haben wir ein neues CT gemacht und konnten feststellen, dass die Frakturen erwartungsgemäße Heilungsverläufe zeigen. In etwa vier Wochen sollte das Thema erledigt sein. Die Fäden wegen der zahlreichen Schnittverletzungen im Gesicht haben die amerikanischen Kollegen bereits entfernt. Allerdings würde ich empfehlen, dass wir uns nach einem begabten Wiederherstellungschirurgen umsehen. Es wäre schade, wenn Ihr Mann den Rest seines Lebens als Scarface zubringen würde. Die Amis haben ordentlich gearbeitet, aber hübsch ist das bisher weiß Gott nicht.«

Leah schluckte. »Sehr schlimm?«, fragte sie und sah ihn ängstlich an.

»Ach, meine Güte, was ist schon *sehr* schlimm?«, meinte er lakonisch, »es braucht Zeit und Geduld, sicher mehrere kleine Eingriffe. Für einen Mediziner ist es nicht erschreckend. Für Patienten schon. Es gibt keine Infektionen, die Narben sehen ordentlich aus, aber Mr. Universum wird er damit nicht mehr. Und ich nehme an, dass ihn das belasten wird, denn er ist ja ein außerordentlich gut aussehender Mann. Die psychische Komponente wird da mehr Augenmerk erfordern, als primär die physische. Da wird es auch sehr auf Sie ankommen.«

Leah platzte heraus: »Mir ist es wurscht, wie vernarbt er ist. Ich liebe ihn!«

Der Arzt lächelte und sie hatte den Eindruck, er wollte ihr eigentlich sagen: »Haben Sie eine Ahnung!?« Doch er sagte: »Das ist schon mal die halbe Miete. Aber täuschen Sie sich nicht. Die menschliche Eitelkeit versteht sich gern als vermeintliches Recht auf Unversehrtheit. Es ist wahrscheinlich weniger relevant, wie Sie ihn sehen, als vielmehr, welches Verhältnis er zu sich selbst in diesem Zusammenhang entwickeln wird. Und wie sehr Sie ihn noch lieben werden, wenn er unzufrieden mit sich selbst ist, weil sein Selbstbewusstsein möglicherweise stark angegriffen ist, müssen Sie sehen. Es wäre nicht das erste Mal, dass aus einem sehr liebenswürdigen Zeitgenossen ein Ekelpaket wird.«

»Na, Sie machen mir ja richtig Mut«, seufzte Leah, »ich weiß nicht, wie viel Narziss in ihm steckt.«

»Je besser Sie vorbereitet sind, desto eher haben Sie eine Chance auf eine glückliche gemeinsame Zukunft!«, sagte er überzeugt und sie hatte das Gefühl, er wolle ihr lieber alles in den scheußlichsten Farben malen, als sie nachher von diesen Problemen überrascht sitzen zu lassen. Insofern war sie ihm dankbar für seine schonungslose Offenheit. Besonders diplomatisch und feinfühlig fand sie ihn allerdings nicht.

Dr. Schramm war aber noch nicht fertig mit der Darstellung der »rosigen« Aussichten. »Natürlich werden Sie zunächst einmal den Zugang zum Patienten finden müssen. Wir haben ja festgestellt, dass die retrograde Amnesie ihm mindestens ein Jahr aus dem Gedächtnis gebissen hat. Und wenn ich Lucy richtig verstanden habe, ist das genau die Zeit, die Sie mit ihm verbracht haben. Sie fangen also gerade bei null an. Ganz ehrlich, Frau Holst: Ich möchte nicht in Ihrer Haut stecken. Aber die Liebe überwindet ja angeblich jedes Hindernis.«

Er schien wenig gute Erfahrungen mit der Liebe zu haben. So, wie er das sagte, klang es für Leah eher spöttisch als Mut machend und ganz gewiss nicht überzeugt. Ihr Rebellengeist ballte die Faust, die Nackenhaare stellten sich kampfbereit auf, und Leah ließ sich zu einer Antwort hinreißen, die sie als herausfordernde Unhöflichkeit empfand, noch während sie die Worte formulierte: »Wir sprechen uns in ein paar Monaten! Auch wenn Sie mir nicht den Eindruck machen, als würden Sie viel von den Kräften der Liebe verstehen, ich werde Ihnen beweisen, was sie kann.«

»Das würde mich freuen, Frau Holst«, antwortete er mit säuerlicher Miene, »und auch, wenn wir bezüglich der Liebe nicht ganz einer Meinung sind: Ich bleibe gern Ihr Ansprechpartner.«

Sie stand auf, bedankte sich für das Gespräch. Als sie die Türklinke bereits in der Hand hatte, fiel ihr doch noch eine Frage ein. »Können Sie uns einen Arzt für plastische Chirurgie empfehlen?«

Das war unverkennbar eher sein Thema. »Ja, sogar eine Kapazität. Leider war er immer sehr schwer zu bekommen, weil er ständig in der Weltgeschichte herumgejettet ist. Er wird häufig in besonders anspruchsvollen Fällen hinzugezogen. Mit den Eingriffen, die bei Ihrem Mann notwendig sind, wird er glatt unterfordert sein.«

»Großartig«, strahlte sie ihn an und versuchte, die kleine Missstimmung mit Charme vergessen zu machen, denn diese Informationen musste sie ihm jetzt unbedingt aus der Nase ziehen, egal, wie unsympathisch er ihr auch war. »Wie kann man den Mann erreichen?«

»Im Grunde mittlerweile problemlos, denn er hat sich kürzlich dazu entschlossen, eine Praxis für Schönheitschirurgie an der Alster zu eröffnen ...«

Kopfschüttelnd brach er ab. Das Wort »Schönheitschirurgie« hatte er ausgespien, wie eine faulige Pflaume. »Wie kann eine solche Koryphäe sich nur in die Niederungen der Fettabsaugung begeben!«, stieß er empört hervor, »vergeudetes Talent!«

Leah nannte ihre alte Adresse im Schwanenwik. »Dort?«

»Ja! Genau!«

»Na, dann lassen Sie das mal meine Sorge sein«, lächelte sie honigsüß und ließ ihn unaufgeklärt stehen.

* * *

Leah brachte es nicht fertig, nach diesem Gespräch gleich wieder mit vergnügtem Gesicht bei Connor hereinzuschneien. Mit einem geflüsterten »Ich komme gleich, mein Liebster!« ging sie an seiner Zimmertür vorbei und nahm den Fahrstuhl ins Erdgeschoss. Mit einem belegten Brötchen und einem frischen Kaffee in der Hand setzte sie sich vor dem Gebäude auf eine der sonnenbeschienenen Bänke. Nachdenklich kaute sie das Gummibrötchen, das wohl schon etwas länger hinter der Scheibe des Cafeteria-Buffets gelegen hatte, und ließ den Blick verträumt schweifen.

Auf der Nachbarbank saß eine Mutter mit ihrem vielleicht zwölfjährigen Sohn. Der Junge hing an einem langen Infusionsschlauch, der in einem Beutel am fahrbaren Galgen steckte. Mühsam hatte die Frau das Ding mit seinen störrischen Rollen über die Pflastersteine gezogen. *Wahrscheinlich, um ihm ein paar Sonnenstrahlen zu gönnen.* Der Junge hatte keine Haare und der linke Ärmel seines Pullovers baumelte leer neben ihm. Im Gesicht der Frau glaubte Leah, alle Angst dieser Welt erkennen zu können.

Es hätte schlimmer kommen können! Viel schlimmer! Dieses Kind, das ist schlimm! Wenn Connor irgendwann meinen sollte, dass er sich erlauben kann, wegen dieser Kinkerlitzchen auszurasten, werde ich ihm zeigen, was schlimm ist!

Leah erschreckte über ihre Gedanken, die sie schnell als ungerechtfertigt wütend entlarvte. Die Ankündigungen des Arztes zu den möglichen persönlichkeitsverändernden Folgen der Verletzungen hatten eine Abwehrhaltung in ihr erzeugt, die nichts mit der Realität zu tun hatte. Connor war nicht ausgerastet. Und er würde nicht ausrasten!

Sie war froh, in ihrem aufgewühlten Zustand nicht sofort zu ihm gegangen zu sein, und versuchte verzweifelt, Mette zu erreichen. Sie brauchte sie jetzt, brauchte jemanden, der mit beiden Füßen fest auf dem Boden stand, jemanden, der sowohl außenstehend und vernünftig als auch liebevoll mit ihr umgehen würde. Es klingelte ewig durch, aber Mette ging nicht ran. Leah überlegte, dass sie wahrscheinlich gerade heute bei dem herrlichen Wetter am Feiertag den Laden rappelvoll haben würde. Und hatte einen ganz kleinen Moment des Sehnens nach der Zeit, als alles so einfach, so klar und komplikationslos gewesen war.

Wen kann ich noch anrufen? Ich brauche jetzt einen Optimisten! Einen richtig zuverlässigen! Wer ist der positivste Mensch überhaupt? Klar: Torben!

Sie rief ihn an und schüttete ihm ihr Herz aus. »Torben, ich habe solche Angst! Ich bin kurz vorm Durchdrehen. Es fängt gerade wieder so schön an mit uns. Und jetzt hat mir sein Arzt erzählt, dass er sich womöglich furchtbar verändert, wenn er den Verband los ist und sieht, wie schlimm es darunter aussieht. Wir haben doch keine gemeinsame Basis mehr. Er kennt mich nicht. Ich habe alles für unsere gemeinsame Zukunft aufgegeben. Torben … und das Baby! Vielleicht bin ich bald allein damit.«

Torben hörte ihr zu, fand genau die richtigen Worte, tröstete, wischte durchs Telefon ihre Tränen weg und verscheuchte am Ende mit einem Lachen alle Ängste. Dann lud er sie für den Abend ein.

Nach diesem Gespräch fühlte sie sich stark genug, Connor wieder unter die Augen zu treten. Leise öffnete sie die Tür und stellte fest, dass er tief und fest schlief. Ein frischer Verband verdeckte die rechte Gesichtshälfte – schneeweiß und weniger voluminös als am Vormittag.

Irgendwann wird es so weit sein. Irgendwann werden sie den Verband ganz abnehmen. Dann, spätestens dann wird er sehen, was darunter los ist. Dann wird es ernst!

Sie überlegte, ob sie ihn wecken sollte, und entschied sich dagegen.

Vielleicht ist es ganz gut, dass er nicht wach ist. Ich glaube, ich wäre jetzt nicht so stabil, wie ich sein müsste, um gute Laune zu verbreiten.

Ganz vorsichtig zog sie ein Zettelchen aus ihrer Tasche und kritzelte darauf:

»Bis Morgen! Liebe Grüße, Leah«

Kurz überlegte sie und setzte noch ihre Handynummer darunter. Dann legte sie ihm das Papier auf den Bauch, beugte sich über ihn und hauchte ihm einen Kuss auf die Wange. Fast fluchtartig verließ sie den Raum.

* * *

Torben stellte ihr den Arzt gleich im Hausflur als ihren Nachmieter vor. Leah kam herauf, er gerade herunter. Er war ein äußerst jovialer Zweimetermann mit ungeheuer zuversichtlicher Ausstrahlung, der einen Witz nach dem anderen riss und das Treppenhaus mit dröhnendem Gelächter füllte. Auf Torbens Frage, ob er sich ein paar Minuten für seine liebste Freundin nehmen könne, betrachtete er sie kritisch von oben bis unten, überlegte eine Weile und sagte: »Natürlich! Man kann immer was machen. Aber ganz im Ernst: Ich sehe bei Ihnen keine Gründe für einen Eingriff. Ist doch alles schick so weit!«

Leah sah ihn verständnislos an und der Groschen fiel pfennigweise.

»O nein!«, sagte sie lachend. »Es geht nicht um mich, sondern um meinen Mann.«

»Ah, ich verstehe! Find ich gut! Find ich wirklich gut, dass sich heutzutage schöne Frauen auch ihre Männer ansehnlich zurechtmachen lassen wollen. Wo hakt es denn bei ihm? Bierbauch, alte Aknenarben, erste Krampfadern?«

Leah schlingerte zwischen Wut und einem Lachanfall. Sie entschied sich für Letzteres und prustete so los, dass ihre nächsten Worte ihm angesichts der Diskrepanz zwischen dem ernsthaften Inhalt und diesem Grinsen, das sie einfach nicht unterdrücken konnte, sehr seltsam vorkommen mussten.

»Er hat bei dem Anschlag aufs World Trade Center ein Schädel-Hirn-Trauma erlitten und eine stark entstellte rechte Gesichtshälfte«, gackerte sie. Der Arzt sah sie konsterniert an und Leah murmelte: »Die Nerven ... Entschuldigung ...«

Zu ihrer Erleichterung schaltete sich Torben ein: »Zunächst galt er als vermisst, dann fand man ihn in einem Hospital, wo er ins Koma versetzt worden war, um ihn operieren zu können«, erklärte er. »Gestern wurde er nach Hamburg verlegt, leidet aber an einer Amnesie und erkennt Leah, die er eigentlich vor ein paar Tagen heiraten sollte, nicht mehr. Natürlich ist sie jetzt mit den Nerven völlig am Ende.«

»So wird ein Schuh draus! Wenn ich eingreifen soll, geben Sie mir Bescheid, ich lasse mir die Krankenakten kommen und wir vereinbaren einen Untersuchungstermin. Es sollte mich wundern, wenn wir da nichts richten können. Melden Sie sich einfach.«

Er drückte Leah eine Visitenkarte in die Hand und trabte, ein Liedchen trällernd, die Treppen hinunter.

Leah sah ihm kopfschüttelnd hinterher. »Komischer Vogel! Aber er soll eine Kapazität sein. Vermutlich ist er mit allen Wassern gewaschen und wird Connors Verletzungen halb so wild finden.«

»Ich habe zumindest nur Gutes von ihm gehört, Leah. Und vielleicht wirkt seine Art auf Patienten auch einfach entspannend.«

* * *

Torben tat alles, um ihr den Abend schön zu machen. Und hatte es schwer. Erst als Leahs Handy mit einem Summen das

Eintreffen einer SMS anzeigte, kam sie richtig aus ihrem Tief heraus. Die Nachricht war von Connor:

»Schade, dass Du nicht mehr wiedergekommen bist. Ich habe übrigens etwas Schönes geträumt: Eine grüne Fee hat mich geküsst! Freue mich auf morgen. C.«

Leah las halblaut vor und Torben lächelte. »Hast du ihn geküsst?«

»Na ja, ich habe gedacht, er schläft und merkt es nicht.«

»Offenbar falsch gedacht! Und genauso offenbar hast du damit nichts falsch gemacht. Ach, Leah, ich glaube, das wird alles bald wieder gut.«

»Ich hoffe, du hast recht! Jetzt werde ich zusehen, dass ich in die Falle komme. Ich danke dir für den schönen Abend und für das offene Ohr!«

Leah verabschiedete sich und tippte erst im dürftigen Licht des Kosmetikspiegels in ihrem Auto die Antwort an Connor:

»Manchmal ist viel Wahres an Träumen! ;) Ich komme morgen Vormittag. Schlaf schön, Connor! LG Leah!«

Eine Antwort kam nicht mehr.

4. Oktober 2001

Leah hatte ganz früh am Morgen einen Friseurtermin. Sie dachte, er würde um diese Zeit bestimmt noch nicht auf sie warten. In den letzten Wochen hatte sie ein bisschen geschlampt, sich fast etwas gehen lassen. Es war ihr egal gewesen, wie lang ihr der Pony ins Gesicht hing. Aber nun war es ihr auf einmal wieder wichtig, für ihn möglichst hübsch zu sein.

Er *hatte* gewartet! Aufrecht saß er im Bett, schaute höchst erfreut hinter seiner Zeitung hervor und legte sie sofort weg, als sie eintrat.

»Guten Morgen, grüne Fee! So früh so schön?«

Leah fuhr seine Frage mit Lichtgeschwindigkeit ins Herz.

»Die Frage habe ich schon einmal gehört.«

»Heute?«, wollte er wissen.

»Nein, vor ein paar Monaten.«

»Von wem denn?«

Leah entschied sich zu lügen. »Ich kann mich nicht erinnern, muss ein guter Freund gewesen sein.«

»Du hast einen Freund?«, fragte er und sie meinte, Enttäuschung und Interesse ausmachen zu können.

»Ich habe ein paar gute Freunde, ja. Aber ich bin nicht ...«

Das ist doch eigentlich glatt gelogen! Ich bin sehr wohl liiert! Was für eine blöde Situation!

»Komm, setz dich zu mir und erzähl ein bisschen was über dich«, bat er, rückte ein Stückchen und klopfte auf die Bettkante.

So nah bei ihm wurde Leah kribbelig, wie beim allerersten Date vor gefühlten hundertvierzig Jahren. Er schien es zu merken und es gefiel ihm offenbar.

Ich glaube, er testet seine Wirkung! Das kann er haben!

»Na gut, ich fasse mal zusammen: Ich bin ledig, einunddreißig, und wenn ich nicht gerade Urlaub habe, arbeite ich in einem Teekontor in der Speicherstadt. Vielleicht kennst du es ja?«

»Da gibt es nur eins, wenn ich mich nicht täusche. Aber da habe ich dich noch nie gesehen. Das führt doch eine nette ältere Dame. Arbeitest du schon immer dort?«

Läuft prima. Ganz sicheres Pflaster!

»Die Dame ist meine Mutter. Und nein, nur im Winter, denn bis vor Kurzem hatte ich einen eigenen Laden für Yachtbedarf an der See.«

»Wo genau? Vielleicht sind wir uns ja in meinem vergessenen Leben schon mal über den Weg gelaufen«, sagte er und schien angestrengt zu überlegen.

Achtung! Das könnte jetzt brenzlig werden!

»Selbst wenn du das vergessen hättest: Ich könnte mich sicher erinnern«, sagte sie vieldeutig.

Connors Blick wurde forschend. Er nahm Leahs rechte Hand, führte sie an seine Lippen und hielt ihrem erstaunten Blick provozierend sicher stand, als er einen Kuss auf die Innenfläche setzte. Ein Schauer lief ihr über den Rücken.

»Erinnere dich für mich, Leah!«, flüsterte er. »Du bist mir so vertraut und ich kann nicht glauben, dass wir uns gestern zum ersten Mal begegnet sind!«

»Connor ... ich ...«, sie brach ab, senkte den Kopf und wagte es nicht mehr, ihn weiter anzusehen.

»Was? Was sollte ich wissen? Was darf ich nicht wissen?«

»Du sollst es selbst herausfinden, sagen die Ärzte.«

»Aber ich habe recht? Es gibt eine Verbindung zwischen uns?«

So ein hoffnungsvoller Ton! Meine Güte, was mach ich bloß? Ich kann ihn doch jetzt nicht hängen lassen!

»Es gibt eine. Ja! Und ich wünsche mir nichts mehr, als dass du sie wiedererkennst.«

»Und du bleibst bei mir und hast so lange Geduld, bis ich es herausgefunden habe?«

Leah hatte das Gefühl, unter ihrem Strahlen müsste man jetzt ohne weiteres Mikrochirurgie durchführen können. Sie sah ihn direkt an.

»Ja. Du wirst mich so schnell nicht mehr los. Ich habe Zeit und verspreche dir unendliche Geduld!«

»Würde es den Gepflogenheiten in unserer Beziehung widersprechen, wenn ich dich um einen Kuss bitten würde?«, fragte er und Leah hatte den Verdacht, dass er die Antwort schon kannte. Sie schüttelte lächelnd den Kopf. »Durchaus nicht!«

Connor zog sie in die Arme. Nein, er hatte nichts verlernt! Anfangs war er vorsichtig, hatte vielleicht noch Angst um seine Frakturen, aber dann wurde es ein Kuss, wie Leah es von ihm gewöhnt war. Atemlos und völlig abgetaucht genoss sie jede Sekunde, fühlte sich eingehüllt in eine aufregende Wolke aus vertrautem männlichem Duft, Zärtlichkeit und Leidenschaft, fühlte sich wieder ganz bei ihm angekommen. Nichts schien mehr zwischen ihnen zu stehen. Alle Ängste, jede Fremdheit waren ausgelöscht, ertränkt in einem Meer von Liebe und Verlangen.

»Das kommt mir verdammt bekannt vor«, flüsterte er, als sie ihren Kopf nach einer Weile an seine Halsbeuge gelegt hatte. »Ich werde der grünen Fee schon noch auf die Spur kommen!«

»Ich hoffe!«, erwiderte Leah leise. »Nichts würde mich glücklicher machen.«

»Daran kann mir ja nur gelegen sein«, sagte er in diesem spöttischen Ton, den sie so liebte. »Aber warte mal, ich glaube, küssen ist unbedingt nötig für den Heilungsverlauf!«

»Unbedingt!«, stimmte sie zu, lag schon wieder selig in seinen Armen und ließ sich schwindelig küssen.

5. bis 8. Oktober 2001

Dieser erste Kuss wurde zum Neubeginn. Stunde um Stunde kamen sie sich näher. Leah verbrachte jeden Tag bei ihm und blieb immer, bis er eingeschlafen war.

Das Pflegepersonal hatte ihre ständige Anwesenheit anfangs etwas skeptisch gesehen, insbesondere nachdem die Oberschwester eines Morgens nicht einen Patienten, sondern ein eng umschlungenes Paar in dem schmalen Krankenbett vorgefunden hatte. Leah war in seinem Arm eingenickt und hatte die ganze Nacht bei ihm verbracht.

Zerknautscht schreckte sie hoch, als Schwester Rosi schwungvoll wie immer mit dem Frühstückstablett erschien.

»Sie können doch nicht ...«, begann sie und ihre Stimme klang drohend.

»Pardon, ich bin einfach eingeschlafen«, entschuldigte sich Leah noch ganz dösig und glitt von der Bettkante.

Connor schaltete sich ein: »Allerliebste Oberschwester Rosi, es sollte doch der Klinik daran gelegen sein, alles für meine baldige Genesung zu tun?«, flötete er und Leah drehte sich lieber um, bevor er fortfuhr, damit die »allerliebste Oberschwester«, die er ja gemeinhin als »Besen« oder »Ziege« zu betiteln pflegte, ihr Grinsen nicht mitbekam.

»Und auf meine persönliche Betreuerin kann ich eben zu keiner Zeit verzichten, das weiß doch das Spitzenpersonal in dieser Klinik genau, oder?«

Leah hielt es für undenkbar, dass Schwester Rosi den Spott in seiner Stimme überhören würde, aber sie ließ sich einwickeln.

»Natürlich, Herr Breckwohld! Soll ich noch ein zweites Frühstück organisieren?«

»Das wäre zauberhaft von Ihnen. Aber so sind Sie ja nun mal!«, schmierte er ihr weiter Honig ums Maul. Sie strahlte und schoss zur Tür hinaus, um nur Sekunden später mit einem weiteren Tablett zu erscheinen.

»Meine Güte, die hast du aber hübsch verklappst! Kannst du so was mit deiner guten Erziehung vereinbaren?«, fragte Leah kopfschüttelnd.

»Meine gute Erziehung ist dazu da, höflich und freundlich meine gesetzten Ziele zu erreichen. War ich unhöflich?«

»Nein, warst du nicht.«

»Dann mecker nicht, iss!«

Es ging ihm körperlich zusehends besser. Die Menge der Schmerzmittel konnte kontinuierlich verringert werden, seine Mobilität kehrte zurück und sein Aktionsradius erweiterte sich ständig. Hatte Leah ihn anfangs noch beim Aufrichten unterstützen müssen und für die kleinen Ausflüge in den Klinikgarten einen Rollstuhl organisiert, war er jetzt, kurz vor seiner Entlassung schon in der Lage, kleine Spaziergänge zu unternehmen und brauchte auch im Bad die Hilfe der Schwestern nicht mehr. Er hatte es anfangs peinlich vermieden, sich Leah ohne Pyjama zu zeigen. Nun wurde er lockerer und gewährte ihr sogar freiwillig einen Blick auf die gut verheilenden Stellen am Oberschenkel, wo Hautstücke zur Transplantation im Gesicht herausgestanzt worden waren. Noch immer aber hatten ihm die Ärzte beim Wechseln der Verbände keinen Spiegel vorgehalten. Noch immer wurde Leah in diesen Momenten aus dem Zimmer geschickt. Doch sie wusste, der Augenblick rückte näher. Und sie fürchtete ihn.

Die aufblühende Liebesbeziehung war bisher zärtlich, aber ungewohnt keusch geblieben. Leah genoss diese neue, sehr gemächliche Annäherung, die noch allen Spielraum nach oben offenließ und vorläufig von Andeutungen, sanften Berührungen und heißen Küssen lebte. Es war unübersehbar: Er wollte warten, bis er sich körperlich so weit erholt hatte, dass er ihr als »ganzer Mann« begegnen konnte.

Und er tat viel dafür! Seine Physiotherapeutin wurde nicht müde, ihn für seine Disziplin zu loben. Er machte immer deutlich mehr als das Soll der vorgesehenen Übungen.

Genau wie Helen!, dachte Leah manchmal und erschrak bei dem Gedanken, denn was »genau wie Helen« bedeuten konnte, hatte ihr Arndt unzweideutig erklärt.

Die Gespräche wurden immer intimer, und ab und zu hatte Leah das Gefühl, er würde einen Fetzen aus dem vergangenen Jahr erhascht haben, um aber jedes Mal schnell festzustellen, dass sie sich doch getäuscht hatte. Die Ereignisse des 11. September und alle Folgen, die sich aus den Anschlägen weltpolitisch ergaben, nahm er wahr wie ein völlig Außenstehender. Dies empfand Leah eigentlich als »Gnade des Vergessens«, denn was Susan nach und nach erzählt hatte, was in zahllosen Zeitungsartikeln zu lesen war, war gewiss traumatisierend. Aber sie wusste, es würde zusammengehören. Es würde kein Erinnern geben, das nur die positiven Ereignisse umfasste. Würde es ihm irgendwann dämmern, gehörte auch dieses Kapitel unvermeidlich dazu.

In der Villa hatte sie all ihre persönlichen Gegenstände aus seiner Wohnung geräumt und sich auf derselben Etage halbwegs gemütlich in zwei nebeneinander liegenden Gästezimmern mit Bad eingerichtet. Zu zart war das Pflänzchen der frischen Liebe noch, als dass sie davon hätte ausgehen können, dass er sie gleich ganz in sein Leben lassen wollte. Die Zeitspanne von weiteren drei Urlaubswochen hatte sie ihm in Absprache mit der Familie vorgeflunkert und hoffte inständig, die Zeit würde reichen, um nicht in Erklärungsnöte zu kommen. Alles war perfekt vorbereitet und sie ersehnten beide den Tag der Entlassung.

9. Oktober 2001

Es sollte ein Feiertag werden! So hatten sie es gemeinsam geplant. Sogar das Wetter hielt sich an Helens Regieanweisungen und präsentierte sich von der herrlichsten »Goldener-Oktober-Seite«, als das Taxi die Einfahrt heraufrollte. Helen und Arndt standen Hand in Hand auf der Freitreppe und strahlten ihrem heimkehrenden Sohn entgegen. Connor sprang die Stufen mit einer Elastizität hinauf, die Leah ihm noch gar nicht zugetraut hätte.

Er zieht eine Show ab! So fit ist er doch eigentlich wirklich noch nicht.

Sie wollte jetzt keinesfalls stören, instruierte den Taxifahrer und ließ ihn das Gepäck an der glücklich wirkenden Familie vorbei in die Halle tragen.

Connor hielt sich den ganzen Tag über tapfer. So tapfer, dass Leah sich langsam Sorgen machte. Normalerweise brauchte er noch seine Erholungspausen, die kleinen Nickerchen zwischendurch. Am frühen Nachmittag wurde er langsam immer fahler im Gesicht.

»Connor, es wird Zeit für eine Pause!«, mahnte sie und hatte sofort Helens Beistand.

Wie nötig es gewesen war, einzugreifen, merkte sie, als er, kaum, dass er sich hingelegt hatte, tief und fest einschlief. Sie hauchte ihm noch einen Kuss auf die Stirn und ließ ihn allein.

* * *

Er schlief ungewöhnlich lange und Leah beschloss drei Stunden später, nach ihm zu sehen. Auf Zehenspitzen schlich sie in sein dunkles Schlafzimmer. Das Bett war leer und ihr Blick fiel auf die geöffnete Badezimmertür. Offenbar hatte er geduscht. Sein dunkles Haar klebte nass am Kopf und er stand mit dem Rücken zu ihr, die Hände aufs Waschbecken gestützt, vor dem großen, beleuchteten Spiegel. Seine Haltung jagte ihr einen Schreck ein. War er am Morgen noch sehr aufrecht und gespannt wie eine Stahlfeder gewesen, fand sie ihn nun völlig zusammengesunken. Er bemerkte sie nicht, stand regungslos da. Leahs Blick, der sich bis dahin an seiner Gesamterscheinung festgehalten hatte, glitt zu seinem Spiegelbild.

Und da sah sie es!

Er hatte den Verband entfernt.

Niemals, niemals hätte das passieren dürfen, ohne dass ein Arzt dabei war, um ihn jetzt aufzufangen. Es war kein Arzt da und er würde es merken, wenn sie nun versuchte, sich klammheimlich wieder davonzumachen. Leah wagte kaum zu atmen, überlegte, was sie tun sollte, und musste im nächsten Moment feststellen, dass es schon zu spät war. Er hatte sie bemerkt.

»Connor? Ich dachte, du schläfst noch, wollte dich nicht …«

Seine Schultern strafften sich und sie sah nur eine einzige Bewegung. Mit dem Fuß warf er ihr die Tür vor der Nase zu.

Leah hörte, wie der Puls in ihren Ohren pochte und sich Angstschweiß eiskalt auf ihrer Stirn ausbreitete.

Und jetzt? Was soll ich tun? Gehen? Ihn zunächst mit der Entdeckung allein fertig werden lassen? Bleiben? Ihm womöglich auf die Nerven gehen? Verdammt, ich weiß es nicht!

Sie gab sich einen Ruck. Wenigstens versuchen wollte sie es. Leise klopfte sie an die Tür. »Connor? Kommst du da heute auch wieder raus?«

Keine Reaktion!

Sie probierte es ein zweites Mal. Und nun gab es eine Reaktion, die ihr das Blut in den Adern erstarren ließ. Es waren nicht die Worte, es war der Ton.

»Hau ab!«

Sie haben recht gehabt! Alle, die das vorausgesehen haben, hatten recht!

»Ich gehe, Connor! Aber nicht weit. Wenn du mich willst: Ich bin da!«, brachte sie mit brüchiger Stimme zustande.

Weinend lief sie Treppe hinunter, stolperte Arndt in die Arme. »Er hat den Verband abgemacht. Und dann hat er mich rausgeschmissen!«

»Das war klar!«, waren seine einzigen Worte und er zog Leah mit sich in den kleinen Salon, um Lucy anzurufen.

* * *

Leahs Befürchtungen, er würde auch seine Schwester nicht hereinlassen, bewahrheiteten sich nicht. Gut anderthalb Stunden lang saß sie mit Arndt und Helen zusammen und wartete, bis Lucy wieder herunterkam.

»Ganz schön harter Brocken, das Brüderlein!«, schimpfte sie und sah abgekämpft aus. »Ich musste ihn erst mal wieder zupflastern, obwohl er den Verband eigentlich gar nicht mehr bräuchte, sonst hätte er sich gleich in seiner Depri festgefressen.« Sie wandte sich an Leah: »Dein Liebster ist ein eitler Fatzke! Wusstest du das?«

Leah nickte, Lucy guckte erstaunt und wütete weiter: »Ich habe versucht, ihn bei der Ehre zu packen, gesagt, was für ein Schweineglück er hatte, das Ding überhaupt lebend überstanden zu haben, und dass er sich wie ein erwachsener Mann benehmen soll. Aber ihn interessiert nur sein demoliertes Schnäuzchen! Die ganze Welt bricht zusammen, bloß weil Connorchen ein paar Narben hat. Der hat sich damals schon so angestellt, als er sich die Augenbraue beim Fahrradfahren aufgeschlagen hat. Verdammt! Und du, Leah-Süße, willst ihn ja auch nur wegen seiner Kohle. Wenn er sich diesen Zahn nicht ganz schnell ziehen lässt, zieh ich dem Arschloch bald mal eigenhändig alle Zähne!« Sie fauchte und Leah hatte den Eindruck, es hätte nicht viel gefehlt und sie hätte auch noch Feuer gespuckt. Sie beneidete Lucy für ihren Umgang mit der Sache. Sie war stocksauer.

Stocksauer ist allemal besser als zu Tode betrübt!

»Lucy, ich habe da den Kontakt zu einem Chirurgen geknüpft.« Sie nestelte in ihrer Handtasche, förderte die etwas zerknautschte Visitenkarte zutage und reichte sie ihr.

»Wow! Woher hast du den denn? Der ist gut! Richtig gut! Den kennt jeder, denn er hat schon ganz andere Sachen gemacht als solche Kinkerlitzchen.«

Leah musste lächeln, denn Lucys Einschätzung glich sowohl der ihres Kollegen Dr. Schramm als auch ihrer eigenen während des gedanklichen Wutausbruches vor der Klinik. Sie erklärte die Zusammenhänge und fragte dann: »Ob er mich jetzt überhaupt noch sehen will? Oder ist es nun aus, wo er meint, Frankensteins Meisterstück zu sein?«

»Keine Ahnung! Ich hab dem Phantom der Oper ja erst mal seine Maske wieder übergezogen. Vielleicht fühlt er sich ja jetzt sicher genug, dir zu begegnen. Versuch's halt einfach.«

Leah probierte es. Mit Engelszungen sprach sie gegen die geschlossene Tür an. Er hörte sie, da war sie sicher. Aber er antwortete nicht. Mit hängenden Schultern zog sie sich in ihre Zimmer zurück. So hatte sie sich diesen »Feiertag« nicht vorgestellt!

15. Oktober 2001

Fünf Tage lang ließ er niemanden an sich heran. Nicht seine Eltern, nicht Leah, nicht den Psychologen und nicht einmal mehr Lucy. Häufig hörte sie das Telefon in seinen Räumen klingeln, aber er schien nie ranzugehen. *Sicher Freunde, die sich nach ihm erkundigen wollen, froh sind, dass er endlich wieder erreichbar ist,* überlegte Leah.

Nur der Pflegedienst durfte zu ihm, Helen erlaubte er, ihm etwas Essen hinzustellen, war aber nie im Raum, wenn sie kam. Die Stimmung war abgrundtief schlecht, aber Leah traute sich dennoch nicht aus dem Haus, immer in der Hoffnung, er würde vielleicht doch irgendwann nach ihr rufen.

Nur heute musste sie gehen, denn sie hatte den zweiten Vorsorgetermin beim Gynäkologen. Das Baby war gewachsen. Und wie! Leah war vollkommen aus dem Häuschen, als sie die Herztöne ihres Kindes hören durfte. Dieser Lichtblick war so überwältigend, dass sie im ersten Moment ein bisschen lockerließ und dann sofort zusammenzuckte, weil es ihr die Dringlichkeit vor Augen führte, wieder an ihn herankommen zu müssen. Wie gern hätte sie ihm das Ultraschallfoto gezeigt, das der Frauenarzt ihr in den Mutterpass legte, als sie fertig war!

Aber nein, Connor ist ja immer noch auf dem Trip »kapriziöser Narziss!«

* * *

Sie fuhr bei ihrer Mutter im Teekontor vorbei und präsentierte ihre neuen Schwangerschaftstrophäen. Das kleine Ultraschallbildchen scannte sie ein und schickte es Mette. Prompt bekam sie eine Antwortmail: *»Er wird stolz sein, wenn er endlich kapiert hat, wer du bist! Kuss, Mette.«*

Und sie zeigte es Arndt und Helen. Alle freuten sich, waren gerührt, und alle sahen sie so mitleidig an, dass sie es fast nicht mehr ertragen konnte.

* * *

Als sie nach dem Abendessen in den ersten Stock der Villa hinaufstieg, meinte sie Connors Stimme hinter seiner Tür zu hören. Sie blieb stehen und lauschte. *Unverkennbar!* Er sprach englisch und schnell hatte sie herausgefunden, dass er telefonierte. Er redete also mit irgendjemandem! Wenn das kein gutes Zeichen war! Da er mit irgendeinem fremden Menschen telefonieren konnte, konnte er doch endlich auch wieder mit ihr reden!

Wahrscheinlich nicht! Denn derjenige, den er da an der Strippe hat, kann ihn schließlich nicht sehen. Und wird vermutlich nichts Ernsthaftes von ihm wollen, so wie ich.

Leah ertappte sich dabei, dass sie näher an die Tür herangerückt war, das Ohr schon fast gegen das Holz presste.

Der Lauscher an der Wand hört seine eigene Schand!, fiel ihr peinlich berührt ein. *Ach, was soll's: Von Türen war keine Rede! Wenigstens ein bisschen seiner Stimme zuhören!*

Eigentlich klang er ganz locker. Sie konnte dem Gespräch entnehmen, dass er mit einem Freund sprach. Offenbar einem Freund, von dem er sehr lange nichts gehört hatte. Der schien ihn nach Victoria zu fragen, denn Connor erklärte ihm, dass er nicht mehr mit ihr zusammen sei, die Hochzeit abgeblasen wäre. Und dann hatte Leah das Gefühl, es würde ihr jemand den Boden unter den Füßen wegziehen. Denn in völlig lapidarem Ton erzählte Connor, er sei momentan unbeweibt, sei aber der Auffassung, dass er ganz gut mal wieder eine Frau gebrauchen könne. Für … na ja, er wüsste schon. Gelächter drang durch die Tür, das ihr wie direkt aus dem Höllenschlund heraufgeschickt erschien.

Er hatte sie also gar nicht mehr auf der Rechnung. Abgehakt! Was für ein Zyniker! Es dröhnte in ihren Ohren nach, ließ aber noch genügend Platz auf dem Trommelfell für die nächste Ungeheuerlichkeit. Nein, er sei es nicht gewohnt, für Liebesdienste zu bezahlen, aber man könne ja durchaus seine Gewohnheiten ändern, erläuterte er dem Menschen am anderen Ende der Leitung leichthin. Diese Antwort ließ für Leah nur einen einzigen Schluss zu: Er musste den Vorschlag bekommen haben, sich eine Frau zu kaufen!

Eine unermessliche Wut stieg in ihr hoch. Mehr wollte sie nicht hören. Sie lief in ihr Zimmer, schmiss geräuschvoll die Tür hinter sich zu und warf sich heulend aufs Bett. Amy kam und leckte ihr sanft übers Ohr. Aber sie nahm die Hündin kaum wahr, kraulte sie nur kurz mechanisch und überließ sich sofort wieder ihren trüben Gedanken.

Klar: Eine gekaufte Frau stellt keine Ansprüche. Sie lässt sich flachlegen, nimmt sein Geld und verschwindet, wenn er fertig ist. Das spart die Auseinandersetzung mit den eigenen Schwächen. Prima! Was ist er doch für ein fauler Sack!

In Leahs Kopf drehten sich die Fragen: *Liebe ich ihn überhaupt noch? Will ich das alles aushalten? Diese Erniedrigungen? Diese Unsicherheit? Aber habe ich ihm nicht erst vor ganz kurzer Zeit versprochen, Zeit und Geduld zu haben? Will er überhaupt noch, dass ich ihm gebe, was ich ihm versprochen habe?*

Sie fand keine Lösung, konnte sich nicht aufraffen, aufzustehen, nicht einmal, um wenigstens die Schuhe auszuziehen. Und während schon die Idee, morgen die nötigsten Sachen zusammenzupacken und sich erst mal bei ihrer Mutter einzuquartieren, Gestalt annahm, fiel ihr Blick auf seinen Schal, der neben dem Kopfkissen lag. Sie hatte ihn mit herübergenommen, in den einsamen Nächten ihre Nase beim Einschlafen hineingesteckt. Es beruhigte, das auch jetzt zu tun, den letzten Rest des Duftes einfach wegzuatmen. Morgen würde sie ihn nicht mehr brauchen, dann würde sie einen Schlussstrich ziehen und ihn einfach vergessen. Aber heute noch!

Leah glitt in einen unruhigen Schlaf.

* * *

Rotes Licht umfing sie.

»Er ist reich, er kann gut zahlen, ich will ihn!«

»Weg da, du Schnepfe, ich kann ihm viel mehr bieten!«

»Glaubt das ja nicht, ihr hässlichen Ziegen! Er ist für mich, ich will ihn! Er hat die Schönste verdient! Ich bin die Schönste! Er soll was bekommen für sein Geld!«

Sie waren viele. Mit Zähnen und Klauen gingen sie aufeinander los, schlugen, bissen, wollten sich gegenseitig die Augen auskratzen. Aufgerissene, blutrot bemalte Münder, scharfe, lange Nägel, Beine in hauchdünnen Strümpfen, angestrapst an enge Korsetts. Mit ihren hohen, spitzen Absätzen traten sie zu, gnadenlos und wütend, schenkten sich nichts, bis die Frisuren zerrauft, die Strümpfe durchlöchert waren. Atemlos geiferten sie im Kampf. Und hielten plötzlich inne.

Sie hatten sie entdeckt. Eine Konkurrenz entdeckt, die sie einig machte.

»Er gehört uns! Mach, dass du wegkommst, Flittchen! Uns gehört sein Geld!«, kreischten sie wie aus einem Mund. Und kamen bedrohlich auf sie zu. Sie wich zurück, so weit sie konnte, sah ihre letzte Stunde gekommen.

Doch sie vermochten sie nicht zu erreichen, prallten nur Zentimeter vor ihr zurück. Ganz schwach nahm sie einen Duft wahr. Den Duft von Amber, Sandelholz und Bergamotte. Sie sah sich zaghaft um, ängstlich bemüht, die Rasenden nur ja nicht aus den Augen zu lassen, und erkannte im nächsten Moment, dass sie geschützt war. Neben ihr stand Makeda und lächelte. Sie nahm sie bei der Hand und führte sie in die Tiefe des Raumes. Immer schwächer wurde der Schein des roten Lichtes und ihre Augen konnten kaum erkennen, was sie sehen sollte.

Auf einem Podest aus aufgeschichteten, sich räkelnden Frauenleibern saß er. Unbeweglich. Starr. Mit teilnahmslosem Blick. Die Hälfte seines Gesichts war mit einer blendend weißen Maske bedeckt.

Makeda winkte ihn heran. Mit fließenden Bewegungen stieg er von seinem Thron, stand vor ihr, musterte sie aus einem grünen Auge. Sie folgte seinem Blick, sah an sich hinunter und erkannte an ihrem Körper die jadegrüne Corsage. Makeda legte ihre Hand in seine und Dschamallah wand sich um beider Handgelenke, sah ihn aus glühend roten Augen herausfordernd an. Die Schöne lächelte.

Er fragte: »Was kostet sie?«

Dschamallah züngelte und Makeda gab ihm Antwort: »Dein Herz, deine Seele und deine Eitelkeit!«

Er nickte.

Und zu ihrem Entsetzen griff Makeda nach der Maske und zog sie ihm vom Gesicht.

* * *

Leah erwachte mit einem Schrei. Der Traum war ihr vollkommen gegenwärtig. Sie hatte sein unversehrtes Gesicht gesehen. Wie weit in der Zukunft mochte das liegen? Immer hatte ihr Makeda die Wahrheit gezeigt. Auch dieses Mal?

Ein Blick auf den Wecker bewies, dass sie nicht lange geschlafen hatte. Sie spürte, dass ihr Tränen über die Wangen liefen und fand keine Taschentücher. Also stand sie noch einmal auf, um sich ein Päckchen von unten zu besorgen. Leise schlich sie den Gang entlang und blieb plötzlich irritiert stehen. Aus Connors Wohnung hörte sie etwas, das nichts anderes als Weinen sein konnte.

O Connor! Keine Ahnung, warum du das tust. Aber ist es nicht vielleicht möglich, dass du ausnahmsweise nicht um dich selbst weinst? Vielleicht doch genauso empfindest wie ich? Was ich da vorhin gehört habe, das passt doch eigentlich gar nicht zu dir! Verdammt, ein bisschen kenne ich dich doch!

Plötzlich ein Geräusch, als würde er mit der flachen Hand auf etwas Glattes schlagen, dann seine Stimme. Laut! »Scheiße! Verdammt! Leah!«

Es war eindeutig. Er hatte ihren Namen ausgesprochen. Sie wischte sich die Tränen vom Gesicht, rang einen Moment mit der Angst, wieder abgewiesen zu werden, zögerte.

Aber was habe ich schon noch zu verlieren?

Sie nahm allen Mut zusammen, drückte die Klinke herunter und fand die Tür unverschlossen. Leah trat in den düsteren Raum. Die Tür zum Arbeitszimmer stand offen. Nur die Schreibtischlampe brannte, formte einen Lichtkreis im Dunkel.

»Ja, Connor! Hier bin ich.«

Er saß dort, die Fäuste gegen die Stirn gepresst, die Ellenbogen aufgestützt, schreckte auf, als er ihre Stimme hörte, und sah sie an. Überrascht, unverwandt. Sein dunkles Haar war zerwühlt, das Gesicht hob sich aschfahl gegen den schwarzen Rollkragenpullover ab. Tränen glänzten in seinem unverletzten Auge. Die rechte Gesichtshälfte bedeckte der Verband. Neben seinen Händen, die jetzt fahrig über die Tischplatte glitten, stapelte sich ein Haufen zerknüllter Briefbogen.

Leahs Magen zog sich zusammen. »Wolltest du mir einen Abschiedsbrief schreiben?«, fragte sie und ahnte, dass sie richtig lag.

Matt schüttelte er den Kopf. »Ich wollte. Ja. Aber ich kann nicht. Ich bin noch lange nicht fertig mit dir. Und ich bin mir nicht sicher, ob das, was mir ein böser Geist einflüstert, richtig ist.«

»Was flüstert er?«, fragte sie, schloss die Tür hinter sich und blieb im Halbdunkel stehen, nicht fähig, auf ihn zuzugehen und das zu tun, was ihr Herz von ihr forderte. So unglücklich hatte sie ihn noch nie gesehen, noch nie so sehr den Drang verspürt, einfach zu ihm zu gehen, zu trösten, ihn mit Liebe einzuhüllen. Sie wartete auf seine Antwort, ahnte, was kommen würde und fühlte sich wie von Blei beschwert, festgenagelt auf diesem Fleck. So nah bei ihm und doch noch so weit entfernt.

»Er behauptet, du wärest eine kleine süße Verkäuferin, die nicht mich will, sondern nur mein Geld. Er behauptet, nur deshalb würdest du bei so einer Hackfresse bleiben wollen.«

Es klang bitter. Und es war genau das, was sie befürchtet hatte. Plötzlich spulte sich in ihrem Kopf ein Film ab, den Leah schon zigmal gesehen hatte, in dessen Setting sie sich auskannte wie in ihrer eigenen Westentasche. Darauf, genau darauf war sie vorbereitet. So oft sie sich auch dieses Szenario schon vorgestellt, geradezu darauf gewartet hatte, dass es irgendwann so oder so ähnlich kommen würde: Es gelang ihr nicht, jetzt so cool zu bleiben, wie sie es geplant hatte.

»Ich brauche dein Geld nicht!«, schnaubte sie, »Ich bin keine kleine Verkäuferin, mir gehört das Kontor! Glaubst du Idiot eigentlich, dein Wert für mich bestünde nur aus Äußerlichkeiten? Woher kommt bloß dieses schlappe Selbstwertgefühl? Hast du denn gar keinen Kampfgeist mehr? Bin ich dir so egal, dass du dir mal eben was einflüstern lässt und sofort alles hinschmeißt, was gerade so wunderschön angefangen hat?«

Er sah kurz auf und schüttelte gequält den Kopf. Grell beleuchtete die Lampe für einen Moment sein zermürbtes Gesicht und Leah erkannte, dass sie mit Vorwürfen nicht weiterkommen würde. Es trieb ihn offensichtlich nur noch weiter in die Enge. Sie musste ihm Luft lassen, um zu ihm durchdringen zu können. Er tat ihr unendlich leid, wirkte so einsam in seiner düsteren Ecke.

Sie spürte, wie ihr schon wieder Tränen in die Augen stiegen. Ihre Stimme klang erstickt, als sie leise fortfuhr: »Ich bin dir nicht egal, Connor! Ich weiß das! Du hast geflucht, du hast geweint und du hast meinen Namen ausgesprochen. Mach mir nichts vor! Ich habe es gehört. Sag mir, warum du geweint hast, Connor!«

»Ich habe Momente, Leah, in denen es mir dämmert, dass nichts wichtiger ist als du. Es ist, als würden wir schon lange zusammengehören. Und dann versuche ich festzuhalten, was ich sehe, und habe im nächsten Augenblick wieder den Faden verloren, glaube, es hat mich nur ein Spuk genarrt, vertraue dem nicht, was ich fühle, kriege Zweifel. Es macht mich wahnsinnig!«

Leah hielt es nicht mehr länger aus. Sie musste es ihm jetzt sagen, konnte sich nicht mehr zurückhalten.

»Bevor du diesen Unfall hattest, war für uns nichts wichtiger als du und ich. Frag, wen du willst. Alle wissen das! Und was war das jetzt in der letzten Zeit? Ich war doch ganz neu für dich, du hast mich nicht erkannt und trotzdem hast du dich wieder in mich verliebt. Stimmt's?«

Endlich sah sie ein Lächeln. »Ja, das habe ich! Mir fehlt nur das verdammte Zwischenstück. Vicky, all die Frauen vorher. Ich habe immer das Gefühl, irgendetwas an dir muss anders sein als bei allen anderen. Und ich komme nicht dahinter, fahre mich immer wieder in denselben Spuren fest. Als würde mir irgendetwas verbieten, über die Böschung dieser Hohlwege hinwegzusehen.«

»Die Ärzte haben gesagt, es braucht Zeit, und ich habe dir versprochen, dass ich uns diese Zeit gebe. Aber du darfst mich nicht wegschubsen, bloß weil dein Ego wegen ein paar Narben angekratzt ist. Ich habe dein Gesicht gesehen, als du vor dem Badezimmerspiegel standst! Und habe es geliebt, Connor!«

»Das kannst du nicht lieben!«, behauptete er barsch und sie wusste, es stand auf Messers Schneide, ob sich das Tor zu ihm jetzt wieder schließen oder weiter öffnen würde. Sie hatte noch einen Trumpf und den wollte sie jetzt ausspielen. Ihre Stimme war fest, als sie antwortete: »Doch, das kann ich! Es gehört zu dir und ich liebe dich. Außerdem werden wir es ganz genau so wiederherstellen lassen, wie es einmal war. Meinetwegen wäre das nicht nötig, aber ich weiß, für dich ist es wichtig. Also werden wir da gemeinsam durchgehen! Ich habe den richtigen Arzt dafür gefunden. Einen Superspezialisten, Lucy war platt. Er wartet nur auf meinen Anruf, dann kann es losgehen.«

Diese Karte stach! Er sah sie offen an.

»Wie bist du an den rangekommen?«

»Wie der Zufall manchmal so spielt: Er ist mein Nachmieter. Torben hat meine und die Wohnung daneben zusammengelegt und ihm die Räume als Praxis vermietet.«

»Bist du in letzter Zeit umgezogen? Und wer ist dieser Torben?«

Verdammt! Jetzt habe ich mich total verplappert! Egal, jetzt sage ich ihm die Wahrheit!

»Torben war mein Vermieter. Und ja, Connor, ich bin umgezogen. Hierher. Und zwar aus einem ganz einfachen, leicht nachvollziehbaren Grund: Wir hatten vor zwei Wochen unseren Hochzeitstermin! Weil aber alle Welt meinte, du solltest selbst rausfinden, was es mit mir auf sich hat und selbst deine Erinnerung wiederfinden, musste ich aus deiner Wohnung alles rausräumen und logiere nun ziemlich provisorisch im Gästezimmer.«

»Ach du Scheiße!«

Leah wollte kein Blatt mehr vor den Mund nehmen. Es galt: jetzt oder nie.

»Und *was* für eine Scheiße! Wenn du nun tatsächlich meinst, du könntest mir nicht trauen, stehe ich auf der Straße.

Und habe alles für unsere gemeinsame Zukunft aufgegeben, was ich vorher hatte. Ohne dich wäre ich nämlich nie im Leben von meiner Insel weggegangen, um mich fest in Hamburg niederzulassen. Hier habe ich sonst nur den Winter verbracht und war froh, wenn er rum war.«

Er sah sie an, schlug die Hände vors Gesicht und schüttelte hilflos den Kopf. Die Zusammenhänge schienen ihm absolut nicht klar zu sein, aber ihm entging ganz offenbar nicht die Erregung und Verzweiflung, die aus ihren Worten sprach.

Leah hatte sich in Rage geredet. Sie war noch nicht ganz fertig und ihre nächsten Worte kleidete sie bewusst in einen zynischen Unterton.

»Tja, Connor, so sieht es aus! Ich bin sehr geduldig. Und ich wünschte weiß Gott nichts mehr, als den Knackpunkt zu finden, an dem du dich wieder erinnern kannst. Aber eins sage ich dir: Du bist verdammt anstrengend mit deiner Eitelkeit, die alles zu zerstören droht!«

»Mit meiner Eitelkeit? Du glaubst, es ist nur Eitelkeit?«, fuhr er empört auf.

»Ja Mann!«, schnauzte sie.

Sie war ganz kurz davor, das Gespräch abzubrechen und zu gehen, hatte die Türklinke schon in der Hand.

»Bitte! Geh jetzt nicht!«

Er war aufgesprungen, kam auf sie zu. Leah wich bis dicht an die Tür zurück.

Connor blieb zwei Meter vor ihr stehen, schien den persönlichen Radius, den sie wie einen Bannkreis um sich gezogen hatte, zu respektieren. Ehe nicht etwas wirklich Vernünftiges von ihm kommen würde, wollte sie ihn nicht an sich heranlassen.

»Ich muss dir was sagen!«, erklärte er.

»Ja?«

»Zum Thema Eitelkeit!«

»Ach!«

»Hör auf so spöttisch zu sein!«

»Ich kann gerade nicht anders! Aber los, sag mir was zum Thema Eitelkeit!«

»Willst du dich nicht wenigstens mal setzen?«

»Nein, ich bleibe hier stehen. Fang an!«

Connor stand mit gesenktem Kopf vor ihr, rieb sich den Nacken, schien zu überlegen, *wie* er anfangen sollte, und gab sich dann offensichtlich einen Ruck.

»Vorhin, als ich versucht habe, dir zu schreiben, muss ich am Schreibtisch eingeschlafen sein. Und ich habe etwas Seltsames geträumt.«

»Von Eitelkeit?«

»Auch!« Er hob den Kopf und sah sie mit einem schiefen Lächeln an. »Ich wollte dich kaufen.«

Mir schwant was! Kann das möglich sein?

»Kam in deinem Traum vielleicht rein zufällig ein Haufen Nutten vor?«

Er sah sie an wie vom Donner gerührt. »Ja, woher ...?«

»Was war der Preis für mich? Geld?« Leahs Stimme hatte etwas Inquisitorisches.

»Nein, kein Geld! Es war ...« Connor zögerte.

Das kann nicht wahr sein!

»Es war dein Herz, deine Seele und deine Eitelkeit, nicht wahr?«

Connor fuhr auf. »Woher kannst du wissen, was ich geträumt habe?«

»Weil mir unsere gemeinsame Freundin Makeda anscheinend denselben Traum geschickt hat. Und ich habe ganz stark den Eindruck, dass sie heftige Befürchtungen gehegt hat, es könnte jetzt endgültig mit uns beiden den Bach runtergehen. Ich wusste nicht, dass sie sich die Mühe macht, sich auch noch um die Männer zu kümmern«, meinte Leah. »Aber du weißt schon, was sie mit dem Punkt Eitelkeit gemeint hat, ja?«

Connor schien zu erstarren. »Sie hat mir die Maske heruntergezogen.«

»Damit hat sie genau das getan, was ich auch gern tun würde. Du erinnerst dich sicher nicht an unsere erste Nacht im Atlantic?!«

Er schüttelte den Kopf. »Wir haben die erste Nacht im Atlantic verbracht? Schick! Du wirst mich aufklären müssen.«

»Da warst du auch maskiert. Du hast den undurchschaubaren Macho gegeben, der alles im Griff behält und, wie du damals so schön sagtest, ›nichts dem Zufall überlässt‹! Es kommt aber vor, dass der Zufall nicht mitspielt und du ihn nicht im Griff behalten kannst. Und es kann passieren, dass der Zufall dir dann sogar mal in puncto Eitelkeit eins reinwürgt und du gar nichts dagegen tun kannst. Was *dann* von dir übrig bleibt, Connor, *das* ist das, was ich liebe! *Das* nämlich, was du wirklich bist. Nicht *das*, was du zu sein vorgibst!«

»Aua! Autsch! Die Ohrfeige hat gesessen!«

»Das war keine Ohrfeige, das war eine Liebeserklärung. Könntest du das bitte jetzt endlich mal erkennen?«, sagte sie und die Zärtlichkeit in ihren Worten konnte ihm nicht entgehen.

Leah spürte: Sie hatte ihn. Der Groll war aus seinem Gesicht gewichen und sie erlaubte ihm, den Bannkreis zu durchbrechen und sie in die Arme zu nehmen. Wie nötig diese unsichtbare Barriere gewesen war, um sachlich mit ihm reden zu können, merkte sie sofort, als sie seine Wärme spürte, diesen unwiderstehlichen Duft schnupperte.

Kann schon sein, dass ich ihn eben gepackt habe, aber jetzt hat er mich!

Sie schlang ihm die Arme um den Hals und ließ sich küssen. Es hatte nichts Keusches mehr an sich wie in den ersten Tagen in der Klinik. Es war pures Feuer der Leidenschaft. Sie fühlte, wie seine Hände über ihren Körper glitten, wie er den Pullover hochschob, die zarte Haut streichelte, ihren Po knetete, fest nach ihren Hüften griff, sie an sich zog, als wolle er mit ihr verschmelzen.

Jetzt ritt sie der Teufel und sie wollte auch noch die letzten Ungereimtheiten ausräumen. Und zwar tätlich und sofort.

»Irgendwas hat übrigens *mir* geflüstert, du bräuchtest mal wieder eine Frau. Stimmt das? Mir kommt's fast so vor«, hauchte sie.

»Dringend!«, jaulte er auf und sie sah in das funkelnd gierige Grün. »Wenn du mit den Restbeständen meines Selbst zufrieden sein könntest ...«

»Das trifft sich prima, ich bräuchte nämlich aus diversen Gründen auch einen Mann! Da nähme ich notfalls auch einen Restbestand.«

Er quittierte den Spruch mit einem Kneifen in ihren Po.

»Aua!«, quietschte Leah und merkte, dass die Stimmung im Nu umgeschlagen war und sie in Kürze keine Chance mehr haben würde, ihre letzten Einwände anzubringen, die sie noch so dringend geklärt haben wollte. Also raffte sie sich noch einmal auf und sagte: »Ehe du hier wieder komplett die Oberhand gewinnst, sollten wir uns allerdings vorher über die Bedingungen einigen. Ich wäre stark dafür, Makedas Vorschläge anzunehmen. Was denkst du?«

»Alle?«

»Alle!«, bestätigte sie unnachgiebig.

»Du weißt, ich bin Geschäftsmann und verhandle lieber nicht im Nachhinein. Was krieg ich dafür?«

»Alles!«, sagte sie schlicht. Doch ihr Lächeln war ein Versprechen, das er nicht zurückweisen *konnte.*

»Dann schlag ein«, forderte er und hielt ihr die Hand hin.

Leah schlug ein.

»Hast du eine Flasche Schampus? Ich möchte gern mit dir feiern! Oder bist du noch so unter Dope, dass du das noch nicht darfst?«

»Doch, ich darf.«

»Dann besorg mal fix so was. Ich bin gleich wieder da.« Sie wand sich aus seinem Arm.

»Hey, aber wehe, du haust ab!«

»Über solche Kindereien bin ich hinweg!«

* * *

Leah brach in fieberhafte Eile aus. Er würde nicht lange brauchen, um den Champagner zu holen. Zielsicher griff sie in den richtigen Umzugskarton und verwandelte sich blitzschnell. Die Corsage saß verflixt stramm um den Bauch, aber sie bekam sie zu. Noch ein bisschen Farbe auf die Augen, damit das Rotverweinte nicht so deutlich war, und sie stöckelte auf Wahnsinnsabsätzen zu seiner Tür zurück.

Er stieß einen Pfiff aus, als sie eintrat. »Ich glaube, ich habe einen verdammt guten Deal gemacht«, sagte er anerkennend.

»Einen besseren hättest du nicht machen können«, gab sie zurück, »du ahnst nicht, *was* du alles kriegst!«

Er guckte kurz irritiert, zog die Augenbraue hoch, sagte aber nichts. Leah wollte auf ihn zugehen, aber plötzlich war da ein Ausdruck in seinem Gesicht, der ihr verdammt bekannt vorkam. Ob nun bewusst oder unbewusst, es schien eine Verknüpfung in seinem Kopf stattzufinden. Eine Gänsehaut lief über ihre Arme. Makeda war deutlich gewesen! Leah hatte begriffen, wie ernst sie ihre Signale nehmen sollte. Und nun stand sie wieder einmal vor ihm in diesem Outfit, das, kaum angezogen, auch sie selbst in eine bestimmte Rolle versetzte, von der sie wusste, dass er sie früher als unwiderstehlich begehrenswert empfunden hatte.

»Stopp! Bleib da stehen!«

Sein Ton war bestimmt, hatte jede Weichheit verloren.

»Dreh dich!«

Leahs Gänsehaut kroch aufwärts in den Nacken. Provozierend langsam drehte sie sich, posierte vor ihm.

»Öffne dein Haar!«

Sie zog langsam die silberne Spange heraus, schüttelte ihre langen Locken, blies eine Strähne weg, die ihr ins Gesicht gefallen war.

Er beobachtete sie, wirkte wie ein sprungbereiter Tiger, der sich gleich auf seine Beute stürzen wollte. Funkelndes Grün sprühte ihr entgegen.

»Du weißt, was du tust, Leah?«, fragte er und seine Stimme klang gefährlich und mühsam beherrscht.

»Ja, ich weiß, was ich tue!«

»Ich warne dich! Du weckst die niedersten Instinkte in mir!«

»Ich hoffe«, flüsterte sie.

Nichts wollte sie lieber. Sie trieb es auf die Spitze, reckte die Hände über den Kopf, lehnte die Wange schmeichelnd an die zarte Haut ihres rechten Oberarmes, schickte ihm noch einen Blick, der alles versprach, und schloss die Augen. Ganz kurz blitzte Makedas Gesicht auf. Ein Lächeln, ein zuversichtliches Nicken.

Dann war er bei ihr. Er nahm sie auf die Arme. Den Kopf an seiner Schulter, umschlang sie seinen Nacken. Ein flüchtiger Gedanke nur – *Das kann er schon wieder!* – und sie ließ sich wegtragen, behielt die Augen geschlossen,

Nur fühlen! Nicht sehen! Angekommen! Nicht nur in seinem Bett, auch in seinem Verlangen.

Er war nicht sanft mit ihr. Er fiel über sie her wie eine entfesselte Naturgewalt. Sein Hunger schien nicht geringer zu sein als ihr eigener. So viele Wochen hatte sie warten müssen, jetzt wollte sie alles nehmen, was sie bekommen konnte, öffnete ihm ihren Mund, ihren Schoß, ihre Seele. Sie genoss es, wie fest er zufasste, wie deutlich sie ihn spüren konnte. Schmerzhaft deutlich und in diesem Moment so ersehnt, und endlich nicht mehr erträumt, sondern real.

Leah biss ihm die Lippen wund, krallte ihre Nägel in seine Schultern, hob ihm die Brüste entgegen, empfing gierig stöhnend die Schärfe seiner Zähne auf der heißen Haut, drängte ihren Po in seinen harten Griff. Fordernd, immer mehr verlangend.

Er drehte sie auf den Bauch, zog sie auf die Knie. Sie bot sich ihm an, streckte sich ihm entgegen. Wollte, dass er sich nahm, was sie zu geben ersehnte. Ihren Kopf verbarg sie in den Kissen, mühsam um Atem ringend, mit klopfendem Herzen bereit. Einen Augenblick zögerte er, vielleicht überwältigt von ihrem Anblick. Eine Hand legte sich um ihren Nacken, hielt sie nieder. Die andere griff um ihre Hüfte und zog sie heran.

Dynamit traf auf seinen Initialzünder. Löschte Für und Wider, zermalmte jeden harten Stein des Zweifels, sprengte den Fels des Vergessens und ließ nichts übrig als feine, weiche Erde, die nur auf den ersten Tropfen wartete, um frisches Grün hervorzubringen.

Leah weinte lautlos Tränen der Erlösung.

Langsam sank sie unter ihm zusammen. Ungetrennt lag er dicht an ihrem Rücken, umschlang sie fest und zeichnete eine zarte Spur von Küssen auf ihre Schultern. Sie wartete. Wartete eine lange Weile.

Dann endlich löste er sich von ihr und drehte sie auf den Rücken. Ganz nah war sein Gesicht, zärtlich war sein Kuss und plötzlich huschte ein spitzbübisches Lächeln über seine Züge.

»Ich kenne dich, Miss Green! Du bist ein verlottertes Weibsstück! Und du gehörst mir! Ich weiß noch nicht genau, wie ich zu dir gekommen bin, aber das werden wir schon noch herausfinden.«

Leahs Herz drohte überzulaufen vor Glück.

»War der Preis angemessen?«, fragte sie und sah ihn strahlend an.

»Mehr als angemessen!«

Sie hielt ihm die offene Handfläche hin. »Ich krieg noch was von dir!« Ein bisschen Angst war da vor seiner Reaktion. Aber er hörte nicht auf zu lächeln, wies auf seinen Verband und sagte: »Bitte, bedien dich. Ist nicht sehr fest geklebt.«

Sie setzte sich auf und löste vorsichtig die Ränder von der Haut. Connor hielt die Augen geschlossen und ließ sie gewähren. Zart fuhr sie mit den Fingerspitzen die Narben nach. Einen Moment lang hatte sie das Gefühl, er würde den Atem anhalten, aber dann lag er ganz entspannt und ließ es geschehen.

»Ich liebe dich, Connor!«

Er schlug die Lider auf und sah ihr endlich wieder mit beiden Augen ins Gesicht. »Ich liebe dich auch, Leah!«

Sie hielt die Luft an. »Dieses Grün!«, murmelte sie und versenkte sich in seinem Mund. Kein Vorbehalt lag in diesem Kuss, keine Furcht, nichts als Zärtlichkeit.

Alles war gut!

Und Leah fand, es wäre nun der richtige Augenblick gekommen, ihm zu sagen, was sie ihm vor fünf Wochen angedeutet hatte und wovon er nun nichts zu wissen schien. Sie glitt aus seinen Armen.

»Hierbleiben!«, schimpfte er.

»Ich bin gleich wieder da!«

Sie huschte aus dem Schlafzimmer und kam nur eine Minute später zurück, beide Hände hinter dem Rücken versteckt.

»Was hast du da?«, fragt er neugierig und sie kniete sich aufs Bett.

»Den Grund, warum ich erstens jetzt nur einen wirklich winzigen Schluck von dem Champagner trinken darf, den wir fast vergessen haben, und zweitens ganz dringend einen Mann brauche.«

Er sah sie verständnislos an.

»Genau genommen nicht irgendeinen Mann, sondern dich, denn deine Schwester hat gesagt, das ›Blag‹ sollte besser in geordneten Verhältnissen aufwachsen.«

Mit einem triumphierenden Lächeln hielt sie ihm das Ultraschall-Bild hin. Connor betrachtete skeptisch die verschwommene Schwarz-Weiß-Fotografie.

»Na, ich weiß ja nicht! Das soll mal ein Breckwohld werden?«

»Auch Breckwohlds fangen irgendwann klein an«, grinste sie, »und siebenundfünfzig Millimeter sind schon ein ganz vielversprechender Anfang!«

»Siebenundfünfzig Millimeter? So klein? Das kann nicht von mir sein, das ist doch höchstens eine Woche alt! Und das wüsste ich!«, behauptete er und Leah war sich gar nicht sicher, ob er sie auf den Arm nahm.

»Warte, ich beweise es dir!«

Sie rannte los und holte ihren Mutterpass. »Da! Guck!«

Connor blätterte und schien nichts von dem zu verstehen, was er las. Er runzelte die Stirn, murrte ein bisschen und sah sie dann doch irgendwann mit einem Grinsen an, das man eigentlich eher Honigkuchenpferden zuschreibt.

»Komm her, ich muss das mal fühlen«, sagte er und zog sie rücklings aufs Bett. Mit einem konzentrierten Gesichtsausdruck betastete er ihre Brüste und den Bauch.

»Du bist ein bisschen mopsiger geworden, Miss Green. Doch ... vielleicht ist wirklich was dran ...«

»Nee, was drin!«

»Geil! Ich werde Vater! Du glaubst gar nicht, wie das meiner Eitelkeit schmeichelt!«

»Connor Breckwohld, du bist unmöglich!«

»Nein! Glücklich, Leah!«

Remember

Seit ich an jenem Herbstabend mit dem Schreiben begonnen habe, sind einige Monate vergangen. Nun ist es Mai geworden und die Bäume blühen. Unsere alte Kastanie hat alle Kerzen aufgesteckt und reckt ihre zartgrünen Zweige in den blauen Frühlingshimmel.

Ich sitze unter dem runden, von zierlichen Säulen getragenen Dach des Pavillons mit einer Tasse Tee, versuche das Nichtstun zu genießen und die Seele baumeln zu lassen. Es gelingt mir nicht so richtig. Noch nicht! Ich finde ja, nach den vergangenen anstrengenden Wochen habe ich mir eine kleine Auszeit verdient! Ich hätte es nicht für möglich gehalten: Alles war plötzlich wieder da! Ich habe gearbeitet wie im Fieber, um unsere Geschichte zu Ende zu schreiben.

Gestern Abend habe ich ihm den dicken Stapel Papier, fest mit einer moosgrünen Schleife zusammengebunden, auf sein Kopfkissen gelegt. Nun sind diese albernen Lachse wieder in meinem Innern unterwegs. Sie springen über Stromschnellen, quirlen und wuseln und lassen mich nicht zur Ruhe kommen.

Die halbe Nacht lang hat er das Licht nicht ausgemacht. In regelmäßigen Abständen raschelten die Seiten. Ab und zu habe ich ihn lachen hören. Ein, zwei Mal dachte ich sogar, er weint. An ruhigen Schlaf war jedenfalls nicht zu denken und heute hat er mich den ganzen Tag allein gelassen und sich in sein Arbeitszimmer verkrümelt.

Ich drehe nervös an meinem goldenen Ring, der rundum mit Brillanten besetzt ist. Was wird er sagen, wenn er fertig ist? Ich bin so gespannt!

Vielleicht findet er sogar jetzt, nach zehn Jahren, das eine oder andere Mosaiksteinchen, das ihm noch fehlt? Vielleicht macht es ihm auch einfach nur Spaß, sich zu erinnern?

Ich hoffe!

Und seufze einfach ein bisschen in die laue Luft dieses herrlichen Mai-Nachmittages, höre meiner alten Hündin beim Schnarchen zu, versuche, mich abzulenken mit ein paar praktischen Überlegungen über die Kinder, die ich für dieses Wochenende meiner Mutter anvertraut habe, weil ich mit ihm allein sein möchte.

Und warte!

Ich muss eingenickt sein, denn ich habe ihn nicht kommen hören. Ich spüre seine Lippen auf meinem Haar, seine Hände auf meinen Schultern und schnuppere diesen wundervollen Duft von Sandelholz, Amber, Bergamotte und …!

»Komm mit, Miss Green«, flüstert er an meinem Ohr und zieht mich aus dem Sessel hoch.

Mein Herz macht Freudensprünge und meine Lachse sind weitergezogen. Er nimmt mich bei der Hand, scheint es verdammt eilig zu haben. Über die Terrasse, durch den großen Salon, die Treppe hinauf. Dann nimmt er mich auf die Arme, wie er es immer tut, wenn es »ernst« wird, klinkt mit dem Ellenbogen die Tür zu unserer Kajüte auf, wirft mich mit Schwung aufs Bett, ist schon über mir und nimmt mein Gesicht in beide Hände. Ich sehe das gierige Grün in seinen Augen blitzen, streichle mit den Fingerspitzen über seine makellosen Wangen, fühle nur ein ganz klein wenig die winzigen Spuren dessen auf seiner Haut, was uns beinahe einmal getrennt hätte.

Ehe ich die Augen schließe, um mich ihm ganz hinzugeben, fällt mein Blick auf die Statue, die jetzt seit so langer Zeit am Fußende des Bettes über uns wacht.

Makeda lächelt! Wie immer, wenn sie uns so sieht.

Der erste Kuss ist so überwältigend, wie es der allererste Kuss gewesen ist.

Damals!

Ich erinnere mich genau!

ENDE

Danksagung

Es wird Zeit, danke zu sagen!

Mein Dank gilt, wie könnte es auch anders sein, meiner geduldigen Familie, die mir Freiräume zum Schreiben lässt, mich mit Nervennahrung und Unmengen Tee versorgt, mir viel Technisches abnimmt und wirklich nur ganz selten kurz vor dem »Durchdrehen« ist.

Mein Dank gilt den unnachgiebigen Betalesern! Ihr seid unersetzlich in Eurer liebevollen, aber deutlichen, stets konstruktiven Kritik.

Mein Dank gilt meinem akribischen, hoch professionellen Lektor und Berater Stefan Wendel, der beginnend mit »schwerem Gerät«, dann mit feiner werdendem Werkzeug, Ordnung in meine Manuskripte bringt! Ich schicke einen ganz herzlichen Gruß nach Stuttgart.

Mein Dank gilt dem Cover-Designer, der es immer wieder fertigbringt, meinen Büchern so wunderschöne Kleider zu schneidern.

Und mein Dank gilt dem Mann, der mir in einfach unnachahmlicher Manier seit Jahren bei vielen Entscheidungen im Bücher-Dschungel zur Seite steht, sich immer wieder mit meinen Zweifeln auseinandersetzt, mir manch richtigen Weg gezeigt hat, mich ab und an »auf den Pott setzt«. Dem Mann, ohne dessen Unterstützung ich oft genug den Mut verloren hätte. Danke Dir, Johannes Zum Winkel!

12621139R00236

Printed in Poland
by Amazon Fulfillment
Poland Sp. z o.o., Wrocław